Linda Jule Johansson

Liebe auf allen Kanälen :-*

Singlefrau sucht Liebesglück

Ein virtuell-realer Liebesroman in Kopenhagen

© 2015 Linda Jule Johansson, Berlin

Herstellung und Verlag:
BoD – Books on Demand, Norderstedt
ISBN 978-3-7386-2604-9

Bibliografische Information der Deutschen Nationalbibliothek:
Die Deutsche Nationalbibliothek verzeichnet diese Publikation
in der Deutschen Nationalbibliografie; detaillierte
bibliografische Daten sind im Internet über http://dnb.d-nb.de
abrufbar.

Über das Buch

Der etwas andere Liebesroman.

Die große Liebe, was ist das eigentlich?
Katrine, 26 Jahre alt, attraktiv, akademisch erfolgreich, hat 586 Facebook-Freunde – und ist auf der Suche nach der großen Liebe. Doch das ist gar nicht so einfach!
SMS, E-Mail, Facebook und Twitter – sämtliche Kommunikationskanäle stehen Katrine offen. Und doch machen sie ihr Liebesleben fast noch komplizierter!
Da trifft Katrine in einem Kopenhagener Nachtclub auf den ehrgeizigen Wissenschaftler Tom, der ihre Gefühle Achterbahn fahren lässt. Für die selbstbewusste Katrine tut sich plötzlich ein Zwiespalt auf. Ist sie bereit, ihre bisherigen Pläne, Wünsche, Träume und Hoffnungen für Tom aufzugeben? Oder gibt es eine gemeinsame Lösung?

Zum Glück stehen Katrine bei diesen Irrungen und Wirrungen ihre beste Freundin Maria, ihr nerdiger Büronachbar Niels und der Uni-Punk Mads bei. Und wer weiß – vielleicht liegt die große Liebe ja ganz woanders, als Katrine es gerade denkt...

Diese Geschichte ist frei erfunden und ein Produkt meiner Phantasie. Ähnlichkeiten mit real existierenden Personen und Begebenheiten sind rein zufällig. Aber gewiss können wir den einen oder anderen Charakter irgendwann auch im wirklichen Leben treffen, wenn wir nur mit offenen Augen durch die Welt gehen.

„Deine Wohnung ist sehr gemütlich. Richtig *hyggelig*", sagt Mikkel, während er sich neugierig in meiner Küche umschaut.

Es ist unser drittes Date.

Ich habe Mikkel zu mir nach Hause eingeladen, um ihn zu bekochen.

Das ist genau jene Strategie, von der alle Frauenzeitschriften entschieden abraten, da dies zu sehr das alte Klischee vom braven Hausmütterchen bedient, was nicht besonders sexy ist. Aber meine Freunde haben mir bei ihrem letzten Besuch nun einmal diesen riesengroßen Kürbis hinterlassen, den ich dringend verarbeiten muss. Außerdem geht Liebe ja bekanntlich durch den Magen. Und so habe ich Mikkel spontan zum Abendessen eingeladen. Zu einer Kürbiscremesuppe à la Katrine.

„Katrine, sag mal, ist die Suppe auch hundertprozentig rein vegan?", vergewissert sich Mikkel, während er prüfend in den großen Kochtopf starrt, in dem die Kürbissuppe vor sich hin brodelt.

„Rein vegan, versprochen", nicke ich, „zu hundert Prozent. Anstelle von Sahne habe ich Kokosmilch verwendet!"

„Du bist echt ein Schatz!", sagt Mikkel.

Er streift mir sanft über das Haar. „Eigentlich gehe ich ja nicht mit Doktorandinnen der Wirtschaftswissenschaften aus, aber du bist einfach wunderbar!"

„Ach ja?", erwidere ich neckisch. „Wer wäre denn sonst so deine ideale Partnerin?"

„Eine Doktorandin der Anthropologie, aus meinem Forschungsbereich", antwortet Mikkel scherzhaft, „aber zur Ergänzung meiner anthropologischen Studien im Bereich der Primaten ist es auch mal sehr interessant, ein weibliches Exemplar der Spezies homo oeconomicus zu testen!"

Ich bin so sehr mit dem Abschmecken der Kürbiscremesuppe beschäftigt, dass ich nur mit halbem Ohr zuhöre. Noch ein kleines bisschen Muskat und eine Prise Salz, dann ist die Mahlzeit perfekt!

„Achtung! Gehst du mal kurz beiseite? Der Suppentopf ist echt schwer!"

Mit viel Kraft hebe ich den gusseisernen Suppentopf hoch und balanciere ihn an Mikkel vorbei zum Küchentisch, wo ich ihn mit voller Wucht abstelle.

„So, wir können essen!", verkünde ich zufrieden.

Mikkel nimmt mir gegenüber am Küchentisch Platz.

„Mhm, das duftet wundervoll!", grunzt er und starrt sehnsüchtig auf den großen Topf.

„Na, dann werde ich dir mal etwas Suppe einschenken!", sage ich munter und ergreife Mikkels Teller.

„Moment! Moment! Nicht so schnell, Katrine, nicht so schnell!" Ehe ich mich versehe, reißt Mikkel mir seinen Teller aus der Hand. Zutiefst erstaunt blicke ich ihn an.

„Da fehlt noch etwas Wichtiges", erklärt er mit hoch erhobenem Zeigefinger.

Dann holt er aus dem Flur seine Ledertasche und zaubert einen kleinen, dunklen Karton hervor.

Mit großen Augen starre ich Mikkel erwartungsvoll an. Hat er mir in etwa ein Geschenk mitgebracht?

Behutsam öffnet Mikkel den Karton. Er zieht einen flachen Gegenstand heraus.

Ich stutze kurz.

„Das ist eine elektronische Tisch- und Zählwaage", erläutert Mikkel sachlich, als ob ich noch niemals zuvor solch ein Objekt gesehen hätte.

„Aha", sage ich nur, „aha."

„Ich muss den leeren Teller wiegen, bevor du die Suppe einfüllst... mhm... mhm... so, das sind 291,5 Gramm", murmelt Mikkel. Aus seiner Hosentasche zieht er sogleich sein Smartphone heraus, öffnet irgendeine App und gibt das Gewicht des Suppentellers ein. Auf die Kommastelle genau.

„Was machst du da?", frage ich ihn entgeistert.

„Ich optimiere mich selbst, Katrine", antwortet Mikkel, „als Ökonomin sollte dich das eigentlich interessieren. Ich gebe in meine neue kluge App einfach alles ein. Alle Daten, die mein Leben so ausmachen. Schau her, das hier sind die Kilometer, die ich von mir zu dir mit dem Fahrrad gefahren bin. Ganz automatisch wird über die

GPS-Koordinaten die Kilometerzahl ermittelt. Sogar meine Durchschnittsgeschwindigkeit wird berechnet. Daneben kannst du sehen, wie viele Kalorien ich dabei verbrannt habe."

Euphorisch deutet Mikkel auf den Bildschirm seines Smartphones.

„Ist das nicht super? Meine Kalorienampel steht auf grün. Durch das Fahrradfahren darf ich sogar besonders viel essen. Das ist sehr praktisch, wo du so lecker gekocht hast! Ich bin heute in der Mittagspause außerdem dreihundert Schritte zusätzlich gegangen. Dadurch habe ich noch mehr Kalorien verbrannt. Die App ist nämlich auch an meinen Schrittzähler gekoppelt."

„Aha." So richtig vermag mich Mikkels Begeisterung nicht anzustecken.

Dass er einen phänomenalen Körper hat, in den er extrem viel Zeit und harte Arbeit investiert, sieht man auf den ersten Blick. Aber so viel Selbstoptimierung auf einmal, das erscheint selbst mir als Ökonomin zu viel!

„Katrine, bist du so lieb und verrätst mir, welche Zutaten in der Kürbissuppe sind? Gerne mit genauer Mengenangabe", reißt Mikkel mich aus meinen Gedanken.

„Äh, ja klar. Also, ein halber großer Hokkaido-Kürbis, zwei Kartoffeln, drei Möhren, eine Zwiebel, etwas Koriander, Knoblauch, ein Liter Gemüsebrühe sowie hundert Gramm Kokosmilch", gebe ich bereitwillig Auskunft.

Ich bin immer noch so verwirrt über Mikkels Optimierungswahn, dass ich überhaupt nicht weiß, wie ich mich jetzt verhalten soll. Seit über einem Jahr bin ich Single, und ich verspüre das dringende Bedürfnis nach Sex. Wie eine Sahneschnitte auf zwei Beinen ist Mikkel plötzlich in meinem Leben aufgetaucht, als er mich in der Uni-Mensa in ein Gespräch verwickelt hat. Unsere ersten beiden Dates im Café waren sehr unterhaltsam und lustig gewesen.

Mikkel ist verdammt gut aussehend, verdammt klug, verdammt durchtrainiert und verdammt charmant. Aber leider auch verdammt durchoptimiert. Mit so einem Schocker habe ich jedenfalls nicht gerechnet!

Aber wer weiß – vielleicht ist Mikkel mit seinem optimierten Traumkörper ja trotzdem ganz phantastisch im Bett...

In der Zwischenzeit hat Mikkel alle Daten in seine App eingegeben.

„So, jetzt darfst du mir gerne die Suppe einschenken!", erklärt er strahlend.

Kaum ist sein Teller randvoll, stellt er diesen natürlich wieder auf die mitgebrachte Waage und tippt das angezeigte Gewicht in sein Smartphone ein.

„Diese App ist wirklich smart", meint er dann, „sie subtrahiert automatisch das Gewicht des Tellers, welches ich zuvor eingegeben habe. Somit können das Nettogewicht der Mahlzeit und die dazugehörigen Kalorien ermittelt werden. Wenn ich möchte, kann ich das sogar live auf allen sozialen Kanälen im Internet *posten*. Mit nur einem Klick auf meinem Smartphone!"

„Na, denn, Prost Mahlzeit!", sage ich nur.

Der Rest des Abendessens verläuft erstaunlich normal.

Mikkel berichtet mir von seiner letzten Forschungsreise nach Grönland. Er bekommt leuchtende Augen, als er mir von seiner Expedition nach Qaanaaq im Norden des Landes auf den Spuren der Inuit und der Dorsetkultur erzählt.

„Stell dir mal vor, Katrine, wahrscheinlich hat erst das Thulevolk die Schlittenhunde nach Grönland gebracht", erklärt Mikkel, „die Dorset hatten dagegen weder Kajaks noch Schlitten! Es ist einfach total faszinierend, dass ihre Werkzeuge so völlig anders gewesen sein müssen als bei den Inuitvölkern, die wir sonst kennen! Ein wahres Mysterium!"

Während Mikkel begeistert referiert, spüre ich, wie sehr ich ihn mag.

Er ist Feuer und Flamme für seine Forschung. Das macht ihn verdammt attraktiv und faszinierend.

Optimierungswahn hin und her, jeder hat doch irgendeinen komischen Spleen.

Ansonsten ist Mikkel einfach super! Soviel steht für mich fest.

Und bestimmt ist er doch ein geeigneter Sexualpartner. Oder noch viel mehr. Wer weiß.

* * *

Eine Stunde und drei abgewogene Teller Kürbiscremesuppe später landen Mikkel und ich in meinem Bett.

„Katrine, du bist wie eine Zwiebel", murmelt Mikkel, „Lage über Lage... T-Shirt, Top, BH... ich muss dich erstmal richtig pellen!"

„Haha, ich bin eben ein Geschenk! Mich musst du erstmal komplett auspacken, bevor du mich genießen kannst", kichere ich zufrieden.

„Genau!" Mikkel öffnet geschickt meinen BH.

Der Mann ist gut in Übung, das ist glockenklar.

In der Zwischenzeit habe ich Mikkel ebenfalls sämtlicher Kleidungsstücke entledigt und ihn in seinen puren Naturzustand verwandelt.

Wow! Er sieht wirklich verdammt gut aus.

Noch viel, viel besser, als es die Konturen unter seinem engen T-Shirt zuvor erahnen ließen.

Sein Körper ist wirklich komplett durchoptimiert.

Kein Gramm zu viel und jeder Muskel genau an der richtigen Stelle.

„Moment mal!", ruft Mikkel mit erhobenem Zeigefinger, als wir gerade voll in Aktion beim Vorspiel sind. Er greift zu seiner Hose.

So ein vernünftiger Mann! Er holt bestimmt ein Kondom hervor, denke ich aufgeregt.

Aber es kommt anders.

Statt eines Präsers zieht Mikkel sein Smartphone aus der Hosentasche.

„Sobald ich in dir drinnen bin, drücke ich auf den Timer, Katrine. Dann kann meine App genau kalibrieren, wie viele Kalorien ich während des Sexes verbrauche. Das geht dann in meine tägliche Kalorienbilanz ein. Ist doch okay für dich, oder? Magst du oben oder unten liegen? Oder lieber eine andere

Stellung? Das muss ich ebenfalls noch schnell eintippen!"

„Sag mal, spinnst du jetzt total?"

Völlig entgeistert sehe ich Mikkel an.

„Vielleicht kannst du deiner App auch gleich noch meine exakte Adresse mitteilen, wo du in welcher Stellung die ganzen Sexkalorien verbrannt hast!", fauche ich erbost.

„Deine Adresse habe ich ohnehin bereits eingetragen, zur Bestimmung der Fahrradstrecke", erwidert Mikkel unbeeindruckt.

Zu meiner großen Verwirrung muss ich feststellen, dass Mikkel trotz unseres Gespräches nach wie vor äußerst standhaft ist. Aber egal. Mir ist die Lust gewaltig vergangen.

„Ej, Mikkel, ich glaub' es einfach nicht! So was ist mir noch nie passiert! Du gehst jetzt besser!", sage ich bestimmt. „Und zwar für immer!"

Eines habe ich an diesem Abend für meine Zukunft als Ökonomin definitiv gelernt: Optimiert ist nicht immer optimal.

#Niels #Facebook-Freunde #VirtuelleLiebesillusionen

Wie real ist eigentlich die virtuelle Welt?

Diese Frage stelle ich mir in den letzten Monaten immer häufiger, je mehr Zeit ich auf Facebook verbringe. Ganz langsam und behutsam hat sich dieses soziale Netzwerk in meinen Alltag eingeschlichen. Erst fand ich es nur ungemein praktisch, auf diese Weise mit vielen Freunden, die über den ganzen Globus verstreut sind, locker in Kontakt zu bleiben. Sehen zu können, was sie so machen, forschen, essen, denken, lesen, fühlen, lustig finden, kritisieren und mit ihren Partnern und Freunden so alles anstellen.

Es ist total faszinierend.

Über Facebook kann man mit hunderten von Menschen in Kontakt bleiben, bei Bedarf sogar intimste Gedanken und Gemütszustände austauschen, während man dabei schön bequem auf seinem Sofa sitzt und eine Tasse Kaffee trinkt.

Das ist einfach sehr, sehr praktisch. Unbestritten.

Komplizierter wird es in der virtuellen Welt hingegen beim Thema Liebe.

Wie real ist da eigentlich das Virtuelle?

Die ganzen Streicheleinheiten, Herzchen und Likes, die ich in sozialen Netzwerken bekomme. Sind das wahre Freundschafts-, Flirt- und Zuneigungsbekundungen? Oder sind es schale, oberflächliche Botschaften, die ich eventuell in einem Anflug von romantischer Melancholie komplett überbewerte? Woher will ich eigentlich wissen, welche dieser virtuellen Streicheleinheiten real und aufrichtig sind – und welche nicht?

Und in wieweit muss ich umgekehrt das Reale in die virtuelle Welt transportieren? Zum Beispiel, wenn ich einen neuen Freund habe. Muss ich mit dem dann auch auf Facebook liiert sein?

* * *

Mit meiner Verwirrung über die Vermischung der realen und der virtuellen Liebeswelt stehe ich zum Glück nicht allein da. Nehmen wir zum Beispiel meinen Büronachbarn Niels.

Niels, der genau wie ich in Volkswirtschaftslehre promoviert, ist eigentlich ein eher nüchterner Zeitgenosse. Aber auch ihn hat neulich Amors Pfeil mit voller Wucht getroffen.

Sein Objekt der Begierde heißt Helle.

Helle hat lange, blonde Haare, wohnt in Aarhus und studiert dort mit großer Begeisterung Kunstgeschichte. Ganz zufällig haben sich die beiden auf einer Party in Kopenhagen kennengelernt. Und auf Anhieb irre gut verstanden. Der nächste konsequente Schritt war eine sofortige Freundschaft auf Facebook, um auch künftig Kontakt halten zu können. Seitdem sitzt Niels häufig mit verträumten Augen im Büro und starrt andächtig auf sein Smartphone, auf dessen Bildschirm Helles Facebook-Profil in seiner vollen Schönheit zu bewundern ist. Inklusive aller Status-Updates. Niels ist gar nicht mehr der objektive Analytiker, als den ich ihn sonst kenne. Er ist zum wahren Facebook-Romantiker mutiert.

„Einen wunderschönen guten Morgen, Katrine!", ruft Niels gut gelaunt, als ich an einem Montagvormittag unser Büro betrete.
„Guten Morgen, Niels!", erwidere ich gähnend.
Zu meiner Verwunderung stelle ich fest, dass im Hintergrund Musik zu hören ist.
Sanfte Soul-Musik aus den sechziger Jahren.
Die schmeichelnden Klänge ertönen aus Niels' Computerlautsprechern. Und das, wo er doch sonst nur für Heavy Metal und Punk Rock zu haben ist.
„Niels, seit wann hörst du denn Soul?", erkundige ich mich überrascht.
„Magst du die Musik, Katrine?", fragt Niels vorsichtig. „Falls sie dich stört, kann ich sie sofort ausmachen."
„Nein, nein, kein Problem, ist schon in Ordnung", beeile ich mich zu sagen, „nur seit wann magst du Soul?"
„Das sind Helles Lieblingslieder", erklärt Niels stolz, „sie hat heute morgen auf Facebook eine Liste ihrer zwanzig liebsten Lieder ge*postet*. Ist das nicht toll? Auf diese Weise kann ich ihr ganz nah sein."
Ich rümpfe kurz die Nase.
„Aber dadurch bist du ihr doch kein Stückchen näher, nur weil du ihre Musik hörst! Also echt, Niels! Dich hat's diesmal aber voll erwischt, oder?"
„Ich weiß, ich weiß!", seufzt Niels.
Er kratzt sich verlegen am Hinterkopf und schaut mich grinsend wie ein Honigkuchenpferd an. „Oh Mann, Katrine, ich bin so was von verknallt!"
Mein sonst so nüchterner Büronachbar Niels sieht richtig süß aus, als er das sagt.
„Und weißt du was? Helle ist nächstes Wochenende in Kopenhagen! Sie hat mir eine Private Message über Facebook geschrieben, ob wir uns treffen wollen! Ist das nicht toll?"

„Das ist echt super!" Ich lächele Niels an. „Dann kannst du sie endlich im realen Leben näher kennenlernen, anstatt die ganze Zeit virtuell von ihr zu schwärmen!"

„Jaaa", sagt Niels gedehnt, „es wird auch höchste Zeit! Ich habe nur keine Ahnung, wie ich mich bei unserem Date verhalten soll."

„Wieso das denn?" Verständnislos sehe ich ihn an.

„Na ja, Katrine, weißt du", druckst Niels herum, „ich habe in den letzten Wochen ziemlich viel Zeit auf Helles Facebook-Seite verbracht. Dadurch habe ich sie sehr gut kennengelernt. Stell' dir vor, sie hat die gleichen Lieblingsschriftsteller wie ich! Ist das nicht ein krasser Zufall? Und genau wie ich isst sie gerne Lakritz und liest die Zeitung Politiken! So was kann doch kein Zufall sein!"

„Ich glaube, es gibt ziemlich viele Dänen, die Lakritz essen und Politiken lesen", bemerke ich trocken.

Allmählich geht mir Niels gewaltig auf die Nerven.

Denn mal im Ernst. Vor drei Wochen hat er diese Helle kennengelernt. Im realen Leben haben die beiden eine einzige Unterhaltung miteinander geführt. Im angetrunkenen Zustand. Obwohl dieses Mädel ihm nicht mehr als ein paar Likes und einige Privatnachrichten auf Facebook geschrieben hat, befindet sich mein Büronachbar im absoluten Ausnahmezustand. Ja, es kommt mir vor, als hätte diese Helle ihn in den siebten Liebeshimmel katapultiert. Wie ein emotionaler Blitz muss diese Party-Begegnung bei ihm eingeschlagen haben. So übertrieben romantisch sind sonst nur meine Freundinnen kurz vor ihrem Eisprung drauf...

„Ha! Katrine, guck mal!", ruft Niels begeistert aus. „Helle hat gerade ein Foto geliked, dass ich gestern *gepostet* habe. Von einem Sonnenuntergang, als ich am See in Christiania war. Glaubst du, das hat was zu bedeuten?"

„Nee, ehrlich gesagt nicht", erwidere ich nüchtern, „so aktiv wie deine Helle auf Facebook zu sein scheint, hat das garantiert nichts zu bedeuten!"

Während ich so objektiv argumentiere, stelle ich fest, dass Niels und ich momentan unsere Rollen getauscht haben. Ich bin die Analytisch-Nüchterne, und er ist der Romantisch-Emotionale.

„Oh Mann, ich finde das alles so furchtbar kompliziert! Wie verhalte ich mich denn jetzt am besten bei unserem ersten Date?", fragt Niels mich ratlos. „Ich kenne ja schon Helles Hobbys, ihre Lieblingsmusik, ihre Lieblingsbücher und sogar ihre Lieblingsplätze in Aarhus und in Kopenhagen. Wie gehe ich am besten vor? Wenn sie mir etwas von sich erzählt, soll ich dann überrascht tun? Oder soll ich ihr ganz offen sagen, dass ich ihr Facebook-Profil bereits intensiv studiert habe?"

„Zumindest würde ich an deiner Stelle so tun, als ob du nicht schon alles über sie wüsstest", antworte ich bestimmt, „ansonsten wäre das ausgesprochen unromantisch! Das nimmt den ganzen Zauber des ersten Kennenlernens weg!"

Niels kratzt sich nachdenklich am Kopf.

„Und was ist mit der Restaurantwahl? Helle hat vor ein paar Monaten auch ge*postet*, welches Lokal sie in Kopenhagen am liebsten mag. Soll ich gleich dort für unser Date einen Tisch reservieren? Und dann so tun, als ob das ein totaler Zufall wäre, dass wir beide das gleiche Restaurant mögen? Oder ist das zu eigenartig?", erkundigt er sich zweifelnd.

Ich schüttele nur noch den Kopf.

„Du hast vielleicht Ideen! Das ist echt zu eigenartig, Niels! Fast schon gruselig!", erwidere ich bestimmt. „Das grenzt ja bereits an Cyber-Stalking!"

„Ja, ja, Katrine, du hast ja recht, du hast ja recht! Ich buche dann einfach einen schönen Tisch in meinem Lieblingscafé", beschließt Niels.

Seufzend rückt er seine Brille zurecht. Er sieht fast verzweifelt aus.

„Oh je, du Armer! Du bist ja völlig durcheinander! Ich habe das Gefühl, wenn du nicht so viele Informationen über Helle hättest, könntest du viel natürlicher an die Sache herangehen!", konstatiere ich sachlich.

„Das stimmt!" Niels nickt heftig. „Ach ja, aber wer weiß. Über Facebook habe ich mich noch viel mehr in sie verliebt, als ich es ohnehin schon war. Alle die klugen, tiefsinnigen Äußerungen, die sie immer *postet*...

Und ohne Facebook hätte ich auch nicht die schönen Fotos von ihr gesehen, die mir erst klar gemacht haben, wie hübsch sie eigentlich ist..."

„Nun ja, Photoshop kann Wunder bewirken", werfe ich scherzhaft ein.

Niels lacht kurz. Doch dann wird er plötzlich ganz ernst.

„Aber in einem hast du recht, Katrine. Zu viel über den anderen im Voraus zu wissen, ist manchmal echt Scheiße", sagt er leise.

„Wie meinst du das?", frage ich ihn überrascht. „Bisher bist du von Helles Internetpräsenz doch hellauf begeistert gewesen!"

„Eigentlich schon. Nur ist da halt die Sache mit ihrem Ex, die mich total verunsichert", meint Niels nachdenklich.

Ich ziehe fragend die Augenbrauen hoch. „Mit ihrem Ex?"

„Ja, Jeppe heißt er." Wieder nickt Niels heftig. „Helle hat ein komplettes Fotoalbum nach ihm benannt, das jede Menge Bilder enthält. Da sind sogar Fotos vom letzten Jahr bei, wo die beiden gemeinsam auf Tahiti in Urlaub waren. Auf den Fotos sehen sie extrem glücklich aus."

„Mhm", überlege ich laut, „wenn sie da noch ein Paar gewesen sind, waren sie zu dem Zeitpunkt bestimmt auch total glücklich. Aber so eine Vergangenheit hat doch jeder von uns. Das hat nichts zu bedeuten!"

„Es ist aber total verhext mit diesem Ex!", ereifert sich Niels. „Helle hat zwar gesagt, dass sie seit einem halben Jahr wieder Single ist. Aber der Typ schreibt jeden zweiten Tag etwas auf ihre Pinnwand. Jeden zweiten Tag, Katrine, stell dir das mal vor!"

„Ach, bestimmt sind die beiden einfach nur total gute Freunde", überlege ich laut, „so richtig gute Kumpels, weißt du? Und außerdem ist das ja nur rein virtuell!"

„Also, mir kommen die ganzen Kommentare und Like-Bekundungen von Helles Ex ziemlich real vor", erwidert Niels nüchtern.

„Mhm." Nachdenklich kratze ich mich am Arm.

Wieder rückt Niels seine Brille zurecht.

„Katrine, jetzt mal ehrlich. Manchmal *postet* Helles Ex sogar ein Herz auf ihre Pinnwand!"

„Ach, das hat bestimmt keine Bedeutung! Mach dir da mal nicht so viele Gedanken!", wiegle ich ab. „Ich *poste* auch Herzen auf Pinnwände. Häufig sogar bei meiner besten Freundin Maria, und in die bin ich ja schließlich auch nicht verknallt!"

Niels sieht mich nachdenklich an.

So richtig scheinen ihn meine Ausführungen nicht zu überzeugen.

„Warte doch einfach euer Date ab! Spekulieren bringt sowieso nichts. Nach dem nächsten Wochenende weißt du mehr, das wird schon alles gut werden!", sage ich aufmunternd zu Niels.

„Das stimmt! Ich lasse mich einfach überraschen!", stimmt er mir zu und strahlt wieder.

Er scheint sich riesig auf das Date zu freuen.

Und im Stillen bemerke ich, dass ich Niels schon lange nicht mehr so glücklich gesehen habe. Deshalb wünsche ich ihm das so sehr, die Erfüllung der großen Liebe.

Denn er ist wirklich ein feiner Kerl, der eine tolle Frau an seiner Seite verdient hat!

* * *

Eigentlich hätte ich durch Niels' verblendete Internet-Romantik gewarnt sein müssen. Trotzdem kann ich selbst wenige Stunden später der Versuchung nicht widerstehen.

Auch wenn der Abend mit Mikkel total bescheuert war, beschäftigt mich dieser Typ irgendwie immer noch. Und neugierig wie ich bin, frage ich mich, was er wohl gerade macht.

Ja, so bin ich eben.

Sehr gut im objektiven Ratschläge geben, was das virtuelle Liebesleben anderer betrifft. Aber leider weitaus weniger konsequent, was mein eigenes Verhalten anbelangt.

Ich öffne die Facebook-App auf meinem Smartphone.

Mikkel und ich sind in der virtuellen Welt ja immerhin befreundet. Vorausgesetzt, dass er mich in der

Zwischenzeit nicht von seiner Freundesliste gelöscht hat.

Früher haben mich Männer nach meiner Telefonnummer oder nach meiner E-Mail-Adresse gefragt, wenn sie mich toll fanden. Heute werde ich zum unverbindlichen Kontakt halten einfach als Freundin auf Facebook hinzugefügt. Es ist genauso wie bei Niels und Helle. Obwohl die Typen mich gar nicht kennen, bekomme ich so Einblicke in ihren Freundeskreis und in ihre intimsten Gedanken und Interessen. Je nachdem, wie stark die emotionale Inkontinenz bei ihnen ausgeprägt ist. Neben dem Schlussmachen im realen Leben gehört für viele die Freundschaftskündigung auf Facebook fest mit dazu. Theoretisch zumindest.

Mhm.

Mikkel hat mich bislang jedenfalls nicht von seiner Freundesliste gelöscht.

Dafür scheint er viel Zeit für das *Posten* von Fotos verwandt zu haben. „With true love from the North of Greenland" heißt eines seiner vielversprechenden Fotoalben, in das er heute Vormittag zig Bilder hochgeladen hat. Lauter Bilder von seiner Qaanaaq-Expedition.

Noch beeindruckender als diese Bilder sind jedoch die Kommentare, die Mikkels Facebook-Freundinnen dazu abgegeben haben.

„Oh, Mikkel, you are so brave! My hero! I love you!!!", schreibt eine Melinda aus London zu einem von Mikkels Fotos. Auf letzterem sieht man ein grün schillerndes Polarlicht am Himmel, das fast die Form eines Herzens annimmt. Es ist tatsächlich sehr gut gelungen, dieses Bild. Das muss ich neidlos anerkennen.

„Magnifique! Beautiful! Love ya, too! Je t'aime!", folgt der nächste Kommentar von einer Aurelie aus Paris. Dahinter hat sie ein Herz ge*postet*. Wie süß.

Und dennoch. Ganz so locker und cool finde ich dieses *Posten* von Herzen auf einmal gar nicht mehr...

„Next time I'll join you, my beloved!", schreibt dann eine Anna aus Andalusien.

Dicht gefolgt von einer Anita, die fröhlich kundtut: „With love from Rome! Glad you're back home safe!"

„Ej, hvor skønt! Meget romantisk! A heart from my sweetheart! Jeg elsker dig!", lautet der letzte Kommentar, von einer Merrit aus Kopenhagen.

Auf ihren dazugehörigen Profilbildern sehen diese Frauen verdammt umwerfend aus.

Es ist zutiefst faszinierend.

Obwohl Mikkel erst vor wenigen Stunden diese Bilder hochgeladen hat, muss sein weiblicher Fanclub so verzückt darüber gewesen sein, dass ihn alle sofort mit liebevollen Botschaften überfluten.

„Thank you all! Love ya, too! All of you!", hat Mikkel vor einer knappen Stunde auf die liebevollen verbalen Zuwendungen geantwortet.

Und dafür prompt zwanzig Likes erhalten.

Nun ja. Zumindest hat Mikkel noch nicht damit angefangen, seinen Kalorienverbrauch zu *posten*, wie er es scherzhaft zu mir gemeint hatte. Unser nächtliches Optimierungs-Intermezzo bleibt also nur der realen Welt vorbehalten. Dort, wo es auch hingehört.

Mir reicht es trotzdem für heute mit diesen virtuellen Liebesbekundungen. Und mit Mikkel.

Meine Entscheidung, ihn während des Dates hochkantig aus meiner Wohnung zu werfen, ist goldrichtig gewesen. Mit ihm wäre ich einfach nicht glücklich geworden, bei diesem Harem! Trotz seines phänomenalen Körpers.

Wie schön, dass mir Facebook das noch einmal bestätigen konnte.

Trotzdem bringe ich es nicht übers Herz, Mikkel von meiner Freundesliste zu entfernen.

Ihn zu *unfrienden*, wie man so schön sagt.

Irgendetwas hält mich davon zurück, für immer den Kontakt mit ihm auf Facebook zu kappen.

Gleichzeitig ärgere ich mich über mich selbst. Darüber, dass ich mal wieder viel zu viel Zeit im Internet verschwendet habe. Und darüber, dass Mikkel mich immer noch so sehr beschäftigt.

Ich verabschiede mich von der virtuellen Welt und stecke entschlossen mein Smartphone in meine Handtasche zurück. *Back to the real world.*

Exakt eine Woche später komme ich Montagmorgens in unser Büro, wo Niels bereits an seinem Schreibtisch sitzt und über seinen Gleichungen brütet.

Dieses Mal ertönt keine einfühlsame Soul-Musik aus den Lautsprechern.

Stattdessen sind die energiegeladenen Rhythmen der Sex Pistols mit voller Wucht zu hören.

Sofort, als er mich sieht, schaltet Niels den Ton aus.

„Und wie war's? Wie war dein Date mit Helle?", frage ich ihn gespannt.

„Ach, Katrine, du glaubst es nicht! Sie hat 'nen Anderen!", antwortet Niels wie aus der Pistole geschossen.

„Was? 'Nen Anderen?" Erstaunt sehe ich Niels an. „Ist es dieser Jeppe, ihr Ex, der ständig die Herzen auf ihrer Pinnwand postet?"

„Nein." Niels schüttelt den Kopf. „Der Typ heißt Jesper. Die beiden studieren gemeinsam Kunstgeschichte. Vor zwei Wochen sind sie zusammen gekommen. Es muss urplötzlich gewesen sein. Helle ist total fasziniert von ihm und seinen politischen Ansichten. Dieser Jesper hat kein Facebook-Account, weil er als Künstler digitale Kommunikation total verabscheut. Er besitzt noch nicht einmal ein eigenes Handy!"

„Wow! Das ist echt krass!", rutscht es mir heraus.

„Ja, finde ich auch", meint Niels, „da verfolge ich wie wild Helles Facebook-Profil. Ich bilde mir ein, sie irre gut zu kennen. Habe Angst, dass ihr Ex-Freund eine Gefahr darstellt. Und in Wirklichkeit läuft in ihrem realen Leben etwas ganz Anderes ab, was ich überhaupt nicht mitkriege. Das ist doch echt bescheuert, oder?"

„Ja, das ist es! Oh je, Niels, das tut mir wirklich leid für dich!", murmele ich betroffen.

„Das braucht es nicht", winkt Niels entschieden ab.

Es ist offensichtlich. Der rationale Niels ist zurück. Auf einmal wirkt er wieder ganz wie er selbst.

„Die Gespräche mit Helle waren ziemlich ernüchternd. Ich glaube, bei der Party habe ich damals ziemlich viel Alkohol intus gehabt, als wir uns kennengelernt haben", erklärt Niels ausgesprochen sachlich, „der Zauber war bei unserem Date wie verfolgen. Und weißt du was? Ihre ganzen feinsinnigen Kommentare auf Facebook waren immer nur irgendwelche Sprüche von diesem Jesper, die sie dann ge*postet* hat! Alleine würde Helle niemals auf solche tiefen Gedanken kommen!"

„Jetzt bist du aber sehr gemein!", erwidere ich.

„Nein, das hat sie mir selbst erzählt! Dass dieser Jesper so klug ist und sie mit seinen tollen Eingebungen immer wieder aufs Neue zum *Posten* inspiriert!", beharrt Niels.

„Verrückt! Das ist einfach nur verrückt!" Ich atme tief durch. Manchmal ist das Leben wirklich krasser, als irgendein Roman es jemals sein könnte. „Nur eines verstehe ich nicht, Niels. Wieso hat sich Helle dann überhaupt mit dir auf ein Date getroffen?"

„Och, weil sie mich ganz nett fand. Sie hat das überhaupt nicht als ein Date angesehen, sondern gedacht, wir wären beste Kumpels." Niels räuspert sich kurz und rückt seine Brille umständlich zurecht. „Die ganze Verliebtheit ist anscheinend nur ein Produkt meiner Phantasie gewesen."

„Wow, so kann es gehen!" Ich nicke schwer be-eindruckt.

„Aber weißt du was komisch ist, Katrine? Irgendwie fand ich es trotzdem schön! Einfach total schön, mal wieder verliebt zu sein und diese Idee zu haben, dass es irgendwo da draußen jemanden gibt, der mich mag." Niels lächelt mich an.

Trotz des ungewöhnlichen Ausgangs scheint er über-haupt nicht traurig zu sein.

Ich bin richtig gerührt, als Niels mich so anschaut.

„Ja, vielleicht sind wir manchmal auch nur in das Verliebtsein verliebt", seufze ich und atme tief durch.

In dem Moment blickt Niels auf sein Smartphone.

„Oh, Katrine, schau mal! Helle hat etwas auf meine Pinnwand geschrieben!"

„Was denn?"

Niels hält mir sein Smartphone vor die Nase.

„War schön gestern mit dir in Kopenhagen", steht da geschrieben. Daneben ist ein Herzchen ge*postet*. Von Helle. Wie süß. Drei ihrer Freunde haben diesen Post bereits geliked.

„Wie gut, dass Helles neuer Freund nicht bei Facebook ist", witzele ich, „der würde sonst glatt eifersüchtig werden."

„Es hat alles keine Bedeutung", meint Niels achselzuckend, „zumindest bei Helle nicht."

Jetzt klingt er irgendwie doch desillusioniert.

Aber er hat ja schließlich recht. Es hat alles keine Bedeutung.

Jedenfalls bei Helle nicht.

* * *

Likes, Herzen, Zuneigung – nach dieser Erfahrung wird mir klar, dass ich, was mein virtuelles Liebesleben betrifft, keinen Schritt weitergekommen bin.

Denn wer weiß. Vielleicht besteht Mikkels Facebook-Harem ja auch nur aus lauter guten Freundinnen. Hunde, die bellen, beißen nicht, wie man so schön sagt. Und vielleicht war seine ach so abenteuerliche Qaanaaq-Expedition in Wirklichkeit total langweilig. Schließlich *posten* wir ja immer nur das optimierte Bild nach außen, das wir anderen von uns vermitteln wollen.

Für mich ist nur noch eines sicher: Dass im virtuellen Liebesleben gar nichts sicher ist. Genau wie im realen Liebesleben eben auch nicht.

#Maria #KritischeMitteDreißig #SingleFrau #Club

Manchmal frage ich mich, wie das so sein mag, mit Mitte dreißig noch Single zu sein.

Oder *wieder* Single zu sein, müsste man besser sagen.

Zum Glück bin ich von diesem Alter noch weit entfernt.

Mit meinen 26 Jahren stehen mir alle Möglichkeiten des Lebens offen. Sowohl in der Welt der Liebe als auch bei meinem beruflichen Werdegang.

Aber die quälende Frage stellt sich mir manchmal natürlich schon. Wie würde ich mich fühlen, wenn ich mit Mitte dreißig alleinstehend wäre? Und ab wann muss ich aktiv werden, damit so ein katastrophaler Zustand erst gar nicht eintritt?

Soll ich jetzt schon aktiv nach dem Mann des Lebens suchen, anstatt es komplett dem Zufall zu überlassen?

Zu dieser philosophischen Frage kann mir nur eine Expertin Auskunft geben, die die katastrophale Single-mit-Dreißig-Situation am eigenen Leib erfahren hat.
Meine beste Freundin Maria.
Maria entspricht exakt dem, was man die tragische Gestalt der Neuzeit nennt. Eine top-ausgebildete Frau, Mitte dreißig, promoviert, ausgesprochen hübsch, intelligent, witzig und charmant. Maria ist Associate Professor an der biologischen Fakultät, mit besten Aussichten bald eine Berufung als Professorin zu erhalten. Ursprünglich stammt Maria aus Norditalien. Aber sie ist viel in der Welt herumgekommen. In ihrem Lebenslauf reihen sich renommierte Stationen wie Harvard, Stanford, Johns Hopkins und Kyoto nur so aneinander wie Perlen auf einer Halskette frisch vom Juwelier. Dazu hat Maria einen Humor, der einen regelrecht umhaut. Wenn ich ein Mann wäre, würde ich mich sofort in sie verlieben. Wir haben uns zufällig in der Freitagsbar an der Uni kennengelernt, wo sich viele Doktoranden und akademische Mitarbeiter zur Einstimmung auf das Wochenende treffen.
Es war Freundschaft auf den ersten Blick zwischen uns.

„Sag mal, Maria, bist du manchmal eigentlich traurig?", frage ich sie relativ unbedarft, als wir eines Freitags am Bartresen sitzen.
„Wieso sollte ich denn traurig sein?", fragt Maria überrascht.
„Na ja, du bist so eine tolle Frau! Und trotzdem hast du keinen festen Partner, mit dem du eine Familie gründen kannst!", platzt es aus mir heraus.
Maria sieht mich irritiert an.
„Also, ganz ehrlich, Katrine! Nein. Eigentlich bin ich nicht traurig." Sie zwirbelt eine ihrer langen, dunklen Haarsträhnen um ihren Finger. „Das, was mich am meisten traurig macht, sind Menschen wie du, die mir immerzu solche Fragen stellen!"

„Oh, sorry! So habe ich das nicht gemeint!"
Schuldbewusst nippe ich an meinem Bierglas.

„Ich weiß. Es war aber trotzdem etwas unbedarft,
Katrine." Marias Blick ist jetzt wieder freundlich. Sie
steckt sich die Haarsträhne, die sich aus ihrem
Pferdeschwanz gelöst hat, hinter das linke Ohr.
Nachdenklich schaut sie mich an. „Willst du die
Wahrheit wissen, wie es mir geht? Willst du das
wirklich wissen?"

Ich nicke mit Nachdruck. „Ja, klar! Und sei mir bitte
nicht böse, dass ich so neugierig frage! Mir kann es mit
Mitte dreißig ja genauso gehen. Deshalb interessiert
mich das so sehr. Keiner weiß, was die Zukunft bringt."

Maria setzt sich aufrecht hin. „Also, um es dir ganz
direkt zu sagen, Katrine: Es nervt alles einfach nur total!
Meine Familie macht mir großen Druck, bald ein paar
süße Enkelchen zu produzieren. Meine Großmutter in
Verona erwartet sehnlichst ihr Urenkelchen, mit dem sie
eine Runde spielen kann, um ihre tägliche Langeweile
zu vertreiben. Und klar, natürlich hätte ich gerne einen
Freund. Vielleicht sogar einen Ehemann und Kinder.
Aber ich kann mir nun mal keinen backen. Alle Partner,
die ich bisher hatte, wollten, dass ich mich ihnen total
anpasse. Ich bin immer wieder aus diesen Beziehungen
ausgebrochen und habe einfach mein Leben gelebt, an
verschiedenen Unis in den USA gearbeitet. Natürlich
wäre ich bereit, für die große Liebe vieles aufzugeben.
Aber es muss beidseitig sein. Einen Typen zu finden,
mit dem die Beziehung eine Einbahnstraße ist und dem
ich wie ein Hündchen folgen soll, das ist nichts für
mich! Außerdem gibt es etwas, das noch viel schlimmer
ist, als alleine zu sein: Einsam in einer Beziehung zu
sein. Das habe ich schon oft genug erlebt."

Nachdem sie ihren Monolog beendet hat, sieht die sonst
so liebe Maria mich herausfordernd an.

„Wow!", sage ich nur noch. „Wow! Du hast recht!"

„Es ist keine Schwierigkeit für mich, irgendeinen Mann
aufzutreiben, Katrine", erklärt Maria bestimmt, „aber
ich möchte halt auch einen, bei dem es passt. Der mich
so akzeptiert, wie ich bin, verstehst du."

„Aber du hast doch mal erzählt, dass du eine dreijährige Beziehung hattest, als du in Stanford warst, oder?", frage ich Maria.

„Ja, das schon", bestätigt sie, „mit ihm hätte ich mir sogar Kinder vorstellen können. Wir waren bereits verlobt. Aber er konnte sich nicht richtig binden. Kurz vor unserer geplanten Hochzeit wollte er plötzlich eine offene Beziehung, um sich noch einmal so richtig auszutoben. Ich konnte dieser Logik nicht folgen und habe die Hochzeit dann kurzfristig abgeblasen."

Maria stehen Tränen in den Augen, als sie das sagt.

Ich merke, dass hinter ihrer selbstbewussten Schale ein sehr weicher, verletzlicher Kern stecken muss.

„Ach, komm doch mal her." Freundschaftlich lege ich meinen Arm um sie.

Ein Hauch von Marias Parfum weht zu mir herüber. Wie eine Mischung aus Meerwasser und Sommerbrise. Sie riecht einfach verdammt gut, meine beste Freundin. Und sieht so unglaublich zerbrechlich und feminin aus, trotz aller Rationalität, die sie dabei immer ausstrahlt.

„Ich bin so froh, dich als Freundin zu haben, Katrine", flüstert Maria, „Männer kommen und gehen. Aber unsere Freundschaft, die bleibt!"

Aus einem spontanen Impuls heraus küsst Maria mich zaghaft auf die Wange. Zu meiner großen Verwunderung merke ich, dass ich mich auf angenehme Weise dadurch berührt fühle. Obwohl ich von Maria gar nichts will.

Und trotzdem ist es einfach ein verdammt gutes Gefühl, Maria so nahe zu sein. Sie in meinem Leben zu haben. Als Freundin. Als Mensch.

* * *

„Zwei Gin Tonic, bitte!", rufe ich laut, um die Musik zu übertönen.

„Kommt sofort!", schreit der Bartender.

Maria und ich befinden uns im Vega, einem angesagten Club im Stadtteil Vesterbro. Der perfekte Ort, um an einem Samstagabend auszugehen und neue Menschen kennenzulernen. Natürlich auch neue Männer.

„Hejsa, was machst du denn hier?"

Ich drehe mich um.

Unvermittelt steht Mikkel hinter mir und grinst mich an.

Der Optimierungs-Mikkel! Auch das noch!

Kopenhagen ist manchmal eben echt ein Dorf.

„Ich bin hier, um mich zu vergnügen", erwidere ich kess. „Wenn ich vorstellen darf, das ist meine Freundin Maria!"

„Hallo Maria!", sagt Mikkel begeistert, während er sie betont auffällig von oben bis unten abcheckt. „Sehr hübsch, diese Kombi aus euch beiden", kommentiert er.

„Dein Körper ist aber auch nicht von schlechten Eltern!", kontert Maria schlagfertig.

Mikkel verschluckt sich fast an seinem Bier.

„Danke", stottert er etwas unbeholfen, „ich nehme mal an, das war als Kompliment gemeint!"

Dann sieht Mikkel mich an.

Sehr lange.

Ich weiß nicht, ob es der Alkohol, die Musik oder die Stimmung in diesem sagenhaften Club ist. Aber unsere Augen versinken regelrecht ineinander.

Mikkel mag verrückt sein mit seinem Optimierungs-wahn und seinem ganzen Facebook-Harem. Aber seine Augen sind wunderschön, umrahmt von langen Wimpern.

„Ich bin so glücklich, dich wiederzusehen, Katrine", sagt Mikkel, während er den Blick keine Sekunde von mir abschweifen lässt.

Ich bin nicht in der Lage, auch nur ein Wort herauszubringen, so sehr fühle ich mich gerade zu ihm hingezogen. Jeglichen besseren Wissens zum Trotz. Ich überlege, ob es ein großer Fehler wäre, Mikkel jetzt zu küssen. Einfach nur so zum Spaß. Seine digitale Tisch- und Zählwaage wird er heute Abend ja wohl nicht mitgebracht haben.

Mikkel scheint es ganz ähnlich zu gehen. Er streicht mir mit seiner Hand über die rechte Wange. Ich spüre, wie es in mir vor lauter Aufregung zu kribbeln beginnt.

Dabei sehen wir uns immer noch an.

Mikkel beugt sich zu mir vor. Er kommt mir immer näher, um mich zu küssen.

Ich schließe die Augen. Gleich werde ich seine weichen Lippen spüren.

Ich kann es kaum erwarten.

Ich nähere mich ihm immer weiter an.

Doch zu meiner großen Überraschung ist Mikkels Gesicht plötzlich nicht mehr direkt vor meiner Nase.

Mein schön geformter Kussmund küsst buchstäblich ins Leere.

„Ach, hier bist du also! Keine drei Minuten kann ich dich alleine lassen, bevor du eine andere Frau küssen willst!", höre ich dafür eine weibliche Stimme aus unmittelbarer Nähe.

Sofort mache ich die Augen auf.

Mikkel steht immer noch vor mir, aber nicht mehr so nah. Dafür hat eine blonde, langbeinige Schönheit ihre Arme um ihn gelegt. Irgendwie kommt mir ihr Gesicht bekannt vor.

„Aber, Merrit, ich habe dir doch von Anfang an gesagt, dass ich polyamor bin! Und an meiner natürlichen Veranlagung kann ich nun mal nichts ändern!", erwidert Mikkel unverblümt und scheinbar ohne jegliche Gewissensbisse.

Die blonde Schönheit sieht mich sauer an.

Jetzt erkenne ich sie.

Es ist Facebook-Merrit, die Mikkels Polarlicht-Fotos online kommentiert hatte.

Auch das noch!

Merrit und ich starren uns gegenseitig sprachlos an.

„Komm, Katrine, wir gehen woanders hin!", reißt Maria mich aus meinen Gedanken.

Sie zieht mich fest an meinem Ärmel.

Schnell nehme ich mein Gin Tonic-Glas und folge meiner Freundin, die zielstrebig den nächsten Clubraum anvisiert. Ich drehe mich kurz nach hinten um.

Mikkel schaut uns für einen Moment mit offenem Mund hinterher. Dann beginnt er jedoch ganz schnell die langbeinige Merrit zu küssen und ihr seine volle orale Aufmerksamkeit zu schenken.

„Was war das denn für eine Pappnase?", fragt Maria mich empört.

„Das war dieser Mikkel, von dem ich dir neulich erzählt habe", antworte ich leicht verlegen.

„Dieser Optimierungs-Fuzzi, den du aus deiner Wohnung geschmissen hast? Na, wenn du mit solchen Typen deine Zeit vergeudest, wirst du mit Mitte dreißig auch noch Single sein!", prophezeit Maria mir düster.

Händchen haltend laufen wir durch das Vega, um irgendwo eine Sitzgelegenheit zu finden.

Maria scheint bereits etwas erspäht zu haben.

„Oh hallo, wie heißt ihr beiden denn?", halten uns da auf halbem Weg zwei junge Männer auf. Irgendwie kommen mir ihre Gesichter ebenfalls bekannt vor.

Heute ist anscheinend die Nacht der Déjà-Vus.

„Hi, ich bin die Katrine", sage ich schnell.

„Und ich die Maria." Es klingt bald mehr nach einem Seufzen.

Doch dann scheint Maria zu bemerken, was mir ebenfalls sofort aufgefallen ist. Diese beiden Typen sehen verdammt gut aus. Außerdem haben sie uns auf Englisch angesprochen, was Maria immer noch hundertmal lieber ist, als Dänisch zu reden. Obwohl sich ihre Sprachfähigkeiten in den letzten Monaten enorm verbessert haben. Aber sie meint, Dänisch sei einfach keine Sprache zum Flirten. Im Gegensatz zu Italienisch, Französisch und Englisch, die sie alle drei fließend beherrscht.

„Das soll jetzt nicht nach einer saublöden Anmache klingen, aber kennen wir uns irgendwo her?", meint einer der beiden jungen Männer.

„Ach wirklich?" Maria wirft ihm mit hochgezogenen Augenbrauen einen überraschten Blick zu.

„Ja, wirklich."

Ich schaue mir den jungen Mann etwas genauer an.

Anfang bis Mitte dreißig dürfte er sein. Er sieht verdammt gut aus. Großer, schlanker, durchtrainierter Körper. Blonde Haare, grüne Augen, sofern das nicht nur ein Lichtspiel der Disco-Scheinwerfer ist. Dazu ein jungenhaftes Gesicht voller kleiner Sommersprossen. Das sieht man sogar bei diesen Lichtverhältnissen.

„Ich bin Tom. Ich mache meinen Post Doc[1] in Quantenphysik hier an der Uni", erklärt er und streckt mir seine Hand hin.

„Cool", sage ich, „ich bin ebenfalls dort tätig. Als Doktorandin im Bereich Volkswirtschaft."

„Und ich bin Rasmus", stellt sich der zweite junge Mann vor, „ein Kollege von Tom."

Er ergreift Marias Hand zur Begrüßung.

Schnell zieht sie ihre Hand wieder zurück.

„Und ich heiße Maria, bin Biologin", antwortet sie knapp.

Ihre Stellung als Associate Professor unterschlägt sie meistens bei der allerersten Begegnung. Kein Wunder. So jung, wie sie aussieht, könnte Maria glatt als Doktorandin durchgehen.

„Kann es sein, dass wir uns schon mal in der Freitagsbar begegnet sind?", frage ich Tom.

„Gut möglich", nickt er.

„Du hast einen lustigen Akzent, wenn du englisch sprichst, Tom! Wo kommst du denn genau her?", will Maria neugierig wissen.

„Aus Darwin", antwortet Tom.

„Oh, da wollte ich schon immer mal hin!", sage ich sehnsüchtig.

„Im Ernst?" Tom sieht mich begeistert an.

„Ja! Seit meinen Kindheitstagen interessiere ich mich für Australien", sprudelt es nur so aus mir heraus, „ich wollte schon immer mal in den Litchfield-Nationalpark und mir dort den Tüpfelbeutelmarder und den Kurznasenbeutler aus direkter Nähe anschauen! Und dann natürlich die Botanischen Gärten, die müssen in Darwin geradezu phantastisch sein..."

„Wow!", sagt Tom nur noch anerkennend. „Wow! Du kennst dich wirklich gut aus!"

---

[1] Eine Post Doc-Stelle ist eine Forscherstelle nach der Promotion und vor einer eventuellen Professur, in der idealerweise viele Publikationen erstellt und Projekte durchgeführt werden.

„Aber echt, Katrine! Da könnte man glatt den Eindruck kriegen, dass du von euch beiden die Biologin bist!", witzelt Rasmus.

„Katrine war schon immer ein großer Australien-Fan!", bestätigt Maria, die Beste.

„Darf ich den großen Australien-Fan auf ein Bier einladen?", fragt Tom mir zugewandt.

„Und ich die wahre Biologin?", erkundigt sich Rasmus vorsichtig bei Maria.

Maria und ich tauschen schnell Blicke aus.

Die beiden Männer haben sich vorher abgesprochen. Garantiert. Aber sie wirken echt in Ordnung, dieser Tom und dieser Rasmus. Außerdem sind sie wahre Zuckerschnitten auf zwei Beinen.

„Klar dürft ihr uns einladen!", antworten Maria und ich im Chor.

Im Nu sind Rasmus und Maria im Getümmel auf dem Weg zum Getränkeausschank verschwunden.

„Komm, hier ist es viel zu voll! Lass uns zu einer Bar in die andere Richtung gehen!", meint Tom.

Ich folge ihm.

Wenige Minuten später stehen Tom und ich jeweils mit einem Bierglas in der Hand an die Wand gelehnt und unterhalten uns.

„Also, Tom, dann erzähl' doch mal, was dich vom wunderschönen Australien ins kalte Dänemark verschlagen hat!", fange ich betont locker ein Gespräch mit ihm an.

Für einen kurzen Moment überlege ich, ob die Frage als Eisbrecher zu abgedroschen klingt. Aber im Gegenteil. Tom scheint sie zu gefallen.

Er lächelt mich an.

„Ich bin vor über einem Jahr für eine Post Doc-Stelle hierhergekommen. Ich wandere sozusagen auf den Pfaden von Niels Bohr, dem berühmten Atomphysiker."

„Soso, ist ja spannend!", erwidere ich.

Es sollte kess wirken, kommt aber nicht so schlagfertig herüber, wie ich das eigentlich beabsichtigt habe. Tom mustert mich kurz.

„Und was machst du in deiner Freizeit? Wenn du nicht gerade in VWL promovierst?", wechselt er elegant das Thema.

„Ich gehe aus, lese viel, schreibe Geschichten und spiele Klavier."

Tom sieht mich zutiefst überrascht an.

„Nein, im Ernst? Wow! Ich schreibe auch Geschichten und spiele Klavier!"

„Nee, wirklich, Tom, du schreibst Geschichten? Du siehst gar nicht danach aus! In was für einem Genre denn?"

„Oh je, das ist viel zu peinlich." Tom kratzt sich am Kinn.

„Ach, komm, sag schon! Schreibst du Soft-Pornos, oder was?" Ich lasse nicht locker. Denn dieser Zufall wirkt geradezu wunderbar. Ein Mann, der in seiner Freizeit auch Geschichten schreibt und Klavier spielt?! Das kann eigentlich schon gar kein Zufall mehr sein, dieser Zufall!

„Aber du musst mir versprechen, dass du nicht lachst!", beharrt Tom.

Ich nicke ernsthaft.

„Ich schreibe Science Fiction-Romane!"

Gegen meinen Willen muss ich jetzt doch lachen.

„Science Fiction! Du als Atomphysiker? Ist das wahr? Da erfüllst du ja komplett das Klischee!"

„Ja, klar!", bestätigt Tom. „Und über was schreibst du?"

„Oh je, jetzt komme ich mir so fürchterlich banal vor. Ich schreibe vor allem Liebesromane", antworte ich leicht verlegen.

„Wow! Ist ja stark!"

Für einen kurzen Moment denke ich, dass Tom sich über mich lustig macht. Aber er sieht mich ganz aufrichtig an, als er das sagt.

„Na ja, die Liebe ist eine hochkomplexe Angelegenheit. Sie ist von vielen exogenen und endogenen Variablen abhängig, die keine mathematische Formel so richtig zu erfassen vermag", stellt Tom abgeklärt fest.

Im Nu ist zwischen Tom und mir die schönste Fachsimpelei zum Thema Roman schreiben im Gange. Die Zeit verfliegt nur so. Während wir reden, sieht Tom mich immer wieder lange an und berührt meinen Arm. Alles rein zufällig natürlich. Für mich könnte diese Nacht ewig so weitergehen...

Auf einmal tippt mir jemand von hinten auf die Schulter.

Ich drehe mich um. Maria ist da.

„Katrine, ich werde jetzt gehen", erklärt sie kurzentschlossen, „wenn du magst, kannst du ja noch alleine da bleiben. Mir reicht es für heute!"

„Aber wieso? Was ist denn passiert? Und wo hast du Rasmus gelassen?"

Verständnislos schaue ich die Freundin an.

„Ist irgendetwas schiefgelaufen?"

„Nein, es lief alles wunderbar", erwidert Maria zynisch, „Rasmus und ich hatten das tollste Gespräch überhaupt. Bis er mich nach meinem Alter gefragt hat. Da ist er fast aus den Latschen gekippt, als er erfahren hat, dass ich schon 36 bin. Und hat sich sofort aus dem Staub gemacht!"

„Na sowas!" Irritiert kratze ich mich am Kopf.

„Nimm es als Kompliment", versucht Tom Maria aufzumuntern, „du siehst einfach viel jünger aus, als du bist!"

„Ja, aber mich nach dieser Antwort einfach so stehen zu lassen!" Maria kann es anscheinend immer noch nicht fassen. „Wie dem auch sei, ich gehe jetzt!"

„Ich komme mit, Maria", sage ich schnell.

„Bist du dir sicher?", fragt Maria mich zweifelnd.

Anscheinend ist ihr nicht entgangen, dass es zwischen Tom und mir gerade ordentlich geknistert hat.

„Klar, ich komme mit. Ganz sicher. Dann können wir uns ein Taxi nach Hause teilen, so wie wir es ursprünglich verabredet haben. Du wolltest doch sowieso bei mir übernachten", antworte ich in einem Ton, der keinen Widerspruch duldet.

„Also, gut! Sehr schön!" Maria ist die Erleichterung deutlich anzumerken.

Es besteht seit jeher eine klare Absprache zwischen uns beiden, dass wir uns nach dem Tanzen immer gemeinsam ein Taxi teilen. Es sei denn, dass eine von uns wirklich den Mann des Lebens trifft. Was bislang natürlich nicht passiert ist.

Auf diese Weise elegant den Absprung zu schaffen, ist mir sogar ganz recht. Obwohl ich natürlich irre gerne länger mit Tom gequatscht hätte. Aber wenn er wirklich Interesse an mir hat, meldet er sich. So viel Erfahrung mit Männern besitze ich inzwischen.

„Wie spät ist es denn überhaupt? Ich habe jegliches Zeitgefühl verloren!", murmele ich, während ich in der Hosentasche nach meinem Handy krame. „Oh! Wow! Es ist schon halb sechs! Der neue Tag hat bereits begonnen! Also, eh Zeit nach Hause zu gehen!", meine ich Maria zugewandt.

Tom kratzt sich verlegen am Kinn und schaut mich lange an. Er sieht total süß dabei aus.

„Sag mal, Katrine, bist du eigentlich auf Facebook? Dann könntest du mich doch schnell als Freund hinzufügen, wenn du dein Smartphone schon so schön in der Hand hältst", schlägt er grinsend vor.

„Gute Idee!" Ich öffne die Facebook-App und reiche Tom mein Handy herüber.

Rasch sucht er nach seinem Profil und fügt es auf meiner Freundesliste hinzu.

„Klasse!", strahle ich.

„Lass uns nochmal treffen! Ich schreibe dir eine Private Message!", verspricht Tom.

Er umarmt mich zum Abschied.

Dabei drückt er mich ganz eng an sich. So eng, dass ich eine kurze Woge von seinem Duft erhaschen kann. Ich atme tief durch. Tom riecht einfach verdammt gut. Die Chemie zwischen uns stimmt. So viel steht fest.

„Darf ich dich zum Dinner einladen?", fragt Tom.

„Das würde mich sehr freuen", antworte ich.

„Und mich erstmal", sagt Tom, „ich werde dir schreiben."

Mit einem guten Gefühl verlasse ich das Vega. Dieser Abend war ein voller Erfolg.

Ich kann es kaum erwarten, bis Tom sich meldet.

Am nächsten Morgen wache ich sehr spät auf.

Der verführerische Duft von frisch gebrühtem Kaffee schlägt mir entgegen.

Maria steht vor meinem Bett mit zwei Tassen Kaffee in der Hand.

„Ich dachte, du kannst etwas Koffein für den Start in den neuen Tag gut gebrauchen", meint sie.

„Oh, das ist lieb!" Lächelnd nehme ich den Kaffee entgegen.

„Katrine, du warst wirklich toll gestern Abend!" Maria hält kurz inne und grinst. „Abgesehen von dem Ausrutscher mit Mikkel natürlich. Aber dass du gemeinsam mit mir das Vega verlassen hast, obwohl du diesen gut aussehenden Tom am Haken hattest, fand ich einfach nur klasse von dir! Du bist eine wahre Freundin!"

„Nicht der Rede wert", winke ich ab, „wir hatten das doch so vereinbart. Und mit Tom, das lief so super. Der meldet sich bestimmt!"

„Um ganz ehrlich zu sein, ich war echt gebügelt, als Rasmus sich sofort von mir verabschiedet hat, nachdem ich ihm mein Alter gesagt habe. Das hat mich wie der Schlag getroffen", erklärt Maria, „ich habe mich auf einmal wie eine alte Jungfer gefühlt!"

„Das verstehe ich! So ein oberflächlicher Vollidiot!", schimpfe ich.

„Weißt du, was das Beste ist, was einer Single-Frau mit Mitte dreißig passieren kann?", fragt Maria mich nachdenklich.

„Nein, was denn?"

„So eine großartige Freundin wie dich zu haben!"

Maria und ich umarmen uns kurz.

Dann springe ich aus dem Bett und ziehe die Vorhänge auseinander.

„Schau mal nach draußen, Maria! Die Sonne scheint! Und das, obwohl wir fast Mitte Oktober haben! Das Wetter sollten wir ausnutzen!"

„Au ja! Ich sag's ja, so eine Freundin wie du ist das Beste, was einem passieren kann", seufzt Maria noch einmal.

An diesem Tag bin ich einfach nur glücklich. Denn mal ehrlich. Ich bin erst 26, und die ganze Welt liegt mir zu Füßen. Sowohl beruflich als auch privat.

Und auch wenn man mit Mitte Zwanzig Single ist, gibt es kaum etwas Schöneres, als eine tolle Freundin zu haben, die für einen da ist. Und mit der man jede Menge tolle Sachen unternehmen kann, bis sich ein gewisser Atomphysiker namens Tom über Facebook meldet und einen hoffentlich zu einem Date einlädt.

Auf proaktive Männerjagd werde ich jedenfalls nicht gehen. Denn noch kommen die Männer ganz von selbst in mein Leben hereingeschneit. Von einem katastrophalen Single-Zustand mit Mitte dreißig fühle ich mich noch Lichtjahre entfernt. Das sehe ich jetzt glockenklar.

#Tom #WiesoMeldetErSichNicht? #Fünf-Tage-Regel #KontaktBedürfnisse #Bedürftig

Okay, ich bin kein Fan von Regeln und Dogmen. Und schon gar nicht, wenn es um zwischenmenschliche Beziehungen geht. Aber an so manche Regel halte ich mich eben doch. Dazu gehört die Fünf-Tage-Regel, und die geht so: Wenn ein Mann mich innerhalb von fünf Tagen nicht kontaktiert hat, versuche ich ihn zu vergessen.

Die Betonung liegt dabei auf *versuche*.

Denn dass mir das nicht immer wie auf Knopfdruck gelingt, versteht sich von selbst.

Gewiss hat Tom mich als Freundin auf Facebook hinzugefügt. Optimistisch gestimmt könnte ich dies als schnelle Kontaktaufnahme interpretieren.

Aber ich warte immer noch vergeblich auf seine versprochene Private Message. Auf seine Einladung zu einem richtigen Date.

Seit unserer ersten Begegnung sind inzwischen zwei Wochen vergangen. Aber Tom lässt nichts von sich hören. Meine Fünf-Tage-Regel müsste ich mittlerweile in eine 14-Tage-Regel umwandeln, um optimistisch zu bleiben, dass das mit uns beiden noch etwas wird.

In der Zwischenzeit bekomme ich täglich über Facebook mit, was Tom sonst so beschäftigt. Er postet meistens irgendwelche TED Talks, bei denen spannende Persönlichkeiten mit ihren wertvollen Erkenntnissen in eindrucksvollen Vorträgen begeistern. Eigentlich bin ich selbst ein großer Fan dieser TED Talks und stets dankbar für gute Hinweise.

Trotzdem wünsche ich mir im Moment nichts sehnlicher als eine Private Message von Tom, die ausschließlich an mich adressiert ist.

Am blödesten finde ich es, wenn ich Tom online im Facebook Chat sehe.

Er wirkt dann so nah und doch so fern.

Wie leicht wäre es, ihn einfach anzuschreiben. Ganz locker nach dem Motto: „Hey, what's up, Tom?" Alles easy eben. Aber ich würde dann ja immer noch hoffen, dass er endlich die Initiative ergreift und mich zum versprochenen Dinner einlädt.

Mit diesem Gedanken im Hinterkopf fühlt es sich komplett verkehrt an, Tom im Chat zu kontaktieren.

* * *

Ein paar Tage später sitzen Maria und ich im Café.

„Ach, das hat bestimmt nichts zu bedeuten, dass Tom sich noch nicht bei dir gemeldet hat!", muntert sie mich auf.

„Meinst du wirklich?" Etwas ungläubig sehe ich die Freundin an.

„Na klar! Bestimmt ist er einfach nur busy mit seiner Forschung! Er wirkte auf mich wie ein sehr ambitionierter Post Doc, findest du nicht? Der will später sicher mal ganz hoch hinaus!" Maria nickt heftig, als sie das sagt.

„Aber wieso sollte er deshalb zu busy sein, um mir zu schreiben?", frage ich verwirrt. „Er findet doch auch die Zeit, die ganzen Ted Talks zu *posten*! Wenn er sich die alle vorher wirklich angesehen hat, kostet das viel mehr Zeit, als mir eine kurze Nachricht zu schicken!"

Maria zuckt mit den Schultern.

„Vielleicht ist er blockiert", meint sie.

Ich atme tief durch.

„Oder vielleicht liegt es an mir, weil ich das Vega damals so abrupt mit dir verlassen habe und einfach ohne ihn nach Hause gegangen bin? Vielleicht hat er sich dadurch verletzt gefühlt und traut sich jetzt nicht mehr, mich zu kontaktieren?", grübele ich laut.

„So ein Blödsinn!" Maria schüttelt energisch den Kopf. „Er hat dich doch gefragt, ob er dich zum Dinner einladen darf, als er schon längst wusste, dass du und ich zusammen nach Hause gehen."

„Aber vielleicht hat er sich im Nachhinein verletzt gefühlt, als er über den Abend noch einmal nachgedacht hat. Vielleicht ist er viel sensibler als wir beide denken. Vielleicht habe ich ihm durch meine Aktion indirekt ja voll die Abfuhr erteilt", spekuliere ich weiter.

„Vielleicht. Vielleicht. Vielleicht. Ich kann es nicht mehr hören! Du kasteist dich nur selbst, Katrine!", fährt Maria mich ungewohnt heftig an. „Vielleicht denkt Tom auch keine Sekunde über dich und den Abend nach, während du hier rumsitzt und deine Zeit verschwendest. Du kennst ihn doch überhaupt nicht! Wenn Tom dich wirklich mag, wird er sich schon melden. Und wenn er es nicht tut, dann vergiss ihn! Basta!"

„Aber vielleicht sollte ich ihm einfach schreiben, anstatt ewig zu hoffen, dass er sich meldet? Ich bin eine emanzipierte Frau. Und immerhin leben wir in Zeiten der Gleichberechtigung. Ich halte das Warten und diese Ungewissheit nicht mehr aus! Ich möchte endlich wissen, was Sache ist!", erwidere ich verzweifelt.

Maria sieht mich nur mit hochgezogenen Augenbrauen an.

Ironischerweise fällt mir in dem Moment selbst auf, wie wehleidig und bedürftig ich gerade klinge.

Von wegen emanzipiert.

Mein aufgewühlter Gefühlszustand ist aus meiner Stimme deutlich herauszuhören. Die starke, selbstbewusste Power-Frau, als die ich mich noch vor zwei Wochen im Vega-Club gefühlt habe, scheint wie vom Erdboden verschluckt zu sein. Stattdessen habe ich mich in ein bedürftiges, kleines Mädchen verwandelt, das geradezu nach einem Date lechzt.

Needy Katrine nenne ich diese uncharmante Version meiner selbst.

Ich weiß nicht, warum diese Bedürftigkeit immer wieder in mir aufkommt. Dabei handelt es sich weniger um das Bedürfnis nach Sex, als vor allem nach Geborgenheit. Dem Bedürfnis nach einer Beziehung eben. Nach jemandem, der mich liebt und seinen Arm um mich legt. Wahrscheinlich haben meine *Needy Katrine*-Symptome auch gar nicht so viel mit Tom zu tun, sondern eher mit dem grundlegenden Wunsch nach einer festen Bindung.

Dabei kann ich selbst diesen *Needy Katrine*-Zustand nicht ausstehen. Denn immer wenn ich mich in diesem Zustand befinde, muss ich höllisch aufpassen, dass ich nicht zu große Kompromisse eingehe und Männern hinterherrenne. So etwas ist äußerst unattraktiv. Außerdem habe ich ja gar keinen Anspruch darauf, dass Tom mich zu einem Dinner einlädt. Er ist schließlich ein freier Mensch.

Mein rationaler Entschluss steht also fest.

Ich werde Tom *nicht* kontaktieren. Auf keinen Fall. Wenn er immer noch Lust verspüren sollte, mich näher kennenzulernen, wird er auf mich zukommen müssen. Und wenn nicht, dann war es das halt. Im *Needy Katrine*-Zustand sollte ich auf keinen Fall die Initiative ergreifen.

„Du hast recht, Maria, du bist echt schlau", sage ich und sehe die Freundin grinsend an, „ich werde Tom nicht schreiben. Er muss das tun!"

Maria nickt bestätigend.

„Und außerdem gibt es zum Glück ja noch andere Themen auf dieser Welt als die Männer!", meint sie lächelnd.

* * *

Die nächsten Tage flüchte ich regelrecht in meine Arbeit.

Ich bin gerade dabei, mein erstes ökonomisches Modell aufzustellen. Ein partielles Gleichgewichtsmodell, wie man so schön sagt. Das verlangt meine volle

Aufmerksamkeit. Wenn das Modell fertig ist, möchte ich es in einen Artikel verpacken und diesen bei einer wissenschaftlichen Zeitschrift einreichen.

Eigentlich bin ich eine sehr fleißige Doktorandin und verbringe viele Stunden rechnend in der Uni.

Momentan ist mein Arbeitspensum aber noch sehr viel höher als sonst. Ich kann von meinem Stundeneinsatz her fast mit meinem Büronachbarn Niels mithalten, der sich in der Endphase seiner Dissertation befindet.

Ich merke, wie mich der Fortschritt meiner Arbeit zunehmend befriedigt und ich immer weniger an Tom denken muss.

Erst an einem Freitagnachmittag - einige Wochen später - werde ich unwillkürlich an ihn erinnert.

Ich habe mir gerade eine Flasche Tuborg am Tresen der Freitagsbar geholt, als Maria mich von der Seite anstößt.

„Du, sag mal, da drüben, ist das nicht der Tom?"

Sie zeigt auf einen großen, blonden, durchtrainierten Typen, der ungefähr zehn Meter von uns entfernt steht.

Wider Willen spüre ich, dass mein Herz plötzlich Vollgas gibt.

Als ob er etwas bemerkt hätte, dreht sich der Typ langsam um.

Ich nehme nur noch wahr, dass die Röte mir mit voller Wucht ins Gesicht schießt. Von der Hautfarbe her kann ich in diesem Zustand locker jedem Feuermelder Konkurrenz machen. Dann stutze ich jedoch.

Denn dieser Typ, das ist gar nicht der Tom! Sondern irgendjemand Anderes, den ich überhaupt nicht kenne. Und der ihm lediglich von hinten total ähnlich sieht.

„Öh! Das ist ja gar nicht Tom!", ruft Maria verblüfft.

„Puh!", sage ich nur. „Puh!"

Aber das biologische Programm, das gerade per Automatik ablief, hat mir komplett gereicht. Es hat mir gereicht, um zu wissen, dass ich dummerweise nicht über Tom hinweg bin. Biochemisch entsteht da immer noch ein hormonelles Feuerwerk, sobald ich auch nur glaube, ihn zu sehen.

„Ach, hier seid ihr beiden! Wir haben euch schon überall gesucht!", reißt mich eine bekannte männliche Stimme mit spanischem Akzent aus meinen Gedanken.

Vier junge Männer kommen auf Maria und mich zu.

Dabei handelt es sich um unsere Freunde Javier, Andrew, Pawel und Steffen. Genau wie Maria und ich verbringen sie fast jeden Freitagnachmittag in der Freitagsbar. So hat sich vor ein paar Wochen im Nu ein wunderbarer Freundeskreis entwickelt. Total international. Pawel ist ein Chemiker aus Warschau, der in Kopenhagen eine feste Stelle als Professor bekommen hat. Andrew aus Schottland macht seinen Post Doc in Biologie, er arbeitet an Marias Fakultät. Javier aus Andalusien ist hingegen Gastdoktorand im Bereich Materialwissenschaften. Er studiert nur für ein Jahr hier. Und Steffen aus Wien verbringt lediglich zehn Monate an unserer Uni. Er promoviert in Mathematik. Manchmal ist es schon seltsam darüber nachzudenken, dass unser wunderbarer Freundeskreis nur ein Freundeskreis auf Zeit ist. Diese Zeit genieße ich dafür umso mehr in Hülle und Fülle.

„Cool, dass du da bist, Pawel! Ich dachte, du wärst vielleicht auf dem Weg nach Warschau, um deine Familie am Wochenende zu besuchen!", meint Maria.

„Nee", Pawel grinst, „dieses Wochenende habe ich zum Glück frei."

„Frei?" Verdutzt sehe ich Pawel an. „Wie meinst du das?"

„Na ja, ich habe frei, weil ich nicht zu meiner Frau und meinen beiden Kindern muss", erklärt er strahlend, „ich kann mich dieses Wochenende ausschließlich meinen Freunden und der Forschung widmen."

„Dieses Hin- und Herpendeln zwischen Kopenhagen und Warschau stelle ich mir echt stressig vor", pflichtet Andrew ihm bei, „die Reiserei würde mich völlig verrückt machen!"

„Och nö, das Reisen finde ich gar nicht so schlimm", widerspricht Pawel, „es ist nur nervig, dass da immer gleich so viele Tage bei draufgehen, an denen ich mich ausschließlich um meine Familie kümmern muss. Mit meiner Forschung komme ich an diesen Wochenenden überhaupt nicht voran. Diese Zeit ist sehr schwer aufzuholen! Ihr kennt das ja nicht, weil ihr alle Singles seid! Ihr könnt immer forschen, wann ihr lustig seid!"

Mit versteinerter Miene sieht Pawel uns alle an, um die Unmöglichkeit seiner Situation zu unterstreichen.

„Krass! Du bist echt krass, Pawel! Das soll wohl ein Scherz sein!", stößt Javier lachend hervor. „Familie oder Forschung, was ist wichtiger? Für mich wäre das eindeutig die Familie! Ich würde etwas darum geben, eine Frau und zwei Kinder zu haben!"

„Es ist schön zu hören, wenn so etwas mal ein Mann sagt", bemerkt Maria trocken.

„Wollen deine Frau und deine beiden Kinder denn bald zu dir nach Dänemark ziehen?", frage ich Pawel. „Ich stelle mir das schrecklich vor, so komplett voneinander getrennt zu leben!"

„Ach wo! Die sind doch alle glücklich zu Hause in Warschau!", wehrt Pawel entschieden ab. „Nein, nein, Katrine, glaub mir, so ist es am besten für uns alle! Ich habe Zeit, mich voll und ganz meiner Forschung in Kopenhagen zu widmen. Und meiner Familie fehlt es an nichts daheim in ihrer gewohnten Umgebung. Außerdem besuche ich sie ja jede dritte Woche und bleibe dann gleich für fünf Tage am Stück da. Die Situation ist absolut ideal. Geradezu phantastisch!"

„Du bist echt krass drauf!", wiederholt Javier. „So was von krass!"

Er scheint sich gar nicht mehr einzukriegen.

Nur Steffen bleibt auffällig still und sagt gar nichts dazu.

So offen haben wir bislang noch nie mit Pawel über sein Familienleben gesprochen. Wir haben uns nur immer gewundert, dass er mit der Situation so gut klarkommt.

„Die Zeit, die meine Familie und ich gemeinsam verbringen, ist dafür besonders intensiv", fügt Pawel erklärend hinzu, als ob er sich vor uns entschuldigen müsste. Irgendwie sieht er traurig aus, als er das sagt.

„Glaubt mir, diese fünf Tage kompensieren voll und ganz meine Tage der Abwesenheit! Wenn das Wochenende mit meiner Familie vorbei ist, sehne ich mich schon wieder regelrecht an meinen Platz in der Uni zurück!"

„Na, das ist ja schön für dich", sagt Andrew. Man merkt, dass er es ironisch meint.

Pawel wirft kurz einen Blick auf seine Uhr.

„So, und jetzt entschuldigt mich bitte! Meine dreijährige Tochter und ich haben nämlich gleich einen Skype-Termin. Wollt ihr ein Foto von ihr sehen? Ist sie nicht süß?"

Pawel zieht ein zerknittertes Foto aus seiner Hosentasche, auf dem ein süßes, honigblondes, lockiges Mädchen fröhlich in die Kamera strahlt.

Seufzend streicht Pawel über das Bild.

„Mein Sohn ist übrigens schon acht Jahre alt. Ach, ich vermisse sie schon sehr, meine beiden Kinder! Da sollte ich lieber pünktlich zu unserer Skype-Verabredung sein!"

Noch ehe wir etwas erwidern können, ist Pawel bereits verschwunden.

„Was war das denn?" Javier kratzt sich verwundert am Kopf. „Erst ist Pawel so hart und dann so sentimental!"

„Glaubt ihr an Pawels Theorie, dass ein intensiver kurzer Kontakt eine lange Zeit der Abwesenheit in einer Beziehung kompensieren kann?", frage ich zweifelnd.

„So ein Blödsinn! Wenn ich eine Frau wirklich liebe, dann möchte ich sie auch sehen. Und zwar so oft es geht!", betont Javier.

Für einen kurzen Moment herrscht Stille.

„Was ist denn mit dir los, Steffen? Du bist heute so schweigsam?", erkundigt sich Maria, die neben ihm steht.

„Ach, nichts ist los! Ihr dürft Pawel nur nicht so verurteilen! Denn es ist nicht alles so, wie es scheint", wirft Steffen vorsichtig ein.

„Wie meinst du das?"

Steffen hat alle unsere Blicke auf sich gezogen.

„Pawels Ehe befindet sich seit längerem in der Krise", setzt Steffen nach einigem Zögern an, „er versucht alles, um seine Ehe zu retten. Dieses Lebensmodell ist das Einzige, was seine Beziehung noch aufrechterhalten kann."

Betroffen sehen wir Steffen an.

„Okay, das nächste Mal werde ich nicht so häufig das Wort „krass" gebrauchen", meint Javier nachdenklich.

„Das konntest du ja nicht wissen", sage ich.

Javier schenkt mir einen dankbaren Blick.

„Pawel leidet wie ein Hund unter der Situation. Seine Frau würde ihn am liebsten gar nicht mehr sehen. Sie haben immer nur Streit, wenn er zu Besuch ist. Aber Pawel vermisst nun mal seine Kinder. Es geht ihm gerade nicht wirklich gut. Seid einfach ein bisschen netter zu ihm, okay?", bittet Steffen uns eindringlich.

„Ja, klar. Das konnten wir ja nicht wissen", antworte ich für uns alle.

Ich spüre, dass ich einen ganz trockenen Mund dabei habe.

* * *

An diesem Abend gehe ich sehr nachdenklich von der Freitagsbar nach Hause.

Es ist nicht alles so, wie es scheint, hat Steffen gesagt.

Ich fand Pawel vorher immer ein wenig komisch.

Aus meiner Sicht hatte er alles erreicht, was man zu seinem Glück braucht: Eine eigene Familie, zwei Kinder, eine feste Stelle als Professor an der Uni. Ich dachte immer, dass Pawel ein komischer Vogel sei, der so in seine Forschung verliebt ist, dass er sich gar nicht mehr nach der Zuneigung seiner Familie sehnt und sein Glück nicht zu schätzen weiß. In Wirklichkeit vermisst Pawel aber unheimlich seine Kinder. Und freut sich unbändig über Kontakt zu ihnen, selbst wenn dieser in Form eines virtuellen Skype-Anrufes erfolgt.

Ich bin zutiefst beeindruckt.

Selbst so ein Hardcore-Forscher wie Pawel sucht anscheinend die Liebe.

Immer noch in Gedanken versunken rufe ich später zu Hause auf meinem Laptop Facebook auf. Da! Ich habe zwei neue Private Messages erhalten.

Die eine Nachricht stammt von Javier.

Er erkundigt sich, ob ich gut nach Hause gekommen bin. Das ist sehr nett und fürsorglich. Ich schreibe ihm schnell zurück, dass ich gerade gemütlich bei einer Tasse Tee in meiner Wohnung sitze und danke ihm für den schönen Freitagnachmittag.

Javier ist echt ein Schatz! Ich kann mich wirklich glücklich schätzen, so zuverlässige und liebe Freunde zu haben!

Die zweite Nachricht stammt von Tom.

Ich falle fast vom Stuhl und traue meinen Augen nicht. So sehr freue ich mich darüber, endlich von ihm zu hören! Eigentlich ist das total ungerecht, denn über Javiers Nachrichten, die mit zuverlässiger Regelmäßigkeit eintrudeln, freue ich mich weitaus weniger. Meine Psyche funktioniert bei Liebesangelegenheiten anscheinend wie der Markt: Die Knappheit eines Mannes lässt seinen Wert gleich drastisch steigen.

Neugierig lese ich Toms Nachricht.

Liebe Katrine,
es tut mir unglaublich leid, dass ich mich erst jetzt melde. Die Forschung verschlingt gerade unendlich viel Zeit! Zwei meiner Forschungsprojekte befinden sich in der Abschluss-phase, so dass ich dafür zwei Berichte fertig schreiben musste.
Ich habe aber unser gemeinsames Dinner nicht vergessen und würde dich unglaublich gerne einladen. Wann würde es dir denn passen?
Alles Liebe, Tom.

Obwohl ich weiß, dass es komplett falsch ist, sofort zu reagieren, kann ich mich kaum zurückhalten. Dafür halte ich meine Antwort kurz und knapp, um nicht allzu bedürftig zu wirken.

Lieber Tom,
schön von dir zu hören! Ein Dinner klingt wunderbar. Ich hätte morgen Abend (Samstag) oder nächste Woche Dienstag, Donnerstag und Samstag oder Sonntagnachmittag Zeit. Wäre da ein passender Termin für dich dabei?
Liebe Grüße, Katrine.

Ich habe meine Antwort gerade abgeschickt, als ein Piep-Geräusch mich darauf aufmerksam macht, dass ich soeben eine Chat-Nachricht erhalten habe. Von Tom! Und das obwohl er online im Facebook-Chat gar nicht zu sehen ist. Er hat sich im Chat also auf unsichtbar gestellt.

„Hey, das ging ja schnell! Fast mit Lichtgeschwindigkeit!", schreibt er.

Mhm.

„Ich wollte es nur nicht vergessen dir zurück zu schreiben. Deswegen habe ich das sofort erledigt ☺", antworte ich.

„Ah, verstehe. Sehr cool ☺."

„☺."

„Katrine, es tut mir sehr leid, aber ich kann weder morgen noch nächste Woche. Ich muss auf Dienstreise in die Schweiz, um dort ein paar Experimente am Teilchenbeschleuniger durchzuführen. Voll blöd für unser Date ☹."

Enttäuscht verziehe ich das Gesicht. Wie gut, dass Tom mich gerade nicht sehen kann.

Zugleich ärgere ich mich, dass ich mit meinen ganzen Terminvorschlägen so hohe Verfügbarkeit signalisiert habe. Ich muss jetzt ganz relaxed und cool tun.

„Das ist sehr schade, Tom! ☹ Aber macht nichts. Der Job geht vor ☺."

„Okay, super ☺ ☺ ☺."

Pause.

Ich überlege, was ich schreiben soll. Jetzt die Initiative für einen alternativen Termin zu ergreifen, wäre wirklich zu blöd. Aber vielleicht kann ich es raffinierter einfädeln?

„In der Schweiz gibt es super-leckere Schokolade. Falls du es schaffst, neben deiner Arbeit am Teilchenbeschleuniger etwas zu naschen, kann ich dir Lindt und Frigor empfehlen :P."

Mein Emoticon streckt Tom die Zunge raus, um betont kess und locker zu wirken.

„Wie lange bist du denn dort?", tippe ich dann, um zum eigentlichen Punkt zurückzukommen. Denn diese Information interessiert mich natürlich brennend.

„Einen ganzen Monat", schreibt Tom zurück, „das wird sicherlich eine sehr inspirierende Zeit mit vielen coolen Forschern. Ich freue mich bereits riesig darauf! ☺ ☺ ☺"

Wow! Ich bin froh, dass ich fest auf meinem Stuhl sitze. Denn mit so einer Antwort habe ich natürlich nicht gerechnet.

„Ich bin aber sehr traurig, dich dann erst in einem Monat wiedersehen zu können. Ich melde mich, wenn ich wieder zurück in Kopenhagen bin. Einverstanden? ☺ Unser Dinner ist nicht vergessen, okay?"

„Klar. Okay", antworte ich sehr ernüchtert.

Kein Smiley von meiner Seite mehr.

Als ob er die Zwischentöne in unserer Online-Kommunikation bemerkt hätte, schreibt Tom: „Freue mich schon sehr auf unser Dinner und eine Fortführung unseres guten Gespräches ☺."

Durch diesen Satz fühle ich mich gleich viel besser.

„Ich mich auch ☺."

„Also, Katrine, ich verabschiede mich. Ich muss noch packen. Morgen früh geht bereits mein Flieger. Take care! ☺", beendet Tom unser Gespräch.

„Du auch! Hab eine gute Zeit! ☺", wünsche ich ihm.

Ich will mich gerade aus Facebook ausloggen, als noch einmal der Piep-Ton für eine Chat-Nachricht ertönt. Ich traue meinen Augen nicht, als ich hinschaue.

Denn diese Nachricht stammt von Tom:

„:-*"

Ein Kuss!

Ich bin sprachlos.

Tom hat mir einen virtuellen Kuss über Facebook geschickt!

Erst will ich ihm schnell einen Kuss zurückschicken. Doch dann zügele ich mich. Denn die Enttäuschung darüber, ihn frühestens in einem Monat zu sehen, ist immer noch zu groß.

So nah und doch so fern.

Aus diesem Mann werde ich einfach nicht klug. Wie kann sein Kontaktbedürfnis erst so gering nach mir sein, dass er sich wochenlang nicht meldet? Und wieso schickt er mir dann urplötzlich einen virtuellen Kuss über Facebook zu?

Die einzige Schlussfolgerung, die ich aus dem Ganzen ziehen kann, ist, dass ich mein Glücksempfinden nicht mehr von dem willkürlichen Kommunikationsverhalten eines Mannes abhängig machen darf. Im Gegensatz zu Pawel, an dem eine Familie mit Kindern hängt, bin ich nämlich total unabhängig.

Außerdem behält Maria am Ende recht. Wenn Tom mich kontaktieren will, dann kann er das auch. Dies hat er gerade eindeutig bewiesen.

#Mads #FaceTime #VirtuelleNeuigkeiten

„Feeling excited", steht groß und breit als aktueller Gefühlsstatus auf Javiers Facebook-Seite.

Unter seinem Status-Update hat Javier ein Foto ge*postet*, auf dem ein frisch renoviertes Haus im hippen Stadtteil Nørrebro zu sehen ist. In der Husumgade. Zumindest ist das der Straßenname, den Javier als *tag* dazu angegeben hat. Die Husumgade befindet sich fußläufig in unmittelbarer Nähe der Jægersborggade, einer der hipsten Straßen im hippen Stadtteil Nørrebro überhaupt.

„Nach langer Suche haben wir endlich eine Vier-Zimmer-Wohnung gefunden, in der wir unsere Traum-WG realisieren können! Wir – das sind Andrew, Pawel und meine Wenigkeit! ☺ Sobald wir hier eingezogen sind, freuen wir uns, euch bei uns begrüßen zu dürfen! ☺ ☺", hat Javier sein Foto kommentiert.

Binnen weniger Stunden hat er für diesen Eintrag unzählige Likes und Glückwünsche aus aller Welt erhalten.

„Super! Bin schon gespannt! Dann können wir gemeinsam abends Nørrebro unsicher machen!", schreibt zum Beispiel Steffen.

„Wow! Esto es fantástico!", freut sich eine Carmen aus Granada.

„So cool! Looking forward to visiting you guys!", bekundet eine Susan aus New Jersey.

„Felicitaciones! Eso es genial! ☺", drückt ein Sergio aus Sevilla seine Glückwünsche aus.

„Und das noch im hippen Nørrebro! Wie habt ihr das denn geschafft???!!! Habe gehört, das soll das

Kopenhagener Äquivalent zum Prenzlauer Berg sein!",
wundert sich eine Petra aus Berlin.

„Ach, ich freue mich so für euch! Dann musst du mich
in eurer neuen Wohnung unbedingt mit deinen
Kochkünsten verzaubern!", kommentiert Maria.

Dahinter hat sie zwei Herzen ge*postet*.

Javier hat ihren Vorschlag sogleich geliked.

„Aber klar doch! Wird gemacht! Du musst dann aber
unbedingt Katrine mitbringen! ☺", antwortet er
begeistert, „Die darf bei so einem Event auf keinen Fall
fehlen!"

„Sehr gerne, ich bin dabei! ☺", danke ich ihm
hocherfreut für die Einladung. Und vergebe sofort ein
Like für diesen genialen Einfall.

„Wo hast du eigentlich vorher gewohnt, Javier? Unter
einer Brücke? ;-)", fragt ein Pablo aus Málaga.

„Natürlich nicht! Wohne bis jetzt im Gästehaus der Uni!
In Kopenhagen regnet es sehr viel im Vergleich zu
Andalusien. Da wäre es unter der Brücke auf Dauer
etwas ungemütlich! ☺", entgegnet Javier ausgesprochen
schlagfertig.

Dafür hat es in der Zwischenzeit schon wieder dreizehn
Likes geregnet.

„Mit Nørrebro habt ihr euch wirklich einen tollen
Stadtteil ausgesucht! Und dann noch so dicht an der
Jægersborggade, das ist echt klasse! Meinen herzlichen
Glückwunsch!!", füge ich hinzu.

Kaum, dass ich meinen Kommentar ge*postet* habe, hat
er bereits ein Like erhalten.

Von Pawel.

Dann stutze ich jedoch. Denn Pawel hat meinen Eintrag
nicht nur geliked, sondern gleich noch etwas dazu
geschrieben.

„Tja, Katrine, nicht schlecht oder? Macht auf jeden Fall
mehr her als deine Wohnung im beschaulichen Stadtteil
Vanløse! Da kann deine Straße tausendmal Vanløse
Allé heißen, das macht sie bei weitem nicht so edel wie
unsere Wohnung nahe der Jægersborggade! ;-)"

Ich muss schwer schlucken, als ich das lese.

Denn mal ehrlich. Das geht mir entschieden zu weit!
Zugegebenermaßen bin ich kein Kind von Traurigkeit,

wenn es um die Nutzung von Facebook geht. Aber ohne mein Einverständnis vor allen Leuten einfach mal so die Straße zu erwähnen, in der ich wohne, überschreitet eine Grenze, die meine Privatsphäre berührt!

Diesen Kommentar soll Pawel löschen. Und zwar auf der Stelle!

Ich greife nach meinem Handy und rufe Pawel an.

Tut. Tut. Tut.

Pawel hebt natürlich nicht ab.

Okay, dann muss ich es über den Facebook-Chat versuchen.

Pawels Status ist immerhin online.

„Hey Pawel!", haue ich schnell in die Tasten.

In der Hoffnung, dass er mir antwortet.

„Hej Katrine! Wie schön, von dir zu hören! ☺ ☺", schreibt er zurück.

Ha! Wie ich es mir gedacht habe.

Natürlich hat Pawel es mit seinem Kommentar überhaupt nicht böse, sondern witzig gemeint. Ansonsten würde er jetzt nicht so freundlich reagieren.

„Pawel, bitte lösche sofort deinen letzten Kommentar auf Javiers Seite!"

„Aber wieso denn? Habe ich dich verletzt? Sorry, das wollte ich nicht ☹. Ich fand es nur so lustig, dass ausgerechnet du über die coole Location unserer neuen Wohnung geschrieben hast. ☺ ☺"

„Das ist mir egal. Es geht mir darum, dass du meine Adresse ge*postet* hast. Ich will nicht, dass alle möglichen Leute auf Javiers Seite lesen können, in welcher Straße ich wohne! Das verletzt meine Privatsphäre", gebe ich bissig zurück.

Ohne Smiley.

„Es ist aber *mein* Kommentar, Katrine. Willst du mir in etwa vorschreiben, was ich *posten* darf und was nicht? Ich habe doch auch kein Problem damit, dass Javier öffentlich angibt, wo wir hinziehen werden! Wir haben schließlich nichts zu verbergen!"

„Ich habe kein Bedürfnis, mich auf eine Diskussion mit dir einzulassen, Pawel!", entgegne ich im Chat. „Ihr könnt machen, was ihr wollt! Aber ich möchte meinen Wohnort privat halten und nicht für zig Leute sichtbar

50

auf Facebook *posten*. Wenn dir etwas an unserer Freundschaft liegt, löschst du den Kommentar. Und zwar sofort!", füge ich nachdrücklich hinzu.

Dann warte ich. Denn Pawel schreibt plötzlich gar nicht mehr.

Ungeduldig trommele ich mit meinen Fingern auf dem Esstisch. Im realen Leben sitze ich nämlich gerade ganz alleine in meiner Küche. Es ist absolut still um mich herum. Ich vernehme lediglich das laute Ticken der Küchenuhr im Hintergrund.

Pawel meldet sich immer noch nicht.

„Hallo, bist du da?", unternehme ich einen neuen Anlauf per Chat.

„Jaja, klar", antwortet Pawel unerwartet schnell, „mein Kommentar ist schon gelöscht. Sorry vielmals! Tut mir echt leid! Hatte nicht groß drüber nachgedacht! Ich muss jetzt aber Schluss machen, Katrine, denn ich habe gleich einen Skype-Termin mit meinem Sohn! Bye bye!"

Erleichtert atme ich tief durch.

Sicherheitshalber schaue ich noch einmal auf Javiers Seite nach.

Zum Glück! Pawel ist tatsächlich meiner Aufforderung nachgekommen.

So sehr ich Facebook liebe, um mit meinen Freunden in Kontakt zu bleiben, manchmal mischt sich für mich das Virtuelle zu sehr mit dem Realen. Wenn ein Freund meine Adresse im Cyberspace vor allen möglichen unbekannten Leuten postet, wird für mich das Virtuelle mit einem Schlag verdammt real. Zu real.

Überhaupt ist es bemerkenswert, dass ich vom positiven Ausgang von Javiers zäher Wohnungssuche auf Facebook erfahre. Anstelle im persönlichen Gespräch in der sogenannten Meat World. In der realen Welt. In Face Time, wie man so schön sagt.

Häufig frage ich mich, in wieweit die virtuelle Welt repräsentativ für reale Empfindungen ist.

So hat Maria Javiers Kommentar, dass sie mich zum gemeinsamen Kochabend mitbringen soll, mit keinem Like gewürdigt. Sonst liked sie jeden noch so kleinen

Pups, den Javier online von sich gibt. Hat das irgendeine Bedeutung?

Und Tom hat aus der Schweiz natürlich immer noch nichts von sich hören lassen.

Er hat lediglich ein paar Fotos vom Genfer See mit dem Mont Blanc im Hintergrund *gepostet*. Von einer Private Message keine Spur. Noch nicht mal im Chat hat Tom mich kontaktiert.

Entschieden schüttele ich den Kopf und logge mich aus Facebook aus.

Ich beschließe, den Rest des Abends ausschließlich in der Real World ohne jegliche digitale Kommunikation zu verbringen. Zum Glück kommt heute Abend meine befreundete Nachbarin Mette zum Kochen vorbei. Dann ist ausschließlich Face Time mit persönlichen Gesprächen angesagt.

* * *

Am nächsten Tag möchte ich aus einem Mikroökonomiebuch das Kapitel zum Thema Marktversagen fotokopieren. Auch wenn ich technikaffin in der Welt des Cyberspace bin, komme ich mit manchen Errungenschaften in der realen Welt weniger zurecht. Dazu gehört beispielsweise das Bedienen von Kopierern, die einen Papierstau nach dem anderen produzieren. Theoretisch gehört das Kopieren von Büchern zu den einfachsten Tätigkeiten im Leben einer Doktorandin. Aber eben auch nur rein theoretisch. Denn leider hat der Kopierer gerade mitten im Kopiervorgang aufgehört zu arbeiten. Einfach so.

Tryk på online-knappen, steht auf dem elektronischen Display des Kopierers geschrieben. Wie gewünscht drücke ich auf die Online-Taste. Nichts geschieht.

„Du kommst wohl mit dem Kopierer nicht zurecht?"

Eine wohlklingende männliche Stimme reißt mich aus meinen Gedanken.

Ich schaue auf.

Vor mir steht ein mittelgroßer, schlanker Mann, Ende zwanzig, mit schulterlangen braunen Haaren und einer bunt bedruckten Batikhose, die vorne mindestens zehn Löcher hat. Auf seinem T-Shirt steht in großen Lettern „The Clash" geschrieben. Passend zum Foto der dazugehörigen Punkrockgruppe, welches die Mitte des Kleidungsstücks ziert. Ein Punk also. So jemanden trifft man hier nicht alle Tage. Was hat dieser Typ an der wirtschaftswissenschaftlichen Fakultät verloren?

„Hejsa", grüße ich nur und tue beschäftigt.

Der Punk scheint das Signal jedoch nicht ganz verstanden zu haben.

Zumindest schaut er mich immer noch neugierig an.

In der Zwischenzeit habe ich die oberste Klappe des Kopierers geöffnet und versuche, den Papierstau zu beseitigen. Dieses Anliegen erscheint allerdings annähernd hoffnungslos, da ich bei *den vielen* Papieren, die an allen möglichen Stellen eingeklemmt sind, gar keine Ahnung habe, wo ich am besten anfangen soll. Dass einem ein Punk dabei amüsiert zusieht, macht das Ganze nicht gerade leichter!

Nach einer Weile gebe ich seufzend auf. Es bleibt mir wohl doch nichts Anderes übrig, als den Punk um Hilfe zu bitten. Wenn er sowieso nur hier rum steht und mir grinsend bei der Arbeit zuschaut.

„Du hast nicht zufällig Erfahrung mit Papierstau?", frage ich den Punk.

„Aber na klar, was glaubst du denn?", erwidert dieser, als ob er nur darauf gewartet hätte, und fügt sofort hinzu: „Zeig' mal her, das haben wir gleich!"

Ich gehe einen Schritt zur Seite. Der Punk kniet sich direkt neben mich vor die offene Kopiererklappe. Er versucht vorsichtig, ein Blatt herauszuziehen. Unsere Hände berühren sich dabei zufällig - ganz kurz. Ich weiche einen Schritt zurück. Behutsam zieht der Punk drei weitere Papiere heraus. Dann öffnet er die unterste Abdeckung und findet dort noch mal zwei eingeklemmte Blätter. Nachdem auch dieser Stau beseitigt und alle Klappen wieder geschlossen sind, piept die Kopiermaschine zweimal ganz schrill, und der Kopiervorgang wird automatisch fortgesetzt.

Ich bin einigermaßen beeindruckt.

„Danke", stottere ich und ärgere mich über meine plötzliche Verlegenheit, obwohl ich von so einem Typen wie ihm garantiert nichts will.

Der Punk reibt sich zufrieden die Hände und grinst. Ein bisschen spitzbübisch sieht er aus. Auf jeden Fall scheint er sich über seinen Erfolg wie ein kleiner Junge zu freuen, das macht ihn irgendwie sympathisch.

„So macht man das", sagt er scherzhaft überlegen, um daraufhin zu seiner eigentlichen Frage zu kommen: „Wer bist du überhaupt?"

„Wer? Ich?", stottere ich.

„Sonst ist ja wohl niemand hier."

„Also, ich... ich bin die Katrine", beeile ich mich vorzustellen.

„Hej, Katrine. Ich bin Mads." Der Punk streckt mir seine Hand entgegen, was ungewöhnlich formell ist. Ich reiche Mads die Hand. Sein Händedruck ist überraschend sanft und gleichzeitig doch irgendwie fest. Spätestens jetzt müsste er eigentlich die Standardfrage stellen, ob ich aus Jütland komme. Das fragt mich an der Kopenhagener Uni fast jeder Däne, der mich neu kennenlernt. An meinem Dialekt hört man nämlich deutlich, dass ich in der dänischen Provinz aufgewachsen bin. Ich stamme ursprünglich aus Ringkøbing. Angeblich einer der glücklichsten Städte der Welt. An meinem starken jütländischen Dialekt konnten bedauerlicherweise auch fünf Jahre Studium in Kopenhagen nichts ändern. Selbst jetzt als Doktorandin entlarvt mein Dialekt sofort meine ländliche Herkunft.

Aber Mads fragt gar nicht. Er sieht mich nur an und grinst spitzbübisch.

„Ich hab' als PhD-Studentin[2] vor vier Monaten an der wirtschaftswissenschaftlichen Fakultät angefangen", plappere ich wie von selbst los, um die Stille zu durchbrechen, „ich promoviere in Energie- und

---

[2] PhD (oder Ph.D.) steht für *Doctor of Philosophy* oder *philosophiae doctor* und ist die Bezeichnung des akademischen Doktorgrads in englischsprachigen Ländern - und auch in Dänemark.

Ressourcenökonomie. Davor habe ich meinen Master und meinen Bachelor hier an der Uni gemacht."

„Soso", erwidert Mads, „eine Wirtschaftswissenschaftlerin bist du also! Ich habe in Mathematik promoviert. In der Numerik hyperbolischer Differentialgleichungen."

„Aha." Ich zeige einen nicht sonderlich begeisterten Gesichtsausdruck.

„Und was suchst du dann jetzt hier an unserem Institut?", frage ich schließlich neugierig.

„Ich arbeite als Post Doc an der mathematischen Fakultät ein Stockwerk tiefer, und unser Kopierer ist kaputt. Deswegen wollte ich hier kopieren, sobald du fertig bist. So einfach ist das", erwidert Mads.

Irgendwie finde ich ihn ein bisschen arrogant. Andererseits hat er mir geholfen.

„Ich bin erst seit einem Monat wieder zurück in Kopenhagen. Davor habe ich vier Jahre in den Staaten gelebt und in Yale meinen Doktor gemacht", fügt Mads nach einer kurzen Pause erklärend hinzu.

„Ach so. Super! Wow! Klasse! Herzlichen Glückwunsch!", stammele ich, obwohl es eigentlich total cool klingen sollte. Irritierenderweise werde ich auch noch rot dabei.

„Gewissermaßen fühle ich mich im dänischen Wissenschaftsdschungel noch ganz neu. Ich muss mich erst noch eingewöhnen, so wie du wahrscheinlich auch", meint Mads schmunzelnd.

Wieder taucht das spitzbübische Grinsen in seinem Gesicht auf.

Der Kopierer rattert endlos weiter. Sicherlich muss ich die paar Seiten nochmal neu kopieren, die durch den Papierstau verloren gegangen sind.

„Ich glaub', das dauert noch ein Weilchen", sage ich fast entschuldigend. Irgendwie ist mir die Situation etwas unangenehm. „Aber vielen Dank für deine Hilfe!"

„Kein Problem", antwortet Mads, „ich komme dann in zehn Minuten oder so nochmal vorbei."

Er nimmt das Buch, das er offenbar kopieren wollte, wieder mit und geht. Als er gerade die Tür erreicht hat, dreht er sich plötzlich um und sagt: „Ich finde deinen Dialekt übrigens total süß. Du bist aus Jütland, oder?"

Aha! Er hat es natürlich doch gemerkt, dass ich aus dem Westen Dänemarks komme! Aber zumindest hat er nicht gleich so neugierig gefragt.

„Ja, danke", erwidere ich.

„Also, woher in Jütland kommst du?", will Mads in genau dem Moment wissen, als ich überlege, ob er auch schon bemerkt hat, dass ich von der Westküste stamme.

„Ich komme aus Ringkøbing", antworte ich.

„Ringkøbing ist total schön – und so idyllisch! Es soll eine der glücklichsten Städte auf der Welt sein, das hat sogar eine internationale Studie bestätigt!", bemerkt Mads lächelnd. „Mach dir nichts draus, Katrine, wenn die smarten Kopenhagener dich wegen deiner Aussprache necken!"

Ich sehe Mads fragend an.

„Na ja – mir ergeht es nicht viel besser. Ich heiße Mads Meier Madsen", erklärt Mads wieder spitzbübisch lächelnd, „das klingt leider nicht sonderlich originell. Aber meine Urgroßeltern gehörten zur deutsch sprechenden Minderheit in Sønderjylland, deswegen habe ich einen halbdeutschen Nachnamen."

Ich muss ebenfalls unwillkürlich grinsen.

Mads Meier Madsen. Dieser Name passt wirklich wie die Faust aufs Auge. So ein deutsch geprägter Allerweltsname bei *dem* alternativen Aussehen!

Mads wirft einen Blick auf die Uhr.

„Oh, Scheiße, ich muss jetzt gleich Vorlesung halten! Ich muss mich beeilen!", sagt er plötzlich. „Also, schönen Tag noch", wünscht er und ist genauso schnell verschwunden, wie er auf der Bildfläche zuvor erschienen ist.

* * *

Obwohl ich mir selbst nicht erklären kann weshalb, bin ich neugierig geworden.

Zwei Stunden später öffne ich in meinem Büro die Facebook App auf meinem Smartphone.

„Mads Meier Madsen", gebe ich in das Suchfeld für neue Kontakte ein.

Mads Meier Madsen, wohnhaft in Kopenhagen.

Negativ. Facebook zeigt mir kein Ergebnis an.

„Mads Meier Madsen, New Haven", tippe ich danach.

Denn Yale liegt ja schließlich in New Haven, Connecticut. Vielleicht hat Mads seinen Wohnort auf Facebook einfach noch nicht aktualisiert.

Aber es bleibt dabei. Wieder negativ.

Leider kann ich diesen Mads in der virtuellen Welt auf Facebook nirgendwo finden.

Es gibt unzählige Menschen mit dem Nachnamen Meier in Deutschland und auch überall sonst auf der Welt. Nur *der* Mads Meier Madsen, den ich in Dänemark suche, ist nicht dabei.

Enttäuscht lege ich mein Smartphone zur Seite.

Irgendwie hätte ich gerne mehr über Mads erfahren. Welche privaten Hobbies und Interessen er hat. In welche Länder er bereits gereist ist. Mit was für Freunden er sich umgibt. Ob die wohl alle alternative Punks sind?

Obwohl ich es mir nicht so recht eingestehen mag, macht dieses Mysteriöse, nichts auf Facebook über ihn zu finden, diesen Mads noch interessanter.

„Na, Katrine, wie läuft's mit deinen Berechnungen?", reißt mich mein Büronachbar Niels zwei Stunden später aus meinen Gedanken. Er hat sich gerade einen Kaffee geholt und ist dafür erstaunlich lange weg geblieben.

„Och, danke, es geht so. Ich komme nur schleppend voran. Irgendwie ist heute nicht so mein Tag", seufze ich, „stell dir mal vor, vorhin habe ich irre viel Zeit wegen eines Papierstaus beim Kopierer verschwendet."

„Ja, ich weiß, total blöd! So was kann extrem nervig sein. Vor allem, wenn man keine Ahnung hat, wie man den Papierstau selbst beseitigen soll", nickt Niels.

„Du weißt davon?" Mit Augen so groß wie Fragezeichen sehe ich Niels an.

„Ja, klar! Mads hat mir davon erzählt. Ich habe ihn gerade am Kaffeeautomaten getroffen", sagt Niels grinsend.

„Ach so." Mit offenem Mund starre ich Niels an.
„Woher kennst du Mads?"
Irgendwie ist mir meine spontane Mads-Online-Suchaktion im Nachhinein schon fast peinlich. Manchmal liegt die Vernetzung im realen Leben doch so nah.
„Mads und ich kennen uns von früher", erklärt Niels, „wir haben in der gleichen Punk-Band gespielt. Bis Mads nach dem Hauptstudium für seinen PhD in die USA abgedampft ist! Das war total blöd! Denn er ist mit Abstand der beste Bassist gewesen, den wir je hatten!"
„Ist ja krass! Was für eine kleine Welt!", murmele ich beeindruckt.
„Ja, es ist wirklich eine kleine Welt!", bestätigt Niels. „Ich bin sehr froh, dass Mads endlich wieder da ist. Wir sind sehr gute Freunde, weißt du. Ich habe ihn sogar zwischendurch in den Staaten besucht. Es kam mir wie eine Ewigkeit vor, als er weg war."
„Und verstärkt Mads jetzt wieder eure Punk-Band?", erkundige ich mich vorsichtig.
Niels schüttelt den Kopf.
„Oh nein! Wegen meiner Doktorarbeit bin ich selbst zurzeit nicht sonderlich aktiv in der Band. Aber ich glaube, Mads hat ebenfalls gerade andere Interessen, die ihm wichtiger sind als Bass zu spielen", antwortet er lächelnd und zwinkert mir zu.
„Wie meinst du das?", frage ich ihn neugierig.
„Ach, komm, Katrine! Dazu kann ich nun wirklich nichts sagen. Ein paar Dinge müssen heute auch noch privat bleiben, oder?", erwidert Niels schelmisch.
„Das stimmt!", gebe ich ihm recht.
Dabei platze ich fast vor Neugierde.
Welches neue Hobby findet Mads so wichtig, dass er jetzt nicht mehr in Niels' Punk-Band Bass spielen möchte?

Ich will jedoch nicht weiter nachbohren.
Es spricht nämlich sehr für Niels, dass er nichts weiter dazu sagt.
Ich teile ja schließlich auch nicht alles mit allen. Zum Beispiel weiß bis auf Maria niemand etwas von meiner

Schwärmerei für Tom. Noch nicht einmal Niels oder Javier gegenüber habe ich meinen neuen Schwarm erwähnt.

Und irgendwie bin ich auch ganz froh darüber. Insbesondere in Zeiten wie diesen, wo Tom sich gar nicht meldet. Hätte ich ganz vielen Leuten davon erzählt, wie toll ich Tom finde, müsste ich ständig darüber Bericht erstatten, wie es mit uns weitergeht. Und ob ich ihn immer noch ganz toll finde, obwohl er sich so komisch verhalten hat.

So bin ich komplett frei in meiner Entscheidung, weil es ausschließlich eine Sache zwischen Tom und mir ist. Denn privat ist schließlich privat.

#Paarbesuch #FalseFriends #Javier #Kumpel #Verknallt

„Liebe Katrine, was macht deine Doktorarbeit? Hast du schon etwas publiziert?"

Nach unzähligen Monaten Funkstille rauscht eine E-Mail von meiner Schulfreundin Lone aus Ringkøbing in mein Postfach. Und es ist ja klar, dass ihre Nachricht gleich mit diesen beiden Fragen beginnen muss. Aber es kommt noch besser. „Ich habe jetzt einen neuen Freund, Kasper heißt er", gibt Lone in ihrer E-Mail stolz bekannt, „und stell dir mal vor, wir wollen nächste Woche in Kopenhagen Urlaub machen! Da gibt es momentan so ganz billige Zugtickets, eine Sonderaktion von der DSB. Ich habe gestern deine Mutter im Supermarkt getroffen. Sie hat mir erzählt, dass dir deine neue Stelle an der Uni viel Freude bereitet. Und da kam mir der absolute Geistesblitz: Wenn Kasper und ich nach Kopenhagen fahren, können wir doch die sechs Nächte bei dir übernachten! Was meinst du? Ich freue mich!!! ☺ ☺ ☺"

Diese E-Mail ist typisch Lone.

Absolut direkt und *straight to the point*, wie meine Schulfreundin sich immer gibt.

Trotzdem bringt mich ihre Nachricht in eine blöde Situation. Und dies gilt vor allem ihrer rhetorisch geschickt gestellten Frage: *Was meinst du?*

Dass meine Mutter Lone darüber informiert hat, dass ich mit meiner neuen Stelle als Doktorandin glücklich bin, ist natürlich sehr erfreulich. Mindestens genauso erfreulich stimmt die Tatsache, dass Lone jetzt einen neuen Freund hat und sich gemeinsam mit ihm Kopenhagen angucken will. Weniger erfreulich finde ich allerdings, dass sich das frisch verliebte Pärchen einfach mal so zum Übernachten bei mir einlädt. Für sechs Nächte! Und das ausgerechnet in der Woche, in der ein fünftägiger PhD-Kurs stattfindet, zu dem ich bereits seit Urzeiten angemeldet bin. Mal völlig abgesehen davon, dass man sich als Single-Frau echt Schöneres vorstellen kann, als seine Wohnung sechs Tage lang mit einem turtelnden Pärchen zu teilen. Sobald Lone den Fokus auf ein neues männliches Objekt ihrer Begierde gerichtet hat, bin ich nämlich Luft für sie.

Letztes Mal war sie mit ihrem damaligen Freund Jon zu Besuch. Ich durfte mein Doppelbett für die beiden räumen, auf einer Iso-Matte im Wohnzimmer nächtigen und sie bekochen. Unter dem Vorschützen von Migräne verbrachten Lone und Jon ziemlich viel Zeit kichernd in meinem Bett. Eigentlich die ganze Zeit. Die einzige Abwechslung stellten stöhnende Geräusche aus dem Schlafzimmer dar, wenn Lone sich ihrem Orgasmus näherte. Auf so eine Nummer habe ich schlicht und ergreifend keine Lust mehr!

Ich rufe Lone also an.

„Du, Lone, das geht leider nicht mit eurem spontanen Besuch. Ich habe in der nächsten Woche einen PhD-Kurs, für den ich irre viel vor- und nachbereiten muss und ich..." Ehe ich meinen Satz zu Ende führen kann, fährt Lone mir dazwischen.

„Ach Katrine, das macht doch überhaupt nichts! Selbst wenn du in der nächsten Woche kaum Zeit für uns hast, Kasper und ich sind extrem selbstständige Menschen! Wir werden eh die meiste Zeit in der Stadt auf Achse sein. Ist doch alles kein Problem: Wir schauen uns in Kopenhagen um, und du machst schön in aller Ruhe deinen PhD-Kurs! Und abends kochen wir zusammen bei dir."

Lones Stimme klingt so zuckersüß, als ob es ein sehr, sehr nettes Angebot wäre, das sie mir da unterbreitet.

„Es geht aber trotzdem nicht", erwidere ich schroff, „ich kenne deinen Kasper doch gar nicht! Außerdem passt es mir zeitlich überhaupt nicht."

„Mensch, jetzt stell' dich nicht so an, Katrine! Ich dachte immer, wir wären gute Freundinnen", gibt Lone zurück, „ich bin dir auch wirklich nicht böse, wenn du kaum Zeit für uns hast und nicht wie sonst die perfekte Gastgeberin sein kannst! Du brauchst nur dein Bett für uns zu beziehen, den Rest machen wir schon. Notfalls kochen Kasper und ich eben für uns allein oder gehen essen, falls du länger an der Uni bist."

Ich hole tief Luft. „Lone, ich sage das jetzt zum letzten Mal. Es ist *meine* Wohnung, und *ich* bestimme, wer mich besuchen kommt und wer nicht. Und in der nächsten Woche geht es nun mal gar nicht! Außerdem würde ich deinen Kasper lieber erstmal kennen lernen, bevor ihr gleich sechs Nächte hintereinander bei mir schlaft."

„Das gibt's doch nicht! Du bist echt super-egoistisch!", schnaubt Lone nur noch in das Telefon. „Wir haben die Zugtickets schon längst gebucht. Wegen des Sparangebots können wir die nicht mehr stornieren. Sollen wir uns etwa ein Hotel nehmen, wo in Kopenhagen alles so schrecklich teuer ist?"

„Es bleibt euch wohl nichts Anderes übrig. Wir können uns ja gerne auf einen Kaffee in der Stadt treffen", schlage ich zu guter Letzt vor.

Doch daran hat Lone offensichtlich kein Interesse.

„Warum müsst ihr Singles immer so furchtbar egoistisch sein?!", fragt sie und legt wutentbrannt auf.

* * *

„Findest du, dass ich ein egoistischer Single bin?", frage ich Javier, während ich eine Bierflasche öffne.

Wir stehen beide als Bartender hinter dem Tresen, denn heute ist wieder einmal Freitagsbar. Gerade habe ich ihm mein Herz über das Telefonat mit Lone ausgeschüttet.

Javier schüttelt den Kopf.

Er sieht mich etwas länger von der Seite an.

„Nee, im Gegenteil. Du hast das genau richtig gemacht! Ich finde, dass du eine ganz starke, tolle Frau bist, Katrine! So selbstbewusst und doch so feminin!"

„Oh!" Vor lauter Verwirrung über dieses Kompliment weiß ich gar nicht, was ich dazu sagen soll. Schnell kehre ich zum ursprünglichen Gesprächsthema zurück.

„Ich habe halt nur so ein schlechtes Gewissen. Ich kenne Lone seit der Grundschule. Sie wohnt immer noch in Ringkøbing. Immer wenn ich meine Eltern besuche, treffen wir uns. Ich wollte sie nicht verletzen, deswegen fällt es mir so schwer!", versuche ich Javier meinen Gewissenskonflikt zu erklären.

„Aber sie kann doch nicht erwarten, dass sie dich mit einem Anruf überfällt und du sofort Zeit hast!", findet Javier.

Nachdenklich kratzt er sich am Kinn.

„Ich glaube, deine Lone ist eine falsche Freundin. Ein *false friend*!", meint Javier schließlich.

„Ein *false friend*?" Ich ziehe erstaunt die Augenbrauen hoch. „Diesen Begriff kenne ich sonst nur aus den Sprachwissenschaften!"

„Aus den Sprachwissenschaften?" Jetzt ist es Javier, der mich überrascht ansieht.

„Na ja, wenn ein Wortpaar in zwei Sprachen ähnlich klingt, aber eine ganz andere Bedeutung in jeder der beiden Sprachen hat, nennt man dieses Wort einen *false friend*", antworte ich lächelnd.

„Sehr interessant! Gib mal ein Beispiel!", fordert Javier mich auf.

„Nun ja, zum Beispiel bedeutet das Wort „bekommen" auf Deutsch nicht das Gleiche wie „to become" auf Englisch", erkläre ich ihm. „Wenn ich frage: „May I become a beef steak?" würde ich damit fragen, ob ich ein Beefsteak *werden* kann - und nicht, ob ich eines *bekommen* kann. Viele Deutsche machen diesen Fehler, wenn sie Englisch sprechen. Unserem Freund Steffen ist das auch schon ein paarmal passiert. Du musst mal darauf achten. Dabei ist das Ergebnis ein himmelweiter Unterschied!" Ich zwinkere Javier zu.

„Aha!" Javiers Blick erhellt sich. „So eine Art Fehler ist mir auch schon passiert! Als ich neulich mit meiner Kollegin auf Dänisch gesprochen habe, hat sie zu mir gesagt „jeg bliver gift". Ich fand das total komisch, weil „gift" auf Englisch ja „Geschenk" heißt. Ich hab' mich total gewundert, dass meine Kollegin ein Geschenk werden wird. Ich konnte überhaupt nicht verstehen, was sie mir damit sagen wollte. Meine Kollegin hat mir dann erklärt, dass „gift" auf Dänisch heiraten bedeutet – und sie bald heiraten wird! Das ist so gemein, wenn ein Wort in zwei Sprachen gleich klingt, aber ganz verschiedene Bedeutungen hat!"

„Genau! Du hast es perfekt verstanden!", nicke ich begeistert.

„Obwohl", überlegt Javier laut mit einem romantischen Ausdruck in seinen Augen, „wenn man heiratet, wird man ja auch zum Geschenk für seinen Partner. Insofern ist das dänische Wort „gift" wirklich sehr schön, auch wenn es ein *false friend* im Englischen ist. Findest du nicht?"

„Ach, Javier, du wirst eines Tages eine Frau sehr glücklich machen!", erwidere ich bestimmt.

In dem Moment vibriert in meiner Jeanstasche mein Handy.

Ich schaue nach.

Aha! Eine SMS. Von Mikkel!

Warum taucht dieser Typ wie ein U-Boot urplötzlich aus seiner wochenlangen Versenkung auf?

„Katrine, wir haben uns sooo lange nicht gesehen!! Unser Treffen im Club liegt eine Ewigkeit zurück! Ich vermisse dich!!! Kommst du heute Abend ins Vega? Knus & kys!", steht da hochromantisch geschrieben.

Auch das noch! *Umarmung und Kuss!*

Irgendwie scheinen die Männer das, was sie im realen Leben nicht an Nähe aufzubauen vermögen, virtuell an Streicheleinheiten zu verteilen.

„Geht nicht, habe schon andere Pläne. Med venlig hilsen, Katrine", schreibe ich kurz und bündig zurück.

Med venlig hilsen. Mit freundlichen Grüßen.

Dieser Ausdruck sollte eine klare Sprache sprechen. Virtuell als auch real.

„Von wem hast du eine Nachricht bekommen? Wer war denn das?" Neugierig starrt Javier mich an.

„Ach, noch so ein falscher Freund! Aber diesmal einer, der echt nur eine Landplage ist!", erwidere ich genervt.

„Katrine, sehr gut! Ich finde es toll, dass du so geradeheraus bist und nicht lange herumeierst", stellt Javier zufrieden fest. Dann wendet er seinen Blick kurz zur Seite. „Aber keine Sorge, der richtige Mann, der dich erkennt und dich mag, so wie du bist, wird nicht mehr lange auf sich warten lassen", fügt er verheißungsvoll hinzu.

„Hä?"

Verwundert sehe ich auf. Denn ich habe keine Ahnung, was Javier mir damit sagen will.

Der ist in der Zwischenzeit aber schon wieder mit dem Ausschenken von Bier beschäftigt, so dass ich ihn unmöglich weiter fragen kann.

* * *

Einen Tag später sitze ich bei einer Tasse Kaffee gemütlich auf meinem Sofa mit einem Buch in der Hand, als mein Smartphone zweimal sehr laut piept.

Eine SMS. Aha. Hoffentlich ist das nicht schon wieder Mikkel.

Letzte Nacht hat er mir insgesamt fünfmal geschrieben, ob ich nicht doch noch meine Meinung ändere und zu ihm in den Club kommen mag. Zweimal habe ich mit nein geantwortet und seinen Nachrichten danach keine Beachtung mehr geschenkt. Das war am Ende auch ganz gut so. Denn heute in den frühen Morgenstunden hat Mikkel auf seiner Facebook-Seite sechs Fotos ge*postet*, auf denen er eng umschlungen mit der langbeinigen, blonden Merrit abgelichtet ist. „Feeling happy", „feeling wonderful" und „feeling great" sind die Gemüts-zustände, mit denen er seine jeweiligen Status-Updates betitelt hat.

Aber ich habe Glück. Es ist keine SMS von Mikkel.

Dafür ist es Javier, der mir geschrieben hat.

Ich seufze tief.

Ach ja, Javier, mein bester Kumpel, die treue Seele. Auf ihn ist immer Verlass.

Bestimmt geht es um die Gestaltung des verbleibenden Wochenendes. Wir wollen eventuell morgen mit unserer Clique zum Kunstmuseum Arken fahren. Javier ist momentan sehr hinterher, dass wir uns unbedingt alle am Wochenende sehen. Er würde mich sonst wahnsinnig vermissen, hat er gesagt, der Scherzkeks.

Langsam lese ich Javiers SMS.

Mhm. Mit meiner Vermutung habe ich mich jedoch geirrt. Zumindest halbwegs. Mich sehen will Javier dieses Wochenende zwar tatsächlich, aber irgendwie etwas anders, als ich mir das vorgestellt habe.

„Hi Katrine, ich finde dich sehr, sehr nett - *very, very nice* - und möchte dich gerne auf ein Date einladen. Hast du dieses Wochenende Zeit?", steht da in der SMS.

Uff. Ich schlucke schwer.

Das ist echt das Letzte, was ich erwartet habe! Und es bringt mich in eine total verzwickte Situation.

Ich finde Javier ja auch sehr, sehr nett. Very, very nice. Wirklich.

Nur eben nicht auf *diese* Art.

Warum muss so ein netter Mann wie er sich ausgerechnet in mich verknallen, wo wir wunderbar die besten Freunde auf diesem Planeten sein könnten?

Nein, nein, da hilft alles nichts. Ich muss Javier reinen Wein einschenken, bevor er sich falsche Hoffnungen macht. Am besten heute noch.

Kurzentschlossen greife ich zu meinem Handy und rufe Javier an.

Komischerweise fängt mein Herz wie wild an zu klopfen, obwohl ich doch gar nichts von ihm will.

„Hola, hier ist Javier", meldet er sich da schon am Telefon.

„Hallo, Javier, Katrine hier", sage ich nicht gerade kreativ.

„Oh, hallo, wie schön von dir zu hören!", ruft Javier freudig.

Das macht die ganze Situation noch blöder.

„Ich rufe wegen deiner SMS an, kannst du dir ja bestimmt denken", setze ich erneut an.

„Yes, yes!"

„Also, weißt du", ich mache eine Pause, „für mich ist das Ganze sehr, sehr schwierig. Können wir persönlich darüber sprechen? Vielleicht heute Nachmittag in einem Café?"

Ich komme mir wahnsinnig blöd dabei vor. Schließlich will ich ihm keine zusätzlichen Hoffnungen machen. Aber die ganze Sache am Telefon zu klären, wäre auch keine faire Alternative.

„Okay", sagt Javier, „treffen wir uns um halb vier im Café am Amagertorv?"

Aus seiner Stimme lässt sich nicht heraushören, was er gerade denkt. Vielleicht denkt er ja auch erstmal gar nichts. Das hoffe ich jedenfalls.

„Halb vier im Café am Amagertorv. Das klingt gut", hauche ich in mein Smartphone.

Ich atme tief durch. Hoffentlich lässt sich dieses Problem ohne große Verletzungen aus der Welt räumen.

* * *

„Schön, Katrine, dass es mit dem Treffen so schnell geklappt hat!"

Javier lächelt und zwinkert mir freundlich zu.

Er sitzt mir im Café inmitten der Kopenhagener Fußgängerzone direkt gegenüber. Richtig treuherzig sieht er mich mit seinen dunklen Augen an, die unheimlich viel Wärme ausstrahlen. Es zerbricht mir fast das Herz.

„Ja, danke, dass du so schnell Zeit hattest", sage ich mit rauer Stimme.

Dabei rühre ich verlegen mit einem langen Löffel in meinem Chai Latte herum. Ich bin selbst überrascht, dass es mir so schwer fällt, Javier reinen Wein einzuschenken. Denn ich mag ihn ja wirklich gern. Nur eben nicht auf *diese* Weise.

„Also, weißt du, Javier", ich mache eine Pause, „ich muss dir etwas sagen. Ich finde dich wirklich sehr, sehr nett."

„Ja?" Javier schaut erwartungsvoll auf.

„Ich finde, du bist ein ganz toller Kerl! Aber von meiner Seite aus ist es reine Freundschaft", beende ich hastig den Satz.

Ich komme mir wahnsinnig blöd dabei vor. Und total gemein.

Ich finde dich wirklich sehr, sehr nett, aber... Das ist genau dieser bescheuerte Spruch, vor dem in sämtlichen Frauenzeitschriften gewarnt wird, weil ihn angeblich so viele Männer benutzen. Weil sie die Frau nicht verletzen wollen, aber ihr letztendlich damit doch eine Abfuhr erteilen. Tja. Frauen benutzen diesen abgeschmackten Spruch anscheinend genauso, wie ich gerade wunderbar am Beweisen bin. So eine Absage lässt sich aber auch einfach nicht nett verpacken. Basta.

Umso mehr überrascht mich Javiers Reaktion.

„Oh, come on, Katrine! Das ist echt schade! Warum magst du mich denn nicht genug, um dich von mir auf ein Date einladen zu lassen?", erkundigt er sich.

Anscheinend immer noch hoffnungsvoll.

Mit so einer Frage habe ich natürlich nicht gerechnet.

Außerdem habe ich keine Antwort darauf. Denn ich finde Javier total klasse. Ich kann mit ihm über alles Mögliche diskutieren. Er ist total lustig und bringt mich ständig zum Lachen. Außerdem ist er ein wahrer Meisterkoch und hat unsere Clique bereits unzählige Male kulinarisch verwöhnt. Nur die erotische Anziehungskraft hat bislang leider kein Feuer in mir zu entfachen vermocht. Aber das kann ich ja unmöglich so direkt zu ihm sagen, ohne ihn zu verletzen. Zumal er einen tollen, durchtrainierten Körper hat, den zig andere Frauen garantiert sehr anziehend finden.

„Ich habe vor kurzem mit meinem Ex-Freund Schluss gemacht und bin noch nicht ganz darüber hinweg. Ich brauche etwas Zeit, ehe ich mich wieder auf jemand Neues einlassen kann", erkläre ich notgedrungen. Ganz gelogen ist das nicht.

Ich habe tatsächlich mit meinem Ex-Freund Schluss gemacht.

Zwar vor einem Dreivierteljahr, aber immerhin.

„Aha!", sagt Javier hocherfreut.

Er überrascht mich mehr und mehr.

„Das heißt, du bist *jetzt* nicht daran interessiert, mit mir auszugehen", schlussfolgert er scharfsinnig, „aber dafür vielleicht in einem halben Jahr? Wie viel Zeit brauchst du denn noch, bis du ganz über deinen Ex hinweg bist?"

„Äh, das weiß ich im Moment nicht so genau", erwidere ich verblüfft.

Ich reiße mich zusammen. „Aber selbst dann geht es nicht, Javier. Es wird zwischen uns nie über eine gute Freundschaft hinausgehen."

„Schade, sehr schade", sagt Javier nur.

Er steht auf. „Ich glaube, ich geh' dann mal. Die Getränke sind ja schon bezahlt."

„Javier, bitte nimm' es nicht persönlich! Ich kann doch auch nichts dafür! Ich möchte dich als Freund nicht verlieren!", rufe ich ihm hinterher.

Einige der Café-Gäste drehen sich nach mir um.

Nur Javier hält seinen Blick starr nach vorne gerichtet. Hoch erhobenen Hauptes begibt er sich zum Ausgang und schaut gar nicht mehr zurück.

* * *

Als ich nach diesem Cafébesuch die Metro zurück nach Vanløse nehme, bin ich sehr nachdenklich. Sind Javier und ich wirklich Freunde? Oder waren wir die ganze Zeit über nur falsche Freunde, also *false friends*, weil Javier sich Hoffnungen in eine ganz andere Richtung gemacht hat?

Unwillkürlich werde ich in genau diesem Moment Zeugin eines Gesprächs zwischen zwei jungen Männern, die auf den Plätzen mir gegenüber sitzen.

„Du musst es Hanne sagen, dass du in sie verknallt bist!", sagt der Eine zu dem Anderen.

„Aber wie soll ich das tun?", erwidert der Andere. „Ich habe solche Angst davor, sie für immer als Freundin zu verlieren, falls sie nicht an mir interessiert ist. Im schlimmsten Fall habe ich weder eine Freundschaft noch eine Beziehung mit ihr, sondern einfach gar nichts mehr!"

Ich halte die Luft an. Was für ein Zufall! Diese Unterhaltung passt genau zu dem, worüber ich gerade sinniere. Auch wenn es sicherlich nicht richtig ist, lausche ich weiter dem Gespräch.

„Es ist doch gar keine Freundschaft zwischen Hanne und dir", meint der Eine jetzt wieder, „eure Freundschaft ist total *fake*. Sie existiert doch nur, weil du eigentlich eine andere Absicht im Hintergrund verfolgst!"

„Ich mag Hanne einfach! Egal, ob nun als feste Freundin oder einfach so! Was kann daran denn so falsch sein!"

„Du musst ihr aber die Wahrheit sagen! Ansonsten ist das nicht ehrlich! Ich könnte niemals mit einer Frau, in die ich verliebt bin, befreundet sein! Das wäre die reinste Folter!"

„Aber was ist, wenn Hanne mich ablehnt?"

Fasanvej wird in dem Moment als nächste Metro-Station durchgesagt.

Die beiden Männer stehen auf und steigen aus.

Bedauerlicherweise werde ich nun niemals erfahren, was passiert, falls Hanne ihren befreundeten Verehrer ablehnt.

Ich seufze laut.

Dann hole ich mein Smartphone heraus.

Ich beschließe, Javier eine E-Mail zu schreiben.

Lieber Javier,
es tut mir sehr leid, was heute passiert ist. Ich wusste nicht, wie ich es auf nette Weise sagen sollte. Ich wollte dir nur schreiben, dass ich finde, dass du ein ganz wunderbarer Mann mit vielen Talenten bist und ich dich sehr schätze. Aus diesem Grund tut es mir noch mehr leid, dass deine Gefühle bei mir nicht auf Erwiderung stoßen. Nimm dir all die Zeit, die du brauchst, um das Ganze zu verarbeiten. Umso mehr hoffe ich, dass wir weiterhin gute Freunde bleiben können.
Liebe Grüße, Katrine.

Ich habe die E-Mail gerade auf meinem Smartphone fertig geschrieben, als die Lautsprecher-Stimme zur Ansage der letzten Metro-Station ertönt.

Vanløse station.

Bevor ich aussteige, drücke ich auf „E-Mail senden".

Ich hoffe inständig, dass Javiers und meine Freundschaft halten wird. Denn auch als Freund unter falschen Prämissen war er immer ein wahrer, zuverlässiger Freund für mich.

Ein *true friend*. Und von denen gibt es bekanntlich ja nicht allzu viele.

#FeelingExcited #Morgenritual #emotionaleInkontinenz

Jeden Morgen pflege ich ein für mich ganz besonderes Ritual. Nach dem Duschen brühe ich mir einen frischen Kaffee auf. Ich bereite mir ein Müsli mit exotischen Früchten zu. Wenn ich mich besonders verwöhnen möchte, schiebe ich zusätzlich eine tiefgefrorene Zimtschnecke in den Ofen.

Dann setze ich mich in aller Ruhe an meinen Küchentisch.

Mein Laptop steht dort bereits aufgeklappt, in voller Erwartung auf die nächste Stunde, die ich mich ausschließlich der digitalen Welt widmen werde.

Diese Stunde gehört mir, einfach nur mir.

Sogar an meine Doktorarbeit denke ich in dieser Stunde kaum. Stattdessen lese ich online Nachrichten, was in der Welt alles so passiert ist. Dann checke ich meine privaten E-Mails und schreibe bei Bedarf kurz zurück. Anschließend schaue ich, was in meinen abonnierten *Twitter Tweets* Spannendes gepostet wurde. Wenn mir etwas Cooles einfällt, twittere ich ebenfalls. Manchmal re-tweete ich auch, falls mir ein *Tweet* von jemand Anderem besonders gut gefällt. Danach geht es weiter zu LinkedIn. In meinem professionellen Netzwerk wimmelt es inzwischen ebenfalls von Leuten, die mit großer Begeisterung auf Links und spannende Neuigkeiten aufmerksam machen. Den krönenden Abschluss meines morgendlichen Online-Rituals stellt natürlich Facebook dar. Hier verbringe ich für gewöhnlich die meiste Zeit. Viele meiner 586 Facebook-Freunde sind nämlich extrem mitteilungsbedürftig. Ich habe mich bei einigen Facebook-Freunden bereits als Follower abgemeldet, weil ich es sonst morgens gar nicht mehr schaffen würde, mich durch die ganzen Einträge und Status Updates zu wühlen.

Manchmal habe ich das Gefühl, an der privaten Informationsflut regelrecht zu ersticken und das Wesentliche gar nicht mehr mitzubekommen - nämlich, wie es den Leuten im realen Leben wirklich geht. Es ist ja häufig nur das ideale Abbild ihrer selbst, das viele meiner Freunde nach außen widergeben.

Manchmal frage ich mich dann, warum ich mir dieses Online-Ritual jeden Morgen antue, mich sogar regelrecht darauf freue. Aber ich will ja schließlich gut informiert sein und wissen, was so um mich herum geschieht. In der wunderschönen virtuellen Welt.

Schöner, glücklicher, abenteuerlustiger, partyfreudiger, aufregender.

Feeling happy. Feeling excited. Feeling great.

Erschwerend kommt hinzu, dass manche Leute Dinge *posten*, die mich nun wirklich nicht die Bohne interessieren. Das ist die reine Zeitverschwendung.

Mein Kindergartenfreund Asbjørn aus Ringkøbing ist so ein klassisches Beispiel. Im realen Leben haben wir uns seit drei Jahren nicht gesehen. Dafür gibt er auf Facebook im Stundentakt seine Gefühlszustände und die dazugehörigen Aktivitäten bekannt, so dass ich stets umfassend informiert bin.

„*Feeling happy* – bin gerade joggen gewesen. Das Wetter war herbstlich mild, nicht zu warm und nicht zu kalt!", hat Asbjørn beispielsweise vor einer Stunde ge*postet*.

Dazu hat er ein Selfie hochgeladen, auf dem er mit verschwitztem, knallroten Kopf strahlend in die Kamera blickt. Dieser Eintrag hat bereits acht Likes erhalten.

Vor weniger als fünf Minuten hat Asbjørn seine Freunde schon mit dem nächsten Update beglückt.

„*Feeling wonderful* – ein tolles Frühstück, Haferflocken und frisches Obst. So bleibe ich gut in Form! ☺", steht da.

Dazu wieder ein passendes Foto, auf dem eine bunte Schale mit angemachtem Haferschleim und reichlich Früchten zu sehen ist.

Hierfür hat es bislang ein Like gegeben. Von meiner Schulfreundin Lone, die mich neulich in Kopenhagen besuchen wollte. Auch das noch!

„Uiiii – wie lecker! Und so gesund! ☺ Muss ich auch mal wieder zum Frühstück essen!", hat Lone zu dem Foto geschrieben.

Irgendwie wirkt es auf mich bizarr, in der virtuellen Welt über Lones Gedanken zum Thema Haferschleim zu lesen, während wir im realen Leben gerade zerstritten sind. Seit unserem Telefonat hat sie sich überhaupt nicht mehr gemeldet. Ich weiß noch nicht mal, ob sie mit ihrem neuen Freund Kasper überhaupt in Kopenhagen gewesen ist. Von ihrem Urlaub hat sie jedenfalls keine Fotos *gepostet*, was für ihre Verhältnisse schon höchst merkwürdig ist.

Fast schon instinktiv führe ich meine Computer-Maus zu dem Follow-Button, der mit Asbjørns Profil verknüpft ist.

Soll ich oder soll ich nicht?

Okay. Ich tue es.

Ich *unfollowe* Asbjørn.

Als Facebook-Freund bleibt er mir ja trotzdem erhalten. Aber so muss ich nicht mehr im Stundentakt über seine Alltagshandlungen lesen. Wer weiß. Vielleicht wird er demnächst auch noch *posten*, ob er gleich aufs Klo geht.

Während ich über die alltägliche emotionale Inkontinenz von Asbjørn sinniere, sticht mir ein weiterer Facebook-Eintrag ins Auge. Von Mikkel.

"*Feeling excited* – habe letzte Nacht den besten Sex meines Lebens gehabt! Danke, Merrit! Du schmeckst einfach wunderbar und bläst am erregendsten von allen! Der wundervollste Oralsex *ever*, meine Liebste!", steht da schön deutlich für jeden seiner Facebook-Freunde lesbar.

Dahinter hat Mikkel drei Herzen *gepostet*.

Mit großen Augen starre ich völlig entgeistert auf meinen Bildschirm.

Zu meiner Verwunderung hat dieser Eintrag sogar ein Like erhalten. Von dieser Merrit!

Wie gut, dass ich nie mit Mikkel geschlafen habe. Sonst hätte er sich womöglich noch öffentlich über meine Qualitäten im Bett ausgelassen.

Lange darüber nachdenken kann ich jedoch nicht. Etwas weiter unten gibt es nämlich ein weiteres Status Update, das meine volle Aufmerksamkeit in Beschlag nimmt.

Es ist von Tom.

Feeling great, lautet sein aktueller Gefühlsstatus.

Mein Forschungsaufenthalt hier in Genf ist um zwei Wochen verlängert worden! Nur, dass ihr wisst, wo ich abgeblieben bin. ☺ Komme also erst später nach Kopenhagen zurück.

Dieser Eintrag hat bereits zehn Likes erhalten.

Ich schlucke schwer.

Natürlich ist es schön, dass Tom sich großartig fühlt und jetzt noch länger in der Schweiz zum Forschen bleiben darf. Aber ein Like dafür vergeben kann ich nicht. Denn wenn ich ehrlich bin, habe ich bereits sehr dem Ende seines Aufenthaltes entgegengefiebert. In der Hoffnung, dass er mich dann endlich zu einem Date einlädt.

Außerdem finde ich es irgendwie blöd, die Information, dass er länger in Genf bleibt, über Facebook zu erhalten. Da hätte Tom mir doch wirklich mal persönlich schreiben können!

Wir sind einfach viel zu früh Facebook-Freunde geworden.

Ich hätte ihm viel lieber meine Handy-Nummer oder meine E-Mail-Adresse geben sollen. Dann wäre diese intime und zugleich oberflächliche Art der Kommunikation gar nicht erst möglich gewesen.

Ich riskiere einen Blick auf die Küchenuhr.

Es ist Viertel nach acht. Ich muss mich mit dem Fahrrad auf den Weg zur Uni machen.

Mein morgendlicher Ausflug in die virtuelle Welt ist beendet.

Ich überlege kurz. Oder war es doch ein Ausflug in die reale Welt? Denn die Information von Tom ist immerhin sehr sachlich und real und hochrelevant. Ach egal. In meinem Leben mischt sich gerade irgendwie sowieso alles. Das Virtuelle mit dem Realen. Das Virtuell-Reale eben. Oder das Real-Virtuelle.

Mit Nachdruck klappe ich meinen Laptop zu. *Back to the real world.*

#FeelingSad #Einsamkeit #Kontrollverlust

In unserem Büro ist es mucksmäuschenstill. Die Spannung einer hochkonzentrierten Arbeitsatmosphäre liegt förmlich in der Luft. Man könnte glatt eine Stecknadel zu Boden fallen hören, nur dass logischerweise weder Niels noch ich gerade eine zur Hand haben.

Niels steckt in der ultimativen Endphase seiner Doktorarbeit. In genau einer Woche ist die Deadline für die Abgabe. Natürlich würde ihm niemand den Kopf abreißen, wenn er es zeitlich nicht schaffen sollte. Immerhin hat Niels bereits einen Anschlussvertrag für eine Stelle als Post Doc in der Tasche. An unserer Uni. Es ist also ein geradezu nahtloser Übergang. Das ist ein echter Glücksfall für mich, da er mir auf diese Weise als Büronachbar auf jeden Fall erhalten bleibt. Niels und ich verstehen uns nämlich sehr, sehr gut. Mit seiner sachlichen, spröden und doch witzigen Art ist er mir richtig ans Herz gewachsen. Nur haben wir uns leider außerhalb der Uni kaum noch gesehen.

In den letzten Wochen ist Niels immer sehr beschäftigt gewesen. Zusätzlich zur Finalisierung seiner Dissertation hat er sich um die Akquise eines neuen Forschungsprojektes gekümmert. Sein Doktorvater hat ihm mächtig Druck gemacht, das alles einzutüten. Irgendwo müssen die Fördergelder für die Forschung schließlich herkommen.

Umso mehr bewundere ich Niels dafür, was für eine Ruhe er trotz seines immensen Arbeitspensums ausstrahlt. Und trotz seines extrem hohen Schlafdefizits. Es ist geradezu bemerkenswert.

Niels sitzt morgens bereits munter im Büro, wenn ich um kurz vor neun auf der Arbeit erscheine. Und er tippt unermüdlich auf der Tastatur seines Computers weiter, wenn ich abends den Heimweg antrete. Die einzige Indikation für Niels' einseitigen Lebensstil ist, dass seine Facebook-Aktivität gerade gegen null konvergiert. Früher hat er gerne Kommentare zu spieltheoretischen Artikeln ge*postet*. Seit fünf Wochen befindet sich sein Profil hingegen im absoluten Ruhezustand. Wie im Winterschlaf.

Manchmal mache ich mir Sorgen um Niels, weil er so viel arbeitet. Aber er winkt dann immer ab und sagt, dass alles okay sei. Dass es ja nur diese intensive PhD-Endphase sei. Um ihn ein wenig aufzumuntern, habe ich einen hübschen Bastkorb gekauft, den ich regelmäßig mit frischem Obst bestücke.

„Du bist so süß, Katrine, fast wie eine Mama!", hat Niels zutiefst gerührt ausgerufen, als ich den Korb schön im Regal drapiert habe, und sich dann gleich einen großen roten Apfel genommen.

* * *

Manchmal versuche ich trotzdem mein Glück, Niels aus seiner unermüdlichen Arbeitsroutine herauszureißen. Wie zum Beispiel heute. Es ist Freitagnachmittag, und das bedeutet für mich natürlich nur eines: Freitagsbar.

„Magst du nicht doch mitkommen? Vielleicht nur für ein Stündchen? Meine Freunde Maria und Pawel sind heute Bartender, das wird bestimmt lustig!", schlage ich Niels vor.

Er schüttelt jedoch vehement den Kopf.

„Nein, Katrine! So gerne ich auch würde, nein! Ich muss heute unbedingt noch dieses Kapitel über die Annahmen meines Modells fertig schreiben. Aber es ist alles ganz entspannt. Wenn ich mit dem Abschnitt durch bin, wird alles gut!"

Zögernd schaue ich Niels von der Seite an.

„Wenn du doch noch vorbeischauen magst, kannst du ja auch später spontan dazustoßen!", sage ich.

„Ja klar, ich weiß!" Niels nickt heftig und rückt seine Brille zurecht. „Aber dazu wird es mit 98,6-prozentiger Wahrscheinlichkeit nicht kommen. Ich arbeite heute die Nacht durch. Hab du viel Spaß! Ein schönes Wochenende!"

„Ja, das wünsche ich dir auch! Und mach' nicht zu viel!"

Im Vorbeigehen streife ich Niels über die Schulter. Er wirft mir kurz einen dankbaren Blick zu. Dann begebe ich mich alleine zur Freitagsbar.

* * *

Die Freitagsbar befindet sich unten im Keller des Unigebäudes, so dass man eine Treppe hinabgehen muss. Auf dem Weg dorthin checke ich kurz mein Handy.

Na sowas! Ich habe eine Private Message auf Facebook bekommen.

Von Tom! Und noch dazu ist es eine lange Nachricht!

Hi Katrine!
Ich wollte dir schon längst privat schreiben. Mein Aufenthalt in der Schweiz wurde um zwei Wochen verlängert. Zum Forschen ist das natürlich total cool, in dieser sehr inspirierenden Umgebung! So viele kluge Köpfe auf einmal, das habe ich in dieser Form noch nie erlebt! Aber heute ist Freitag. Und auf einmal musste ich an dich denken. Wenn ich jetzt in Kopenhagen wäre, hätte ich in der Freitagsbar vorbeigeschaut, in der Hoffnung dich zu sehen. Es klingt vielleicht total blöd, weil wir uns nur einmal richtig unterhalten haben. Aber ich vermisse dich und muss immerzu an dich denken. Love, Tom :-*

Verblüfft starre ich mein Smartphone an.

Was ist das denn? Haben sie Tom Ecstasy oder irgendein Liebeselixier in den Kaffee geschüttet? Gleichzeitig spüre ich, wie mich eine Woge der Freude durchfährt. Die Freude darüber, dass Tom an mich gedacht und sich privat gemeldet hat. Außerdem ist die Nachricht verdammt nett geschrieben. Es kribbelt mir so sehr unter den Fingern, dass ich mich gar nicht mehr zurückhalten kann. Ich muss ihm einfach antworten.

Wie lustig genau jetzt von dir zu hören! Bin gerade auf dem Weg zur Freitagsbar. Ja, es wäre echt cool, wenn du hier wärst! Ganz liebe Grüße in die Schweiz und einen guten Start ins Wochenende! Love, Katrine.
PS: Hast du schon Schweizer Schokolade probiert? ☺

Ich zögere kurz, bevor ich *Love, Katrine.* schreibe.
Dann schicke ich fest entschlossen meine Nachricht ab. Denn ich will keine Spielchen spielen sondern ausschließlich aufrichtige Kommunikation.

* * *

„Hey Katrine, wie schön, dass du da bist!", ruft Maria, kaum dass ich die Freitagsbar betreten habe. Zusammen mit Pawel steht sie hinter dem Tresen und winkt mir gut gelaunt zu.
Javier steht hinten in einer Ecke mit Steffen und Andrew.
Die Drei scheinen sich angeregt zu unterhalten. Ich winke ihnen ebenfalls aus der Ferne zu. Steffen und Andrew winken zurück. Javier hingegen nimmt keinerlei Notiz von mir.
Oder er tut zumindest so, als ob er mich nicht gesehen hätte.
Auf meine Versöhnungs-E-Mail hat er nie geantwortet. Stattdessen hat er sich in den letzten beiden Wochen komplett rar gemacht. Wenn wir uns mit der Clique treffen, ist er bemüht sich nichts anmerken zu lassen und sich ganz normal zu verhalten. Aber ich spüre es an Kleinigkeiten, dass er auffällig distanzierter ist als sonst. Wenn wir in Javiers, Pawels und Andrews neu gegründeter Männer-WG gemeinsam kochen, darf Maria neuerdings immer als Erste von Javiers Löffel probieren und Auskunft darüber geben, ob noch etwas Salz oder Pfeffer an die Tortilla de Patatas muss.
Häufig übernachten Maria, Steffen und ich am Wochenende nach einer gemeinsamen Kochorgie in der

Männer-WG. Maria und ich schlafen dann auf der ausziehbaren Couch im Wohnzimmer, während Steffen mit einer Iso-Matte vorlieb nimmt. Oft frage ich mich, ob den anderen etwas auffällt. Noch nicht einmal Maria habe ich von Javiers Geständnis erzählt.

Alles nimmt nach Außen hin seinen gewohnten Gang, als ob gar nichts geschehen wäre. Und doch fühlt es sich für mich komplett anders an.

„Katrine, was darf ich dir zu trinken geben?", reißt Maria mich aus meinen Gedanken.

Schnell wende ich meinen Blick weg von Javier und lächele Maria an.

„Ein Wasser bitte!", sage ich. Irgendwie ist mir gerade nicht nach Alkohol.

„Wow! Du lässt es heute aber wirklich krachen!", höre ich eine wohlklingende Männerstimme.

Erstaunt drehe ich mich um.

Mads steht plötzlich hinter mir.

Mads, der nicht-auf-Facebook-auffindbare Punk.

„Oh, hallo Mads!", bringe ich gerade so heraus.

„Schön, Katrine, dass du dir meinen Namen gemerkt hast", erwidert Mads und lächelt.

Erst denke ich für eine Sekunde, dass er das ironisch gemeint hat.

Aber Mads zwinkert mir spitzbübisch zu. Er scheint sich wirklich zu freuen, mich zu sehen.

„Natürlich habe ich mir gemerkt, wie du heißt, Mads!", gebe ich betont schlagfertig zurück.

Gegen meinen Willen werde ich knallrot dabei.

„Oh, oh, schaut! Ein Elektrizitätswerk geht gerade bei dir an, Katrine! Es droht eine Überfrequenz durch einen drastischen Anstieg der Wirkleistung im System! So wie wenn Windanlagen zu viel Strom produzieren!", kommentiert Pawel meinen Gesichtsausdruck.

„Hä?" Maria sieht ihn wie ein lebendiges Fragezeichen an.

„Der Witz war echt nicht gelungen, Pawel!", weise ich ihn zurecht.

Ständig macht Pawel irgendwelche nervigen Witze, die außer ihm selbst kaum jemand versteht. Im besten Fall sind sie unfreiwillig komisch.

„Ich hätte auch gern ein Wasser, wie Katrine", durchbricht Mads die peinliche Situation.

Ich bin ihm äußerst dankbar dafür, dass er Pawels misslungenen Scherz geflissentlich ignoriert.

„Hier bitteschön!" Maria reicht uns zwei Gläser herüber. Neugierig sieht sie uns an.

Ich spüre, wie die Röte in meinem Gesicht nachlässt und ich wieder ruhiger werde.

„Magst du Pool spielen?", fragt Mads und deutet auf den Billard-Tisch, der ausnahmsweise gerade nicht belegt ist.

„Ja, sehr gerne", nicke ich, beglückt von der Idee, dann aus Pawels Reichweite zu sein.

Mads und meine Blicke kreuzen sich kurz.

Da fällt es mir auf.

Genau wie damals ganz plötzlich bei Mikkel, als wir uns neulich im Club begegnet sind.

Es fällt mir einfach nur auf.

Mads hat wunderschöne Augen, in denen ich regelrecht versinken könnte.

Schnell schaue ich weg.

Mads räuspert sich kurz. Dann begeben wir uns zum Billard-Tisch.

„Moment, ich lege gerade noch meine Jacke ab", sage ich mit rauer Stimme.

Routinemäßig riskiere ich einen kurzen Blick auf mein Smartphone, ob Tom mir in der Zwischenzeit auf Facebook geschrieben hat. Aber nein. Er hat noch nicht auf meine Nachricht reagiert.

Stattdessen steht ganz oben ein Status Update von Niels. Von Niels! Und das, wo er sein Profil seit Wochen nicht benutzt hat!

Als ich den Text des Status Updates lese, erstarre ich jedoch.

Feeling sad – diese Scheiß-Doktorarbeit! Ich halte es einfach nicht mehr aus! Ich kann nicht mehr! Ich glaub, ich falle gleich um!

„Katrine, magst du dich von deiner Handy-Fixierung lösen, damit wir endlich mit dem Spiel beginnen können?", höre ich Mads' ungeduldige Stimme aus der Ferne zu mir dringen.

Ich reagiere nicht.

„Katrine, was ist denn los? Ist alles in Ordnung bei dir?" Jetzt ist Mads' Stimme ganz dicht an meinem Ohr. Er klingt richtig besorgt. Ich spüre, dass er ganz in meiner Nähe ist und behutsam seinen Arm um mich legt.

Stumm reiche ich ihm mein Smartphone herüber.

„Ich glaube, wir müssen mal nach Niels sehen. Irgendetwas stimmt da nicht!", murmele ich.

Erschrocken sieht Mads mein Handy und danach mich an.

„Ach, du Scheiße! Ich bin zwar nicht auf Facebook und weiß nicht, was das soll, aber das klingt echt nicht gut! Los, lass uns zu eurem Büro gehen! Und zwar sofort!", sagt Mads.

Dann packt er mich bei der Hand, und wir laufen los. Aus der Freitagsbar heraus und ganz schnell die Treppe hinauf. Wir rennen durch die wirren Gänge der Uni, die mir auf einmal unendlich lang erscheinen. Tausend Gedanken schießen mir durch den Kopf...

Hoffentlich hat Niels sich nichts angetan!

Was hat das alles zu bedeuten?

Er hat heute die ganze Zeit über doch so ruhig gewirkt!

Endlich erreichen wir unser Büro.

Mads drückt die Türklinke herunter und geht voran.

„Oh nein!", ruft er dann. „Niels, kannst du mich hören? So sag doch was! Niels!"

Zuerst begreife ich überhaupt nicht, was eigentlich los ist.

Doch dann sehe ich, was passiert ist.

Niels liegt völlig verkrampft auf dem Boden.

Er blinzelt eigenartig.

Zwischendurch zucken seine Beine, wie von einer fremden Kraft gesteuert. Schaum sammelt sich vor seinem Mund.

Mads und ich schauen uns erschrocken an.

„Los, ruf einen Arzt, schnell! Das sieht nach einem epileptischen Anfall aus!", ruft Mads sehr bestimmt.

Es wirkt alles wie in einem surrealen Film. Vor einer halben Stunde hat Niels noch kerngesund über seinem

Kapitel mit den vielen Gleichungen am Computer gebrütet.

Schnell ziehe ich mein Smartphone aus der Tasche und wähle die Notrufnummer.

„Ja, hej, hier ist Katrine, ich rufe von der Uni aus an. Einer meiner Kollegen ist gerade zusammengebrochen. Er hat Schaum vor dem Mund, und seine Beine zucken... ja, es sieht wie ein epileptischer Anfall aus." Ich verhaspele mich vor lauter Nervosität beim Sprechen und kann gerade noch so die Adresse der Uni und die Raumnummer unseres Büros einwandfrei herausbringen.

„Oh je, was können wir in der Zwischenzeit nur tun? Sollen wir ihn vielleicht irgendwie hinsetzen, oder so?", frage ich verzweifelt.

„Nein, bloß nicht bei einem epileptischen Anfall an den Armen oder Beinen berühren", sagt Mads schnell, „wir können ihn allerhöchstens in die stabile Seitenlage bringen."

„Glaubst du, dass der Notarzt unser Büro in diesem großen Gebäude überhaupt findet?", überlege ich laut.

„Vielleicht wäre es gut, wenn du unten vor der Tür auf den Krankenwagen wartest. Ich bleibe hier oben bei Niels", schlägt Mads vor.

„Gute Idee!"

Schnell laufe ich nach unten.

Das schrille Geräusch von Sirenen ist bereits vor der Tür zu vernehmen.

Dann geht alles wie im Zeitraffer.

Der Notarzt und sein Assistent stürmen mit mir nach oben.

Als wir dort ankommen, hat sich die Lage zwischenzeitlich normalisiert. Niels kann sich wieder bewegen. Vor allem vermag er wieder zu sprechen. Er sieht aber immer noch sehr, sehr bleich aus.

„Oh Mann", sagt er langsam, „ich weiß überhaupt nicht, was gerade mit mir los war. Es war einfach nur der... absolute Kontrollverlust!"

Mads schildert ausführlich, wie wir Niels im Büro vorgefunden haben.

Nach einer gründlichen Untersuchung konstatiert der

Notarzt: „Das sieht mir nach einem epileptischen Anfall aus, der soeben abgeklungen ist. Es passiert häufiger, als man denkt, dass wir ankommen, wenn der Spuk schon längst wieder vorbei ist!"

Nachdenklich sieht er Niels an.

„Hast du vorher schon einmal solch einen Anfall gehabt?"

Niels schüttelt den Kopf.

„Hast du irgendwelche stimulierenden Substanzen eingenommen?"

Wieder schüttelt Niels den Kopf.

„Stehst du momentan stark unter Stress?"

Niels nickt vorsichtig. „Ich bringe gerade meine Doktorarbeit zu Ende... Nächste Woche muss ich abgeben...", bringt er stockend heraus. „Vorhin habe ich auf einmal voll die Panik bekommen,... dass ich das alles nicht mehr schaffe!" Niels sieht abwechselnd den Arzt, dessen Assistenten, Mads und mich an. „Keine Ahnung, warum mich plötzlich diese Angst gepackt hat. Ich habe dann auf Facebook gepostet, wie schrecklich alles gerade ist... Ich weiß auch nicht, warum ich das getan habe, aber mir war so danach... ich musste ja irgendwie Hilfe holen... Dann habe ich nur noch helles Licht gesehen und so ein Drücken in der Bauchgegend verspürt..."

Niels spricht langsam. Er steht sichtlich unter Schock. Gleichzeitig scheint er irgendwie erleichtert zu sein, dass er auf einmal über alle seine Sorgen offen sprechen kann. Seine ganzen Kümmernisse sprudeln regelrecht aus ihm heraus.

Der Notarzt sieht Niels nachdenklich an.

„Ich vermute stark, dass es sich um einen stressbedingten epileptischen Anfall handelt. Da ist erst einmal Ruhe angesagt! Am besten legst du dich gleich zu Hause ins Bett und trinkst reichlich Kamillentee. So was hilft immer!"

„Und das ist alles?", fragt Mads skeptisch. „Ich meine, Niels hat gerade mehrere Minuten lang total verkrampft auf dem Boden gelegen. Da hilft doch kein Kamillentee!"

„Ich gehe davon aus, dass es nur der Stress ist", meint

82

der Arzt, „falls so etwas aber nochmal passiert, müsst ihr unbedingt wieder den Krankenwagen rufen. Dann werde ich weitere Untersuchungen veranlassen, um der Sache auf den Grund zu gehen."

„Und ich kann jetzt einfach so nach Hause?", erkundigt sich Niels zweifelnd.

„Ja klar." Der Arzt nickt. „Mach dir einen leckeren Kamillentee! Lebst du alleine?"

Niels nickt.

„Ich kann heute gerne bei dir übernachten, Niels, wenn du magst", bietet Mads an, „damit du heute Nacht nicht alleine bist. Wir nehmen uns ein Taxi nach Hause."

„Das ist sicherlich eine gute Idee", meint der Arzt, „das wollte ich euch auch gerade vorschlagen."

* * *

„Mach dir keine Gedanken, Katrine, es wird schon alles wieder gut!", meint Mads wenig später, als er und Niels in das Taxi steigen.

„Ich mache mir solche Vorwürfe, Mads. Meinst du, ich hätte etwas merken müssen, dass Niels so sehr unter Stress steht? Ich habe ihn immer wieder gefragt, ob alles in Ordnung ist. Aber er hat stets bejaht", frage ich ihn verzweifelt aber leise genug, damit Niels es nicht hören kann.

„Du hast nichts falsch gemacht, Katrine! Ich habe ja auch nichts bemerkt, obwohl Niels und ich eng befreundet sind", erwidert Mads aufmunternd.

Er berührt kurz meinen Arm.

„Du kannst nichts dafür, ehrlich! Niels lässt sich ja nie etwas anmerken. Auch nicht, wenn es ihm schlecht geht. Ich bin noch nicht mal auf Facebook. Ohne dich hätte ich überhaupt nicht mitbekommen, was gerade passiert ist!"

„Und überlegst du jetzt, Facebook doch beizutreten? Es hat Niels ja quasi gerettet!", frage ich interessiert.

Mads schüttelt den Kopf.

„Ich würde mir immer noch wünschen, dass wir uns solche Hilferufe im realen Leben persönlich mitteilen, wenn es uns dreckig geht. Damit es erst gar nicht so weit kommt."

Niels, der weiter hinten im Taxi Platz genommen hat, sieht immer noch ganz benommen aus.

„Niels, gute Besserung! Ich melde mich morgen bei dir!", rufe ich ihm laut zu, damit er mich hört.

„Ja, danke, Katrine!", antwortet Niels mit leiser Stimme. Mads streicht mir nochmal kurz über den Arm. Dann nickt er mir aufmunternd zum Abschied zu und schließt die Autotür. Nachdenklich blicke ich dem Taxi hinterher, das sich allmählich vom Unigebäude entfernt.

* * *

An diesem Abend kann ich mich über keine virtuelle oder reale Kommunikation mehr freuen. Zu sehr sind meine Gedanken bei Niels.

Ich hole nur noch meine Sachen aus dem Büro und sage Maria kurz Bescheid, dass ich jetzt gehe. Dann verlasse ich umgehend die Freitagsbar und radele schnell auf dem Fahrrad nach Hause.

Kaum, dass ich in meiner Wohnung angekommen bin, hole ich den Laptop heraus. Ich platziere ihn wie sonst bei meinem morgendlichen Kommunikationsritual auf dem Küchentisch.

Instinktiv logge ich mich sofort bei Facebook ein.

Auf Niels' Profilseite ist inzwischen die Hölle los.

Sein Status Update hat viele seiner 679 Facebook-Freunde anscheinend genauso schockiert wie mich. Nur teilweise auf höchst eigenartige Weise.

68 Likes hat sein buchstäblich nach Hilfe schreiender *Feeling sad*-Kommentar in der Zwischenzeit erhalten.

Ich wundere mich kurz. Wie kann man so ein Status Update denn bitteschön gut finden oder gar liken? Das ist schon irgendwie pervers!

Außerdem sind sehr viele besorgte Kommentare von Niels' unzähligen Facebook-Freunden, die ich größtenteils ja gar nicht kenne, eingegangen.

„Niels, was ist denn los? Geht es dir nicht gut?", fragt ein Lars.

„Oh my gosh! Sounds horrible! Is there anything I can do?", schreibt eine Melissa aus Los Angeles.

„Have you already fainted? Bist du schon in Ohnmacht gefallen?", erkundigt sich eine Allison aus Wisconsin zutiefst besorgt. Als ob Niels einfach mal so ihre Frage beantworten könnte, wenn es wirklich gerade passiert wäre.

„Soll ich vorbeikommen? Wo bist du denn überhaupt?", schlägt eine Bente vor.

„Mach Meditation und suche deine innere Mitte! Das hilft!", findet eine Merete.

„Oh je, du Armer! Ich bin dummerweise in Aarhus! Hast du keine Kopenhagener Freunde, die dir helfen können?", lässt sogar Niels' früherer Schwarm Helle von sich hören.

„Ruf einen Krankenwagen! So was ist ernst!", schreibt ein Jesper.

Nach diesem Kommentar verändert sich der *Thread* auf höchst dramatische Weise. Anscheinend fangen jetzt alle an, sich tatsächlich Sorgen zu machen.

„Niels, hole sofort den Notarzt!!!!!!!!!", postet ein Anders eindringlich.

„Niels, melde dich sofort hier auf Facebook!!! Was ist denn nur passiert???", schiebt eine Anja hinterher.

„Niels, du arbeitest zu viel! Mich wundert es, dass du erst jetzt umkippst und es nicht schon früher passiert ist!", kommentiert ein Jørgen nicht gerade einfühlsam.

„Was hat denn der Niels? Eine Panikattacke? Weiß irgendjemand mehr?", hakt Bente besorgt nach.

„Meditation hilft insbesondere bei psychischen Erkrankungen wie Panikattacken und Angstanfällen. Niels muss zum Neurologen und zum Psychiater – und dann ins Meditationszentrum", stellt Merete fachmännisch fest.

„Niels, what's happening?????? Hello!!!!! Write to us!!!!!! We are SO worried!!!!!!!", fordert eine Susie ihn auf.

Die Liste an Kommentaren wird immer länger. Es ist regelrecht zermürbend.

Der einzige Ausweg, diesen Kommunikationsfluss zu stoppen, ist ein neues Status Update von Niels, dass es ihm wieder besser geht. Nur hat der sicherlich gerade Anderes zu tun, als sich in sozialen Netzwerken herumzutreiben.

Ein Piepton macht mich darauf aufmerksam, dass ich gerade eine Privatnachricht auf Facebook erhalten habe. Von Tom!

Am liebsten esse ich Frigor. Die Schokolade ist wirklich super-lecker!
Was ist deine Lieblingsschokolade, Katrine? Die bringe ich dir dann mit. /Tom :-*

Irgendwie überfordert mich das alles.

Ich kann jetzt nicht mit Tom über Schweizer Lieblingsschokolade schreiben, nachdem mein Büronachbar Niels zusammen gebrochen ist und seine Facebook-Seite im Minutentakt mit panischen Einträgen überflutet wird. Das passt alles irgendwie nicht zusammen. Diese beiden Facebook-Welten wirken wie Lichtjahre voneinander entfernt. Aber genau das sind sie ja auch.

Tom und Niels haben überhaupt nichts miteinander zu tun. Bis darauf, dass beide meine Facebook-Freunde sind und ihre virtuellen Einträge mein Gefühlsleben bestimmen. Ich schaue nochmal kurz auf Niels' Seite nach, bevor ich mich endgültig für heute abmelden werde. Sieben weitere neue Einträge stehen da.

Ich will sie gar nicht mehr lesen.

Erschöpft klappe ich meinen Laptop zu und begebe mich Richtung Bett.

Ich überlege, ob ich Niels kurz eine SMS schreibe, wie es ihm geht. Anrufen möchte ich ihn nicht, da er sicherlich bereits schläft. Außerdem ist Mads ja bei ihm. Ich riskiere einen Blick auf mein Smartphone. Doch da! Eine SMS ist eingetrudelt. Von einer unbekannten Nummer.

Hey Katrine, Niels hat mir deine Handynummer gegeben. Ich hoffe, das ist okay. Ich wollte dir nur sagen, Niels ist wieder ganz der Alte. Wird schon alles wieder gut. Schlaf gut, Mads.

Es ist die einzige Nachricht, die mich heute Abend ein bisschen glücklich macht.

Meine Nachdenklichkeit bleibt aber trotzdem bestehen. Denn ich verstehe immer noch nicht, was eigentlich passiert ist.

#WahreFreunde #VirtuelleFreunde #RealWorld

Regen prasselt gegen die Fensterscheibe, als ich am nächsten Morgen aufwache.
Ich schaue auf den Wecker.
Es ist erst fünf vor sieben, und doch bin ich bereits hellwach.
Der gestrige Tag kommt mir regelrecht surreal vor. Nicht nur das, was mit Niels passiert ist, sondern auch die Reaktionen darauf. In der realen Welt. In der virtuellen Welt. Und wie sich am Ende alles auf ganz seltsame Weise vermischt hat.
Denn Niels' Hilferuf auf Facebook war schließlich real. Der epileptische Anfall ist dann ja auch tatsächlich eingetreten, direkt nachdem Niels seinen Gemütszustand ge*postet* hat. Ohne Niels' Facebook-Eintrag wäre ich niemals mit Mads zurück in unser Büro gestürmt, um ihm zu helfen. Nur keimt in mir immer mehr eine große Frage auf: War das nun gut oder schlecht, dass Niels öffentlich gepostet hat, dass er gleich umkippt? Hätte er sich nicht anderweitig Hilfe holen können? Aber wahrscheinlich hat er in seiner plötzlichen Panik gar nicht groß darüber nachgedacht. Es war gut, dass er sich überhaupt irgendwie Hilfe holen konnte.

Ich ziehe die Vorhänge beiseite und blicke nachdenklich aus dem Fenster.
Der Regen hat inzwischen aufgehört, und hinter einer Wolke kommt zaghaft die Sonne zum Vorschein.
Irgendetwas hat sich verändert, das spüre ich deutlich.
Dann fällt mir wie Schuppen von den Augen, was es ist. Bis jetzt war Facebook für mich immer ein Ort der Wärme, der Likes, des *Feeling good*, des *Feeling excited*, des Lobs, der Anerkennung und der Zuneigung. Alle posteten stets, wie glücklich sie sind, wie sehr sie

ihren Urlaub genießen, wie gut das Essen schmeckt und wie cool die Party ist, auf der sie sich gerade befinden. Ich wusste, sobald ich in Facebook eintauche, befand ich mich in einer virtuellen Blase der Verbundenheit, der gegenseitigen Bestätigung und der positiven Erlebnisse. Mit Niels' gestrigem Eintrag hat sich das schlagartig geändert. Unwillkürlich durchzuckt mich der Gedanke, dass mir schon vor dem nächsten Einloggen graut, ob irgendwelche neuen Hiobsbotschaften auf mich warten. Irgendwelche Nachrichten, die ich viel lieber persönlich von den Leuten erfahren würde als anonym über den sozialen Äther.

Dabei liegt das Problem ja nicht bei Facebook, sondern an der Weise, wie Leute es nutzen. So anonym und doch so intim zugleich.

Meine warme, wohlige virtuelle Blase ist gestern jedenfalls mit einem gewaltigen Knall zerplatzt.

Sie ist nicht mehr die gemütliche Komfortzone, in der ich mich entspannt und gut aufgehoben zurückziehen kann. Obwohl. Wenn ich länger darüber nachdenke, hat es mich schon bei Tom ziemlich gestört, gewisse Neuigkeiten über Facebook und nicht von ihm direkt zu erfahren. Oder bei Mikkel. Erst schickt er mir eine SMS, dass er mich vermisst und ich ihn abends unbedingt im Vega-Club treffen soll. Und dann sehe ich am nächsten Tag Fotos von ihm auf Facebook, wie er den Abend eng umschlungen mit einer Anderen verbracht hat. Eine seltsame Frage durchzuckt mich: Ist es überhaupt gut, immer alles von allen zu wissen?

Ich schüttele entschieden den Kopf.

Mit meinem seltsamen Philosophieren komme ich heute nicht weiter.

Stattdessen beschließe ich zu duschen und mich anzuziehen. Danach schwinge ich mich auf mein Fahrrad.

* * *

Die Vanløse Allé wirkt noch völlig verschlafen. Lediglich mein älterer Nachbar, der zu jeder Tageszeit an seinem Fenster im Erdgeschoss sitzt, winkt mir kurz zu, als er mich auf dem Rad vorbeidüsen sieht.

Ansonsten ist es total still. Kein Mensch und kein Verkehr weit und breit.

Heute Morgen habe ich die Vanløse Allé ganz für mich allein.

Ich trete in die Pedalen und werde immer schneller.

Sogar die Metro-Station, an der sich die Menschen sonst morgens wie die Ameisen auf dem Weg zur Arbeit tummeln, wirkt komplett leer. Als ich den Supermarkt Føtex erreiche, sehe ich zumindest einige Autos auf der angrenzenden Straße entlangtuckern.

Ich beschleunige noch mehr mein Tempo und fahre durch den Grøndal Park, immer weiter Richtung Stadtzentrum. Während ich in die Pedalen trete, atme ich die frische Luft ein, die nach dem Regen einfach nur so rein wirkt. Überhaupt fühlt sich alles so echt und authentisch an. Es ist etwas Besonderes, die Umwelt am frühen Morgen so ganz bewusst wahrzunehmen. Für einen Moment erscheinen mir die gestrigen Ereignisse total weit weg, wie aus einer anderen Welt. Erst jetzt fällt mir auf, dass ich aus einer spontanen Internetverdrossenheit heraus heute Morgen gar nicht online gewesen bin. Und dass ich mich komischerweise ganz gut dabei fühle. Richtig erleichtert.

Einige Jogger kommen mir auf dem Weg entgegen.

Die Meisten laufen für sich alleine.

Sie alle haben weiße oder schwarze Knöpfe in den Ohren, über die sie Musik hören, um ihren Laufrhythmus zu unterstützen. Manche Läufer tragen außerdem ein buntes Fitnessband an einem ihrer Arme, über das sie ihre Geschwindigkeit, ihren Puls und sämtliche Fitnessdaten unterwegs abrufen können. Sogar eingehende E-Mails können sie sich damit anzeigen lassen, wenn sie es denn möchten. Alles schön mit ihrem Smartphone verknüpft.

Ich habe früher nie großartig darüber nachgedacht. Aber es ist schon irgendwie seltsam, alleine unterwegs und dabei trotzdem komplett vernetzt zu sein.

Dadurch ist man eigentlich nie so richtig alleine.

Nach einer Weile biege ich ab, durchkreuze den Stadtteil Frederiksberg und gelange schließlich zu den Seen, *Søerne*, die in einem hübschen Bogen Kopenhagens Innenstadt umranden. Die Sonne glitzert nur so in dem Wasser. Es sieht einfach wunderschön aus. Hier sind noch mehr Jogger unterwegs als vorher im Grøndal Park. Die Silhouette des Tycho Brahe-Observatoriums lässt sich deutlich im Hintergrund auf der anderen Uferseite erkennen.

Ich halte an und stelle mein Fahrrad an einer Bank unweit vom Wasserrand ab.

Mit einem Taschentuch beseitige ich die kleinen Regenpfützen auf der Bank, um mir einen trockenen Sitzplatz zu verschaffen. Dann setze ich mich dorthin und schließe die Augen.

Es ist ein wohliges Gefühl, als die Sonnenstrahlen auf meinem Gesicht herumtanzen. Im Herbst schätze ich es umso mehr, wenn ich weiß, dass bald der dunkle Winter beginnt.

Ich habe keine Ahnung, wie lange ich hier schon gesessen habe.

Irgendwann öffne ich die Augen und räkele mich ausgiebig.

Natürlich schaue ich am Ende doch nach, ob irgendwelche neuen Nachrichten auf meinem Handy eingegangen sind. Aber da gibt es nichts Besonderes.

Zum Glück.

Keine SMS.

Ich öffne meine Facebook App. Na sowas.

Niels' *Thread* scheint sich ebenfalls über Nacht beruhigt zu haben.

Aber da gibt es ja immer noch Toms private Facebook-Nachricht, auf die ich noch nicht geantwortet habe. Wenn ich mir Toms Gesicht mit seinen hübschen grünen Augen vorstelle, bekomme ich richtig Lust, ihm sofort zu schreiben.

Sitze gerade hier in der Sonne, an den Kopenhagener Seen, und genieße das schöne Herbstwetter.
Ich esse auch Frigor am liebsten, aber am liebsten Frigor noir, die dunkle Schokolade ☺.

Wann kommst du eigentlich genau zurück nach Kopenhagen?
Freu mich schon, dich dann wiederzusehen! Love, Katrine :-*

Kaum, dass ich die Nachricht abgeschickt habe, ärgere ich mich schon wieder über mich selbst. War das zu viel Begeisterung auf einmal? Andererseits möchte ich keine Spiele mehr spielen und brenne wirklich darauf, Tom bald zu sehen. Wieso soll ich das nicht ehrlich kundtun? Außerdem hat *er* schließlich als Erster geschrieben, dass er immerzu an mich denken muss und mich vermisst.
Ich schaue noch einmal auf mein Handy. Es ist jetzt halb zehn.
Ich überlege kurz, was ich mit diesem Tag anfangen soll. Konkrete Pläne habe ich noch keine. Nur für den Abend ist wie immer Ausgehen mit Maria angesagt.
Da kommt mir die Idee. Spontan steige ich auf mein Fahrrad und fahre Richtung Østerbro, der Stadtteil, in dem Niels wohnt. Unterwegs halte ich kurz bei einem Bäcker an und kaufe frische Brötchen und Zimtschnecken ein. Eigentlich ist es nicht besonders dänisch, Leute so spontan mit einem Überraschungsbesuch zu überfallen. Aber irgendwie fühlt es sich gerade total richtig an.

* * *

Als ich bei Niels ankomme, ist mir doch ein wenig mulmig zumute, ob meine spontane Eingebung wirklich so gut gewesen ist. Zögernd schließe ich mein Fahrrad ab und hole mein Handy heraus. Sicherheitshalber werde ich Niels vorher anrufen, ob es ihm überhaupt passt, wenn ich so plötzlich bei ihm hereinschneie. Sein Kumpel Mads ist ja sicherlich auch noch da.
„Hej Katrine, was machst du denn hier?", höre ich in dem Moment jemanden rufen.
Erstaunt drehe ich mich um.
Mads steht direkt vor mir und grinst mich an.
„Das ist ja eine Überraschung!", meint er. „Magst du reinkommen? Ich wollte gerade frische Brötchen holen!"

Verwirrt streiche ich mir eine Haarsträhne aus dem Gesicht. Dummerweise spüre ich, wie mir die Röte schon wieder in den Kopf schießt. Bestimmt sehe ich wie ein Feuermelder aus. Und das, obwohl ich von so einem Punk wie diesem Mads doch überhaupt nichts will!

„Ähem! Oh! Hej, Mads! Brötchen brauchst du keine mehr holen, die habe ich für uns alle schon dabei!", sage ich betont schlagfertig, um mir ja nichts anmerken zu lassen.

Dabei kann meine plötzliche Gesichtsröte Mads kaum entgangen sein.

„Das nenne ich mal eine spontane Idee! Echt cool, Katrine! Niels wird sich bestimmt riesig freuen!" Mads reibt sich begeistert die Hände.

Er schaut ungefragt in meine Brötchentüte. „Frische Zimtschnecken, das ist echt genial! So was von lecker! Du bist die Beste!", ruft er begeistert aus.

Dabei lächelt er mich schelmisch an wie ein kleiner Lausejunge.

„Glaubst du, es ist okay, dass ich so spontan vorbeikomme? Nicht, dass ich euch überfalle?", frage ich Mads schüchtern.

„Natürlich ist das ein Überfall! Aber ein total willkommener!", erwidert Mads lachend. „Komm, Katrine, wir gehen hoch!"

Er öffnet die große, schwere Eingangstür, und ich folge ihm ins Treppenhaus.

„Wie geht es Niels denn jetzt? Hat er sich etwas erholen können?", erkundige ich mich, als wir die Treppe nach oben gehen.

„Er ist wieder ganz der Alte. Er will heute sogar an seiner Diss[3] weiterarbeiten, um sie wie geplant Mitte nächster Woche abzugeben", erzählt Mads.

„Aber das ist doch echt verrückt!", rutscht es mir heraus.

---

[3] Diss wird umgangssprachlich als Abkürzung für Dissertation verwendet.

„Ach du." Mads zuckt mit den Schultern. „Ich glaube, er will die ganze Scheiße einfach nur hinter sich bringen. Sein Doktorvater hat ihn immer so mit Arbeit zugemüllt. Ich denke, Niels wird es sehr viel besser gehen, wenn er sich aus diesem Abhängigkeitsverhältnis befreit hat und endlich Post Doc ist. Sein Doktorvater ist sehr speziell, weißt du?"

„Ja, natürlich, ich kenne Niels' Doktorvater. Er ist schließlich an meinem Institut", erwidere ich.

„Klar, stimmt ja!" Mads lächelt mich an.

Zufällig berührt er mehrmals kurz meine Hand, als wir so nebeneinander die Treppenstufen nach oben erklimmen.

„Glaubst du, dass der Anfall psychisch war?", frage ich ihn zweifelnd.

„Keine Ahnung, ich bin kein Arzt", meint Mads und zuckt mit den Schultern. „Aber weißt du, was total verrückt ist? Niels hat vorhin sein Facebook-Profil geöffnet. Ich hab ihm gesagt, er soll es sofort wieder schließen. Das stresst ihn sonst noch mehr! Es hat 87 Kommentare auf seinen gestrigen Eintrag gegeben! Und 128 Leute haben den Eintrag, dass er gleich umfällt, sogar geliked, stell dir das mal vor!"

Mads' Stimme klingt richtig wütend, als er davon berichtet.

„Und rate mal, wie viele von Niels' unzähligen Facebook-Freunden tatsächlich bei ihm angerufen haben?", fragt er dann.

„Keine Ahnung. Wahrscheinlich hat sein Handy die ganze Nacht über Sturm geklingelt, oder?", vermute ich.

Mads schüttelt den Kopf. „Nein. Es haben genau drei Leute angerufen. Niels' Band-Kollege Lars, eine Allison aus den USA und dann noch so eine esoterische Tussi namens Merete. Die wollte ihm gleich für nächste Woche ein Achtsamkeitsseminar andrehen, damit er seine innere Mitte findet. Für 2000 Kronen. Dazu hatte Niels aber keine Lust und hat sie voll abblitzen lassen."

„Wow!", entfährt es mir überrascht. „Das ist echt verrückt! Niels hat doch so viele Facebook-Freunde! Ich dachte, da wären auch viele wahre Freunde bei! Vielleicht haben die meisten Niels' Eintrag noch gar nicht gesehen und werden sich im Laufe des Tages melden..."

Mads verzieht spöttisch den Mundwinkel. „Nee, du! Bei 128 Likes haben den Eintrag ja wohl mehr als genug Leute gelesen! Nee, ich sag dir was, Katrine! Richtige Freunde sind die, die dir Brötchen bringen und vorbeikommen, wenn es dir dreckig geht. Der Rest, wenn es dir gut geht, ist alles nur oberflächlich!"

Endlich sind wir im obersten Stockwerk vor Niels' Wohnung angekommen.

Die Tür steht offen. Niels muss uns bereits im Treppenhaus gehört haben, denn er kommt uns sofort im Flur entgegen.

„Katrine, du bist hier? Mensch, das finde ich ja klasse!", ruft er begeistert aus und umarmt mich.

„Ja, mit Katrine hast du eine wahre und reale Freundin", brummt Mads.

Nach einem ausgiebigen Brunch bei Niels radele ich am frühen Nachmittag gut gelaunt nach Hause.

Das Wetter ist noch richtig schön geworden. Goldenes Herbstwetter sozusagen.

Beim Fahrradfahren lasse ich meinen Gedanken freien Lauf.

Das Treffen mit den beiden Jungen ist ausgesprochen entspannend gewesen. Niels ist wirklich wieder ganz der Alte. Noch heute will er an seiner Dissertation weiterarbeiten, aber er hat uns versprochen, es nicht zu übertreiben. Er ist bereits absolut auf der Ziellinie mit seiner Doktorarbeit. Mads wird abends noch einmal bei ihm vorbeischauen, ob alles in Ordnung ist. Eigentlich hatte ich erwartet, dass Niels heute regelrecht von Anrufen und spontanen Besuchern, die nach dem Rechten sehen möchten, überflutet werden würde.

Aber nichts dergleichen ist geschehen.

Ich seufze kurz.

Es stimmt also, was Mads gesagt hat. Viele Facebook-Freunde sind tatsächlich nur virtuelle Freunde. Zumindest trifft das auf Niels' Facebook-Freunde zu. Ich hoffe sehr, dass das bei meinen Facebook-Freunden anders aussieht.

Immerhin hat Niels, noch während wir da waren, ein neues Status Update ge*postet*.

Ein Beruhigungs-Update, um seinen Facebook-Freunden Entwarnung zu geben.

Genauso hat er das dann auch formuliert.

Entwarnung: Es ist wieder alles in Ordnung. So etwas soll nicht wieder vorkommen. Vielen Dank für eure Nachfragen – und Entschuldigung, wenn ihr euch Sorgen gemacht habt! Ich werde zukünftig nur noch in der Real World um Hilfe bitten. Es war ein großer Fehler meinerseits, dies aus einer plötzlichen Panik heraus online zu tun. Aber mir haben in der realen Welt zum Glück gute Freunde geholfen, denen ich sehr dankbar bin.
Entschuldigung nochmal! Alles ist wieder okay.

Dieses Update hat binnen kürzester Zeit 48 Likes und jede Menge Kommentare erhalten.

„Wie meinst du das? Alles ist wieder okay? Bitte mehr detaillierte Infos! Was ist denn genau passiert?!", fragt eine Lina.

„Wer sind diese Freunde aus der realen Welt? Wer war denn genau bei dir?", postet ein Lasse.

„Was war überhaupt mit dir los? Warst du jetzt beim Psychiater oder im Krankenhaus?", möchte dieser unsensible Typ namens Jørgen wissen.

„Bist du enttäuscht, dass ich dich nicht angerufen habe, Niels?", erkundigt sich eine Sanne. „Sorry, aber ich war gestern einfach zu busy, hab's dann voll vergessen. ☹"

„Niels, du weißt, das Angebot mit dem Achtsamkeitskurs nächste Woche steht, falls du es dir doch noch anders überlegst! Danke, dass du mich zu deinen Freunden aus dem wahren Leben zählst! ☺", schreibt die esoterisch angehauchte Merete.

Mhm. Merete wird sicherlich schwer enttäuscht sein, dass Niels sich nächste Woche erst einmal dem Abschließen seiner Doktorarbeit widmen wird, bevor er sich in irgendwelche Sphären der Achtsamkeit begibt, um seine innere Mitte zu finden...

Während ich den Vormittag mit Niels und Mads an mir Revue passieren lasse, rauschen die schönen Häuser von Østerbro nur so an mir vorbei. Ich überlege immer noch, wo ich eigentlich hin radeln soll. Für den restlichen Nachmittag habe ich nach wie vor keinen Plan.

Soll ich mich jetzt wirklich direkt nach Hause begeben bei diesem wunderschönen Wetter?

Ich fahre einen kleinen Umweg und komme wieder an den Kopenhagener Seen vorbei.

Hier ist mittlerweile geschäftiges Treiben angesagt.

Viele Familien mit Kindern sind da.

Ein junges Paar steht Händchen haltend, mir den Rücken zugewandt, am Wasser.

Da die tiefstehende Sonne dermaßen blendet, kann ich sie nur schemenhaft erkennen. Wie zwei Schattengestalten aus einer Scherenschnittarbeit.

Die beiden sehen unglaublich verliebt aus, wie sie so dastehen.

Moment mal! Der Eine von den beiden, war das nicht Javier?

Ich wende meinen Blick nochmal kurz zurück, bevor ich Richtung Frederiksberg abbiege.

Das Profil von hinten sah wirklich genau wie das von Javier aus. Aber kann das sein?

Ich schüttele den Kopf.

Also wirklich! Ich sehe schon Gespenster!

Javier ist immer noch so traurig darüber, dass es mit uns beiden nicht geklappt hat, da wird er sich wohl kaum so schnell eine neue Freundin angelacht haben!

Außerdem gibt es bestimmt total viele junge Männer, die Javier von hinten ungeheuer ähnlich sehen.

* * *

Als ich wenig später zu Hause bin, versuche ich Maria anzurufen. Für gewöhnlich gehen wir Samstagabend gemeinsam aus. Für heute ist das genauso geplant.

Irgendwie ist es fast schon ungewöhnlich, dass sie sich noch nicht gemeldet hat.

Dafür ergreife ich jetzt die Initiative.

Ich probiere es immer wieder, aber Maria hebt einfach nicht ab.
Schließlich trudelt eine SMS von ihr ein.

Hi Katrine! Tut mir leid, dass ich mich jetzt erst melde. Aber ich bin völlig mit Arbeit zugedeckt, weil ich einen Artikel für eine Konferenz fertigschreiben muss. Es wird bei mir heute Abend leider nicht klappen. Und morgen habe ich deswegen auch keine Zeit ☹ ☹ ☹. Aber nächstes Wochenende wieder, okay? ☺ ☺ ☺ Ganz viele Umarmungen & Küsse! Maria.

Ich wundere mich etwas.
Mir kurzfristig per SMS abzusagen ist nicht Marias Art.
Sonst ruft sie mich immer an, weil sie SMS überhaupt nicht ausstehen kann, wie sie sagt.
Aber bestimmt ist die Ärmste so sehr im Stress, dass ihr der Kopf gerade ganz woanders steht.
Also antworte ich ihr:

Kein Problem, meine Liebe! Ich drücke dir die Daumen, du kriegst das bestimmt ganz super hin! Freu mich dann auf nächste Woche! ☺ Ganz viele Küsse & Umarmungen!!!

#VerschwundeneFreundin #VerschwundenerSchwarm

Feeling happy - Finally back in Denmark. Liebe Freunde, seit gestern bin ich wieder zurück in Kopenhagen. Ich freue mich auf ein Wiedersehen mit Euch! ☺

Begeistert blicke ich auf Toms Status Update, das er gerade frisch ge*postet* hat.
Endlich ist es soweit. Er ist wieder im Lande!
Da wird er mich sicherlich ganz bald zu dem versprochenen Date einladen.
Obwohl ich es nicht möchte, verursacht alleine der Gedanke daran bereits ein wohliges Kribbeln in meiner Magengrube.
In den letzten beiden Wochen haben Tom und ich sehr eifrig hin- und hergeschrieben.
Irgendwie habe ich ein verdammt gutes Gefühl bei ihm.

Es ist eben doch sehr praktisch, über Facebook miteinander verbunden zu sein. Ansonsten würde ich so schöne Neuigkeiten, wie dass Tom wieder zurück in Dänemark ist, nie so schnell erfahren.

Gut gelaunt vergebe ich Toms Status Update ein Like und klappe dann meinen Laptop zu.

Es ist Montagmorgen. Und mein tägliches Kommunikationsritual am Frühstückstisch hat bei mir definitiv für einen tollen Wochenbeginn gesorgt. Endlich hat die ewige Warterei auf Tom ein Ende! Es kann weitergehen.

* * *

Drei Tage später bin ich mittags mit Maria in der Mensa verabredet.

Mir ist regelrecht ein Stein vom Herzen gefallen, als sie das von selbst vorgeschlagen hat. Denn seit drei Wochen ist meine beste Freundin wie vom Erdboden verschluckt.

Und das ist schon höchst verwunderlich.

Sie geht fast gar nicht mehr an ihr Handy, wenn ich versuche, bei ihr anzurufen.

Anfangs glaubte ich, es sei purer Zufall. Aber die Geschehnisse häufen sich.

An den Wochenenden schützt Maria vor, arbeiten zu müssen, da sich eines ihrer Projekte angeblich in der Endphase befindet. Unter der Woche behauptet sie, so müde und gestresst zu sein, dass sie nicht die Muße hat, irgendjemanden nach Feierabend zu treffen.

Ich mache mir ernsthaft Sorgen um Maria.

Die Ärmste arbeitet wirklich viel zu hart.

Zu allem Überfluss streift mich immer wieder der Gedanke, ob Maria mich womöglich meidet. Ständig überlege ich, ob ich sie durch eine ungeschickte Bemerkung verletzt haben könnte, ganz ohne es zu wissen.

Aber auch die regelmäßigen Treffen unserer Clique mit Javier, Pawel, Andrew und Steffen befinden sich im absoluten Dornröschenschlaf.

Was ist da bloß los?

„Ach du, ich glaube, wir haben alle einfach nur irre viel zu tun", meint Maria, als sie mir in der Mensa gegenübersitzt und im vegetarischen Essen herumstochert. „Meinen Projektbericht muss ich innerhalb der nächsten beiden Wochen fertig schreiben. Ich stehe unter wahnsinnigem Zeitdruck. Pawel ist gerade öfter bei seiner Familie in Warschau. Eines seiner Kinder hatte die Röteln. Und Javier muss irgend so ein Experiment im Bereich der Bruchmechanik zu Ende bringen."

„Im Bereich der Bruchmechanik?" Ich ziehe erstaunt die Augenbrauen hoch.

„Na ja, so genau kenne ich mich in Javiers Forschungsbereich nicht aus, weißt du."

Maria lächelt mich aufrichtig an, während sie das sagt.

Alles scheint ganz normal zu sein.

Nach Außen hin zumindest.

Trotzdem werde ich das unerfindliche Gefühl nicht los, dass meine Freundin etwas vor mir verheimlicht.

„Und sonst ist wirklich alles in Ordnung bei dir?", bohre ich nach.

„Ja, klar!" Maria nickt bestimmt. „Was soll denn bitteschön nicht in Ordnung sein?"

Ich zucke mit den Achseln.

„Keine Ahnung. Ich habe einfach das Gefühl, dass du mir ständig ausweichst. Wir sehen uns ja kaum noch! Ich habe Angst, dass ich irgendetwas falsch gemacht habe. Bitte sag es mir, wenn das der Fall ist! Wir können doch offen miteinander reden! Schließlich sind wir gute Freundinnen, oder?"

„Oh je!" Maria sieht mich erschrocken an. „Das wollte ich bestimmt nicht, dass du so etwas denkst, Katrine! Dass du etwas falsch gemacht hast! Es hat wirklich nichts mit dir zu tun! Überhaupt nicht! Natürlich sind wir gute Freundinnen! Du bist meine beste Freundin hier! Das weißt du doch, oder? Du hast ganz und gar nichts falsch gemacht, ehrlich nicht!"

Zweifelnd sehe ich Maria an.

Das schlechte Gewissen steht ihr förmlich ins Gesicht geschrieben.

„Es hat wirklich nichts mit dir zu tun", beteuert Maria noch einmal, „es sind gerade nur zu viele Komplikationen in meinem Leben. Ich muss das alles erst einmal für mich sortieren. Es ist alles sehr komplex."

„Oh, das tut mir leid. Magst du darüber reden?", frage ich die Freundin.

Maria schüttelt den Kopf. „Vielleicht zu einem späteren Zeitpunkt."

Gedankenverloren starre ich aus dem Fenster.

Natürlich hat Maria jedes Recht der Welt, mir nichts von ihren Sorgen zu erzählen. Und doch kommt es mir so vor, als ob sich eine unsichtbare Glaswand zwischen uns geschoben hätte. Eine eigenartige Distanz, die unser vorher so inniges Verhältnis regelrecht auszuhöhlen scheint.

„Du siehst traurig aus, Katrine! Ist denn bei *dir* alles in Ordnung?", reißt Maria mich aus meinen Gedanken.

„Ja klar, alles in Ordnung", brumme ich.

„Hey, weißt du was? Ich habe eine tolle Idee! Am nächsten Wochenende unternehmen wir was zusammen!", schlägt Maria urplötzlich vor.

„Ich dachte, du musst deinen Projektbericht fertigschreiben", werfe ich ein.

„Ja, aber doch nicht die ganze Zeit! Du hast völlig recht, Katrine, ich kann mich nicht immerzu einigeln! Weißt du was? Am Freitag gehen wir gemeinsam in die Freitagsbar! Und am Samstag können wir bei Javier in der Männer-WG übernachten und gemeinsam mit den Jungs etwas kochen! Das wird bestimmt total lustig! Was meinst du?"

„Klar, können wir gerne machen." Meiner Stimme ist immer noch deutlich anzuhören, dass ich etwas missmutig bin. Schließlich gebe ich mir einen Ruck. „Freitagsbar ist echt eine coole Idee! Mein Büronachbar Niels hat vor zwei Wochen seine Diss abgegeben. Er wird am Freitag Bartender sein!", verkünde ich schließlich in einem weitaus fröhlicheren Tonfall.

Maria lächelt mich an. „Na, wenn das kein Grund zum Feiern ist! Natürlich gehen wir da hin!", sagt sie.

Meine Laune wird allmählich besser.

„Und Samstag ist ebenfalls gebongt, das machen wir!", fahre ich in einem augenblicklichen Überschwang fort. „Jetzt müssen wir nur noch die Männer überzeugen, dass wir sie am Samstag in ihrer WG überfallen dürfen!"

Maria zwinkert mir zu. „Och, da mache ich mir keine Sorgen! Das kriegen wir schon hin!"

„Na dann", brumme ich.

„A propos Männer", fällt Maria plötzlich ein, „was macht eigentlich dieser Tom?"

„Mhm. Das ist alles sehr seltsam. Als er in der Schweiz war, hat er mir total oft geschrieben. Am Ende sogar täglich", erzähle ich.

„Das klingt doch sehr gut!", findet Maria.

„Ja, aber seit Sonntag ist er wieder zurück in Kopenhagen und hat sich nicht mehr gemeldet."

„Mhm. Komischer Typ! Vielleicht muss er sich erst einmal akklimatisieren", überlegt Maria.

Ich kratze mich ratlos am Kopf.

„Keine Ahnung, was mit dem los ist! Mal überschwemmt er mich mit Nachrichten, und dann ist wieder absolute Funkstille. Ich weiß echt nicht, was ich davon halten soll!", erwidere ich verwirrt.

„Im Zweifelsfall denken Männer überhaupt nicht nach! Aber dass er dir sogar aus der Schweiz geschrieben hat, ist auf jeden Fall klasse! Das ist ein gutes Zeichen!", meint Maria.

Ich wundere mich über den plötzlichen Optimismus meiner sonst so rationalen Freundin.

„Und was macht dein Liebesleben, Maria? Gibt es bei dir irgendwelche netten Männer am Horizont?", erkundige ich mich neugierig.

„Ach du." Maria zuckt mit den Schultern. Für einen kurzen Moment lächelt sie. Doch dann sieht sie sehr traurig aus. „Es ist alles sehr komplex. Den Richtigen zu finden, ist alles Andere als einfach. Ich glaube, die Chancen sind dafür bei mir sehr gering. Aber was soll's!"

Ihre Antwort wundert mich keineswegs.

So viel, wie Maria gerade am Arbeiten ist, hat sie ja auch gar keine Chance, einen netten Mann kennenzulernen!

Trotz ihrer immensen Arbeitsbelastung hält Maria ihr Versprechen für das Wochenende tatsächlich ein. Wir sind für Freitag und für Samstag fest verabredet. Ganz wie in alten Zeiten.
Dummerweise bin *ich* am Freitag diejenige, die sich am Ende total verspätet.
Der Modellierungskurs, den ich neuerdings freitags besuche, hat wesentlich länger gedauert als erwartet.
Der Professor hat die Vorlesungszeit hoffnungslos überzogen.
Ziemlich gehetzt laufe ich deshalb von dem Gebäude, in dem die Vorlesung stattgefunden hat, quer über den Uni-Campus in Richtung Freitagsbar.
Zu allem Überfluss beginnt es jetzt auch noch zu regnen.
Der Regen wird immer stärker, so richtiger Platzregen eben.
Ziemlich große Hagelkörner prasseln auf mich nieder.
Das Timing könnte wirklich nicht schlechter sein! Und ich habe sinnigerweise keine Regenjacke dabei.
Wie eine begossene Pudelkönigin komme ich in der Freitagsbar an. Meine Strickjacke und die Bluse darunter sind komplett durchnässt.
Ich schaue mich um. Maria kann ich nirgendwo sehen.
Ich habe mich also völlig umsonst so beeilt.
In dem Moment piepst mein Handy. Aha. Eine SMS von Maria ist eingetroffen.

Hi Katrine, bin leider etwas verspätet. Ich musste noch schnell etwas fertigmachen. Javier kommt auch gleich mit. Tausend Küsse, Maria.

Etwas verwundert lese ich den Text ihrer Nachricht.
Was hat Maria neuerdings immerzu mit Javier am Hut?
„Mensch, du bist aber nass!", höre ich da auf einmal eine bekannte männliche Stimme hinter mir.
Ich drehe mich um.

Mads grinst mich an. „Bist du in den Regen gekommen?"

„Nee, ich tue nur so, als ob ich nass geworden bin!", gebe ich zurück.

„Wow! Ist dir aber gut gelungen! Deine Kleidung trieft ja regelrecht vor Nässe! Ich habe noch ein Ersatz-T-Shirt vom Sport dabei. Ich kann dir das gerne ausleihen, wenn du magst", schlägt Mads vor.

„Ein Ersatz-T-Shirt? Das dann so richtig schön durchgeschwitzt ist, oder was?", frage ich zweifelnd.

„Blödsinn!" Mads sieht mich etwas irritiert an. „Das T-Shirt ist natürlich komplett frisch! Ich hab's hier in meinem Rucksack dabei. Denkst du, ich drehe dir meine durchgeschwitzten Klamotten an, oder was?"

„Nein, entschuldige! Das war ein blöder Kommentar von mir. Ich leihe mir sehr gerne dein T-Shirt aus!", antworte ich schnell.

Ich lächele Mads an.

Er kratzt sich kurz am Kopf.

Dann hilft er mir, mich von meiner durchnässten Strickjacke zu befreien.

„Das T-Shirt wechsele ich aber auf der Damentoilette", witzele ich.

„Ja klar! Habe ich auch nicht anders erwartet! Obwohl ich nichts dagegen gehabt hätte, wenn du es hier in der Freitagsbar getan hättest", erwidert Mads und grinst mich dabei schelmisch an. Komischerweise wird er dabei kurz rot im Gesicht.

Es ist das erste Mal, dass ich ihn verlegen sehe.

Irgendwie sieht Mads richtig süß aus, wenn ihm etwas peinlich ist.

Er räuspert sich kurz.

„Weißt du was? Du ziehst dich um, und ich gehe zu Niels hinter den Tresen und mache dir einen warmen Tee, okay?", meint Mads. „Damit du dich wieder aufwärmen kannst!"

Ich nicke begeistert. „Das klingt toll, Mads!"

Jetzt bin ich irritierender Weise diejenige von uns beiden, die wieder rot wird.

Wenige Minuten später begebe ich mich im frischen, trockenen T-Shirt zu Niels und Mads an den Bartresen. Maria ist in der Zwischenzeit immer noch nicht eingetroffen.

Dafür ist Mads gerade dabei, aufgebrühtes Teewasser in eine große Jumbo-Tasse zu gießen.

„Ich hoffe, Earl Grey ist okay. Eine andere Teesorte konnte ich hier nicht auftreiben", meint er.

„Klar, Earl Grey ist super!", bestätige ich dankbar.

„Jetzt muss ich nur noch schauen, wo der Zucker ist. Niels, weißt du, wo die hier den Zucker versteckt haben?", erkundigt sich Mads.

„Nee, keine Ahnung." Niels schüttelt den Kopf. „So häufig bin ich hier ja auch nicht Bartender!"

Während Mads aufmerksam die Regale hinter dem Tresen durchstöbert, kommt auf einmal ein blondes Mädchen zu uns. Das Mädchen hat irre lange Haare, die zu unzähligen Rasta-Zöpfen geflochten sind.

„Hej Niels, schön dich zu sehen! Cool, dass du heute Bartender bist!", sagt sie und wirft sich ihm um den Hals. „Herzlichen Glückwunsch auch noch zur Abgabe deiner Diss! Wir haben uns ja seit Ewigkeiten nicht gesehen!"

„Vielen Dank, Sidse! Das ist sehr nett von dir!", antwortet Niels trocken.

Das Mädchen strahlt über beide Backen. Genauso plötzlich wie sie sich Niels an den Hals geworfen hat, lässt sie ihn dann wieder los.

„Wieso öffnest du denn alle Schranktüren? Suchst du etwas, Skat[4]?", wendet sie sich schließlich Mads zu. Dabei legt sie demonstrativ ihre Hände um seine Taille.

„Ach, ich suche nur Zucker für Katrines Tee", murmelt Mads, „ach übrigens, wenn ich vorstellen darf, das ist Katrine, eine Doktorandin, die mit Niels das Büro teilt, und das hier..." – Mads deutet auf das blonde Rasta-Mädchen – „ist meine Freundin Sidse. Sie promoviert in anorganischer Chemie."

---

[4] *Skat* heißt Schatz und ist ein dänischer Kosename.

Unerklärlicherweise verspüre ich plötzlich ein ganz trockenes Gefühl im Mund. Ich lasse mir jedoch nichts anmerken.

„Hej, nett dich kennenzulernen", sage ich und gebe Sidse die Hand.

„Hej! Ebenso!" Während sie spricht, sieht mich Sidse von oben bis unten musternd an.

Dann lässt sie ihren Blick sofort wieder in der Küche umherschweifen und öffnet unaufgefordert ein paar weitere Küchenschränke.

„Ha, Mads! Und wie ist es hiermit?", ruft sie aus und hält ihm eine große Zuckerdose direkt vor die Nase. Das tut sie mindestens genauso demonstrativ, wie sie ihn zuvor umarmt hat.

„Der Zucker ist für Katrine", erklärt Mads und deutet auf mich.

„Ach so, stimmt ja. Hier, bitte!", sagt Sidse und stellt die Dose unsanft auf den Tisch.

„Danke dir", murmele ich nur.

„Magst du auch einen Tee, Sidse? Es ist noch genug heißes Wasser da", meint Mads dann.

„Och nö, ich trinke lieber ein Bier! Tee während der Freitagsbar zu trinken, ist doch echt öde! So was nimmt komplett den Spaß, das macht alles kaputt!", antwortet Sidse lachend.

Niels rollt die Augen nach oben und reicht ihr eine Flasche Carlsberg Classic herüber.

„Vielen Dank, Niels! Du bist echt ein Schatz!", sagt Sidse strahlend. Sie wirft ihr langes Rasta-Haar in den Nacken, zuckt mit den Schultern und verlässt den Barbereich.

„Hey ihr beiden, ich lasse euch mal alleine. Schließlich möchte ich mich um mein Mädchen kümmern", raunt Mads uns leise zu.

„Na dann viel Spaß!", erwidert Niels und schmunzelt dabei.

Mads holt Sidse schnell ein und legt ihr seinen Arm um die Schulter.

Richtig verliebt lächelt er sie an.

Nachdenklich blicke ich den beiden hinterher. Irgendwie habe ich überhaupt nicht damit gerechnet, dass Mads eine Freundin hat. Und schon gar nicht so eine wie diese Sidse!

„Du, Niels, ich wusste gar nicht, dass dein Freund Mads eine Freundin hat!", sage ich, als er aus unserem Sichtfeld verschwunden ist.

„Echt nicht?", erwidert Niels überrascht.

„Mads hat mir gegenüber nie etwas erwähnt. Sind die beiden schon lange ein Paar?", erkundige ich mich neugierig.

„Ach, weißt du, die beiden sind seit einem knappen Jahr zusammen", erklärt Niels, „eine total verrückte Geschichte! Sie haben sich zufällig abends in einer Bar kennengelernt, als Mads über die Weihnachtsferien in Kopenhagen war. Er hat damals noch in Yale promoviert und wollte eigentlich nur über die Feiertage seine Eltern in Dänemark besuchen. Und dann ist ihm Sidse über den Weg gelaufen! Wegen ihr ist er nach Kopenhagen zurückgekehrt. In Yale hatten sie ihm eine total attraktive Post Doc-Stelle angeboten. Die hat er dann freiwillig ausgeschlagen, um mit ihr zusammen zu sein!"

„Ist ja Wahnsinn! Ich hätte Mads gar nicht für so einen romantischen Paar-Menschen gehalten!", rutscht es mir heraus.

„Tja, so kann man sich irren! Mads ist eine richtig treue Seele! Ich glaube, mit Sidse hat er die große Liebe seines Lebens gefunden", meint Niels nachdenklich.

„Im Ernst?" Zweifelnd knibbele ich an einem Fingernagel herum. „Glaubst du, die beiden werden bald heiraten und Kinder kriegen?"

Niels verzieht spöttisch den Mund. „Nee, du! Mads mag zwar romantisch sein, aber für die Ehe ist er definitiv nicht zu haben! Das widerspricht komplett seiner alternativen Weltanschauung!"

Ich atme tief durch. „Dann bin ich ja beruhigt!"

„Wieso?" Erstaunt blickt Niels mich an. „Hast du in etwa Interesse an Mads?"

„Iiiich?" Verwirrt streiche ich mir eine Haarsträhne aus dem Gesicht. Dummerweise werde ich auch noch rot dabei. „Interesse an Mads?! Iiiich?! Nee, Niels, in so einen alternativen Typen würde *ich* mich nie im Leben verknallen!"

Niels schaut mich immer noch aufmerksam an. Er scheint mir das nicht so ganz abzunehmen.

„Ich bin nur froh, dass Mads sich zumindest, was die Ehe betrifft, so verhält, wie ich es von ihm erwartet hätte. Ansonsten müsste ich meine ganze Menschenkenntnis ernsthaft in Frage stellen!", erkläre ich ihm lachend.

„Ach so! Deshalb hast du vorhin so geschockt reagiert!" Niels rückt umständlich seine Brille zurecht und muss ebenfalls schmunzeln.

In dem Moment fällt mir wieder einmal auf, dass mein Büronachbar wesentlich entspannter wirkt, seitdem er seine Doktorarbeit abgegeben hat. Die Verteidigung – oder Disputation, wie man so schön sagt – steht zwar noch aus. Aber Niels scheint trotzdem wie befreit zu sein, jetzt wo er nicht länger an seinem Mammutwerk arbeiten muss.

Das Beste daran ist vor allem, dass er endlich wieder ohne schlechtes Gewissen seine Freizeit genießen kann, sagt Niels. Das sei einfach unbezahlbar. Ich glaube ihm das total.

„Katrine, guck mal da vorne! Ich glaube, da winkt dir jemand zu!", macht Niels mich plötzlich aufmerksam.

„Wer denn? Wo?" Für einen kurzen Moment denke ich, dass das bestimmt Maria ist.

Doch dann sehe ich *ihn*.

Er sieht verdammt gut aus.

Noch viel besser, als ich ihn in Erinnerung hatte oder es zweidimensionale Facebook-Fotos jemals suggerieren könnten.

Ich winke kurz zurück und schaue Tom ganz bewusst an.

Er ist wirklich eine Wucht!

Großer, schlanker, durchtrainierter Körper.

Blonde Haare, grüne Augen, dazu ein jungenhaftes Gesicht voller kleiner Sommersprossen. Und das, obwohl es bereits Winter ist!

Tom und ich gehen langsam aufeinander zu. Dabei sehen wir uns die ganze Zeit lächelnd an.

Seine Augen sind wirklich grün. Es ist damals bei unserer ersten Begegnung im Vega Club also doch nicht nur ein Lichtspiel der Scheinwerfer gewesen.

Mir wird vor lauter Aufregung ganz schwindlig, während wir uns vorsichtig nähern.

„Rot oder schwarz, Katrine?", fragt Tom unvermittelt, als er direkt vor mir steht.

Ich bemerke, dass er seine beiden Hände hinter dem Rücken versteckt hält.

„Schwarz!", sage ich entschlossen.

„Die richtige Wahl!", meint Tom und zaubert mit seiner linken Hand eine schwarz verpackte Tafel dunkle Schokolade hervor.

Zartbitterschokolade von Frigor. Meine Lieblingsschokolade.

„Die ist für dich, Katrine! Ich habe in der Schweiz an dich gedacht! Und für mich habe ich passend dazu die Milchschokolade gekauft", erklärt Tom, um sogleich ein rotes Schokoladenpaket hervorzuziehen.

„Dankeschön, da freue ich mich!", erwidere ich begeistert und freue mich dabei gleich doppelt.

Denn wer hätte gedacht, dass Tom ausgerechnet heute in der Freitagsbar aufkreuzt und mir dazu noch meine Lieblingsschokolade aus der Schweiz mitbringt? Was für eine tolle Überraschung! Und ich hatte schon Angst, dass es mit einem Treffen gar nicht mehr klappen würde...

„Wow, Katrine, du gehst heute ja wirklich in die Vollen!", meint Tom ironisch und deutet auf mein Teeglas, das ich immer noch in der Hand halte.

„Jaja, ich weiß", antworte ich scherzhaft, „ich muss nachher beim Weihnachtsbier tüchtig aufholen!"

Tom lacht.

Dabei fällt mir auf, dass er richtig süße Grübchen hat.

Zum zweiten Mal schaue ich Tom heute ganz bewusst an.

Er sieht wirklich verdammt gut aus.

„Was guckst du so?", fragt Tom. „Habe ich irgendwo ein Horn auf der Stirn?"

„Hä?" Ich muss mich zwingen, woanders hinzusehen.

„Nee, nee, gar nicht! Ich habe gerade nur gedacht, dass

wir noch nie dazu gekommen sind, uns länger zu unterhalten. Bis auf das eine Mal im Vega Club, natürlich", sage ich schließlich.

Ganz gelogen ist das ja nicht. Ein längeres Gespräch mit Tom sehne ich bereits seit Wochen herbei.

Tom lächelt mich an.

„Stimmt", meint er, „und ich finde, wir müssen das schleunigst nachholen! Ich möchte dich unbedingt näher kennenlernen! Ich bin schon ganz lange neugierig auf dich, Katrine! Komm' mit!"

Ich folge Tom, der zielstrebig eine leere Sitzgruppe ansteuert.

Obwohl es erst früher Abend ist, herrscht bereits eine ausgelassene Stimmung in der Freitagsbar. In einer Ecke des Raumes unweit von unserer Sitzgruppe knutscht ein junges Pärchen ausgiebig herum.

Tom ist anscheinend meinem Blick gefolgt.

„Hoffentlich bereuen die das später nicht", sagt er und deutet zu dem Pärchen.

Verwundert sehe ich ihn an.

„Das ist mein Kollege George", erklärt Tom, „er ist ebenfalls Post Doc an meinem Institut. Bei jeder Gelegenheit reißt er neue Frauen auf, obwohl er eine feste Freundin zu Hause in London hat. Stell dir das mal vor!"

„Ist ja krass!" Ich nicke Tom verständnisvoll zu.

„Nee, aber echt! Also, ich verstehe George wirklich nicht! Meine Freundin auf diese Weise zu betrügen, käme für mich nie in Frage!", fährt Tom empört fort.

Er sieht richtig wütend aus, als er das sagt.

Für einen Moment stutze ich kurz.

„Ach, hast du zu Hause in Australien eine Freundin? Das wusste ich nicht! Ich dachte, du wärst Single!" Während ich das sage, spüre ich, wie mein Mund ganz trocken wird. Eine Woge der Unsicherheit macht sich in mir breit.

„Nein und ja", antwortet Tom.

Verdattert blicke ich ihn an.

Schon wieder muss Tom lachen. Die Grübchen rund um seine Augen und Wangen lachen dabei richtig mit. Rein optisch zumindest. „Nein und Ja. Also: Nein, ich habe keine Freundin. Und ja, ich bin Single. Das mit der Partnerin war nur rein hypothetisch gemeint, weil ich Unehrlichkeit in Beziehungen total verabscheue!"

Aus unerfindlichen Gründen durchströmt mich ein Gefühl der Erleichterung. Denn mal ehrlich. Heute hast du ja auf nichts mehr eine Garantie. Da fängst du gerade an, jemanden nett zu finden, und – peng – hat er eine Freundin und ist einfach nur mal so total freundlich zu dir gewesen! Zum Glück ist Tom wirklich Single. Das weiß ich jetzt mit einer Sicherheit von einhundert Prozent.

„Und wenn wir schon dabei sind, bist du in festen Händen, Katrine?" Tom sieht mich grinsend an.

„Nein", erwidere ich, „ich bin ebenfalls Single."

„Gut, dann haben wir das ja geklärt, und uns stehen alle Türen offen", sagt Tom.

Irgendwie wirkt die Situation unglaublich gekünstelt. Ich komme mir wie in einer schlechten High School-Komödie vor.

Da prustet Tom plötzlich los. Er lacht und lacht und kann gar nicht mehr aufhören zu lachen.

„Katrine, entschuldige bitte, aber unser Gespräch war gerade echt filmreif, findest du nicht? Wie in 'nem schlechten High School-Film, oder?"

Ich muss ebenfalls losprusten. „Du, das ist voll komisch, aber genau das Gleiche habe ich gerade auch gedacht! Das ist nicht gelogen, ehrlich!"

„Ehrlich?" Tom kann sich kaum noch einkriegen.

„Ja, im Ernst!" Mir ergeht es nicht viel besser als ihm. Vor lauter Lachen stehe ich kurz davor, Schluckauf zu kriegen. Dabei gibt es eigentlich gar keinen richtigen Grund zum Lachen. Außer dass ich vor lauter Nervosität gerade total albern bin. Um nicht noch mehr in die Welt der Albernheit abzudriften, beschließe ich, schnell das Thema zu wechseln.

„Also, Tom, wenn ich dich schon mal hier habe, dann erzähl' mir doch etwas über deine Forschung und was du in der Schweiz so gemacht hast! Den Aufbau der Materie habe ich schon immer total spannend gefunden!", sage ich schließlich.

Für eine Sekunde habe ich Angst, dass Tom mich für komisch halten könnte.

Er kann ja nicht im Entferntesten ahnen, dass ich meistens sehr rational werde, wenn ich mich zu verlieben drohe. Ich fange dann immer an, über Themen wie Währungskrisen, Keynesianismus oder die Abschaffung der Sklaverei zu sprechen. Damit der Typ mir gegenüber ja nicht merkt, dass er gerade dabei ist, mir gewaltig den Kopf zu verdrehen.

Witzigerweise scheint Tom meine Bitte gar nicht abwegig zu finden. Im Gegenteil.

Begeistert schaut er mich an.

„Interessiert dich das wirklich, Katrine?"

„Na klar!" Ich nicke nur mit aller Aufrichtigkeit.

Und dann fängt Tom an zu erzählen... Die nächsten Stunden entführt er mich in den subatomaren Kosmos... wir treffen dabei auf Leptonen, Bosonen, Quarks, die starke und die schwache Kraft und das Pauli Prinizip. Ja, sogar Schrödingers Katze rennt uns bei dieser abenteuerlichen Reise über den Weg! Und mit Tom auf so eine Wissensexpedition zu gehen ist einfach nur super. Er versteht es nämlich, alles total simpel zu erklären. Dabei brennt er so vor Leidenschaft, dass sich seine Begeisterung regelrecht auf einen übertragen muss!

Erst nach einer ganzen Weile schaue ich auf meine Uhr.

„Ach du Schreck, es ist schon zwei Uhr morgens!", entfährt es mir. „Die Zeit ist wirklich verflogen!"

„Es war sehr schön mit dir, Katrine."

Tom sieht mich lächelnd an.

Mir wird ganz kirre, wenn ich in seine grünen Augen schaue, in denen ich regelrecht versinken könnte. Wie in einem tiefen, vielschichtigen Ozean.

Die Freitagsbar ist inzwischen fast leer.

Lediglich eine Handvoll Gäste sind übrig geblieben, von denen ich niemanden kenne. Es ist kaum zu fassen! Ich bin so sehr in das Gespräch mit Tom vertieft gewesen, dass ich gar nicht mehr nach Maria und Javier Ausschau gehalten habe. Ich habe nicht den blassesten Schimmer, ob sie zwischendurch hier aufgetaucht sind oder nicht. So etwas ist mir wirklich schon lange nicht mehr passiert, dass mich ein Mann dermaßen in seinen Bann gezogen hat!

Hinter dem Bartresen sehe ich Niels, der bereits eifrig am Aufräumen ist.

„Katrine, könnt ihr beiden mir eure gebrauchten Gläser oder Flaschen bringen?", ruft er zu mir herüber.

„Na klar!" Mühsam stehe ich auf. Ich wage gar nicht daran zu denken, wie viele Stunden wir hier gesessen haben. Sogar das Trinken habe ich komplett vergessen.

„Von meiner Seite aus ist es nur das Teeglas", erkläre ich Niels und stelle es auf den Bartresen.

Niels schaut mich ungläubig an. „Na, dich muss es ja ganz schön erwischt haben, Katrine!" meint er nur. „Wenn du vor lauter Gesprächen sogar das Trinken vergessen hast!"

Tom ist inzwischen ebenfalls aufgestanden und kommt auch zur Bar herüber.

„Können wir dir noch irgendwie beim Aufräumen helfen?", fragt er Niels.

Letzterer schüttelt den Kopf. „Ist bereits geschehen, während ihr euch angeregt unterhalten habt!"

„Tschuldigung", murmele ich verlegen.

„Kein Problem, alles gut!", erwidert Niels verschmitzt. „Ich kann morgen ausschlafen. Schließlich gibt es keine Doktorarbeit mehr, die ich noch zu Ende schreiben muss!"

„Ja, zum Glück!" Ich lächele Niels dankbar an. Er ist wirklich ein guter Freund.

„Dafür muss ich morgen sehr früh raus! Äh, ich meine natürlich heute, es ist ja schon nach Mitternacht", bemerkt Tom, der dicht neben mir steht. Er gähnt dabei ausgiebig.

„Wieso? Was hast du denn vor?", frage ich ihn irritiert. „Es ist doch Samstag!"

„Ja, aber ich führe gerade ein Experiment durch, das auf keinen Fall warten kann! Schließlich will ich mit meiner Forschung weiterkommen! Wenn ich kurz davor stehe, etwas Neues zu entdecken, brennt es mir total unter den Nägeln, daran weiterzuarbeiten. Verstehst du? Ansonsten finde ich einfach keine Ruhe!", erklärt Tom.

„Aha." Ich nicke nur verwundert.

Nach unserem intensiven Gespräch hatte ich eigentlich gehofft, dass Toms Gedanken mehr um mich als um seine subatomaren Partikel kreisen würden.

„Katrine, es war schön mit dir! Ich melde mich! Ciao!", sagt Tom und drückt mir einen Kuss auf die linke Wange. Dann schnappt er sich seinen Mantel und verschwindet so schnell, dass ich kaum etwas erwidern kann.

Niels schaut ihm ebenfalls mit offenem Mund nach.

„Was war das denn? Ein komischer Typ!", kommentiert er.

„Ich habe keine Ahnung!", antworte ich verwirrt.

„Mhm, er mag ja sensationell aussehen und mega-intelligent sein. Aber sein Verhalten finde ich trotzdem höchst seltsam!", brummt Niels.

„Ach, das wird sich alles finden. Tom und ich kennen uns ja noch gar nicht richtig! Wir brauchen einfach etwas Zeit, um uns näher kennenzulernen! Dann gibt sich das alles schon von selbst!", erwidere ich höchst optimistisch.

Ich bin von unserer guten Unterhaltung immer noch zutiefst beeindruckt, dass ich so kleine Details wie seinen abrupten Abschied nicht unnötig auf die Goldwaage legen möchte.

„Nun ja, Katrine. Du musst es ja wissen", meint Niels und sieht mich dabei skeptisch an.

Er sieht sich um. „Wir sind die Letzten in der Freitagsbar. Dann lass mich mal den Raum abschließen."

* * *

Als ich wenige Minuten später draußen vor den Fahrradständern stehe, ziehe ich mein Smartphone heraus. Unwillkürlich verspüre ich große Neugierde, ob Tom sich schon über Facebook bei mir gemeldet hat. Um mir für den schönen Abend zu danken.

Aber nichts dergleichen ist geschehen. Es gibt keine private Nachricht von Tom. Dafür ist eine SMS von Maria eingegangen. Bereits um acht Uhr abends.

Liebe Katrine, Javier und ich sind jetzt auch in der Freitagsbar! Ich sehe aber gerade, wie angeregt du dich mit Tom unterhältst. Deshalb wollte ich euch nicht stören, meine Liebe! ;-) Freue mich umso mehr, morgen beim Kochabend in der Männer-WG mehr darüber zu erfahren! Hugs & Kisses, Maria.

Ich schlucke kurz.

Es scheint, als ob Maria und ich die Rollen für einen Abend getauscht hätten. Diesmal bin ich die verschwundene Freundin gewesen. Und definitiv nicht sie.

#NochBesteFreundin? #Gedankenchaos #Verliebt!

Feeling excited – wofür ein Fahrrad doch alles gut sein kann! Missing Switzerland already. ☺

Verwirrt schaue ich auf das Foto von Tom, das er zusammen mit seinem neuesten Status Update auf Facebook ge*postet* hat. Auf diesem Foto ist Tom glücklich strahlend auf einem Fahrrad zu sehen. Direkt neben dem beeindruckenden Ringtunnel eines Teilchenbeschleunigers.

Gewiss habe ich davon gehört, dass die größten Teilchenbeschleuniger der Welt einen Umfang von über zwanzig Kilometern haben, so dass sich Forscher und Techniker gerne eines Fahrrads bedienen, um die großen Distanzen zurückzulegen. Ich finde es ja selbst total faszinierend, dass diese hochentwickelten technischen Geräte Elementarteilchen auf annähernde Lichtgeschwindigkeit beschleunigen können. Dass Tom aber ausgerechnet am Morgen nach unserem tollen Gespräch kundtut, wie sehr er die Schweiz vermisst, stimmt mich doch etwas nachdenklich.

Dafür hat Toms Foto bei seinen Facebook-Freunden für reichlichen Wirbel gesorgt.

Es hat schon 31 Likes erhalten. Vorwiegend aus Australien, wo der Tag bereits weiter fortgeschritten ist und sich nicht wie hier in Kopenhagen noch in den

Morgenstunden befindet. Zusätzlich hat es jede Menge begeisterte Kommentare aus Down Under gegeben.

„Cooles Foto! Da will ich auch mal hin!", kommentiert ein Paul.

„Hier werden Feymann-Diagramme Wirklichkeit!", fügt ein Andy hinzu.

„Oh Tom! Wann bekommst du den Nobelpreis?", fragt eine Susan.

„Zu deiner Verleihung musst du mich aber unbedingt einladen!", witzelt eine Charlotte.

„Und mich auch!", betont eine Betty.

„Hast du schon ein Higgs-Boson getroffen? ☺", erkundigt sich ein Harry.

„Wow, Tom! Sieht echt cool aus! Wann kommst du wieder mal nach Hause? Ich vermisse dich sehr!!! Alles Liebe & tausend Küsse aus Darwin!", schreibt eine Lindsay.

Letzterem Kommentar hat Tom sogar ein Like gegeben.

Und wieder mal frage ich mich, was das Ganze soll. Wer ist bitteschön diese Lindsay?

Tom hat in der Zwischenzeit natürlich immer noch keine Privatnachricht an mich geschickt, obwohl er in den frühen Morgenstunden sehr aktiv auf Facebook gewesen ist.

Doch was erwarte ich auch von ihm?

Ich schaue auf die Uhr an der Küchenwand. Es ist noch nicht mal zehn! Nur weil wir uns gestern bis zwei Uhr nachts total gut unterhalten haben, muss er mir ja nicht sofort schreiben! Das Leben besteht schließlich noch aus anderen Dingen.

Ich klappe meinen Laptop zu.

Für heute reicht mir mein morgendliches Kommunikationsritual!

Ich beschließe, mich anzuziehen und zum Supermarkt Føtex zu fahren. Vielleicht finde ich ein paar tolle Zutaten, aus denen ich für unseren heutigen Kochabend ein schmackhaftes Dessert zaubern kann.

Außerdem finde ich selbst nichts unattraktiver als Frauen, die nach einem gelungenen Date nur noch ihr Handy anstarren und wie auf Abruf bereitstehen in der Hoffnung, dass ihr Schwarm sich endlich meldet.

Der Kochabend in der Nørrebroer Männer-WG ist wunderschön.

Endlich sind Maria, Javier, Pawel, Steffen, Andrew und ich wieder vereint. Es kommt mir wie in alten Zeiten zu Beginn meiner Doktorarbeit vor!

Bei der Zubereitung der Paella lässt mich Javier sogar wieder als Erste von seiner delikaten Komposition kosten.

„Mhmmm, ist das lecker! Es fehlt nur noch ein bisschen Rosmarin und Gewürzpaprika! Ansonsten ist es perfekt!", schlage ich vor.

„Du hast wirklich einen unfehlbaren Geschmack, was das Würzen anbelangt, Katrine!", lobt Javier und streicht mir dabei kurz über den Rücken.

Ein warmer Regen der Freude durchrieselt mich. Endlich scheint alles wieder normal zwischen uns zu sein! Ich habe Javier in den letzten Wochen unglaublich vermisst, als er sich so distanziert gegeben hat.

Auch Maria sprüht heute regelrecht vor guter Laune. Zwischen Javier und ihr ist alles so wie immer. Es ist also doch purer Zufall gewesen, dass sie ihn in letzter Zeit so häufig erwähnt hat!

Nur Pawel verabschiedet sich mitten am Abend sehr plötzlich von uns. Um genau zehn Uhr schickt er sich an, den Esstisch zu verlassen, auf dem ich gerade mein leckeres Tiramisu als Nachspeise platziert habe.

„Entschuldigt mich vielmals, aber ich habe eine Skype-Verabredung", erklärt er uns grinsend, „in einer Stunde bin ich wieder bei euch!"

„Ach, hast du ein Skype-Date mit deinen Kindern? Sind die nicht längst im Bett?", frage ich ihn verwundert.

„Nee, diesmal ist es jemand Anderes", erwidert Pawel und zwinkert mir zu.

„Lasst mir etwas von deinem Dessert übrig, Katrine! Das Tiramisu sieht nämlich fantastisch aus!", meint er noch, bevor er eilig die große Wohnküche verlässt, in der wir es uns gemütlich gemacht haben.

Überrascht blicke ich ihm nach.

„Pawels Ehe befindet sich wieder im Aufschwung", flüstert Andrew mir zu, nachdem Pawel seine

Zimmertür geschlossen hat, „seine Frau und er haben sich anscheinend wieder richtig viel zu erzählen."

„Sie skypen momentan jeden Abend zur gleichen Zeit", ergänzt Javier, „immer pünktlich um zehn Uhr."

„Es hat anscheinend doch geholfen, dass Pawel seine Familie in den letzten Wochen öfter mal in Warschau besucht hat", fügt Steffen hinzu.

„Das ist doch fantastisch, dass Pawel und seine Frau sich wieder so gut verstehen!", sage ich begeistert.

„Finde ich auch!", pflichtet Steffen mir bei. „Ihr könnt euch gar nicht vorstellen, wie froh ich bin, mir nicht mehr ständig Klagen über Pawels Liebesleben anhören zu müssen!"

„Oh ja, das glaube ich dir aufs Wort!", meint Maria.

Da Steffen mit Pawel am engsten von uns allen befreundet ist, hat Pawel ihm mit großer Regelmäßigkeit sein Herz ausgeschüttet. Dazu gehörte auch immer jede Menge Liebeskummer. Jedenfalls hat Steffen das mal angedeutet.

Zum Glück sind diese Zeiten jetzt vorbei.

Zufrieden sehe ich meine Freunde an. Eigentlich hat sich alles zum Positiven entwickelt.

„Wer mag alles von meinem Tiramisu probieren?", frage ich in die Runde.

„Ich will als Erster!", kräht Javier.

„Nein, ich!", übertrumpft ihn Andrew und hält mir seinen Teller vor die Nase.

Maria und ich müssen lachen.

„Manche Dinge ändern sich nie", meint meine beste Freundin. Und damit hat sie schließlich recht.

* * *

Nachdem bereits reichlich Wein geflossen ist, beschließen wir um vier Uhr morgens, endlich ins Bett zu gehen.

Wie sonst auch wollen Maria, Steffen und ich in der Männer-WG übernachten.

Das ist wirklich super-praktisch. Denn so müssen wir nicht mitten in der Nacht im alkoholisierten Zustand durch Kopenhagen radeln, um zu unseren eigenen

Wohnungen zu gelangen. Von dem tollen Brunch, den Javier uns sonntagmorgens serviert, mal ganz zu schweigen.

Wie immer breitet Steffen auf dem Boden die dünne Iso-Matte aus, um sein Lager für die Nacht herzurichten. Ja, und wie immer ziehen Maria und ich mit all unseren Kräften an der alten Schlafcouch im Wohnzimmer, damit sich diese unter lautem Ächzen und Knarren in eine Art Bett verwandelt.

„Super! Das wäre geschafft!", jubelt Maria. Sie streicht sich eine Haarsträhne aus dem Gesicht. Zufrieden schaut sie sich die Bettkonstruktion an. „So kannst du sicher gut darauf schlafen, Katrine! Ich klaue mir schnell noch ein Kissen von der Couch und verschwinde dann, okay? Gute Nacht!"

„Moment mal, Moment mal... Wo gehst du denn hin?", frage ich Maria überrascht. „Schläfst du denn nicht wie sonst hier im Wohnzimmer?"

„Nein, ich schlafe ab jetzt immer bei Javier", antwortet Maria.

Ihrer Stimme ist deutlich anzumerken, dass sie ein wenig verlegen ist.

Verblüfft schaue ich die Freundin an. „Bei Javier? Wie jetzt? Seid ihr...ein Paar?"

„Javier ist sehr, sehr süß", erwidert Maria ausweichend.

„Mensch, wieso hast du mir denn nichts davon erzählt?!" Ich stoße die Freundin in die Seite. „Herzlichen Glückwunsch! Das ist doch phantastisch, dass ihr zusammen seid!"

„Es ist nicht richtig offiziell... aber ja, ich bin sehr glücklich", sagt Maria und lächelt jetzt endlich wieder ganz normal, wie es sich für eine frisch Verliebte gehört.

„Na dann, gute Nacht", erwidere ich augenzwinkernd.

Maria nickt nur und verdünnisiert sich schnell.

„Was ist denn mit Maria los?", fragt Steffen wenig später, der unser Gespräch anscheinend nicht mitbekommen hat. „Übernachtet sie heute nicht hier in der WG?"

„Doch! Sie schläft jetzt aber immer bei Javier", gebe ich trocken zurück.

„Soso, ich verstehe", meint Steffen. Er klingt nicht gerade begeistert. „Das hätte sie uns aber echt mal sagen können! Da scheint Pawel ja nicht der Einzige zu sein, der momentan im Liebesglück schwelgt."

„So ist es", murmele ich und ziehe mir die Decke bis ans Kinn.

Draußen ist es sehr kalt geworden. Der Winter hat mit voller Wucht begonnen.

Auch im Wohnzimmer der WG kommt es mir nicht mehr so warm und kuschelig vor wie früher. Die Eisblumen an den Fensterscheiben des Altbaus werden von außen durch die Straßenbeleuchtung bestrahlt. Sie sehen richtig bizarr aus, wie filigrane Kunst, die die Fenster auf gespenstische Weise veredelt.

Ich drehe mich auf dem knarrenden Sofa hin und her.

Obwohl ich hundemüde bin, kann ich einfach nicht einschlafen!

Zu viele Gedanken schießen mir durch den Kopf.

Es ist komisch, dass Maria nicht wie sonst hier neben mir liegt.

Irgendetwas hat sich verändert.

Was hat Maria früher einmal zu mir gesagt?

Das Beste, was einer Frau mit Mitte dreißig passieren kann, ist, so eine tolle Freundin wie dich zu haben, Katrine.

Doch wo ist *sie*, meine allerbeste Freundin Maria?

Die Sache mit Javier hat mir einen gewaltigen Stich versetzt. Dabei geht es nicht um die Beziehung an sich, sondern um die Tatsache, dass Maria sie mir verschwiegen hat.

Die ganzen letzten Wochenenden, an denen sie angeblich keine Zeit hatte. Musste sie wirklich so viel arbeiten, oder war sie einfach nur zu feige, mir die Wahrheit zu sagen? Ist sie deshalb nicht ans Handy gegangen, als ich sie angerufen habe? Und hatte ich mich womöglich doch nicht geirrt, als ich neulich glaubte, Javier an den Kopenhagener Seen mit einem Mädchen gesehen zu haben?

Auch wenn ich es nicht wahrhaben möchte, mein Vertrauen zu Maria hat einen gewaltigen Knacks bekommen. Ich weiß nicht, ob ich immer noch bedingungslos an unsere enge Freundschaft glauben kann. Ich muss das Ganze erst einmal verdauen.

Auf dem Fußboden neben mir kann ich an Steffens gleichmäßigen Atemzügen hören, dass er bereits tief und fest am Schlafen ist.

Leise stehe ich auf und tapse vorsichtig zu meiner Handtasche, in der sich mein Handy befindet.

Den ganzen Abend über musste ich nicht an ihn denken, aber jetzt hoffe ich dafür umso mehr, dass er mir geschrieben hat. Und tatsächlich!

Es ist eine Privatnachricht auf Facebook eingetrudelt. Von Tom.

Hi Katrine, tak for sidst – vielen Dank für letztes Mal, wie ihr Dänen so schön sagt! Hast du morgen am Sonntag schon etwas vor? Ansonsten würde ich dich gerne zu einem Brunch im Café am Halmtorv in Vesterbro einladen. Dort soll es ganz toll schmecken! Würde dir 11 Uhr passen? /Tom

Obwohl es bereits fünf Uhr morgens ist, schreibe ich Tom sofort zurück.

Hi Tom, das ist eine tolle Idee! Heute um 11 Uhr brunchen passt perfekt! Freue mich & liebe Grüße! Katrine

* * *

Fünf Stunden später wache ich auf.

Im Wohnzimmer der WG ist es inzwischen wieder hell.

Die Eisblumen an den Fensterscheiben sehen überhaupt nicht mehr gespenstisch und bizarr, sondern ausgesprochen hübsch aus. Wie eine Bordüre, die elegant den unteren Fensterrand verziert.

Schlaftrunken greife ich nach meinem Smartphone, das auf der ausgeklappten Couch neben mir liegt.

Es ist zehn Uhr.

Tom hat bereits geantwortet.

Guten Morgen, du Nachteule! Dann bis um elf! Ich werde dir zu dem Brunch einen extra starken Kaffee spendieren! Bis gleich! Kisses, Tom.

Ich sammle meine Socken und die Jeans ein, die verstreut auf dem Wohnzimmerboden liegen.
Steffen ist noch so tief am Schlafen, dass er gar nichts davon mitbekommt.
Behutsam schleiche ich mich ins Bad.
Es ist ein angenehmes Gefühl, als das warme Wasser aus der Dusche auf mich niederprasselt.
Wie immer verwende ich etwas von Javiers Duschgel, das so wunderbar erfrischend nach exotischer Limone duftet.
Dann ziehe ich mich schnell an.
Als ich das Bad verlasse, befindet sich die Wohngemeinschaft immer noch im Dornröschenschlaf. Die Alkoholmengen des Vorabends scheinen allen ganz schön zugesetzt zu haben. Mir ist es aber mehr als recht, hier heute Morgen niemandem zu begegnen.
Bestimmt werden alle überrascht sein, dass ich nicht wie gewohnt zum ausgiebigen Brunchen bleibe. Wo Javier doch immer so ein leckeres Frühstück für uns zaubert.
Aber ich habe andere Pläne.
Im Zeitungsständer finde ich einen leeren Zettel, auf den ich eine Nachricht schreibe.

Guten Morgen, Ihr Lieben!
Vielen Dank für den schönen gestrigen Abend! Bin heute Mittag verabredet und musste daher früher los! Ich wünsche Euch aber ganz viel Spaß beim Brunchen!
Küsse & Umarmung, Katrine.

Diesen Zettel lege ich deutlich sichtbar auf den Esstisch in der großen Wohnküche.
Es ist ein gutes Gefühl, als ich leise die Tür ins Schloss fallen lasse. Ich freue mich nämlich riesig auf Tom.

* * *

Das sonst so trubelige Nørrebro wirkt an diesem Morgen völlig verschlafen, als ich gemütlich durch die Jægersborggade radele. Kein Wunder. Es ist wirklich eisig kalt geworden.

An den Kopenhagener Seen kommen mir einzelne wagemutige Jogger entgegen. Man kann richtig ihren Atem erkennen. Die ausströmende Luft ist so weiß, dass es aussieht, als ob sie rauchen würden.

Je schneller ich in die Pedalen trete, umso mehr spüre ich die kratzend kalte Luft in meinem Hals. Aber all das ist mir egal, denn ich freue mich auf Tom.

Als ich endlich am Halmtorv ankomme, wo sich das Café befindet, ist mir trotz der niedrigen Temperaturen inzwischen ziemlich warm geworden.

Schnell schließe ich mein Fahrrad ab.

Es ist zehn vor elf. Natürlich bin ich mal wieder viel zu früh, wie immer, wenn ich ein Treffen kaum erwarten kann. Soll ich trotzdem schon ins Café hineingehen?

Das kalte Wetter lässt mich nicht lange überlegen.

Als ich das Café betrete, sitzt Tom zu meiner größten Überraschung bereits an einem Tisch. Er hat einen richtig gemütlichen Platz ausgesucht. Grinsend winkt er mir zu.

Vor ihm stehen zwei große Tassen Kaffee auf dem Tisch.

„Guten Morgen, Katrine", sagt Tom, „ich habe dir bereits einen Kaffee besorgt. Ich wollte sichergehen, dass du auch richtig wach wirst!"

„Guten Morgen, Tom! Wow, das nenne ich einen Service!", erwidere ich lachend und setze mich zu ihm.

In dem Moment vibriert Toms Smartphone, das er unübersehbar vor sich auf dem Tisch platziert hat.

„Moment mal, ich gehe kurz ran", meint er und greift nach seinem Handy.

„Hi Lindsay", sagt er dann.

Ich halte kurz die Luft an. Das muss die Lindsay von Facebook sein, die Tom so wahnsinnig vermisst!

„Mhm, mhm... Es freut mich, dass dir mein Foto gefallen hat", spricht Tom leise in sein Smartphone und lächelt dabei.

Er macht kurz Pause und sieht mich an.

„Schwesterherz, können wir vielleicht morgen telefonieren?", fragt er dann die mir unbekannte Dame am anderen Ende der Verbindung. „Ich sitze nämlich gerade mit einer netten Doktorandin im Café und würde

sie ungern länger warten lassen... ja, okay... gut...
morgen Abend passt prima! Klar, mach' ich! Bye!"
Tom steckt sein Smartphone in seine Hosentasche und
nimmt einen großen Schluck Kaffee.
„Sorry, Katrine! Ich finde es eigentlich total furchtbar,
wenn Leute immer so auf ihre Handys fokussiert sind!
Aber meine Schwester und ich telefonieren sonst immer
sonntags um diese Zeit. Bei ihr in Darwin ist es jetzt
schon Abend. Daher wollte ich sie nicht unnötig hängen
lassen!", erklärt Tom.
„Kein Problem. Und was macht ihr jetzt?", frage ich
ihn.
„Wir haben unser Telefonat einfach auf morgen
verschoben. Ich werde sie in meiner Mittagspause
anrufen. Aufgrund der Zeitverschiebung ist sie dann
schon von ihrer Arbeit zurück. Den heutigen Tag habe
ich komplett für dich reserviert!", antwortet Tom und
lächelt mich an.
Schon wieder könnte ich regelrecht in seinen grünen
Augen versinken.
Ich lächele zurück.
Das heutige Treffen mit Tom kann einfach nur gut
werden.
Das weiß ich jetzt schon. Denn ich bin eindeutig
verliebt.

#LiebeAufZeit #Kontaktpause #Selbstaufgabe

Fünf verpasste Anrufe.
Fünf verpasste Anrufe und drei SMS sind bei mir
eingegangen, während ich den Sonntag mit Tom
verbracht habe. Und alle stammen von Maria.
Ich entdecke die Nachrichtenflut erst, als ich spät
abends nach Hause komme und mein Smartphone aus
der Handtasche ziehe.
Der Tag mit Tom war wunderschön.
So schön, dass ich total im Jetzt gelebt habe, ohne mich
im Geringsten um die Welt der digitalen Kommunikation zu kümmern. Irgendwie hat mir das richtig
gut getan.

Tom hat mich zwar immer noch nicht geküsst. Dafür haben wir uns stundenlang über alles Mögliche unterhalten. Abends waren wir sogar im Tivoli spazieren, der jetzt zur Vorweihnachtszeit richtig hübsch beleuchtet ist.

Dabei hat Tom mir unglaublich viel von sich erzählt.

Über seine Kindheit in Darwin.

Wie er seine Liebe zu den Naturwissenschaften entdeckt hat.

Warum ihm seine Promotion in Teilchenphysik an der Universität Melbourne so viel Spaß gemacht hat. Wie er als Post Doc in Kopenhagen gelandet ist und sich immer mehr für experimentelle Quantenphysik begeistert, so dass er unbedingt Professor werden will.

Überhaupt scheint die Forschung ihm unglaublich wichtig zu sein.

Aber Tom besitzt auch viele kreative Seiten.

Wir haben über Klavierstücke und kreatives Schreiben gesprochen.

Manchmal komponiert Tom seine klassische Musik sogar selbst. Dabei hält er sich streng an die logische Abfolge des kontrapunktischen Prinzips, die bereits Johann Sebastian Bach meisterhaft beherrscht hat. Kein Wunder, dass so ein Rechengenie wie Tom an solch einer mathematisch geprägten Kompositionstechnik großen Gefallen findet.

Tom ist einfach ein Multi-Talent.

Seine einzige Schwäche sind Fremdsprachen. Deshalb sprechen wir die ganze Zeit über Englisch. Das stört mich aber nicht im Geringsten. Im Gegenteil. Mit seinem australischen Akzent finde ich Tom einfach umwerfend, um nicht zu sagen richtig süß!

Am meisten beeindruckt mich aber, dass Tom trotz seiner vielen Begabungen total bodenständig ist. Jeder andere Typ mit seinem Aussehen und dieser Intelligenz wäre längst abgehoben! Für Tom scheint das alles jedoch nicht wichtig zu sein. Er verhält sich immer ganz natürlich und ist wahnsinnig nett. Er ist eben ein dufter Typ!

Ich seufze tief.

Es steht völlig außer Frage. Ich bin bis über beide Ohren in Tom verliebt!

Während ich unseren schönen Tag vor meinen Augen Revue passieren lasse, fängt mein Handy plötzlich an zu klingeln.

Es ist Maria. Schon wieder.

Notgedrungen hebe ich ab.

„Einen wunderschönen guten Abend, Maria!", beginne ich das Gespräch.

„Mensch, Katrine! Ich versuche am laufenden Band, dich anzurufen! Ist alles okay bei dir? Ich habe mir schon Sorgen gemacht!", sprudelt es nur so aus meiner Freundin heraus.

Ihre Stimme klingt ziemlich aufgeregt.

„Rufst du mich deshalb so spät um Mitternacht an? Ich bin eben erst nach Hause gekommen", antworte ich ruhig.

Ich bin selbst erstaunt darüber, wie locker ich alles gerade nehme. Aber ich schwebe immer noch im siebten Liebeshimmel. Nach diesem wundervollen Abend mit Tom.

„Außerdem hast du dich in den letzten Wochen auch häufig nicht auf meine Anrufe gemeldet", fahre ich fort, „da hätte ich ja genauso Panik schieben können."

Es herrscht Stille am anderen Ende der Leitung.

„Ja, ich weiß!", sagt Maria schließlich. „Katrine, es tut mir alles furchtbar leid! Ich hätte dir das mit Javier sagen müssen! Es ist gestern sehr unglücklich gelaufen."

„Das lag nicht an mir", entgegne ich nüchtern.

„Katrine, ich möchte nicht, dass unsere Freundschaft Schaden nimmt! Ich kann dir das alles erklären! Bitte lass uns morgen Abend nach der Arbeit treffen! Nur wir beide, ganz allein, so wie früher! Ich möchte dich gerne ins Café am Amagertorv einladen", fährt Maria fort.

„Ach du, ich weiß nicht", erwidere ich zögernd, „eigentlich habe ich gerade mit meiner Doktorarbeit unglaublich viel zu tun..."

„Komm, Katrine, bitte! Lass uns nicht so auseinander gehen!", fleht Maria mich an. „Es war heute Morgen total komisch, als du plötzlich weg warst! Mit wem hast du dich eigentlich getroffen? War das der Tom?"

„Och du, ist doch egal. Ich war einfach ziemlich busy", sage ich ausweichend.

„Katrine, lass uns morgen treffen, bitte!", wiederholt Maria noch einmal.

Ich seufze laut.

„Okay", willige ich schließlich ein, „meinetwegen! Um sechs Uhr an den Fahrradständern vor der Uni, direkt nach der Arbeit."

„Danke, Katrine! Das vergesse ich dir nie!", sagt Maria begeistert und legt auf.

Zwei Minuten später trudelt eine SMS von ihr ein.

Vielen Dank nochmal, Katrine! Ich freue mich auf unser morgiges Treffen! Hugs & Kisses, Maria.

Trotz dieser netten Nachricht spüre ich, dass der Kratzer, den unsere Freundschaft abbekommen hat, doch irgendwie tiefer sitzt. Für mich jedenfalls.

Bevor ich ins Bett gehe, schaue ich gewohnheitsmäßig kurz bei Facebook nach.

Na sowas. Tom hat mir eine Privatnachricht geschickt. So schnell!

Hi Katrine, tak for i dag – danke für heute! Der Tag mit dir ist wirklich wunderschön gewesen, und ich muss immerzu daran denken! Ich bin von Dienstag bis Donnerstag auf Dienstreise in der Schweiz. Aber hast du morgen Abend spontan Zeit für ein Treffen
Kisses, Tom.

Auch das noch!

Damit habe ich natürlich nicht gerechnet, dass unsere heutige Begegnung bei Tom so ein emotionales Feuerwerk entfacht, dass er mich morgen gleich wiedersehen will. Jetzt habe ich aber dummerweise Maria schon zugesagt. Und es ist eines meiner Grundprinzipien, dass ich nicht gleich springe, wenn ein Mann etwas von mir will.

Was soll ich tun? Maria anrufen und ihr absagen?

Das würde unsere Freundschaft womöglich noch mehr gefährden, wo wir uns ohnehin bereits auf dünnem Eis bewegen.

Schweren Herzens schreibe ich Tom zurück.

Hi Tom, morgen Abend kann ich leider nicht. Da bin ich schon mit einer Freundin verabredet, die etwas Wichtiges mit mir besprechen möchte. Wie wäre es denn am Wochenende, wenn du wieder in Kopenhagen bist
Kisses, Katrine.

In dem Moment, als ich die Nachricht abgeschickt habe, ärgere ich mich über mich selbst.

Warum muss ich auch immer so rational-korrekt handeln? Ich schneide mich dabei nur ins eigene Fleisch! Auf der anderen Seite hat Tom sich vorher auch wochenlang Zeit gelassen, bevor es zu unserem ersten richtigen Date gekommen ist.

Nein, nein.

Ich schüttele den Kopf.

Es ist schon richtig, dass ich mich mit Maria treffe. Denn unsere Freundschaft hat mir immer viel bedeutet.

* * *

„Wartest du auf einen Anruf?", fragt Maria mich am nächsten Abend, als wir gemütlich im Café am Amagertorv sitzen.

„Wie kommst du denn darauf?", erwidere ich trocken.

Zu meiner eigenen Verärgerung merke ich, dass ich mich von meiner Smartphone-Fixierung nicht lösen kann. Selbst beim besten Willen kriege ich das gerade nicht hin. Ich muss ständig auf mein Handy schauen.

„Na, Katrine, das ist ja wohl offensichtlich, dass du auf eine Nachricht wartest! So, wie du dein Handy anstarrst!", meint Maria lachend. „Um wen geht es denn? Ist es dieser Tom?"

„Ja, es ist Tom", seufze ich, „wir hatten gestern ein wunderschönes Date, und er wollte mich heute Abend wiedersehen. Aber da hatte ich dir schon zugesagt. Das

Treffen mit dir ist mir sehr wichtig, deshalb wollte ich dir nicht kurzfristig absagen."

„Ja, und jetzt?" Maria sieht mich mit großen Augen an.

„Könnt ihr euch nicht an einem anderen Tag treffen?" Ich schüttele den Kopf. „Nein, das geht nicht. Tom ist von Dienstag bis Donnerstag in der Schweiz."

„Und am Wochenende?", fragt Maria.

„Das habe ich Tom auch vorgeschlagen, aber er hat noch nicht geantwortet", erkläre ich mürrisch.

„Jetzt am Freitag ist doch die große Weihnachtsfeier an unserer Uni! Der Julefrokost, oder wie ihr Dänen das nennt!", fällt Maria ein. „Meine Kollegen haben mir erzählt, dass es in der großen Mensa abends immer eine Disco gibt, wo sich die Angestellten aller Fakultäten treffen! Bestimmt wirst du Tom dort wiedersehen! Vielleicht könnt ihr sogar zusammen tanzen, das wär' doch was!"

„Ja, vielleicht." Ich zucke mit den Schultern. „Ach, komm, Maria, lass uns lieber über etwas Anderes sprechen! Was läuft denn eigentlich zwischen dir und Javier?"

„Zwischen mir und Javier... oh je... das ist eine komplizierte Geschichte!"

Gedankenverloren zwirbelt Maria an einer Haarsträhne.

„Wieso hast du mir nichts davon erzählt, dass ihr ein Paar seid?", platzt es aus mir heraus. „Es war total komisch für mich, es auf diese Weise zu erfahren! Und Steffen fand es übrigens auch nicht besonders toll, als du plötzlich verschwunden warst! Ich dachte immer, wir sind beste Freundinnen!"

„Das sind wir doch auch! Ehrlich!" Maria sieht mich verzweifelt an. „Ich wollte nicht, dass es so läuft, Katrine, das musst du mir glauben!"

Sie holt tief Luft, bevor sie fortfährt. „Es ist nur so... offiziell sind Javier und ich gar nicht zusammen. Er möchte nicht, dass das irgendwie nach außen dringt!"

„Wieso das denn?", frage ich verblüfft.

„Na ja, zwischen Javier und mir besteht doch so ein krasser Altersunterschied. Er ist zehn Jahre jünger als ich! Deshalb ist ihm unsere Beziehung peinlich. Sogar seine WG-Mitbewohner mussten schwören, das Geheimnis für sich zu behalten."

„Welches Geheimnis denn?" Irritiert sehe ich Maria an.

„Na ja, unsere Beziehung eben! Die ist halt geheim. Als du gestern schon weg warst, musste sogar Steffen Javier sein Wort geben, dass er es niemandem weitererzählt", erklärt Maria.

„Und sowas lässt du dir gefallen? Liebe ist doch etwas Schönes, was man nicht vor allen Leuten verstecken muss!", wende ich ein.

„Javier will es aber so", betont Maria, „aus seiner Sicht kann ich das verstehen."

„Und was willst du?", frage ich die Freundin.

Maria zuckt mit den Schultern. „Ach, Katrine, ich möchte vor allem mit Javier zusammen sein. Ich finde ihn einfach unglaublich süß! Der Rest ist mir egal."

Ich starre meine Freundin ungläubig an.

„Außerdem sind wir gar kein Paar im klassischen Sinne, so wie du dir das vorstellst", fügt Maria schließlich hinzu.

„Ach ja, und was für eine Art Paar seid ihr dann?", erkundige ich mich provozierend.

„Unsere Beziehung ist auf ein halbes Jahr befristet. Sozusagen mit Verfallsdatum", antwortet Maria.

„Wie jetzt?" Vor lauter Überraschung klappt mir die Kinnlade runter.

Ich verstehe meine beste Freundin immer weniger.

„Weißt du, Katrine, in einem halben Jahr wird Javier hier seinen PhD beenden und danach für eine Post Doc-Stelle nach Kanada gehen. Dann wird sowieso Schluss zwischen uns sein", erklärt Maria.

„Ich verstehe das immer noch nicht", sage ich leicht verwirrt, „nur weil Javier nach Kanada geht, müsst ihr doch nicht automatisch eure Beziehung beenden! Ich meine – du könntest mit nach Kanada ziehen. Oder er könnte hier einen Job finden. Oder ihr probiert eine Fernbeziehung aus. Das ist doch heute alles machbar!"

„Ja, theoretisch schon. Javier möchte das aber nicht", erwidert Maria.

Nachdenklich kaut sie auf einer Haarsträhne herum.

„Eigentlich wollte Javier diese Beziehung überhaupt nicht eingehen, weil er momentan nichts Langfristiges sucht. Und weil ich ihm viel zu alt bin. Aber als ich ihm vorgeschlagen habe, dass wir gerne auch nur zusammen sein können, bis er Dänemark verlässt, war das für ihn okay."

Immer noch zutiefst irritiert starre ich die Freundin an.

„Und so was machst du mit? Kannst du deine Gefühle in einem halben Jahr dann einfach ausknipsen wie einen Lichtschalter?"

„Ich weiß sehr genau, was ich tue, Katrine!", entgegnet Maria kühl. „Es ist die einzige Möglichkeit, überhaupt mit ihm zusammen zu sein. Und ich mag ihn doch so wahnsinnig gern!"

Maria sieht sehr traurig aus, als sie das sagt. Irgendwie kriege ich Mitleid mit ihr.

„Mensch, Maria, verstehe mich doch nicht falsch!", sprudelt es aus mir heraus. „Ich gönne dir von ganzem Herzen einen Freund! Aber eben einen, der dich verdient hat! Du bist so eine tolle Frau! Du bist niemand, den man vor anderen Menschen verstecken oder geheimhalten muss! Auch wenn du zehn Jahre älter bist als er!"

Ich ergreife die Hand meiner Freundin, um ihr zu zeigen, wie ernst es mir ist.

„Maria, begreif doch! Ich habe Angst, dass du dabei am Ende unglücklich wirst und dich von Javier ausgenutzt fühlst!"

„Nein, ganz bestimmt nicht." Maria zieht ihre Hand zurück und sieht mich ernsthaft an. „Glaub mir, Katrine, ich habe die Lage emotional völlig im Griff! Ich bin da total abgeklärt!"

„Okay, wenn du das sagst!" Man kann meiner Stimme deutlich anhören, dass ich Maria diese Aussage nicht abnehme.

„Es ist also nur Sex und Spaß zwischen euch, eine nette Affäre", stelle ich laut fest.

Maria schüttelt energisch den Kopf. „Nein, das ist es nicht! Wir verbringen sehr viel Zeit miteinander, dadurch entsteht eine große emotionale Nähe."

„Also ist es doch Liebe?", hake ich nach.

Wieder schüttelt Maria den Kopf. „Nein. Denn wir haben rational beschlossen, dass unsere Beziehung genau für ein halbes Jahr hält und danach vorbei sein wird."

„Ja, aber was ist es dann? Kommst du wirklich damit klar?", frage ich verwirrt.

So richtig leuchtet mir Marias Beziehungskonzept immer noch nicht ein.

Maria hält kurz inne. „Ich weiß auch nicht, was es ist", meint sie schließlich, „aber es ist das Einzige, was ich momentan an Zuwendung von einem Mann bekommen kann. Ich habe mich die ganze Zeit so sehr danach gesehnt, Katrine! Und die gemeinsamen Stunden mit Javier sind einfach wunderschön! Ich bin immer so glücklich, wenn wir zusammen sind. Es ist einmalig!"

„Vielleicht verliebt Javier sich am Ende ja doch noch in dich, so dass er seinen Halbjahres-Plan noch einmal überdenkt", grübele ich laut.

„Ja, vielleicht", sagt Maria.

Es klingt nicht sehr überzeugt und ein wenig traurig.

Besorgt sehe ich die Freundin an. „Maria?"

„Jaaaaa." Maria lächelt schwach.

„Egal, was passiert, du kannst immer zu mir kommen und über deine Sorgen reden. Das weißt du, oder?"

„Ja, das weiß ich, Katrine! Vielen Dank!" Jetzt ist es Maria, die völlig gerührt meine Hand ergreift. „Und umgekehrt gilt das für dich genauso!"

„Ja, vielen Dank, ich weiß!"

Maria schaut auf mein Smartphone, das in der letzten halben Stunde völlig unbeachtet auf dem Tisch gelegen hat.

„Hat Monsieur Tom sich in der Zwischenzeit gemeldet?", fragt Maria grinsend.

„Ach, das ist nicht so wichtig", wiegele ich ab, obwohl ich merke, wie mich schon wieder die Neugierde packt.

„Jetzt guck doch nach!", fordert Maria mich auf.

Lachend nehme ich mein Handy in die Hand.

„Und?" Die Freundin sieht mich fragend an.

„Mhm, nein! Tom hat auf Facebook einen Link zum Thema dunkle Materie gepostet. Er hat mir aber immer noch nicht geschrieben", antworte ich enttäuscht.

„So ein blöder Typ! Er lässt dich schon wieder warten! Weißt du was? Die Männer können uns gestohlen bleiben! Hauptsache, wir haben uns!", meint Maria. „Das darf sich niemals ändern!"

„Da hast du recht", pflichte ich ihr bei.

„Ich hoffe, du bist mir nicht mehr böse, Katrine. Ich habe wirklich viel Mist in den letzten Wochen gebaut, aber so etwas soll nie wieder vorkommen! Das verspreche ich dir!"

Maria und ich lächeln uns an.

Es fühlt sich an, als ob der Riss in unserer Freundschaft durch den heutigen Abend wieder gekittet wurde. Jedenfalls ist er kaum noch zu spüren.

In den nächsten Tagen meldet sich Tom immer noch nicht bei mir.

Es herrscht absolute Funkstille zwischen uns.

Auf Facebook hat er schöne Fotos vom Genfer See in der Morgendämmerung gepostet. Eine bezaubernde Winterlandschaft, die gleich unzählige Likes von seinen Freunden erhalten hat. Außerdem kommentiert Tom immer wieder irgendwelche Artikel über schwarze Löcher.

Jedes Mal, wenn ich auf Facebook gehe, versetzt es mir einen kleinen Stich, dass Tom trotz seiner hohen Online-Aktivität keine Zeit findet, mir zu schreiben.

Ich weiß überhaupt nicht, ob ich mir das nächste Wochenende für ihn freihalten oder anderweitig verplanen soll. Schließlich ist es die Zeit der Weihnachtsfeiern, wo ich viele Einladungen von Freunden erhalte.

Dafür ist zwischen Maria und mir scheinbar alles wieder so wie früher.

Wir rufen uns in den nächsten Tagen regelmäßig an und gehen gemeinsam in der Mensa essen. Einmal ist sogar Javier dabei. Die beiden verhalten sich stets hochdiszipliniert. Keine kleine Geste und kein versteckter Blick lassen erahnen, dass Maria und Javier zurzeit jede Nacht gemeinsam in einem Bett verbringen.

Wenn Javier da ist, wirkt Maria total glücklich.

Und doch werde ich das Gefühl nicht los, dass diese Beziehung sie irgendwie belastet.

Immer mehr keimt in mir die Frage auf, wieviel Selbstaufgabe bei ihr nötig ist, um sich den großen Traum einer Partnerschaft zu erfüllen. Einer Partnerschaft mit festgelegtem Verfallsdatum.

Wenn Maria eine toughe Frau wäre, die nur auf Sex steht und alles total locker nimmt, würde ich ihre Affäre mit Javier völlig okay finden. Ich gewinne jedoch immer mehr den Eindruck, dass Maria sehr nachdenklich ist und keineswegs die Abgeklärtheit besitzt, die sie nach außen vorzugeben scheint. Dass Javier diese Affäre ohne Verpflichtungen gerne eingeht, ist nicht sehr überraschend. Er kann dabei ja nur gewinnen. Für ihn ist das ein guter Deal ohne jegliche Verantwortung. Das Verfallsdatum der Beziehung ist schließlich fest verabredet. Wenn Maria später doch Probleme kriegen sollte, weil sie emotional zu tief drinnen steckt, ist das ihr Problem. Die Fakten lagen ja von Anfang an klar auf dem Tisch.

Ironischerweise geht Maria diesen faulen Kompromiss auch nur ein, weil sie in Javier so unglaublich verknallt ist. Ansonsten würde sie solche Bedingungen niemals akzeptieren.

Deshalb stelle ich mir neuerdings die Frage: *Ab welchem Punkt beginnt emotionale Ausnutzung?*

Ist es ausschließlich Marias Aufgabe, dafür zu sorgen, dass sie nicht zu starke Gefühle für Javier entwickelt und alles unter Kontrolle behält?

Oder liegt etwas Verantwortung auch bei Javier, wenn Maria ihn aus emotionaler Not um eine Art von Beziehung bittet, die sie sonst niemals eingehen würde?

Maria hat recht. Ihre Beziehung ist wirklich sehr kompliziert.

Auch ich kann die Frage nicht eindeutig beantworten. Zumindest heute nicht.

Es ist Donnerstagabend, und morgen findet die große Weihnachtsfeier statt.

Vielleicht werde ich Tom dann sehen, vielleicht auch nicht.

Irritiert starre ich mein Smartphone an.

Ich habe immer noch nichts von ihm gehört.

An diesem Abend gehe ich mit vielen Fragezeichen ins Bett.

Aber ich werde Tom auf keinen Fall schreiben, auch wenn es mir noch so sehr unter den Nägeln brennt. Das steht fest.

#Julefrokost #FotosAufPartys #MannAufDerFlucht

„Wow, sieht das lecker aus!"

Niels bekommt große Augen, als er das Buffet sieht, welches zur Feier des Tages im Gemeinschaftsraum unseres Instituts aufgebaut wurde.

Auch mir läuft beim Anblick der vielen Köstlichkeiten das Wasser im Munde zusammen: Hering in Curry, Leberpastete mit Champignons, paniertes Fischfilet, Bratwürste, gebratene Ente, braune Kartoffeln, Rotkohl, rote Beete und diverse Brotsorten reihen sich auf dem Buffettisch nur so aneinander. In der Mitte thront wie immer der berühmt berüchtigte *flæskesteg*, ein Schweineschmorbraten mit leckerer Kruste.

Unsere Fakultät nimmt die dänischen Weihnachtstraditionen zum Julefrokost sehr ernst. Da kann man wirklich nicht meckern.

„Na, Katrine, was sagst du? Gefällt dir das Buffet?"

Johan, mein Doktorvater, steht grinsend neben mir.

„Es sieht fantastisch aus! Genau wie bei uns zu Hause in Ringkøbing! Ich kann kaum erwarten, bis es losgeht!", erwidere ich begeistert.

„Na, wenn wir uns sogar mit dem Julefrokost bei dir zu Hause in Ringkøbing messen können, muss das Buffet ja wirklich gut sein!", meint Johan spöttisch.

Er lächelt mich dabei spitzbübisch an.

„Genau! Du musst es ja wissen!", gebe ich scherzhaft zurück.

Mein Doktorvater stammt nämlich aus der Stadt Kloster, die sieben Kilometer von Ringkøbing entfernt ist und gerade mal sechshundert Einwohner zählt. Es ist ein lustiger Zufall, dass wir beide aus der gleichen Ecke Dänemarks kommen. Unsere provinzielle Herkunft ist für unsere Kollegen Grund genug, sich des Öfteren über uns lustig zu machen. Manchmal necken Johan und ich uns deswegen aber auch gegenseitig. So wie heute Abend zum Beispiel. Johan ist da wirklich sehr locker. Aus menschlicher Sicht könnte ich mir keinen besseren Doktorvater als ihn vorstellen. Das liegt vielleicht auch daran, dass Johan noch recht jung ist. Er ist gerade mal Anfang Vierzig.

Deshalb freue ich mich umso mehr, als ich wenig später am großen Esstisch einen Sitzplatz zwischen Johan und Niels ergattere.

Zum Essen fließt dann ziemlich schnell ziemlich viel Schnaps.

„Oh je! Ich weiß gar nicht, wie ich die ganzen Schnapsrunden bis heute Nacht durchstehen soll!", meint Niels und verdreht die Augen. Und das nicht ohne Grund. Denn der Julefrokost beginnt bereits am frühen Nachmittag und dauert bis in die späten Abendstunden. Eine ungeheure Trinkkondition wird deshalb vorausgesetzt.

„Nicht schlappmachen! Auf, Niels, nimm' dein Glas! Wir stoßen an!", ruft da schon wieder Hanne, die ebenfalls Doktorandin an unserem Institut ist und heute anscheinend für Party- Stimmung sorgen will.

Mit Nachdruck hebt sie ihr Schnapsglas hoch.

„Skål!", schreit sie aus voller Kehle.

„Skååååååål!", rufen alle durcheinander, lachen und stoßen an.

Irgendwie ist für mich dieser Julefrokost schon etwas anders, als wenn ich sonst mit Familie oder Freunden feiere. Schließlich sind hier alle meine Kollegen rund um einen Tisch versammelt. Lauter Professoren, Post Docs und Doktoranden, mit denen ich sonst täglich beruflich verkehre. Und natürlich auch mein Doktorvater. Da möchte ich mich nicht unnötig im angeheiterten Zustand vor allen lächerlich machen.

„Niels", flüstere ich, „halten die das alle hier wirklich bis zum bitteren Ende durch?"

„Aber klar doch! Das sind alles sehr trinkfeste Ökonomen, Katrine, da muss man sich ganz schön ranhalten, glaub' mir!" Niels nickt heftig, als er das sagt.

„Achtung, Foto! Ich mache ein Foto von euch!", ruft Hanne dazwischen.

„Oh neee! Muss das denn sein!", erwidert Poul, einer der Professoren.

Die Entgeisterung steht ihm deutlich ins Gesicht geschrieben.

Hanne zeigt sich jedoch unbeirrt. „Bitte lächeln!", sagt sie freundlich. „Cheese!"

„Aber nicht auf Facebook *posten*!", merkt Martin, einer der Post Docs, an.

Er murmelt das jedoch so leise, dass ich mir nicht sicher bin, ob Hanne ihn gehört hat.

„Martin hat recht! Wenigstens einer, der hier vernünftig ist!", meint Niels trocken. „Es wäre echt bescheuert, wenn Bilder von heute Abend auf Facebook erscheinen würden!"

„Das stimmt! Einige unserer Studenten würden sich diebisch freuen, wenn sie uns bei reichlich Schnaps ausgelassen feiern sehen könnten!", pflichtet Johan ihm bei.

„Martin, Poul, Niels, Katrine und Johan, rückt doch alle mal ein bisschen zusammen, damit ich euch auf ein Foto kriegen kann!", ruft Hanne schon wieder dazwischen.

Noch bevor wir uns wehren können, hat sie auf den Auslöser ihres Smartphones gedrückt.

„Smile please!" Hanne schießt noch ein Foto von uns.

Fünf Minuten später steht Martin unvermittelt auf.

Er sieht ziemlich wütend aus.

„Ej, ich glaub's nicht, Hanne! Du hast das Foto von uns auf Facebook ge*postet*!", verkündet er laut. Aufgebracht hält er Hanne sein Smartphone unter die Nase. „Ich habe dir vorhin doch noch gesagt, dass ich das nicht will!"

Hanne schaut ihn zutiefst verwundert an.

„Wieso denn nicht? Ist doch schön! Du bist doch auch auf Facebook, Martin, freu dich darüber! Ich muss dich nachher nur noch *taggen*, damit das Bild mit deinem Profilnamen verknüpft wird! Dann erscheint es auch auf deiner Pinnwand, so dass alle deine Freunde es liken können! Das mache ich später, okay?", verspricht

Hanne gut gelaunt, als ob alles in bester Ordnung wäre. Anscheinend merkt sie überhaupt nicht, wie sauer Martin gerade ist. Wahrscheinlich hat sie bereits viel zuviel Schnaps getrunken, um überhaupt noch irgendetwas klar wahrzunehmen.

„Ich will aber keine Fotos von der Weihnachtsfeier auf meiner Facebook-Seite! Lösche das Bild von mir, und zwar sofort!", erwidert Martin gereizt.

Hanne starrt ihn nur noch wie einen Außerirdischen an.

„Zeig mal das Foto!", bittet ihn Niels.

Wortlos reicht Martin ihm sein Smartphone herüber.

Inzwischen bin ich ebenfalls neugierig geworden.

„Und?" Fragend sehe ich Niels an.

„Oh je!", meint der nur und gibt mir Martins Mobiltelefon.

Das Foto sieht wirklich katastrophal aus. Niels und ich haben beide die Augen halb geschlossen, während Martin ein Schnapsglas vor seiner Nase hält und gähnend in die Kamera schaut. Für keinen von uns dreien ist das Bild sonderlich schmeichelhaft. Johan hat es auch nicht besser erwischt. Er guckt erschrocken zur Seite, als ob er gerade bei etwas Verbotenem ertappt worden wäre. Der Einzige, der verzückt in das Objektiv der Kamera lächelt, ist Poul.

„Lösch' das Foto sofort! Und zwar jetzt gleich, Hanne!", schließe ich mich Martin mit Nachdruck an.

„Lass' mich auch mal sehen", bittet mich Poul.

Ich reiche ihm Martins Smartphone herüber.

„Oh, oh!" Poul streichelt begeistert seinen Bart. „Da sehe ich ausnahmsweise ja mal richtig gut aus! Der Einzige von uns allen, der wirklich trinkfest ist! Können wir das Foto nicht auf Facebook lassen? Als lockerer Prof komme ich bestimmt gut bei meinen Studenten an, wenn das Bild die Runde macht!"

Für diesen Kommentar erntet Poul sofort von Martin einen vernichtenden Blick.

„Okay, okay, das Foto wird gelöscht! Schon verstanden!", beeilt er sich zu sagen und gibt Martin sein Smartphone zurück.

Hanne sieht uns nur noch entnervt an.

„Leute, ihr seid sowas von uncool! Ihr versteht echt keinen Spaß mehr! Eigentlich gehört das Foto ja mir, weil ich es von euch gemacht habe! Und ich kann *posten*, was ich will! Schließlich leben wir in einem freien Land! Aber ich lösche es natürlich, wenn ihr darauf besteht", erklärt sie schließlich. „Obwohl das echt ärgerlich ist, denn das Bild hat bereits neun Likes erhalten!", fügt sie leicht angesäuert hinzu.

Martin starrt in den nächsten Minuten wie hypnotisiert auf sein Handy, bis Hanne das Foto tatsächlich auf Facebook gelöscht hat. Er traut anscheinend niemandem mehr.

Auch mein Büronachbar ist nicht mehr so guter Laune wie vorher. Er ist wieder komplett zum nachdenklich-rationalen Niels mutiert.

„Heute ist rein gar nichts mehr privat! Mein ganzes Leben fühlt sich wie in einer Hippie-Kommune an! Jeder kann heute alles von jedem miterleben. Sobald ein Foto öffentlich ge*postet* wird, hat man gar keinen Einfluss mehr darauf", brummt er missmutig und rückt seine Brille zurecht.

Ich ziehe mein Smartphone aus der Tasche.

Sicherheitshalber schaue ich auch nochmal auf Hannes Profilseite nach, ob sie das Bild von uns wirklich gelöscht hat. Zum Glück sind wir auf Facebook befreundet, so dass ich das schnell herausfinden kann.

Hanne hat ihr Versprechen gehalten. Das Foto existiert nicht mehr in der virtuellen Welt, über die wir alle miteinander verknüpft sind.

Dabei stelle ich im Stillen fest, dass das Problem wie so oft eigentlich gar nicht Facebook ist. Das Problem ist vielmehr die Art und Weise, wie unreflektiert wir es nutzen. Es wäre glatt die Mühe wert, eine Party-Anleitung für den adäquaten Umgang mit Fotos unter Alkoholeinfluss in sozialen Netzwerken zu verfassen! Solch eine Anleitung könnte auf sämtlichen betrieblichen Weihnachtsfeiern sinnvolle Anwendung finden.

Bevor ich groß weiterphilosophieren kann, wird meine Aufmerksamkeit jedoch durch eine andere Neuigkeit in den Bann gezogen.

Bei mir ist soeben eine Privatnachricht auf Facebook eingetrudelt.
Von Tom.
Tom hat mir geschrieben!
Vor wenigen Sekunden.
Die Tatsache, dass er mir eine Nachricht geschrieben hat, lässt mein Herz unwillkürlich schneller schlagen.

Sorry, dass ich erst jetzt schreibe, Katrine. Ich hatte die letzten Tage am Teilchenbeschleuniger in der Schweiz soviel zu tun! Wir sitzen gerade mit den Kollegen beim Julefrokost zusammen, und ich wollte mich mal melden. Jetzt am Wochenende treffen geht nicht. Ich nehme gleich morgen am Samstag den Flieger nach Darwin, wo ich die Weihnachtstage verbringen werde. Aber heute können wir uns gerne später zum Tanzen in der Mensa treffen. Tom :-*

Ich muss schwer schlucken, als ich diese Nachricht lese.
Ich weiß nicht, ob es die Unmengen von Schnaps sind, die mich urplötzlich in eine melancholische Stimmung versetzen, oder ob es der Inhalt dieser Nachricht ist.
Auf einmal ist mir fast zum Heulen zumute.
Ich fühle mich maßlos enttäuscht.
Insgeheim hatte ich die ganze Zeit gehofft, dass Tom und ich noch vor den Weihnachtsferien ein Paar werden könnten. Dieser Traum scheint nicht in Erfüllung zu gehen. Es sei denn, es passiert gleich heute Abend. Letzteres halte ich allerdings für ausgesprochen unwahrscheinlich.
„Hej, Katrine, ist alles in Ordnung bei dir?" Niels stößt mich scherzhaft in die Seite.
„Ach du..." Ich weiß nicht so recht, was ich sagen soll.
„Geht es um einen Mann?", erkundigt sich Niels.
„Ja", nicke ich.
„Um diesen Tom?" Es scheint, als könne mein Büronachbar Gedanken lesen.
„Genau. Ich hatte so sehr gehofft, dass wir uns vor den Feiertagen nochmal sehen können. Aber er hat anscheinend sehr früh Urlaub genommen. Er fliegt schon morgen nach Australien und ist nächste Woche gar nicht mehr an der Uni", seufze ich.

„Na ja, sowas kommt vor", meint Niels, „ist doch normal, dass er früher Urlaub nimmt. Dann lohnt sich der lange Flug wenigstens!"

„Eigentlich hast du recht!" Ich lächele Niels dankbar an. Natürlich hat mein kluger, rationaler Büronachbar recht. Wie konnte ich auch so blöd sein, Toms Absage für das Wochenende so persönlich zu nehmen? Es ist das Normalste auf der Welt, dass er bei *der* Flugdistanz eher nach Down Under reist.

„Was schreibt er denn sonst so?", fragt Niels nach.

„Na ja, ob wir uns in der Mensa treffen wollen. Zum Tanzen", antworte ich leise.

„Na, dann gibt es doch nur eines: Nichts wie hin!", erwidert Niels.

„Im Ernst?" Ich runzele skeptisch die Stirn.

„Aber klar doch! Guck mal, hier ist sich die Party sowieso gerade am Auflösen", meint Niels und deutet auf einige der Professoren, die sich ihre Mäntel anziehen. „Es ist eindeutig Zeit für die Mensa!"

* * *

Wenige Minuten später brechen Johan, Martin, Niels und ich zur Mensa auf.

Draußen ist es richtig kalt geworden. Dazu schneit es. Die ganzen Unigebäude sind von einer leichten Schneeschicht bedeckt. Im Schein der Straßenlaternen sieht es so aus, als ob überall funkelnde Kristalle wären. Funkelnde Kristalle und Zuckerguss, wie in einer romantischen Disney-Verfilmung.

Johan bleibt plötzlich mitten auf dem Hof stehen.

„Ist das nicht wunderschön! Unsere Uni!", meint er verträumt.

Martin, Niels und ich nicken nur.

Wir betrachten andächtig unsere Universität, deren bezaubernde Winterkulisse nahezu etwas Mystisches hat.

Bestimmt ist es nur der Alkohol.

Ich habe definitiv zuviel getrunken, sonst würde ich nicht solche seltsamen Anwandlungen bekommen. Aber es fühlt sich wie ein surreales Intermezzo an. Weg vom alltäglichen Leben in eine zauberhafte Traumwelt.

Ich fühle mich wie sediert und einfach nur glücklich.

Und da spüre ich es ganz deutlich. Ich freue mich trotz allem riesig auf Tom.

Ich kann es kaum erwarten, ihn endlich wiederzusehen!

* * *

Meine Kollegen und ich kommen schließlich am Mensagebäude an.

Die Mensa ist proppenvoll und bis an den Rand mit Forschern gefüllt. Das geballte Wissen unserer Uni befindet sich sozusagen im Party-Rausch.

Die Musik und die gute Stimmung reißen uns sofort mit, woran unser vorheriger Schnapskonsum wahrscheinlich nicht ganz unschuldig ist.

Schon nach kurzer Zeit hüpfen wir übermütig auf der Tanzfläche herum... ja, und während wir so herumtanzen, sehe ich *ihn*... also Tom!

Zur Feier des Tages hat Tom einen dunklen Anzug an.

Er sieht wahnsinnig elegant, wahnsinnig groß und wahnsinnig toll aus, in diesem Anzug.

Als er mich erblickt, kommt er sofort auf mich zu.

„*Hej Katrine, vil du danse*?", fordert er mich in Dänisch zum Tanzen auf.

Es ist das erste Mal, dass ich Tom Dänisch sprechen höre, obgleich mit starkem australischen Akzent. Ich wusste gar nicht, dass er das kann! Sonst reden wir ja immer nur Englisch.

„*Ja tak, det vil jeg gerne*!", sage ich sofort begeistert.

Verblüfft sieht Tom mich an.

„Äh, was heißt das genau?", fragt er mich verlegen. Jetzt wieder komplett auf Englisch.

„Das heißt *ja danke, das möchte ich gerne*", kläre ich ihn irritiert auf, „du hast mich doch gerade selbst auf Dänisch gefragt!"

„Ja, ich kann aber nur diesen einen Satz. Den hat mir heute Abend eine Kollegin beigebracht", antwortet Tom. Immer noch total verlegen und verunsichert. Er sieht richtig süß dabei aus.

„Ach so." Ich lächele ihn an.

„Aber umso schöner, dass du trotzdem mit mir tanzen magst", sagt Tom und lächelt ebenfalls.

Er nimmt meine Hand, und wir beginnen zu tanzen.

Und er führt ausgesprochen gut beim Tanzen, der Tom. Dabei strahlt er mich an, dass alle seine Grübchen in vollsten Zügen zu sehen sind.

Nachdem das erste Lied vorbei ist, tanzen wir einfach weiter.

Zu noch einem Lied. Und mindestens noch sechs weiteren Liedern.

Tom zieht mich immer dichter zu sich heran.

Ich spüre seinen Atem.

Und fühle mich ihm ganz nah. So nah wie noch nie zuvor.

Ich schließe meine Augen. Jetzt kommt gleich der Moment, wo wir uns küssen werden...

Da lässt Tom mich plötzlich los.

Tom lässt mich mitten beim Tanzen einfach los, so dass ich mit voller Wucht gegen einen der Mittanzenden neben mir pralle.

„Mensch, pass doch auf!"

An der Stimme des Mittanzenden kann ich hören, dass das Mads ist.

Auch das noch!

Ich bin mit voller Wucht gegen Mads und Sidse geknallt, die sich neben Tom und mir auf der Tanzfläche vergnügen. Oder *vergnügt haben*, sollte ich vielleicht besser sagen. Denn jetzt stehen die beiden mit offenem Mund neben mir und vergnügen sich definitiv nicht mehr.

„Das gibt bestimmt 'nen blauen Fleck!", stöhnt Sidse und reibt ihren Ellbogen.

Sie sieht ziemlich wütend aus.

„Sorry, tut mir leid, ist nicht mit Absicht geschehen!", sage ich entschuldigend. „Tom hat mich mitten beim Tanzen einfach losgelassen!"

„Tom heißt der Typ? Na, da hast du dir ja einen tollen Tanzpartner ausgesucht!", meint Mads grinsend und klopft mir kameradschaftlich auf die Schulter.

Mein „toller" Tanzpartner scheint indessen von dem Zusammenstoß und seinen Folgen nichts weiter mitbekommen zu haben. Tom steht mitten auf der Tanzfläche und starrt unbeeindruckt auf sein Mobiltelefon.

„Ist alles okay bei dir?", frage ich ihn.

„Ja, ja, alles in Ordnung", antwortet Tom, „mein Handy hatte geklingelt, und ich habe das Vibrieren beim Tanzen zu spät bemerkt. Deswegen musste ich dich loslassen, um den Anruf entgegenzunehmen. War aber leider schon zu spät."

„Aha", sage ich nur, „aha."

„Wow!", entfährt es Tom, während er immer noch auf die Anzeige seines Mobiltelefons starrt. „Das war die Telefonnummer von meinem früheren Doktorvater aus Melbourne", erklärt er dann, „dort ist es bereits neun Uhr morgens. Wenn der mich angerufen hat, ist es garantiert total wichtig. Wir warten seit ein paar Wochen auf den Bescheid von einem *Journal*, ob unser Artikel endlich veröffentlicht wird. Das wäre ein Meilenstein für meine Karriere. Weißt du was? Ich ruf' ihn besser gleich zurück!"

„Ja, ja... das klingt logisch, wenn es so wichtig für dich ist", sage ich.

Was Anderes fällt mir im Moment nicht ein.

Tom macht Anstalten, sofort zu gehen. Für einen Moment zögert er.

„Du bist mir doch nicht böse, oder?" Lächelnd sieht er mich an. Und total unschuldig wie ein Sunny Boy, mit all seinen hübschen Grübchen im Gesicht.

Er streichelt mir kurz über die Wange.

„Ach ja, und falls wir uns später nicht mehr sehen sollten, ich wünsche dir ein frohes Weihnachtsfest!"

Tom drückt mich fest an sich und küsst mich zum Abschied schnell auf die Stirn.

Wie vom Donner gerührt bleibe ich stehen.

Ich weiß nicht, was ich von der ganzen Aktion halten soll. So ein seltsamer Typ!

Nachdem Tom abgedampft ist, geselle ich mich wieder zu Johan, Martin und Niels, die immer noch wild und ausgelassen am Tanzen sind.

Später kommen sogar Maria, Javier und Pawel zu uns, die sich ebenfalls von der internen Feier mit ihren Kollegen losgeeist haben.

Meine drei Freunde und meine Kollegen verstehen sich auf Anhieb blendend!

Niels, Johan und Pawel scheinen sich total gut zu unterhalten, sofern das bei der lauten Musik überhaupt möglich ist. Dafür fordern Javier und Martin Maria und mich unentwegt zum Tanzen auf.

Theoretisch wäre es heute ein wundervoller Abend.

Nur praktisch ist das leider für mich nicht der Fall.

Denn ich muss immerzu an Tom denken, der zwischenzeitlich nicht wieder aufgetaucht ist. Wahrscheinlich taucht er heute Abend gar nicht mehr auf. Er hat sich ja schon gleich vorsorglich bei mir verabschiedet, bevor er mit seinem Handy aus der Mensa geeilt ist.

Dieser Mann bleibt für mich wirklich ein Buch mit sieben Siegeln!

Aus der Ferne sehe ich Mads, der mit seiner Sidse tanzt. Ständig legt er seinen Arm um sie. Die beiden schauen sich wahnsinnig verliebt an. Sie scheinen irre glücklich zu sein.

Bei mir ist es genau umgekehrt.

Obwohl ich nach außen hin fröhlich tanze und lache, ist mir innerlich zum Heulen zumute.

Denn die Idee einer Beziehung mit Tom ist heute Abend wie eine Seifenblase zerplatzt.

Aber wer weiß. Vielleicht habe ich die ganze Zeit ohnehin nur in einer Märchenwelt mit dem Wunsch nach einer Beziehung gelebt.

Benebelt vom Alkohol fliegen meine Gedanken nur so durcheinander.

Genauso lasse ich mich ziellos über die Tanzfläche wirbeln.

„Katrine, nicht so stürmisch!"

Martin, der gerade mit mir tanzt, zieht mich immer dichter zu sich heran.

Dabei ist er Gentleman genug, um stets einen kleinen Sicherheitsabstand einzuhalten.

Man kann ja nie ausschließen, dass hier womöglich Facebook-Fotos geschossen werden.

Martin lässt mich eine Umdrehung ausführen und dann wieder elegant in seine Arme zurückgleiten. Ich lasse ihn gewähren, denn es tut gut, zumindest einen realen Mann in meiner Nähe zu spüren.

* * *

Es ist bereits weit nach Mitternacht, als ich aufbreche, um endlich nach Hause zu radeln.

Die anderen wollen noch da bleiben und weitertanzen, aber ich kann mich an diesem Abend einfach nicht länger zusammenreißen.

Nach dem ganzen Trubel in der Mensa ist es draußen angenehm still.

Nur der Schnee knirscht unter meinen Schuhen, als ich gemächlich und nachdenklich zum Fahrradständer stapfe.

„Katrine! Hej, Katrine, warte doch mal!", ruft da plötzlich jemand von hinten.

Ich bleibe stehen.

Zu meiner großen Verwunderung ist es mein Kollege Martin.

Ausgerechnet Martin, mit dem ich heute Abend so viel getanzt habe!

„Was ist?", frage ich ihn überrascht.

„Du willst doch nicht in etwa in *diesem* Zustand nach Hause radeln?", fragt Martin mit gespieltem Entsetzen.

„Och du, das geht schon! Erstens bin ich Radfahren auf Schnee gewohnt...", erkläre ich ihm.

„Kunststück, das gilt für uns alle hier in Dänemark!", unterbricht mich Martin.

„Und zweitens fühle ich mich gar nicht mehr so alkoholisiert", fahre ich unbeeindruckt fort, „mein Verstand ist schon wieder glockenklar."

„Katrine, darum geht es mir nicht! Ich muss dir etwas sagen", meint Martin.

„Ja, was denn?"

„Nun ja." Martin kratzt sich verlegen am Kinn.

So kenne ich ihn sonst gar nicht.

Eigentlich ist Martin dafür bekannt, dass er jedem unverblümt seine Meinung mitteilt.

„Also, ich habe einiges an Schnaps getrunken. Und du ja auch", setzt er vorsichtig an.

„Jaaa", sage ich gedehnt.

„Und, na ja, also, vorhin beim Tanzen mit dir bin ich echt heiß geworden. Du weißt schon. Ich habe richtig Lust auf dich bekommen. Und da dachte ich, du bist Single, ich bin Single..."

„Martin", unterbreche ich ihn abrupt, „ehrlich gesagt habe ich gerade ziemlich starken Liebeskummer wegen eines Typen, mit dem es nichts geworden ist. Ich bin überhaupt nicht offen für irgendjemand Neues! Ich will mich mit niemandem einlassen, verstehst du? Und schon gar nicht mit einem Kollegen!"

Zu meiner großen Überraschung wirkt Martin total begeistert.

„Aber genau darum geht es ja! Katrine, ganz ehrlich! Ich bin gerade auch total fertig mit den Nerven."

Verwundert sehe ich ihn an.

„Meine Freundin hat letzte Woche mit mir Schluss gemacht. Und eigentlich bin ich total traurig darüber", erklärt Martin, „aber heute Abend - die gute Stimmung... der Alhohol... das Tanzen... da habe ich plötzlich große Lust auf... na ja, du weißt schon... bekommen. Und beim Tanzen dachte ich, dass es dir vielleicht genauso geht. Es war nur so ein Gefühl."

„Klärst du das immer auf so rationale Weise bei Frauen ab?", frage ich Martin skeptisch.

„Nun ja, nur bei Ökonominnen", antwortet Martin und grinst, „ich traue mich nicht, dich hier so öffentlich vor der Uni zu küssen. Sonst kommt plötzlich Hanne um die Ecke und schießt ein Foto für Facebook von uns."

Unwillkürlich muss ich lachen.

„Also, wenn du magst... Ich wohne gleich hier um die Ecke", fügt Martin dann hinzu.

„Mhm... mhm... mhm", murmele ich nachdenklich.

Unschlüssig sehe ich Martin an. Der starrt nur auf seine Schuhe, als ob er ein Lausejunge wäre, der gerade etwas Schlimmes ausgefressen hat.

Es ist beinahe süß, wie verlegen und direkt Martin zugleich sein kann.

Kann ich mir vorstellen, mit ihm Sex zu haben?

Vorhin beim Tanzen bin ich tatsächlich etwas heiß auf ihn gewesen.

Es ist keine Verliebtheit, kein romantisches Gefühl. Kein wundervolles Prickeln wie bei Tom. Es ist einfach nur das Bedürfnis, endlich mal wieder Sex zu haben. Einfach nur guten Sex mit einem attraktiven Mann. Ohne jegliche Verpflichtungen. Ohne Verbindlichkeiten und Komplikationen.

Meine Antwort steht fest.

„Gut, ich komme mit! Es ist aber nur dieses eine Mal und hat offiziell nie stattgefunden!", sage ich bestimmt.

„Gut, versprochen!" Martin nickt zufrieden.

Ich lasse mein Fahrrad stehen und hake mich bei ihm ein, um gemeinsam den Heimweg zu seiner Wohnung anzutreten.

#OneNightStands #EmotionalerHerpes #Unfriending?

One Night Stands sind für mich wie eine Zeitkapsel.

Für eine Nacht bieten sie die Möglichkeit, mit jemandem unverbindlich intim zu sein.

Für diese eine Nacht existieren keine Grenzen, alles ist erlaubt. Völlig losgelöst von Konventionen und sozialen Verbindungen, die uns ansonsten im Alltag fesseln.

Der Sex mit Martin ist unheimlich gut gewesen. Zärtliche Hingabe, die immer mehr in große Leidenschaft überging. Für eine einzige Nacht.

Es war genau das, was ich dringend mal wieder gebraucht habe.

Und es war genau das richtige Rezept, um meine Enttäuschung über Tom etwas zu lindern.

Komisch wird es nur dann, wenn man seinen One Night Stand drei Tage später wieder auf der Arbeit trifft.

Theoretisch dürfte es keine Komplikationen geben.

Zwischen Martin und mir war die Verabredung glockenklar: Reiner Sex. Keine Gefühle.

Ein einmaliger Ausrutscher unter dem Einfluss von Alkohol.

Für mich hat unser One Night Stand exakt diese Kriterien erfüllt. Ich kann bei so etwas extrem rational sein. Umso mehr hoffe ich, dass es Martin genauso geht. Denn nichts ist blöder, als wenn bei einem der beiden Sexpartner die Gefühle plötzlich umschlagen.

* * *

Die Auskunft darüber, wie es Martin nach unserem One Night Stand wirklich ergangen ist, erhalte ich gleich in aller Frühe am Montagmorgen.

„Guten Morgen, Katrine", begrüßt er mich grinsend, während ich gerade vor unserem Kaffeeautomaten stehe und auf meinen Espresso warte. Im Hintergrund brummt die Kaffeemaschine sehr laut, während die Bohnen für den Espresso gemahlen werden.

„Hej Martin", sage ich und lächele schüchtern.

„Alles okay bei dir? Hast du noch ein schönes Wochenende gehabt?", fragt mich Martin schmunzelnd.

„Oh ja, doch! Ich kann nicht klagen", antworte ich, „am Samstag war ich ganz schön fertig nach unserem Julefrokost, du weißt schon. Aber es war total super! Genau das, was ich gebraucht habe. Und bei dir?"

„Ich fand's auch gut! Ein schönes einmaliges Erlebnis, das auch einmalig bleiben wird. Also wirklich sehr einmalig!", erwidert Martin.

Schweigend greife ich nach meiner Espresso-Tasse.

Für eine Sekunde überlege ich, ob es etwas enttäuschend ist, dass Martin gerade so sehr die Einmaligkeit unseres gemeinsamen Erlebnisses betont hat. Denn der Sex war doch wirklich sehr gut gewesen!

Musternd sieht Martin mich von der Seite an.

„Ganz ehrlich: Es war total großartig mit dir, Katrine! Falls du in einem Jahr noch Single bist, können wir es beim nächsten Julefrokost gerne wiederholen!", meint er dann und lächelt mich spitzbübisch an.

Mit seinem Blick fordert er mich auf, in seine dargebotene Hand einzuschlagen, was ich auch sogleich tue.

Ich nicke zufrieden.

„Also gut, in einem Jahr wieder. Falls wir beide Single sind. Ich freue mich schon!", sage ich bestimmt.

„Na, was ist denn hier los? Schließt ihr irgendwelche Wetten ab, oder was?", fragt Niels, der plötzlich wie aus dem Nichts hinter uns aufgetaucht ist.

„Ja klar! Katrine hat behauptet, dass sie mich nächstes Jahr beim Julefrokost unter den Tisch trinken wird, und ich habe dagegen gehalten", lügt Martin mit einer unglaublichen Selbstsicherheit. Dabei zwinkert er mir kurz zu.

Dankbar lächele ich ihn an.

Ich bin viel zu verdutzt über Niels' plötzliches Erscheinen, als dass mir eine schlagfertige Erwiderung eingefallen wäre.

„Na, Katrine, da hast du dir ja was vorgenommen!", meint Niels skeptisch und rückt dabei umständlich seine Brille zurecht.

Martin und ich warten noch kurz auf Niels, bis er ebenfalls seinen Kaffee frisch aus dem Automaten erhalten hat.

Als wir zurück zu unseren Büros gehen, sieht Martin mich mehrmals verstohlen von der Seite an.

One Night Stands mögen zwar unverbindlich sein, aber zwischen Martin und mir hat sich dadurch trotzdem eine neue Verbindung ergeben.

* * *

Abends bin ich mit Maria verabredet. Allein.

Das bedeutet, wir haben endlich mal wieder Zeit für Frauengespräche.

Wir sitzen in einem alternativen Café in Christiania und trinken vegane Smoothies.

„Eigentlich sind Smoothies doch immer vegan, warum müssen sie das hier extra so betonen?", überlegt Maria laut, während sie wie wild an ihrem Strohhalm saugt, um das letzte bisschen Smoothie aus ihrem fast leeren Glas zu bekommen.

„Wie war denn noch der Julefrokost? Habt ihr lange weitergetanzt, nachdem ich gegangen bin?", frage ich interessiert.

„Ach du, so toll war das nicht!", winkt Maria ab. „Javier war ziemlich beschwipst. Irgendwann hat er mich versehentlich geküsst, als wir auf der Tanzfläche waren."

„Aha! So gut klappt das mit dem Verheimlichen also doch nicht, wenn Gefühle im Spiel sind", konstatiere ich grinsend.

„Ja, es war Javier nachher nur furchtbar peinlich! Er wollte plötzlich ganz schnell nach Hause und war am nächsten Tag sehr distanziert zu mir. Total komisch", erzählt Maria traurig.

„Aber es ist doch irgendwie beruhigend, dass Javier sich nicht immer nur kontrolliert in der Öffentlichkeit verhält! Immerhin habt ihr euch spontan vor allen Leuten geküsst! Vielleicht ändert Javier ja doch noch seine Meinung über den Status eurer Beziehung", sage ich aufmunternd.

„Ach, Katrine, ich glaube, das wird niemals passieren. Da ist die Wahrscheinlichkeit größer, dass ich von einem Kometen getroffen werde!", seufzt Maria laut. „Aber lass' uns lieber über etwas Anderes sprechen!"

Besorgt sehe ich die Freundin an. So richtig glücklich scheint sie nicht zu sein. Trotz Beziehung. Ich weiß nicht, ob ich sie bewundern oder bemitleiden soll, dass sie diese Situation mit solch einer Souveränität durchsteht.

„Wie läuft es eigentlich mit Tom?", erkundigt Maria sich plötzlich. „Ich habe euch beim Julefrokost aus der Ferne zusammen tanzen gesehen. Er sieht wirklich verdammt gut aus, dein Tom! Ihr seid ein sehr hübsches Paar!"

Obwohl ich es nicht will, spüre ich, wie mir dieser gut gemeinte Kommentar einen Stich versetzt. Meine ganzen verletzten Gefühle über Toms spontanen Abgang sind mit einem Schlag wieder da.

„Also, erstens ist es nicht *mein* Tom. Und zweitens läuft da überhaupt nichts zwischen uns", erkläre ich bestimmt.

Maria schaut mich verwundert an.

„Das sah am Freitagabend aber total anders aus, so eng wie ihr miteinander getanzt habt! Wieso war Tom eigentlich nicht mehr da, als wir später zu euch gekommen sind?", fragt sie dann. „Ich fand es ja total nett mit deinen Kollegen zu tanzen, aber ich hätte es auch sehr lustig gefunden, mal wieder mit Tom zu reden!"

„Das kann ich dir sagen, warum Tom nicht mehr da war!", antworte ich erbost. „Er hat mich mitten auf der Tanzfläche stehen gelassen, als sein Handy plötzlich klingelte. Einfach so! Er ist nach draußen gegangen und nicht mehr zurückgekommen. Ich habe mich wie bestellt und nicht abgeholt gefühlt!"

Während ich das sage, spüre ich, wie die Woge der Verletzung in mir immer stärker wird.

Der One Night Stand mit Martin diente wirklich nur der kurzfristigen Schmerzbetäubung.

„Vielleicht war es ein sehr wichtiger Anruf?", versucht Maria das Ganze abzumildern.

Anscheinend hat sie bemerkt, wie enttäuscht ich gerade bin.

„Nun ja, das ist wohl relativ", brumme ich missmutig, „es war Toms ehemaliger Doktorvater aus Australien. Er rief wegen irgendeines Artikels an, der bald veröffentlicht werden soll."

„Okay, und deswegen musste Tom gleich die Party verlassen? Sehr seltsam!" Maria kratzt sich ratlos am Kopf.

„Keine Ahnung! Ich habe bis jetzt nicht verstanden, was diese Aktion sollte! Tom ist echt ein komischer Typ!", mache ich meinem Ärger Luft.

„So ein Depp! Aber wirklich!", stimmt Maria mir zu.

„Und dann ist noch etwas passiert", füge ich vorsichtig hinzu.

„Was denn?" Die Neugierde steht Maria förmlich ins Gesicht geschrieben.

„Maria, du darfst es aber wirklich niemandem weitersagen! Ich hatte einen One Night Stand mit einem Kollegen. Mit Martin, den du auch kennengelernt hast, als wir alle zusammen getanzt haben", erkläre ich hastig.

„Was?" Maria fallen vor Überraschung fast die Augen aus dem Kopf. „Und was ist mit Tom? Ich dachte, du warst traurig wegen Tom!"

„Ja, das war ich ja auch! Es hat sich einfach so ergeben. Martin ist mir nachgelaufen, als ich den Julefrokost verlassen hatte. Und weißt du was? Es hat mir so gut getan, dieser One Night Stand! Reiner Sex ohne Verpflichtungen. Ich habe das so sehr mal wieder gebraucht!",

„Dann war der One Night Stand nur ein Ablenkungsmanöver", folgert meine Freundin scharfsinnig, „um deine Gefühle für Tom zu betäuben."

„Kann man so sagen", antworte ich traurig.

Ich atme tief durch. „Ach, Maria, ich verstehe es wirklich nicht! Tom und ich haben uns so gut verstanden. Wir konnten stundenlang über alles Mögliche reden. Wir haben so viele gemeinsame Interessen..."

„Und er sieht verdammt gut aus", ergänzt Maria.

„Ja, genau! Und dann verschwindet er wie ein flüchtiges Gas! Ich bin so enttäuscht von ihm! Warum baut er erst diese Nähe auf und ist dann wieder so weit weg, so unerreichbar für mich?" Mit Tränen in den Augen starre ich in mein leeres Smoothie-Glas.

Maria schüttelt nur noch den Kopf.

„Tom ist nicht der Richtige für dich!", sagt sie bestimmt. „Du hast jemand Besseres verdient, Katrine! Auf jeden Fall solltest du keinem Typen hinterherrennen, bei dem du dankbar sein musst, wenn er dir eine lausige Brotkrumme hinterherschmeißt! Da kann dieser Tom noch so toll aussehen und gut im Bett sein, er ist es einfach nicht wert!"

„Tom und ich haben ja noch nicht mal miteinander geschlafen", erwidere ich frustriert, „selbst dazu ist es nicht gekommen. Deswegen habe ich mich ja anderweitig abreagiert. Tom sieht so toll aus und ist so intelligent. Er kann ja wirklich jede haben..."

Maria schüttelt abermals den Kopf.

„Na und? Du siehst auch gut aus und bist sehr intelligent!", erklärt sie eindringlich. „Dieser Tom ist einfach ein komischer Typ! Der geht nur an dein Selbstwertgefühl, und das hast du nicht nötig, Katrine! Da ist es allemal besser, Single zu sein, als sich in emotionale Abhängigkeit von so einem Typen zu begeben!"

„Du hast recht", pflichte ich der Freundin bei.

Nachdenklich sehe ich Maria an.

„Weißt du nur, was komisch ist? Genau das Gleiche habe ich neulich zu dir bezüglich Javier gesagt."

„Ich weiß, Katrine." Maria seufzt. „In der Theorie war ich schon immer gut. In der Praxis leider deutlich weniger, zumindest was mein eigenes Liebesleben betrifft! Dafür sehe ich es bei dir umso klarer, was da gerade schiefläuft."

„Und was machen wir jetzt?", frage ich sie unschlüssig.

„Ich stecke emotional bereits zu tief drinnen. Bei mir ist es zu spät, um noch auszusteigen", meint Maria, „aber bei dir, Katrine..." Sie ergreift meine Hand. „... bei dir ist es noch nicht zu spät! Lass Tom gehen! Reisende soll man nicht aufhalten! Schmeiße den Typen aus deinem Leben, bevor er wie emotionaler Herpes an dir klebt und du ihn nie mehr los wirst!"

„Wie emotionaler Herpes?" Plötzlich muss ich laut lachen. „Wie meinst du denn das?"

„Na ja, Tom ist wie emotionaler Herpes für dich, ist doch klar!", erklärt Maria unverblümt. „Emotionaler Herpes – das sind Typen, die immer nur herumeiern und nicht zur Sache kommen. Mal sind sie nicht erreichbar, dann umgarnen sie dich wieder mit all ihrem Charme. Vielleicht machen diese Typen das gar nicht bewusst oder absichtlich. Aber dadurch, dass Tom dich ständig hinhält und immer wieder neue Hoffnungen in dir weckt, nur um dich erneut zu enttäuschen, kannst du ihn einfach nicht loslassen. Deswegen pappt er an dir wie Herpes! Da hilft nur eine rigorose Anti-Herpes-Kur!"

„Und was wäre das?", erkundige ich mich neugierig.

Wie immer bin ich fasziniert, dass Maria die Gabe besitzt, den Nagel hundertprozentig auf den Kopf zu treffen. Sogar bei so emotional komplizierten Verwicklungen wie meiner Beziehung zu Tom.

Maria streicht sich eine Haarsträhne aus dem Gesicht, bevor sie fortfährt.

„Kompletter Kontaktabbruch! Das bedeutet: Kein Facebook-Kontakt, kein Twitter-Following mehr, kein Google Hangout, kein Skype oder wie ihr sonst so kommuniziert", erläutert sie sachkundig, „wenn Tom dich wirklich kontaktieren will, soll er sich echt anstrengen! Und selbst dann würde ich es mir an deiner Stelle dreimal überlegen, ob ich noch Interesse an ihm hätte!"

„Wow!" Ich bin völlig baff über Marias Ausführungen. „Ich soll Tom auf Facebook *unfrienden*? Das ist ja wie Schluss machen, obwohl wir nie richtig zusammen waren!"

„Besser ein Ende mit Schrecken als ein Schrecken ohne Ende", erklärt Maria weise, „er wird das schon merken, und dann siehst du ja, was Sache ist! Trotzdem solltest du diesen Typen aus deinem Leben verbannen! Seitdem er aufgetaucht ist, wirkst du nicht mehr unbeschwert und glücklich, Katrine!"

„Mhm. Und wie ist das mit dir und Javier?", bohre ich nach. „Ist es da nicht genauso?"

„Unsere Beziehung ist kompliziert. Aber bei mir ist es eh zu spät. Ich stecke schon zu tief drinnen, das habe ich dir doch gerade gesagt", antwortet Maria, während sie auf einer Haarsträhne kaut.

„Wow! Trotzdem vielen Dank für deinen Tipp! Du siehst das bei mir alles so glasklar, Maria! Dann werde ich meinen emotionalen Herpes gleich mal beseitigen!", sage ich kurzentschlossen.

Spontan ziehe ich mein Smartphone aus der Tasche und rufe Facebook auf.

Dann navigiere ich zu Toms Profilseite.

Ich gehe auf die virtuelle Schaltfläche *Friends*. Dort wähle ich *Als Freund entfernen*.

Es ist faszinierend.

Ein Klick, der Gigantisches bewirkt.

Tom und ich sind nicht mehr auf Facebook befreundet.

Maria sieht mich zutiefst fasziniert an.

„Wow, du bist konsequenter als ich dachte!", meint sie schwer beeindruckt.

„Ob Tom merken wird, dass ich ihn als Freund gelöscht habe?", frage ich nachdenklich.

„Das sollte dir ab jetzt egal sein", erwidert Maria, „wichtig ist, dass du von ihm wegkommst!"

Ich stecke mein Smartphone zurück in meine Handtasche.

Es fühlt sich gut an, dass ich nicht mehr Toms Status Updates sehen kann. Ich muss jetzt hart bleiben.

#GesellschaftlicheErwartungen #SocialMediaEntzug

„Katrine, das gibt es nicht! Du bist hier in Ringkøbing?! Wie geht es dir? Wir haben uns ja seit Ewigkeiten nicht gesehen!"

Es ist immer das Gleiche.

Jedes Mal, wenn ich meine Eltern über die Weihnachtsferien besuche und auch nur einen Fuß in den örtlichen Supermarkt setze, kommt sofort irgendjemand aus meiner Schulzeit angerannt und überfällt mich mit neugierigen Fragen.

Ich habe bereits eifrig mitgezählt. Im Schnitt treffe ich pro Einkauf fünf Leute, die ich kenne. Die Kassiererin und die netten Damen an der Backtheke sind dabei nicht mitgerechnet.

Die meisten Bekannten aus Ringkøbing reagieren völlig verzückt und neugierig, wenn sie mich sehen. Diesmal handelt es sich um Gitte, meine ehemalige Mathematiklehrerin.

Eigentlich sind diese zufälligen Treffen total nett. Irgendwie geben sie mir das Gefühl von Geborgenheit. In Kopenhagen passiert es nämlich so gut wie nie, dass mir jemand, den ich kenne, einfach mal so über den Weg läuft.

Nur tauchen bei den zufälligen Begegnungen in Ringkøbing neuerdings Fragen auf, die mich tief über mein Leben sinnieren lassen.

„Und, Katrine, wie sieht's aus in Kopenhagen?" Meine Mathematiklehrerin Gitte sieht mich gespannt mit hochgezogenen Augenbrauen an.

„Danke, gut sieht's aus!", antworte ich.

„Das freut mich für dich!" Gitte strahlt über das ganze Gesicht. „Erzähl' doch mal! Du hast bestimmt inzwischen einen Mann! Oder zumindest einen festen Freund?! Habt ihr bereits Kinder? Aber der Wunsch nach einem Kind ist doch bestimmt da! Du bist immerhin schon Mitte Zwanzig! In der Schule warst du ja ein Spätzünder, was Jungs betrifft, daran kann ich mich noch gut erinnern. Du hast dich immer mehr für Mathe und Naturwissenschaften als für die Männer interessiert. Aber wenn Amors Pfeil euch Spätzünder erstmal ins Herz getroffen hat, dann ist es für immer! Hab ich recht, hab ich recht?"

Gitte lächelt mich erwartungsvoll an. Ihre Ausführungen über mein Leben klingen mehr wie eine Feststellung als wie eine Frage.

„Gitte, wenn du es genau wissen willst: Ich habe keinen Freund, ich bin Single", unterbreche ich ihren Redefluss.

„Ach ja?" Gitte sieht mich entgeistert an. „Aber du sagtest doch gerade selbst, dass in Kopenhagen alles super sei", erwidert sie nach einem Schreckmoment verwirrt.

„Na klar, das ist es ja auch!", entgegne ich lachend. „Ich habe ein PhD-Stipendium bekommen! Für eine Doktorandenstelle. Ich freue mich so sehr, dass das geklappt hat, weil es schon immer mein größter Wunsch war, später in die Forschung zu gehen! Ich promoviere in Volkswirtschaft, das hat ganz viel mit Mathematik zu tun. Das dürfte dich als meine frühere Mathelehrerin doch freuen!"

„Ja, ja, das tut es ja auch..." Gitte schnappt nach Luft.

„Aber ein Leben so ganz ohne Mann, ist das nicht komisch?", setzt sie dann erneut an. „Das tut mir *so leid* für dich, Katrine! Du bist so ein nettes Mädchen, das wirklich einen tollen Partner verdient hat! Zwischendurch hast du aber sicherlich schon die eine oder andere Beziehung gehabt, oder?", bohrt Gitte weiter nach.

Die Besorgnis über meine womöglich partner- und kinderlose Zukunft steht ihr buchstäblich ins Gesicht geschrieben.

„Ich rede nicht so gerne über private Dinge vor allen Leuten mitten im Supermarkt", erwidere ich trocken.

„Ach", sagt Gitte nur noch, „ach! Gibt es da irgendetwas, das dir peinlich ist? Du brauchst dich nicht vor mir zu schämen, dass du noch nicht so weit in deinem Leben gekommen bist! Glaub mir, Katrine, der Richtige steht schneller vor dir, als du es dir vorstellen kannst! Aber du musst dem Glück natürlich auch ein wenig nachhelfen! Die Partnersuche klappt nicht, wenn du dich immerzu auf andere Dinge wie dein komisches Promotionsstudium konzentrierst. Schau dir meine Familie an! Meine Tochter ist 28 Jahre alt und hat bereits zwei Kinder. Ich kann dir gar nicht beschreiben, wie schön es ist, Oma zu sein! Ich liebe es geradezu meine beiden Enkel babyzusitten!"

„Wenn deine Tochter damit glücklich ist, freut mich das sehr! Ich bin mit meinem Leben auch sehr glücklich!", antworte ich betont ruhig.

Ich muss mich wirklich zusammenreißen, um Gitte gegenüber nicht die Geduld zu verlieren.

Letztere sieht mich nach wie vor mit einer subtilen Mischung aus Skepsis und Mitleid an.

„Aber du hast doch schon einen Mann geküsst, oder?", erkundigt sie sich vorsichtig. „Oder war da bisher gar nichts in deinem Leben?"

Gitte kratzt sich dezent am Ellbogen, während sie geduldig auf meine Antwort wartet.

Ich hülle mich in eisiges Schweigen.

Das war wirklich eine super-blöde Frage von ihr, auf die ich gar nicht erst antworten mag.

„Ich meine das nicht böse, Katrine! Ich bin einfach nur besorgt, dass du keinen Mann abkriegst und dich nur noch in deine Welt der Mathematik vergräbst! Vielleicht sollte ich mal mit deinen Eltern sprechen, was meinst du?", schlägt Gitte mit sanfter Stimme vor.

Ich spüre, wie mir allmählich der Kragen platzt.

Wir sind hier doch nicht in der Schule!

Außerdem machen meine Eltern mir überhaupt keinen Druck, was die Partnersuche betrifft. Was nimmt sich diese Gitte bitteschön heraus, sich einfach mal so in mein Leben einmischen zu wollen? Als ob wir in einer antiquierten Welt leben würden, in der der Wert einer Frau ausschließlich vom Mann abhängt!

Oh ja, ich spüre es ganz deutlich.

Die unterdrückte Aggression staut sich immer mehr in mir auf.

Und dann, obwohl ich es eigentlich gar nicht beabsichtigt habe, sprudelt es plötzlich nur so aus mir heraus:

„NEIN, GITTE, WENN DU ES GENAU WISSEN WILLST: ICH BIN EINE JUNGFRAU! ZUFRIEDEN? MICH HAT NOCH NIE EIN MANN BERÜHRT! AUSSERDEM KÜSSE ICH GRUNDSÄTZLICH NUR FRAUEN, DAFÜR ABER JEDE MENGE!"

Ich weiß auch nicht, warum ich das gesagt habe. Vielleicht bin ich von dem Gespräch einfach nur genervt gewesen.

Aber mein Kommentar hat auf jeden Fall gesessen.

Gitte fragt jetzt gar nichts mehr.

Mit offenem Mund steht sie vor mir, während ihr Kopf rot anläuft.

Ihr Kopf wird immer röter, und sie blickt beschämt zu Boden, als ob ihr meine Aussage ungeheuer peinlich wäre. Sie wirkt dermaßen entsetzt, dass ich mich für einen Moment frage, ob sie die Ironie meiner Antwort überhaupt bemerkt hat.

Vielleicht bin ich mit meiner Bemerkung doch etwas zu weit gegangen... Gerade als ich das Ganze korrigieren möchte, wird unsere Unterhaltung plötzlich unterbrochen.

„Hej Gitte, wie schön dich zu sehen!", zwitschert eine zuckersüße Frauenstimme neben uns.

Diese Frauenstimme kommt mir sehr bekannt vor.

Ich drehe mich um.

Auch das noch!

Meine Schulfreundin Lone, mit der ich mich vor ein paar Monaten wegen ihres Kopenhagen-Besuchs gestritten habe, steht unvermittelt neben uns.

„Oh hallo, Katrine, lange nicht gesehen!", sagt sie kühl, als sie mich erblickt.

„Hej Lone, wie geht es dir?", grüßt Gitte betont freundlich.

Ihr Kopf hat inzwischen wieder seine normale Farbe angenommen.

„Och danke, den Umständen entsprechend gut!", gibt Lone munter zurück.

„Den Umständen entsprechend?" Fragend sehe ich die Schulfreundin an.

In dem Moment kommt ein großer, blonder Mann auf uns zu, der seine langen Arme betont gefühlvoll um Lones Bauch legt.

„Uns geht es gut", antwortet er stellvertretend für Lone, „wir sind nämlich schwanger!"

„Ach, ihr alle beide?!", erwidere ich witzelnd. „Das ist ja ein Wunder der Natur!"

Mein trockener Kommentar geht in dem glücklichen Jauchzen von Gitte komplett unter. Meine Mathelehrerin ist vor Verzückung total aus dem Häuschen.

„Ach, ich wusste es! Ich wusste es, dass es bald soweit sein würde! Siehst du, Lone, es hat dann ja doch ganz schnell geklappt – und das, obwohl du vorher solche Bedenken hattest! Das ist sowas von schön! Ich freu mich so! Herzlichen Glückwunsch an euch beide! Das sind wirklich phantastische Neuigkeiten! In welchem Monat bist du denn?"

„Wir sind im dritten Monat. Deswegen können wir es jetzt auch allen sagen", antwortet wieder der langarmige Mann, der mit Lone nicht nur physisch sondern auch verbal zu einer Einheit verschmolzen zu sein scheint.

Die reinste Paarfusion.

„Ach, Katrine, das ist übrigens Kasper, mein Verlobter", erklärt Lone dann.

Erleichtert stelle ich fest, dass Lone trotz ihrer neuen Symbiose noch eigenständig sprechen kann.

„Hej Kasper, ich bin Katrine", stelle ich mich vor.

„Hej Katrine!", erwidert der langarmige Mann.

„Ach, ist das die Katrine aus Kopenhagen, bei der wir damals nicht übernachten durften?", flüstert er Lone dann ins Ohr. Das Flüstern kriegt er faszinierenderweise so laut hin, dass ich es ohne Probleme mitbekommen kann.

Lone nickt nur. Kasper verzieht kurz seinen Mundwinkel.

„Ach, Kinder, schön war's euch zu sehen!", fährt Gitte dazwischen. „Es war so *hyggelig*, so gemütlich, mit euch! Ich muss jetzt leider weiterziehen! In einer halben Stunde liefert meine Tochter die beiden Enkelchen bei mir ab! Da möchte ich rechtzeitig zu Hause sein! Ich wünsche euch schöne Feiertage! Frohe Weihnachten! *God Jul!*"

„Ja, das wünschen wir dir auch! *God Jul!*", sagen Lone und Kasper wie aus einem Mund.

„Ach ja, Katrine", raunt Gitte mir im Vorbeigehen zu, „dein Geheimnis ist gut bei mir aufgehoben! Mach' dir keine Sorgen, ich erzähle es keinem weiter!"

„Hä? Was für ein Geheimnis?", frage ich überrascht.

Verdutzt starre ich Gitte nach, die bereits an der Kasse ist und danach schnell zu ihrem Auto eilt.

Lone und Kasper wünschen mir sehr förmlich frohe Weihnachten und entfernen sich ebenfalls diskret.

Erst als ich durch die kopfsteingepflasterten Straßen der Innenstadt nach Hause gehe, dämmert es mir, dass Gitte überhaupt nichts kapiert hat. Und mich seit heute wahrscheinlich für lesbisch hält.

* * *

Obwohl ich es mir strikt verboten habe, kann ich es sogar im Urlaub nicht lassen: Mein tägliches Kommunikationsritual.

Eigentlich wollte ich völlig entspannt probieren, wie das denn so ist, mal für eine Woche komplett auf soziale Medien zu verzichten. Die Urlaubstage über Weihnachten schienen geradezu prädestiniert dafür. Zu Hause bei meinen Eltern wollte ich auf radikalen Social Media-Entzug gehen.

Und mein Plan war wirklich genial.

Morgens würde ich nett mit meinen Eltern und meinem Bruder frühstücken. Danach Zeitung lesen, durch die hübschen Straßen Ringkøbings schlendern, einen Kuchen backen... aber auf keinen Fall Facebook, WhatsApp, Twitter, LinkedIn, Google Hangouts, Skype oder sonstige Netzwerke anrühren. Nur das Lesen von altmodischen SMS und E-Mails wollte ich mir noch erlauben.

Laut einer aufwendigen internationalen Studie vom Cambridge Institute aus dem Jahre 2007 ist Ringkøbing die glücklichste Stadt auf der Welt. Wo sollte mir der digitale Entzug besser gelingen als hier?!

Aber es klappt so ganz und gar nicht. Und das liegt noch nicht mal nur an mir!

Ich *muss* jeden Tag über die sozialen Medien kommunizieren, weil meine Freunde sich sonst große Sorgen machen, ob alles bei mir in Ordnung ist.

Die ersten drei Tage vor Weihnachten war alles noch super. Da bekam ich den Social Media-Entzug wirklich hin. Noch nicht mal meine E-Mails habe ich in diesen Tagen gelesen.

An Heiligabend ist dann mit einem Schlag alles anders. Zuerst bin ich etwas verwirrt, als ich abends nach der Bescherung einen Blick auf mein Smartphone riskiere, das ich seit Stunden nicht mehr angerührt habe. Fünf SMS sind in der Zwischenzeit eingetrudelt.

Die erste stammt von Mads.

Frohe Weihnachten, liebe Katrine! Freut mich sehr, dich in diesem Jahr kennengelernt zu haben! Genieß die freien Tage! Mads.

Na sowas. Überrascht schüttele ich den Kopf. Ein Weihnachtsgruß von unserem Uni-Punk! Als ich ihm antworte, merke ich, dass mich seltsamerweise ein Gefühl der Freude durchrieselt, dass er an mich gedacht hat.

Die zweite SMS kommt von Maria.

Merry X-Mas! Katrine, hoffe, alles ist gut bei dir! Habe dir schon drei Privatnachrichten über Facebook geschickt. Habe gerade gesehen, dass du sie noch nicht mal gelesen hast. Ist alles in Ordnung, meine Liebe? Sonst bist du doch jeden Tag online. Oder habt ihr in Ringkøbing zu Hause gar kein Internet?? Gib mal ein Lebenszeichen von dir! Hugs & Kisses aus Italien, bin gerade bei meiner Family!!!

Die dritte SMS hat Javier geschrieben.

Katrine, Merry Christmas! Habe versucht, über Facebook mit Dir zu schreiben, aber du bist irgendwie gar nicht online im Chat? Hoffentlich bist du gesund und munter und nicht plötzlich krank geworden! Liebe Grüße aus Spanien, Javier.

Die vierte SMS zeigt meine frühere Schulfreundin Lone als Absender. Mit ihr habe ich nun überhaupt nicht gerechnet. Schon gar nicht seit unserer unangenehmen Begegnung im Supermarkt.

Frohe Weihnachten, Katrine! War komisch, dich vor zwei Tagen im Supermarkt zu sehen. Unser Streit tut mir sehr leid. Ich verstehe jetzt, dass du ganz andere Sorgen hast!!! Habe gehört, dass du lesbisch bist. So ein Coming Out muss ganz schön hart sein. Wünsche dir trotzdem God Jul und ganz viel Kraft beim Outen als Lesbe! Alles Liebe, Lone.

Na super. Da hat meine Mathelehrerin Gitte mit ihrem Tratschmaul ja volle Arbeit geleistet.
Unser Gespräch liegt noch nicht mal drei Tage zurück und hat anscheinend bereits die Runde gemacht. In Ringkøbing gelte ich jetzt also als lesbisch.

Die fünfte SMS ist von meinem Büronachbarn Niels.

Frohe Weihnachten, liebe Katrine! Sehr schön, wie ich sehe, hältst du deine Facebook-Abstinenz ein, trotz der vielen Nachfragen von Freunden auf deiner Seite! Herzlichen Glückwunsch! ☺ ☺ ☺LG, Niels.

Zu dumm! Erst jetzt fällt mir auf, dass Niels der Einzige in Kopenhagen ist, dem ich von meiner geplanten Social Media-Abstinenz erzählt habe.

Eigentlich sind wir nur rein zufällig im Gespräch darauf gekommen, als wir am letzten Arbeitstag über unsere Pläne für die Feiertage gesprochen haben.

Ich habe völlig vergessen, meine anderen Freunde vorab darüber zu informieren, dass ich mich für eine Woche der digitalen Kommunikation entziehen werde. Eigentlich war der Entschluss auch recht spontan. Mir kam gar nicht in den Sinn, dass es dermaßen auffallen würde, wenn ich auf Facebook für ein paar Tage nicht aktiv bin.

Aber meine urplötzliche Inaktivität scheint für ziemlichen Wirbel im engeren Freundeskreis zu sorgen. Womöglich machen sich noch mehr Facebook-Freunde über meine digitale Abstinenz Gedanken und denken sich irgendwelche Horror-Geschichten aus, was alles passiert sein könnte.

Da hilft alles nichts. Ich muss mich bei Facebook einloggen und Entwarnung geben.

* * *

„Katrine, muss das denn sein?", fragt meine Mutter entgeistert, als ich wenige Minuten später meinen Laptop hervorhole, während unsere kleine Familie versammelt unter dem Tannenbaum sitzt.

In der Zwischenzeit piepst mein Smartphone schon wieder.

Und dann gleich nochmal.

Und nochmal.

„Oha!", ruft mein Bruder Per aus. „Katrine, da sind sechs neue SMS auf deinem Handy eingetrudelt! Du bist ja mal wieder Miss Popular!"

Er hält mir triumphierend mein Smartphone vor die Nase, das zuvor auf dem Wohnzimmertisch gelegen hat.

„Wer hat dir erlaubt, an mein Handy zu gehen?", frage ich ihn erbost und reiße ihm mein Mobiltelefon aus der Hand.

„Katrine, was soll das denn? Kannst du dich nicht zumindest heute Abend voll und ganz auf deine Familie konzentrieren?", fragt mein Vater sichtlich verstört. „So häufig ist es doch auch nicht, dass dein Bruder und du zu Besuch seid und wir alle zusammen sind!"

Es klingt beinahe etwas traurig, wie er das sagt.

„Es tut mir echt leid, aber ich muss da ran!", erkläre ich verzweifelt. „Ich habe doch seit drei Tagen keine sozialen Medien benutzt. Meine Freunde machen sich riesige Sorgen, weil es auf Facebook kein Update von mir gibt. Es geht wirklich ganz schnell. Ich poste nur auf Facebook, dass ich allen frohe Weihnachten wünsche und gerade eine Social Media-Pause einlege. Dann braucht sich niemand mehr Sorgen zu machen, und wir haben unsere Ruhe. Danach rühre ich den Laptop heute Abend nicht mehr an. Versprochen."

„Okay, dann mach das mal", brummt mein Vater nur und nickt.

„Oh je, ist es schon so weit gekommen?", seufzt meine Mutter. „Beherrschst du noch den Computer, oder beherrscht er bereits dich, Katrine?"

„Der Computer beherrscht Katrine, eindeutig", antwortet mein Bruder Per stellvertretend für mich.

Ich strecke ihm die Zunge heraus.

Denn während er das sagt, lässt er sein Smartphone nicht aus den Augen.

Wie hypnotisiert starrt er auf den glänzenden Bildschirm und lässt seine Finger elegant hin- und hergleiten. Ununterbrochen, wie automatisiert. Mal nach links. Mal nach rechts. Und dann wieder links.

„Oha!", ruft Per plötzlich aus. „Wie cool! Ein total cooles Mädel hier aus Ringkøbing hat mich gerade über *Tinder* geliked!"

„Was ist denn jetzt schon wieder *Tinder*?", fragt meine Mutter entnervt.

„Eine Dating-App, die mit Facebook verknüpft ist", gibt Per stolz bekannt, „da kann man Mädels mit einem Wisch über den Bildschirm mögen oder ablehnen. Ist das nicht geil?"

Ich klappe erleichtert meinen Laptop zu.

„So, ich habe mein Status Update auf Facebook ge*postet* und meinen Freunden Entwarnung gegeben. Meine Social Media-Abstinenz kann jetzt endlich weitergehen", gebe ich bekannt.

Dann stehe ich auf.

Ich gehe auf Per zu und nehme ihm sein Smartphone ab.

„Ej, sag mal, Katrine, spinnst du?" Aufgebracht sieht er mich an. „Ich wollte gerade dem Mädel auf *Tinder* zurückschreiben!"

„Das kannst du morgen immer noch tun! Vielleicht ist es an der Zeit, dass wir uns mal um unsere Eltern kümmern, die uns wirklich nahe stehen, anstatt um irgendwelche zufälligen Bekanntschaften aus dem Netz!", erwidere ich kühl.

Ich hole eine Metalldose, in die ich Pers und mein Smartphone hineinlege, nachdem ich sie ausgeschaltet habe. Dort sollen sie bleiben. Am besten bis die Feiertage vorbei sind.

Wenn wir uns wie abhängige Digital-Junkies verhalten, hilft nur noch ein radikaler Entzug.

Cold Turkey sozusagen. Alle Entzugserscheinungen inklusive.

#AkuterLikeEntzug #Einsamkeit #Tom

Mein Laptop steht schön zugeklappt auf dem Schreibtisch in meinem früheren Kinderzimmer.

Ich befinde mich immer noch zu Hause bei meinen Eltern in Ringkøbing.

Wie eine naseweise Katze stromere ich um meinen Schreibtisch herum.

So geht es heute schon den ganzen Morgen.

Ich bin einfach zu neugierig.

Heiligabend liegt inzwischen drei Tage zurück.

So lange bin ich nicht mehr auf Facebook aktiv gewesen.

Wenn ich die Social Media-Pause davor mitzähle, ist es sogar noch länger. Dann sind es ganze sechs Tage, die ich auf Entzug bin. Sechs Tage, in denen ich keine neuen *Posts*, Photos und Nachrichten von meinen Freunden gelesen habe.

Eigentlich sollte mich diese Social Media-Pause zum Abschalten bringen. Sie sollte für Ruhe in meinem Leben sorgen und mir die Chance geben, mich auf das Wesentliche zu besinnen. Mehr Achtsamkeit, wie es so schön heißt. Das war der Plan.

Aber das Gegenteil ist der Fall. Inzwischen bin ich einfach nur unglaublich unruhig bei dem Gedanken, was ich alles verpassen könnte. Bestimmt haben meine Facebook-Freunde über die Feiertage eifrig ge*postet*, was sie Tolles unternommen haben. Welche Geschenke sie bekommen haben. Was sie Leckeres gegessen haben. Wohin sie verreist sind. Vielleicht haben sie sogar Weihnachtswünsche über ihre Facebook-Pinnwand an mich versandt. Und ich bekomme das alles gar nicht mit wegen meiner selbstauferlegten Zwangspause!

Irgendwie kommt mir die Idee der Social Media-Abstinenz inzwischen reichlich bescheuert vor.

Trotzdem tue ich mich schwer bei dem Gedanken, meinen Entzug abzubrechen.

Denn dann hätte ich das Gefühl, wirklich abhängig zu sein. Von den sozialen Netzwerken. Dabei wollte ich mir beweisen, dass genau das *nicht* der Fall ist.

Außerdem ist es hochinteressant zu sehen, wer einen doch mal anruft oder eine E-Mail schreibt, wenn man nicht über Facebook erreichbar ist. Es sind nicht gerade viele Leute. Sogar E-Mails scheinen inzwischen total out zu sein.

Irgendwie ist eine beunruhigende Stille in mein Leben eingekehrt, welches sonst nur so von aktiver Kommunikation geprägt ist.

Seufzend streiche ich über die metallene Oberfläche meines Laptops.

Der weiße Apfel in der Mitte glänzt voll schön.

Langsam klappe ich den Laptop auf.

Während er hochfährt, überlege ich kurz.

Zunächst checke ich meine privaten Mails.

Keine neuen Nachrichten, steht da.

Das ist schon mal ziemlich ernüchternd, zumal ich in den letzten Tagen diverse persönliche Mails zu Weihnachten versandt habe. Aber anscheinend kommt kein Medium gegen den großen anonymen Massen-Weihnachtsgruß an, den man wahllos auf seiner virtuellen Facebook-Pinnwand *posten* kann, um hunderten von Freunden gleichzeitig ein frohes Fest zu wünschen. Auf einmal fühle ich mich schrecklich einsam.

Intuitiv rufe ich Facebook auf.

Als ich mein Kennwort eingeben soll, zögere ich kurz.

Am Ende schließe ich das Fenster wieder und rufe stattdessen die Webseite unseres Uni-Servers auf. Gewiss ist es eine mickrige Ersatzbefriedigung, anstelle von Facebook meine Uni-E-Mails zu checken. Aber irgendeine Ersatzdroge brauche ich nun einmal.

Gleichzeitig fühle ich mich ein wenig stolz, dass ich im letzten Moment doch noch widerstehen konnte.

Ich logge mich in mein Uni-Account ein. Es ist das erste Mal, dass ich mein berufliches Postfach öffne, seitdem die Ferien begonnen haben. Im Grunde genommen kann ich dort auch keine Mails erwarten. Wer sollte mir schon über die Feiertage schreiben?! So arbeitswütig dürften ja noch nicht mal meine Forscherkollegen sein!

Tatsächlich sind lediglich fünf neue Mails im Posteingang vorhanden.

Vier davon sind allgemeine Weihnachtsgrüße, die an große E-Mail-Verteiler gingen.

Umso verwunderter bin ich über die fünfte Mail in meinem Postfach, die den Betreff *God Jul* trägt.

Denn der Absender dieser Mail ist Tom.

Tom hat mir eine E-Mail geschrieben! Zu Weihnachten! Unwillkürlich merke ich, wie mein Herz schneller schlägt. Dabei will ich seit der blöden Aktion beim Julefrokost eigentlich nichts mehr von ihm wissen. Schließlich habe ich ihn sogar als Facebook-Freund gelöscht.

Mit einem hochroten Kopf klicke ich auf Toms Mail, um sie in voller Länge angezeigt zu bekommen.

Hi Katrine,
GOD JUL – so sagt ihr doch auf Dänisch ☺. Ich wünsche dir und deiner Familie ein wundervolles Weihnachtsfest! Hoffentlich kannst du über die Weihnachtstage schön entspannen und dir etwas Gutes gönnen. So wie du deine Heimatstadt Ringkøbing damals beschrieben hast, muss es dort ja angenehm ruhig und idyllisch sein!
Hier in Darwin genieße ich die Festtage in der Sonne. Wir haben beinahe 30 Grad. Meine Schwester Lindsay bereitet gerade einen leckeren Salat für ein BBQ vor. Ich werde gleich den Grill anschmeißen.
Eigentlich wollte ich dir auf Facebook schreiben, aber du tauchst nicht mehr in meiner Freundesliste auf. Sehr komisch. Kannst du mir deine private E-Mail-Adresse schicken, ich möchte dir etwas Wichtiges mitteilen?
Vielen Dank & liebe Grüße,
Tom ☺

Nachdem ich die E-Mail gelesen habe, atme ich tief durch.

Tom möchte mir etwas Wichtiges schreiben, an meine private Adresse!

Was hat das zu bedeuten? Hat er gemerkt, dass er sich doof verhalten hat? Soll ich ihm noch eine Chance geben, auch auf die Gefahr hin, dass er mich abermals enttäuscht? Oder soll ich seine Nachricht lieber geflissentlich ignorieren und einen auf cool machen? Andererseits ist seine E-Mail bereits drei Tage alt. Es wäre also völlig okay, ihm jetzt zu antworten.

Mein Herz schlägt immer noch ganz schnell.

Es ist unglaublich, wie sehr ein kurzer Aufenthalt in der virtuellen Welt die reale Welt total verändern kann. Das Virtuelle ist eben doch real. Beide Welten gehören unzertrennlich zusammen.

Ich zögere nicht lange. Schließlich bin ich viel zu neugierig, was Tom mir zu berichten hat.

Hi Tom,
vielen Dank für deine Weihnachtsgrüße, ich hoffe, du hast ebenfalls ein schönes Fest in Australien gehabt!
Viele Grüße, Katrine
PS: Meine private E-Mail-Adresse lautet katrine...@... .dk

Mit nach wie vor hochrotem Kopf klappe ich zufrieden meinen Laptop zu.

Dann ergreife ich meine Handtasche. Ich brauche dringend etwas frische Luft, das kann ich gut mit einem Einkauf im Supermarkt verbinden.

* * *

Zwei Stunden später verlasse ich den Supermarkt mit zwei Tüten in der Hand.

Der Spaziergang durch die verschneite Stadt hat mir echt gut getan, denn ich konnte in Ruhe über alles nachdenken.

Erst jetzt ist mir klar geworden, wie sinnvoll die Social Media-Pause gewesen ist.

Mir war schon gar nicht mehr bewusst gewesen, in welcher Abhängigkeit ich mich ständig befinde.

Tagelang keine Likes zu bekommen, die ansonsten für sofortige Selbstbestätigung sorgen, ist eine hoch-interessante Erfahrung für mich. Ohne Facebook lebt man sein Leben auf einmal nur für sich allein, ohne die eigenen Erlebnisse mit anderen teilen zu können. Wenn ich in den letzten Tagen ein Foto gemacht habe, dann war es eine Erinnerung ausschließlich für meine Familie und mich. Durch die Facebook-Abstinenz konnte ich die Bilder nicht mehr meinen unzähligen Facebook-Freunden zeigen. Es gab niemanden, der dazu etwas Lustiges kommentieren oder gar ein Like vergeben konnte.

Auch wenn ich einen spannenden Artikel im Internet lese, tue ich dies nur für mich allein.

Da ich ihn mit niemandem über Facebook teile, muss ich nicht groß überlegen, ob das *Posten* des Artikels mich als besonders klug oder besonders lustig erscheinen lassen würde oder doch eher peinlich wäre. Die Rückkopplung, wie mein Verhalten im Netz meine Persönlichkeit auf andere wirken lässt, ist komplett flöten gegangen. Ich tue einfach, was ich will.

Trotzdem fehlt mir dadurch etwas. Denn die Leinwand, in der ich mich sonst jederzeit vor allen spiegeln kann, ist plötzlich weg. Ich fühle mich komplett auf mich allein gestellt. Auch wenn ich früher nicht jeden Blödsinn aus meinem Leben gepostet habe, so ist es doch komisch, wenn diese Möglichkeit auf einmal gar nicht mehr existiert.

Auch in Bezug auf Tom ist mir bei diesem Spaziergang einiges klargeworden.
Zum Einen spüre ich, dass ich immer noch total verknallt in ihn bin.
Ich bin viel zu verknallt, um alle Türen für immer zu schließen, wenn er sich bemüht, sie wieder zu öffnen.
Aber ich will es ihm nicht zu leicht machen. Wenn er mich wirklich will, muss er sich definitiv anstrengen. Das ist der neue Plan.
Wenn ich an Toms grüne Augen denke, bekomme ich immer noch ganz weiche Knie...
„Ach hallo, Katrine, was für eine Überraschung!", reißt mich plötzlich eine Stimme aus meinen tiefen Gedanken.
Meine frühere Mathelehrerin Gitte winkt mir fröhlich zu, während sie vorsichtig über den verschneiten Parkplatz zum Supermarkt stapft.
„Mensch, Katrine, sonst sehen wir uns nie – und jetzt gleich zweimal so kurz hintereinander! Das kann kein Zufall sein!", ruft sie hocherfreut aus.
„Hallo Gitte", erwidere ich lächelnd und gehe auf sie zu.
„Du, Gitte, ich muss dir etwas Wichtiges sagen", setze ich an.
„Oh, das klingt aber ernst", meint Gitte neugierig, „hat es etwas mit deinem Geständnis von vor ein paar Tagen zu tun? Keine Angst, dein Geheimnis ist gut bei mir aufgehoben! Ich habe nur Lone und Kasper davon erzählt. Lone hatte sich schon gewundert, warum du so komisch geworden bist. Aber das ist ja nur verständlich, bei dieser Entwicklung! Umso schöner, dass du dich endlich geoutet hast! Mal ganz unter uns, ich habe ja immer schon geahnt, dass du vom anderen Ufer bist! Dein ausgeprägtes Interesse für Mathematik und Physik, das war ja nicht mehr normal!"

„Gitte, hör mir bitte einfach mal zu", unterbreche ich ihren Redeschwall. „Ich muss dir etwas Wichtiges sagen: Ich finde lesbisch sein total in Ordnung. Aber ich bin nicht lesbisch!"

„Was?" Gitte starrt mich mit großen Augen an. Sie sieht fast entsetzter aus als bei unserer letzten Begegnung, als ich den unbedarften Kommentar gemacht habe. „Aber, Katrine, du hattest doch selbst gesagt, dass..."

„Nein, ich bin nicht lesbisch", wiederhole ich nochmal mit betont ruhiger Stimme, „mich haben deine indiskreten Fragen letztes Mal so genervt, dass ich dich durch einen ironischen Kommentar provozieren wollte. Nur hat das leider überhaupt nicht geklappt! Du hast meine Bemerkung anscheinend total ernst genommen und auch noch weitererzählt!"

„Na sowas! Mir fehlen die Worte!" Gitte ringt nach Luft. „Also, im Ernst, Katrine! Mit Homosexualität scherzt man nicht! Wie kannst du deine alte Mathematiklehrerin nur so sehr hinter das Licht führen? Ich finde das unglaublich! In Betragen hättest du wirklich die Schulnote Sechs verdient!"

Ehe ich etwas darauf erwidern kann, marschiert Gitte hocherhobenen Hauptes an mir vorbei.

Ich sehe ihr nach, wie sie hinter der gläsernen Eingangstür des Supermarktes verschwindet.

Dann zücke ich mein Handy und schreibe kurzentschlossen eine SMS, die schon lange überfällig ist.

Hi Lone, vielen Dank für deine Weihnachtswünsche! Ich hoffe, ihr hattet auch schöne Feiertage! Ich wünsche dir und deinem Verlobten Kasper alles Gute für das neue Jahr! Alles Liebe, Katrine (die übrigens entgegen der Gerüchteküche doch nicht lesbisch ist).

* * *

Später am Nachmittag fahre ich wieder meinen Laptop hoch. In mir kribbelt es nur so vor Aufregung, ob Tom mir schon geschrieben hat. In Australien müsste es jetzt Abend sein.

Aber ich möchte meine Neugierde noch für einen kleinen Moment zügeln. Zu groß ist die Angst, dass Tom mir vielleicht doch keine private E-Mail geschrieben hat.

Also greife ich nach meiner neuen Ersatzdroge und checke zunächst mein Uni-Account.

Na sowas. Es ist eine neue E-Mail da. Von Mads, dem Uni-Punk.

Zu meiner eigenen Verwirrung spüre ich, dass mein Herz wieder etwas schneller zu schlagen beginnt. Aber das hat bestimmt nichts mit Mads zu tun, sondern ist ausschließlich meiner Nervosität wegen Tom geschuldet.

Hej Katrine,
Niels hat mir von deiner Social Media-Pause erzählt, finde ich total cool von dir.
Bleib stark, und mach weiter so!
Beigefügt sende ich dir einen Artikel, den ich zufällig gelesen habe. Musste dabei sofort an dich denken. Der Artikel beschreibt, wie sich Likes auf das Belohnungszentrum im Gehirn auswirken. Es scheint also ein wahrer Suchtfaktor hinter den sozialen Medien zu stecken. Dadurch geben Leute freiwillig so viele Daten preis...
Ansonsten hoffe ich sehr, dass es dir gut geht!
Sidse und ich haben Weihnachten schön entspannt in Kopenhagen verbracht. Oh, Sidse hat übrigens ihre Rasta-Locken abgeschnitten und mir danach auch gleich einen Kurzhaarschnitt verpasst. Also, erschreck nicht, wenn dir im neuen Jahr ein kurzhaariger Mads in der Uni über den Weg läuft ;-).
Beste Grüße, Mads.

PS: Wie lautet eigentlich deine private E-Mail-Adresse? Ich finde es immer so blöd, Privates über den Uni-Account zu senden.

Unwillkürlich muss ich grinsen, als ich Mads' E-Mail lese.

Kein Wunder, dass er total begeistert von meiner Social Media-Abstinenz ist, wo er sonst immer so stark gegen alle sozialen Medien wettert. Wir haben bereits viele Diskussionen zu dieser Thematik geführt.

Nachdem ich den beigefügten Artikel gelesen habe, schreibe ich ihm umgehend zurück.

Hi Mads,
vielen Dank für deine Mail!
Ja, es ist schon komisch, auf einmal „offline" zu sein, so ganz ohne soziale Netzwerke.
Einige Freunde hatten sich tatsächlich schon Sorgen um mich gemacht.
Ich habe gerade deinen Artikel gelesen. Auch wenn es nicht gerade souverän und cool sein mag, das Suchtpotenzial trifft definitiv auf mich zu. Ich bin da sehr selbstkritisch – und leide gerade unter Entzug ;-).
Du kannst dir gar nicht vorstellen, mit wie wenigen Menschen ich in den letzten Tagen kommuniziert habe, obwohl ich nach wie vor E-Mails und SMS schreibe.
Ich fühle mich echt auf dem Abstellgleis wie eine alte Frau, völlig abgeschnitten vom Rest der Welt ;-).
Respekt, dass du das immer so durchhältst, ohne dich bei einem sozialen Netzwerk anzumelden. Finde ich echt cool von dir!
Auf deinen neuen Haarschnitt bin ich schon ganz gespannt. Hoffentlich erkenne ich dich noch wieder!!! ☺ ☺ ☺
Alles Liebe,
Katrine

PS: Meine private E-Mail-Adresse lautet katrine...@... .dk

Für einen Moment stutze ich kurz nach dem Versenden meiner Mail.

Warum habe ich am Ende „alles Liebe" geschrieben?

Das war einfach so automatisch passiert, aber ist ja auch egal.

Mit noch größerem Herzklopfen öffne ich dann mein privates E-Mail-Konto.

Ich spüre, wie die Anspannung durch meinen ganzen Körper geht.

Bitte, Tom, enttäusche mich nicht! Bitte enttäusche mich nicht schon wieder!, denke ich nur.

Zum Glück enttäuscht Tom mich diesmal nicht. Es ist eine E-Mail da.
Mit dem Betreff „Schön von dir zu lesen".

Hi Katrine,
vielen Dank für deine kurze Antwort, es war schön von dir zu hören bzw. zu lesen!
Als ich dich neulich über Facebook kontaktieren wollte, habe ich sehr verblüfft festgestellt, dass du nicht mehr auf meiner Freundesliste stehst. Die logische Konsequenz daraus war zu folgern, dass du mich „unfriended" hast. Dem war bei näherer Untersuchung dann tatsächlich so.
Da mich das unerwarteterweise sehr berührt hat, habe ich mich auf Ursachensuche begeben. Unsere letzte physische Begegnung fand gegen 00:32 Uhr morgens beim Julefrokost statt. Da ist mir klar geworden, dass dich mein plötzliches Verlassen der Tanzfläche sehr befremdet haben muss. Das ist die einzige logische Erklärung, die von der Kausalität her passt. Es war völlig unproportional, nur wegen eines Anrufs von meinem früheren Doktorvater aus Melbourne ein so hübsches Mädchen wie dich auf der Tanzfläche stehen zu lassen, obgleich ich anmerken muss, dass es bei dem Anruf um die Publikation eines wissenschaftlichen Artikels ging.

Meine Aktion beim Julefrokost ist jedenfalls total blöd gewesen, das sehe ich ein. Dafür entschuldige ich mich vielmals bei dir.
Auch wenn man es mir nach außen nicht anmerkt, tue ich mich wahnsinnig schwer, wenn es um diese emotionalen Dinge geht. Eigentlich bin ich bei Frauen total schüchtern und brauche jemanden, der mich etwas anstupst. Meine letzte Beziehung ist ziemlich dramatisch auseinandergegangen. Ich bin dabei sehr verletzt worden. Seitdem habe ich ständig Angst, mich emotional wieder auf jemanden einzulassen. Ich versuche, dann alles zu rationalisieren, sobald mir ein Mädchen näherkommt. Bei dir habe ich den Eindruck, dass es irgendwie ähnlich ist. Du wirst auch immer sehr rational, sobald wir uns näher kommen. Aber das mag ich irgendwie auch an dir, du bist echt süß

Ach, Katrine, ich schreibe einfach, wie es ist.
Ich finde dich sexuell und intellektuell sehr attraktiv und würde dich wahnsinnig gerne auf ein Date einladen! Es tut

mir leid, dass ich es beim Julefrokost verbockt habe und hoffe, du gibst uns noch eine Chance!
Kisses, Tom :-xxx

PS: Auf Facebook habe ich dich wieder als Freundin hinzugefügt, falls du mir noch eine Chance geben magst.

Völlig perplex sitze ich vor meinem Bildschirm.
Mit allem habe ich gerechnet, nur damit nicht! Für Toms Verhältnisse grenzt das ja fast schon an eine Liebeserklärung.
Darüber möchte ich erstmal eine Runde ausgiebig mit Maria diskutieren, bevor ich weitere Schritte unternehme. Glücklicherweise besteht diesmal keine Eile. Tom hat ja auch über eine Woche gebraucht, bis ihm anscheinend gedämmert hat, dass er sich total bescheuert aufgeführt hat.
Ehe ich weiter nachdenke, habe ich mich im Nu bei Facebook eingeloggt.
So groß ist plötzlich mein Kommunikationsdrang.
Zu dumm. Maria ist gerade offline und nicht im Chat verfügbar.
Dafür werde ich von jeder Menge Status Updates regelrecht erschlagen.
Ganz viele Freunde haben hübsche Weihnachtsmotive ge*postet* und dies mit Weihnachtswünschen an alle ihre Kontakte verknüpft. Bei achtzehn von diesen Weihnachtswünschen bin ich sogar namentlich ge-*tagged*.
Pawel hat es mal wieder auf die Spitze getrieben.

Ich wünsche allen meinen Freunden frohe Weihnachten, schreibt er, *vor allem aber meinen zwanzig engsten Freunden, die mir inzwischen so richtig ans Herz gewachsen sind: Bartosz, Jakub, Agnieszka, Javier, Andrew, Steffen, Katrine, Maria, Jack, Milosz, Stanislaw, Elizabeth, Wojciech, Zuzanna, Maciej, Katarzina, Sylwia, Anne, Henry, Sanne. Ihr bedeutet – zusammen mit meiner Familie – alles für mich!*

Diese zwanzig Namen hat Pawel an ein Bild mit einem grünen Tannenbaum ge*tagged*, so dass eine direkte

Verknüpfung zu unseren Profilen besteht, wenn man auf die Namen klickt. Natürlich könnte ich mich jetzt geschmeichelt fühlen, dass Pawel mich zu seinen zwanzig engsten Freunden zählt und dies sogar öffentlich auf Facebook bekannt gibt. Aber irgendwie kommt mir das sehr abstrus vor. Es wirkt beinahe wie zu Schulzeiten, einfach nur kindisch!

Pawels Mitteilung hat trotzdem über die Feiertage für reichlich Wirbel gesorgt.

Insgesamt hat er 65 Likes für diesen Post erhalten. Also auch von vielen Leuten, die gar nicht unter den besten Freunden erwähnt sind.

Zusätzlich hat es jede Menge persönliche Kommentare zu seinem Eintrag gegeben.

„Wie schön, dass du mich zu deinen engsten Freunden zählst! Ditto!", findet eine Elizabeth.

„Dir und deiner Familie auch frohe Weihnachten, lieber WG-Nachbar!", schreibt Andrew aus unserem Freundeskreis.

„Ich wusste gar nicht, dass du so sentimental sein kannst. Aber schön zu wissen, dass unsere internationale Clique auch zu deinen „engsten" Freunden zählt", spottet Steffen, dem es anscheinend genauso geht wie mir.

„Merry X-Mas to you, too!", *postet* Maria.

„Danke, dass du mich erwähnt hast! Freu mich riesig! ☺ ☺", merkt eine Sylwia begeistert an.

„Juhu, ich bin auch dabei! Und das noch ganz vorne! ;-) Merry Christmas!", freut sich ein Bartosz.

Angewidert suche ich meinen News Feed nach weniger albernen Einträgen durch.

Da stoße ich auf Mikkel. An ihn habe ich seit Wochen nicht gedacht!

Manchmal frage ich mich, warum wir nach dem missglückten Date überhaupt noch auf Facebook miteinander befreundet sind. Zumal ich mich weder für seine Passion der freien Liebe noch für seinen Optimierungswahn begeistern kann.

Aber Mikkels Status Update ist diesmal hochinteressant. *In a relationship with Bodil*, steht da nämlich.

Dazu hat er ein Foto ge*postet*, auf dem er eng umschlungen mit einem brünetten Mädchen in die Kamera blickt. Verwundert stelle ich fest, dass diese Bodil ganz normal aussieht. Damit steht sie in starkem Kontrast zu den langbeinigen Schönheiten, mit denen Mikkel sich sonst in seinen heißen Clubnächten umgibt. Aber wer weiß. Vielleicht hat ihn am Ende die Liebe ja doch erwischt.

Ganz unten gelange ich zu meinem letzten Status Update, das ich an Heiligabend gepostet habe.

Hallo Ihr Lieben, ich wünsche euch allen frohe Weihnachten! Übrigens mache ich gerade eine mehrtägige Social Media-Pause, bin also nur per E-Mail und SMS erreichbar. Alles Liebe, Katrine.

Idiotischerweise hat meine Abstinenzankündigung insgesamt 38 Likes bekommen, was schon an Ironie grenzt.

Ein Symbol oben rechts am Bildschirm weist mich darauf hin, dass es während meiner Abwesenheit neue Kontaktanfragen gegeben hat. Darunter befindet sich wie erwartet auch die von Tom.

Accept friend request, klicke ich an.

Dann poste ich ein neues Status Update.

Hallo zusammen, ich bin wieder zurück auf Facebook! Und ab Sonntag bin ich auch wieder in Kopenhagen! Alles Liebe, Katrine.

Noch bevor ich mich auslogge, hat dieser Eintrag 16 Likes erhalten.

Normalerweise würde mich jetzt eine Woge der Freude durchrieseln. Aber das tut es nicht, denn ich muss ständig an den kritischen Artikel von Mads denken, dass Likes wie eine Droge sind, die unsere Gehirnchemie manipulieren.

Zum ersten Mal kann ich mich über die Likes überhaupt nicht freuen. Ich habe nämlich das Gefühl, wie ein Junkie der Sucht nachgegeben zu haben.

#Fernbeziehung #Fremdgehen #Ehrlichkeit

„Wow, das finde ich echt stark! Tom schreibt dir, dass er dich attraktiv findet, und du hast ihm bis jetzt nicht geantwortet!", ruft Maria zutiefst beeindruckt aus. „Das ist ja mal ganz was Neues, Katrine!"

Wir sitzen in der gemütlichen Wohnküche in der Nørrebroer Männer-WG. Im Ofen befindet sich ein Gemüsegratin. Es sieht beinahe spektakulär aus, wie der Käse sich erst dehnt und dann wie eine Decke langsam über das Gemüse zieht.

Morgen geht wieder die Uni los. Deswegen wollen Maria und ich diesen Sonntagabend so richtig genießen.

„Also, was soll ich tun?", frage ich die beste Freundin. „Wie lange soll ich Tom noch schmoren lassen?"

„Mhm, ich weiß nicht", murmelt Maria, während sie eine Haarsträhne kunstvoll um ihren linken Zeigefinger dreht. „Irgendwann würde ich ihm schon schreiben. Schließlich hat er dir eine Art Liebeserklärung gemacht!"

„Oha! Das klingt ja spannend! Wer hat wem eine Liebeserklärung gemacht?" Javier steht unvermittelt im Türrahmen.

Maria dreht sich überrascht um.

„Oh, Javier, du hast mich vielleicht erschreckt! Ich habe dich gar nicht reinkommen gehört! Ich dachte, du wärst Laufen!", sagt sie.

„Meine Joggingrunde ist etwas kürzer als geplant ausgefallen. Es ist unglaublich kalt draußen, meine Liebste! Fühl' mal!" Javier hält seine nackte Hand an Marias Wange.

„Uuuuuuh, nein, ist das kalt!", ruft diese entsetzt aus und springt auf.

Javier lacht und gibt Maria einen zärtlichen Kuss.

„Hallo Katrine, schön, dass du da bist!", meint er dann mir zugewandt. „Maria hatte mir schon erzählt, dass du heute Abend vorbeikommen würdest!"

„Hallo Javier, schön, dich zu sehen!", grüße ich zurück.

„Also? Wer hat wem ein Liebesgeständnis gemacht?" Javier sieht Maria und mich neugierig an.

„Ach, ist nicht so wichtig", winkt Maria ab, „das sind Frauengespräche, weißt du? Das geht dich nichts an!"

„Aha, ich verstehe schon. Katrine hat mal wieder ein Liebesgeständnis von einem hoffnungsvollen Mann bekommen. Das ist ja auch kein Wunder bei dem Charme und dem Aussehen! Lass den armen Kerl bloß nicht kaltblütig abblitzen! Du kannst manchmal ganz schön hart sein, auch wenn du es nett sagst, Katrine!", witzelt Javier herum. „So, ich begebe mich dann mal unter die Dusche!"

Maria starrt ihm irritiert hinterher.

„Was sollte das denn?", fragt sie mich verwirrt. „Das war aber ein komischer Scherz!"

„Keine Ahnung." Ich zucke mit den Schultern.

Irgendwie bringe ich es nicht über das Herz, meiner Freundin zu sagen, dass Javier erst vor wenigen Wochen in mich verliebt gewesen ist. Das würde alles nur unnötig verkomplizieren.

„Also, was ist jetzt mit Tom?", versuche ich stattdessen das Thema zu wechseln. „Was soll ich ihm am besten zurückschreiben?"

„Ich fand Javiers Kommentar gerade echt komisch", murmelt Maria und starrt gedankenverloren ins Leere.

In dem Moment fängt mein Smartphone an zu blinken. Es liegt direkt vor mir auf dem Tisch, so dass es unübersehbar ist. Neugierig streiche ich über die glatte Oberfläche, um die Bildschirmsperre zu deaktivieren.

Es ist eine private E-Mail eingetrudelt. Von Tom!

„Du, Maria, ich habe eine Nachricht bekommen, von Tom!", rufe ich aufgeregt. „Und das, obwohl ich ihm noch gar nicht geantwortet habe!"

„Im Ernst? Was schreibt er denn?" Zum Glück ist Maria sofort abgelenkt und denkt nicht weiter über Javier nach.

„Mhm. Mhm. Er schreibt, dass er verstehen kann, dass ich etwas Zeit zum Nachdenken brauche und dass er bereit ist zu warten. Außerdem schreibt er, dass er gerade wieder in Kopenhagen angekommen ist. Wow, das gibt es ja nicht!", rutscht es mir dann heraus.

„Was ist denn?" Verständnislos sieht Maria mich an.

„Tom hat ein Lied für mich komponiert. Er hat mir die Noten im Anhang der E-Mail geschickt", sage ich langsam.

„Was? Er hat ein Lied komponiert? Nur für dich?" Maria steht vor Verwunderung der Mund offen.

Ich nicke nur und halte ihr stumm mein Smartphone hin, damit sie das eingescannte Notenblatt sehen kann.

„Wow, der Tom ist sowas von romantisch! Das ist ja wie im Kino! Ich finde das auf jeden Fall sehr stark von ihm!", meint Maria und schnalzt mit der Zunge.

„Ich auch", murmele ich.

Da spüre ich es ganz deutlich. Mein Schmetterlingsgefühl für Tom ist wieder da.

Ich kann es kaum erwarten, bis ich mich zu Hause an mein Klavier setzen und nach den Noten spielen kann.

* * *

Eine Stunde später sitzen Maria, Javier, Pawel, Andrew, Steffen und ich um den großen Esstisch herum. Steffen ist auch noch spontan zum Essen in die Männer-WG gekommen. Unser Freundeskreis ist also komplett. Wie in guten alten Zeiten.

„Um Punkt zehn Uhr muss ich euch verlassen", kündigt Pawel an, „da habe ich ein Skype-Date mit meiner Frau."

„Es freut mich, dass eure Fernbeziehung so gut läuft!", sagt Javier hocherfreut.

„Tja, wo die Liebe hinfällt, lassen sich auch große Entfernungen überbrücken", kommentiert Pawel weise.

„Ach, ich weiß nicht", wendet Javier ein, „für Fernbeziehungen muss man geboren sein! Ich habe großen Respekt vor dir, Pawel, ehrlich! Aber für mich wäre das nichts! Ich muss meine Freundin vor Ort haben."

„Umso schöner ist es doch zu sehen, dass es bei Pawel und seiner Frau so gut klappt", konstatiert Andrew.

„Genau! Deshalb finde ich das ja auch so klasse! Mir würde eine Fernbeziehung niemals gelingen, glaubt mir!", stimmt Javier fröhlich zu.

Maria stochert indessen schweigend in ihrem Essen herum.

Zwischendurch sieht sie kurz auf. „Katrine, könntest du mir etwas Wasser nachschenken?", bittet sie mich.

Ehe ich reagieren kann, antwortet Javier zuvorkommend: „Aber natürlich, meine Liebste!"

Er reicht ihr das Wasser und streicht ihr kurz über die Wange.

Maria dreht den Kopf zur Seite, als ob sie ihm ausweichen wollte.

Ich rücke mit meinem Stuhl etwas dichter an sie heran und drücke ihre Hand.

Maria schenkt mir ein dankbares Lächeln.

„Na, Javier, wenn du in einem halben Jahr mit deinem Doktor fertig bist, wirst du mit Maria wohl auch eine Fernbeziehung führen müssen, wenn du in die USA willst", meint Pawel.

„Eine Fernbeziehung steht nicht zur Disposition. Außerdem möchte ich nicht über Maria und mich sprechen. Wir führen eine Beziehung der besonderen Art, das wisst ihr doch", erwidert Javier trocken.

Maria stehen mittlerweile Tränen in den Augen.

Ich erkenne die sonst so lebhafte Freundin gar nicht wieder.

„Jetzt hört doch bitte mal mit diesem Thema auf! Und zwar sofort! Seht ihr denn überhaupt nicht, was los ist? Ich finde eure Diskussion gerade total daneben!", mache ich meinem Unmut Luft.

„Genau! Danke, Katrine!", pflichtet Javier mir bei und sieht mich irritierenderweise dankbar an. Dabei hat er mit seinen blöden Kommentaren den Stein vorhin erst so richtig losgetreten.

„Oh, entschuldigt mich, ich muss mal aufs Klo! Bin gleich wieder da", meint Andrew unvermittelt.

An dem sonst so munteren Esstisch ist eine betretene Stille eingekehrt.

Anscheinend weiß keiner von uns, was er jetzt sagen soll.

Nach einigen Minuten wird diese Stille durch ein lautes Geräusch unterbrochen.

Es ertönt der Klingelton von einem Telefon, nur dass die Lautstärke wesentlich höher ist.

„Oh, Mist! Das ist Skype! Ich habe meinen Laptop versehentlich im Wohnzimmer stehen gelassen! Es ist schon längst zehn Uhr!", ruft Pawel erschrocken. Er springt wie von einer Tarantel gestochen auf.

„Soll ich den Video-Anruf annehmen? Ich laufe sowieso gerade am Wohnzimmer vorbei!", schreit Andrew von weiter weg, der anscheinend gerade aus dem Bad gekommen ist. „Dieser Klingelton ist ja furchtbar schrill!"

„Nein, nein, ich komme schon!", beeilt Pawel sich zu sagen.

Da steht Andrew jedoch bereits im Türrahmen zur Wohnküche mit Pawels aufgeklapptem Laptop in der Hand.

„Seit wann heißt deine Frau eigentlich Elizabeth? Ich dachte, du wärst mit einer Polin namens Basia verheiratet?", fragt Andrew verwundert.

„Ach, das ist doch alles Scheiße! Es musste ja irgendwann herauskommen! So eine Scheiße aber auch!", ruft Pawel entrüstet. „So eine verdammte Scheiße!"

Maria und ich sehen uns mit großen Augen an.

„Was ist denn los?", frage ich verwundert.

„Na, danke, Andrew! Herzlichen Glückwunsch! Das hast du wirklich toll gemacht!", sagt Pawel entnervt. „Jetzt wisst ihr ja alle Bescheid! Ich habe eine Affäre mit einer Amerikanerin namens Elizabeth. Wir haben uns vor einem halben Jahr auf einem wissenschaftlichen Kongress in Chicago kennengelernt!"

„Wow!", sagt Javier nur. „Wow! Du betrügst deine Frau! Das finde ich aber gar nicht gut!"

Er stellt sich hinter Maria und nimmt sie zärtlich in den Arm.

„Es tut mir leid, was ich vorhin über uns gesagt habe", flüstert er ihr zu, „das war sehr dumm von mir."

Komischerweise hat Javier jetzt Tränen in den Augen. Zumindest sehen seine ausdrucksstarken Augen plötzlich ganz feucht aus.

„Ist schon gut, immerhin bist du ehrlich", erwidert Maria leise und streichelt Javiers Hand.

„Weiß deine Frau davon, Pawel?", erkundigt sich Steffen.

„Nein, natürlich nicht", antwortet Pawel leise.

Das schlechte Gewissen steht ihm deutlich ins Gesicht geschrieben.

„Aber die Affäre ist nicht nur meine Schuld", beteuert er, „seitdem wir Kinder haben, ist Basia komplett zum Muttertier mutiert. Außer den Kindern hat sie gar keine Interessen mehr. Alles, was ich früher an ihr attraktiv fand, ist wie vom Erdboden verschwunden. Und sie hat überhaupt keine Lust mehr, mit mir zu schlafen."

„Du brauchst dich nicht vor uns zu rechtfertigen, Pawel, es verurteilt dich ja keiner", meint Steffen.

Javier räuspert sich empört.

„Doch, ich schon! Eine Frau zu betrügen, das ist eine Katastrophe!", wettert er los und schlägt dramatisch die Hände über das Gesicht.

Im Nu ist eine große Diskussion im Gange.

„Komm, lass uns mal den Tisch abdecken", raunt Maria mir zu, „ich glaube, die Jungs wollen jetzt lieber unter sich sein."

Während Maria und ich das Geschirr spülen, haben sich die Männer ins Wohnzimmer vertrollt. Javier und Andrew reden unentwegt auf Pawel ein, wie verwerflich seine Affäre sei. Lediglich Steffen versucht, alle zu besänftigen.

„So, vielen Dank für den heutigen Abend!", verabschiede ich mich wenig später von meinen Freunden.

Ausnahmsweise verspüre ich kein Bedürfnis, in dieser Runde noch länger zu verweilen.

„Auf Wiedersehen, Katrine!"

„Tschüss!"

„Und ich werde ebenfalls zu mir nach Hause fahren! Tschüss, alle zusammen! Wir sehen uns morgen wieder!", verkündet plötzlich Maria.

Javier schaut sie überrascht an.

„Aber Maria, wieso fährst du denn zu dir nach Hause? Bleib doch über Nacht hier bei mir, wie du es sonst auch tust! *Come on!*", bittet er sie.

„Nein!" Maria schüttelt den Kopf. „Ich habe die ganzen Nächte immer bei dir geschlafen. Es wird Zeit, dass ich mal wieder in meiner eigenen Wohnung bin. Und zwar allein! Nimm's mir nicht übel, okay?"

„Wenn du meinst", sagt Javier enttäuscht.

Die Verletzung ist ihm deutlich anzumerken.

„Also, tschüss! Bis zum nächsten Mal!", verabschieden Maria und ich uns endgültig von den Männern.

Als wir draußen an den Fahrradständern stehen, ist die Kälte deutlich spürbar.

Mein Fahrradschloss ist beinahe zugefroren, so dass ich es nur mit Mühe öffnen kann.

„Ihr Dänen seid echt verrückt, bei diesem Wetter noch Fahrrad zu fahren!", stöhnt Maria.

„Ja, aber du tust es doch auch!", erwidere ich grinsend.

„Tja, man gewöhnt sich eben an alles hier im rauen Norden", gibt die Freundin mir recht.

Dabei sieht sie mich mit einem ernsthaften Gesichtsausdruck an.

„Maria, ist alles okay bei dir? Ich meine, wegen dem, was Javier vorhin gesagt hat. Du kannst gerne bei mir übernachten, wenn du magst, und wir können über alles reden", biete ich ihr an.

„Ach, nee, du, lass mal!", winkt Maria entschieden ab. „Sei mir nicht böse, Katrine, aber ich brauche einfach mal einen Abend für mich allein! Seitdem ich mit Javier zusammen bin, habe ich kaum eine Nacht in meiner Wohnung verbracht. Ich möchte gerne nur für mich sein."

„Okay, kein Problem!", nicke ich.

„Hör' du dir lieber das Lied von Tom an! Ich bin schon total gespannt, was du morgen zu berichten hast!", meint Maria lächelnd und gibt mir zum Abschied einen Kuss.

Erleichtert umarme ich die Freundin.

Anscheinend hat sie wegen Javier und mir doch keinen Verdacht geschöpft, sondern möchte wirklich nur so einen Abend für sich alleine haben.

In dem Moment fällt mir auf, wie schwierig das Thema Ehrlichkeit ist.

Bin ich unehrlich, weil ich Maria nichts davon erzählt habe, dass Javier mir mal Avancen gemacht hat? Und ist Javiers Verhalten okay, weil er so offen und schonungslos damit umgeht, dass er in Marias und seiner Beziehung keine Zukunft sieht? Ist sein Verhalten dadurch fairer als das von Pawel, der seine Ehefrau seit Monaten heimlich betrügt?

Alle diese Gedanken gehen mir durch den Kopf, während ich langsam durch die verschneiten Straßen Nørrebros radele. Ich weiß nicht, ob es am Wetter oder an meiner Stimmung liegt, aber Kopenhagen kommt mir an diesem Abend wahnsinnig kalt vor.

* * *

Eine halbe Stunde später sitze ich vor meinem Klavier.

Ich bin zu Hause in meiner Wohnung in Vanløse.

Hier drinnen ist es hell, warm und gemütlich. Richtig *hyggelig*.

Auf dem Notenständer vor mir steht ein Blatt, das ich soeben frisch ausgedruckt habe.

Es ist das Lied, das Tom komponiert hat. Für mich.

Dann fange ich an zu spielen.

Auch wenn die Melodie recht einfach gestrickt ist, so klingt sie doch wunderschön.

Genauso stelle ich mir eine Liebesbeziehung vor: Unkompliziert, ehrlich und eben wunderschön.

Bevor ich ins Bett gehe, schreibe ich Tom eine E-Mail.

Ich schreibe ihm, dass ich ihn gerne treffen möchte.

Am liebsten gleich in der nächsten Woche.

#LiebeÜberall #LoveIsEverywhere

Es ist noch richtig dunkel, als Niels und ich an diesem Montagmorgen im Büro sitzen. Dem ersten Montagmorgen nach den Weihnachtsferien, der bekanntlich der härteste von allen ist.

Draußen ist es klirrend kalt. So kalt, dass lauter Eisblumen die Fensterrahmen zieren.

Ja, es ist sogar so kalt, dass ich ausnahmsweise die Metro zur Uni genommen habe.

„Fahrradfahren ist bei diesem Wetter lebensgefährlich", behauptet Niels, „draußen ist es spiegelglatt. Da muss man ja schon als Fußgänger irre vorsichtig sein, dass man sich nicht alle Knochen bricht!"

Auf einmal klopft jemand laut gegen unseren Türrahmen.

„*Godt nytår*! Ein frohes neues Jahr, ihr beiden!"

Ich schaue auf.

Ein junger, schlanker Mann mit kurzen braunen Haaren betritt unser Büro. Dieser junge Mann sieht verdammt gut aus, stelle ich insgeheim fest. Bis ich merke, wer da eigentlich gerade in unser Büro gekommen ist…

„Mensch, Mads, wie siehst du denn aus!", ruft Niels überrascht. „Was hast du denn mit deinen Haaren angestellt?"

„Die sind unter den Rasenmäher gekommen! Sidse hat sie mir abgeschnitten! Ratsch!" Mads macht eine entsprechende Handbewegung.

„Wow! Echt krass!" Niels macht große Augen und rückt erstmal seine Brille zurecht.

Mads muss lachen. „Na, jetzt sei mal nicht so erschrocken, Niels, die wachsen schon wieder nach! Katrine, dich habe ich ja bereits vorgewarnt!"

„Ja… du siehst… du siehst verdammt gut aus mit kurzen Haaren!", stottere ich und werde zu meinem Ärger puterrot dabei.

Mads geht nicht weiter darauf ein.

„Ich habe euch beiden etwas mitgebracht. Zur Versüßung des Einstiegs", erklärt er verschmitzt und hält zwei Snickers hoch.

„Echt cool", grunzt Niels, der den Schock inzwischen schon wieder verdaut hat.

„Klasse! Genau das, was ich jetzt brauche!", rufe ich begeistert.

Als Mads mir den Schokoriegel reicht, stutze ich jedoch. Denn Mads' rechte Hand ziert ein silberner Ring. Am Ringfinger, versteht sich. Natürlich geht mich das Ganze überhaupt nichts an, aber ich bin nun mal von Natur aus neugierig.

„Oh, Mads, haben wir etwas verpasst? Du hast in den Weihnachtsferien doch nicht etwa geheiratet?", frage ich ihn keck. Eigentlich sollte es ein Witz sein. Denn dass Mads das Konstrukt der bürgerlichen Ehe total verabscheut, weiß ich ja von Niels.

„Nein, geheiratet habe ich nicht", erwidert Mads schmunzelnd, „aber im Sommer wird es soweit sein. Sidse und ich haben uns verlobt."

Während er das sagt, sieht Mads total süß aus und lächelt so verliebt, dass man sich eigentlich nur mit ihm freuen kann. Trotzdem versetzt mir diese Nachricht seltsamerweise einen Stich.

„Du heiratest Sidse? Echt krass! Da hättest du mich als deinen besten Freund vorher aber mal warnen können!", findet Niels und guckt noch ungläubiger als vorher.

„Och du, es ist noch ganz frisch", erklärt Mads fast entschuldigend, „Sidse hat mir gestern Abend einen Antrag gemacht. Plötzlich kniete sie im Lokal vor mir nieder und hat mich gefragt. Sie hat gleich zwei passende Ringe dabei gehabt. Eigentlich stehe ich ja nicht auf bürgerliche Konzepte wie Heirat, Ehe und so. Aber Sidse ist so eine wunderbare Frau. Ich kann gar nicht anders als sie heiraten, wenn das ihr großer Wunsch ist! Ich möchte sie gerne glücklich machen und für immer mit ihr zusammen sein. Das ist alles, was zählt!"

„Ohhhh", sage ich nur gerührt.

Niels rollt derweil seine Augen Richtung Decke. Er gehört definitiv nicht der Fraktion der Romantiker an.

„Es wird aber keine spießige Hochzeit mit weißem Brautkleid und so", beeilt Mads sich hinzuzufügen, „es wird ein Grillfest im Grünen geben! Und ihr beide seid natürlich herzlich eingeladen!"

„Da bin ich ja beruhigt", brummt Niels, „ich hatte schon Angst, ich müsste Brautjungfer spielen."

„Herzlichen Glückwunsch, Mads!", rufe ich lächelnd.

Ich stehe auf und umarme ihn.

Während wir uns umarmen, merke ich, wie gut Mads riecht.

„Danke, Katrine", erwidert er und lächelt ebenfalls.

Als er mich ansieht, fallen mir wieder seine schönen Augen auf, die von langen Wimpern umrandet sind. Schnell wende ich meinen Blick ab.

„Okay, was soll's! Komm' her, Kumpel! Herzlichen Glückwunsch auch von meiner Seite!", schließt Niels sich endlich meinen Glückwünschen an.

Er klopft Mads auf die Schulter.

„Danke sehr! So, ich muss dann mal zurück in mein Büro. Euch einen guten Start heute!", sagt Mads zum Abschied und zieht von dannen.

Niels und ich blicken ihm nachdenklich hinterher.

„Oh Mann", seufzt Niels, „mit Mads ist gerade die letzte Bastion der Ehe-Gegner in meinem Freundeskreis gefallen. Alle sind am Heiraten und Kinder kriegen. Nur ich bin immer noch allein."

Mein Büronachbar sieht nicht gerade glücklich aus, als er am restlichen Vormittag über seinen mathematischen Formeln brütet.

* * *

Mir geht es erstaunlicherweise auch nicht besser. Ich weiß selbst nicht, was heute mit mir los ist.

Seitdem Mads uns von seinen Heiratsplänen erzählt hat, muss ich ständig auf mein Smartphone gucken. Ich spüre, wie sehr ich mich nach einer Beziehung sehne. Nach einem Mann, der mich aufrichtig liebt. Nach einem Mann, mit dem ich meine Gedanken und Träume teilen kann. Nach einem Mann, der mit mir aufregenden Sex haben will und mit dem ich die Nächte durchdiskutieren kann.

Umso mehr hoffe ich, dass Tom der Richtige sein könnte.

Aber obwohl ich unentwegt mein Smartphone checke, hat er mir immer noch nicht geschrieben. Ich muss mich selbst zügeln. Was erwarte ich denn auch von ihm?

Erst lasse ich mir tagelang mit dem Antworten Zeit, und dann hoffe ich, dass er mir sofort voller Begeisterung zurückschreibt. Das ist wirklich kindisch von mir! Trotzdem. Der erste Vormittag im Büro zieht sich in die Länge wie Kaugummi.

Als ich mittags in der Mensa am Salatbuffet stehe, spüre ich, wie mir jemand von hinten auf die Schulter tippt. Erschrocken drehe ich mich um.

„Hi Katrine, wie geht es dir?" Tom steht direkt vor mir. Wie immer bin ich von seinem Aussehen völlig hingerissen.

Tom grinst über beide Backen, dass man seine Grübchen deutlich sehen kann.

Er sieht wirklich toll aus. Sein Gesicht ist sonnengebräunt, was ihm beinahe etwas Jungenhaftes verleiht.

„Äh, hi Tom, danke, mir geht es gut. Und dir?", frage ich nicht gerade kreativ.

„Danke, mir auch", sagt Tom.

Er kratzt sich am Ohr.

„Katrine, hast du heute Abend schon was vor?", erkundigt er sich dann.

„Heute Abend? Äh, nee, eigentlich nicht", stottere ich.

„Ich würde dich gerne zum Essen einladen. Würde es dir um 18 Uhr passen? Beim Italiener am Gråbrødretorv?", schlägt Tom vor.

„Oh ja, klar! Gerne, das wäre super!", antworte ich sofort. Dabei merke ich, dass mein Herz vor Freude einen kleinen Sprung macht.

„Klasse!" Tom strahlt wie ein Honigkuchenpferd. Die Begeisterung ist ihm deutlich anzumerken, was ihn wahnsinnig sympathisch macht. „Dann bis heute Abend, Katrine!"

„Ja, bis heute Abend! Ich freue mich!", kann ich ihm gerade noch hinterherrufen, als Tom sich schon wieder vom Salatbuffet entfernt.

Der restliche Arbeitstag dehnt sich wieder wie Kaugummi.

Aber diesmal liegt es nicht daran, dass ich auf eine Nachricht warte, sondern vielmehr daran, dass ich mein Date mit Tom kaum erwarten kann.

* * *

Im Hintergrund ertönt romantische italienische Musik. Das gedämpfte Licht wirkt warm und sehr gemütlich. Dazu ist das Restaurant, in das Tom mich heute Abend entführt hat, ausgesprochen geschmackvoll eingerichtet. Der perfekte Ort für ein erstes Date.

Mein aktueller Schwarm sitzt mir gegenüber und lächelt mich schmachtend an, während er mit seinem Rotweinglas spielt.

„Vielen Dank für dein Lied! Ich habe mich riesig darüber gefreut!", sage ich, um ein Gespräch in Gang zu bringen.

„Oh, gerne. Hat es dir gefallen?", erkundigt sich Tom bescheiden.

„Ja, es ist wunderschön. Ich habe es gleich gestern Abend auf meinem Klavier gespielt. Die Melodie ist bestechend einfach und doch so ausdrucksstark. Einfach wunderschön!", betone ich noch einmal.

„Das freut mich", erwidert Tom, „so sollte es auch sein."

„Ich war völlig von den Socken, dass du mir ein Lied geschrieben hast! So etwas hat noch nie jemand für mich getan!", erkläre ich begeistert.

„Wirklich?" Tom sieht mich erstaunt an. „Ich komponiere viele Lieder. Jede meiner Kompositionen widme ich einem guten Freund oder einer guten Freundin."

„Ach ja." Etwas verdutzt ergreife ich mein Weinglas und nehme einen tiefen Schluck. Das fängt ja gut an.

„Na klar. Ich würde es total komisch finden, wenn meine Lieder in einer Schublade verstauben. Stattdessen widme ich sie meinen Freunden und schenke sie ihnen. Für meine Studienfreundin Melissa aus Melbourne habe ich während meiner Promotion zehn Lieder komponiert", konstatiert Tom sachlich.

„Wie schön! Dann ist es also gar nichts Besonderes, dass du mir ein Lied geschrieben hast. Sorry, ich habe das komplett fehlinterpretiert", entgegne ich trocken.

So sehr ich mich bemühe, normal zu klingen, ist mir die Enttäuschung deutlich anzuhören.

Doch dann passiert etwas ganz Tolles. Tom ergreift meine Hand.

„Natürlich ist es etwas Besonderes, dass ich ein Lied für dich geschrieben habe, Katrine", sagt er leise. „Also, nicht dass das Lied so besonders wäre, da habe ich schon weitaus schönere komponiert. Aber du! Du bist etwas Besonderes! Ich finde dich einfach wunderbar!"

„Wirklich?" Verdattert sehe ich Tom an.

„Sobald ich eine Frau toll finde, verhalte ich mich wie ein unbeholfener Trottel. Das liegt daran, dass ich bei Mädchen so wahnsinnig schüchtern bin", erklärt Tom, „ich mag dich, Katrine!"

„Ich mag dich auch, Tom", flüstere ich.

Tom streichelt immer noch meine Hand. Langsam beugt er sich vor und beginnt mich zu küssen. Einfach so. Mitten im Lokal.

Genau in dem Moment fängt sein Handy an zu klingeln. Es will überhaupt nicht mehr aufhören zu klingeln.

Wir unterbrechen kurz unsere Kussorgie.

„Willst du rangehen?", frage ich Tom.

„Nee, ganz bestimmt nicht." Er schüttelt den Kopf. „Du bist das Einzige, was zählt, Katrine! Der Rest ist unwichtig!"

Zufrieden lächele ich.

Genau das habe ich mir immer gewünscht.

* * *

Nach dem Essen hat Tom die tolle Idee, dass wir bei ihm zu Hause einen Absacker trinken.

Als wir Händchen haltend durch die Fußgängerzone zum Kongens Nytorv gehen, kommt mir die Stadt wie verzaubert vor. Zwischen den Gebäuden in der Innenstadt sind überall noch grüne Tannengirlanden mit roten Herzen gespannt. Als Weihnachtsdekoration. Die Herzen leuchten wunderhübsch in der Nacht und lassen die Fußgängerzone wie einen Boulevard erscheinen. Der reinste Märchen-Boulevard.

„Meinetwegen brauchen sie die Weihnachtsdekoration gar nicht mehr abzunehmen! Sie sind eh schon zu spät dran!", witzele ich und deute auf eines der roten Herzen direkt über unseren Köpfen.

„Meinetwegen auch nicht", murmelt Tom.

Dann zieht er mich zu sich ran. Ganz dicht, als ob er mich nie wieder loslassen will. „Du riechst so gut, Katrine", meint er, „ich werde ganz benebelt davon! Ich bin wie betrunken vor Glück!"

Wir sehen uns lange an.

Soviel Romantik hätte ich ihm gar nicht zugetraut.

Tom bleibt stehen. Er streicht mein Haar zurück. „Wow, Katrine, wie schön du bist!", ruft er verzückt aus, als ob er mich gerade zum ersten Mal sehen würde. „Du hast ein wunderschönes Gesicht!"

„Ich finde dich auch sehr attraktiv, ganz lange schon", flüstere ich.

„Wirklich?", fragt Tom, als ob er es nicht glauben könnte.

„Oh ja", hauche ich.

Liebe muss wirklich eine Droge sein.

Tom und ich sind jedenfalls total auf dem Romantik-Trip, die Liebesdroge hat uns voll im Griff. Anders lässt sich unser Verhalten nicht erklären. Denn rational ist das definitiv nicht fassbar, wenn zwei Menschen zueinander finden.

„Komm, Katrine, da ist die Metro!", ruft Tom, als wir endlich am Kongens Nytorv angekommen sind. „Ich wohne auf der Insel Amager, wir müssen nur zwei Stationen fahren."

Eine Viertelstunde später stehen wir vor Toms Wohnungstür.

Es scheint ihm fast schwerzufallen, meine Hand kurz loszulassen, um den Schlüssel hervorzukramen.

„Meine Wohnung ist sehr spartanisch eingerichtet", behauptet Tom, bevor wir hineingehen.

Er schaltet sofort das Licht ein, damit ich mir einen Eindruck von seinem Zuhause verschaffen kann. Zu meiner Überraschung ist die Wohnung jedoch wunderschön und sehr gemütlich. Im Wohnzimmer stehen ein helles Regal, ein Fernsehtisch, eine Schlafcouch sowie ein kleiner Tisch aus Glas. Es ist alles extrem ordentlich. An der Wand hängen stilvoll gerahmte Aufnahmen von einer imposanten Landschaft.

„Ist das Australien?", frage ich Tom und deute auf eines der Bilder.

„Ja, das ist der Fitzgerald River National Park", erklärt er stolz, „meine Schwester Lindsay und ich haben dort öfter Urlaub gemacht."

„Wow! Sieht sehr beeindruckend aus", finde ich.

„Wenn du magst, kann ich dir das alles einmal zeigen, Katrine", säuselt Tom, um sofort wieder seinen Arm um mich zu legen und mich erneut zu küssen.

„Wie sieht denn dein Schlafzimmer aus?", erkundige ich mich neugierig.

„Och, das ist noch spartanischer eingerichtet. Komm, ich zeig's dir!", antwortet Tom.

Er ergreift meine Hand und führt mich ins nächste Zimmer.

Im Schlafzimmer befinden sich ein Futonbett und ein Kleiderschrank, der interessanterweise gläsern ist und somit freien Blick auf Toms Kleidung gewährt. An der Wand hängen mehrere Aufnahmen von der NASA, nur diesmal in bunten Bilderrahmen, nebeneinander.

„Sehr spartanisch, sage ich ja", murmelt Tom, „die Fotos zeigen übrigens Venus, Mars und Jupiter. Sie wurden in den Jahren 1962, 1965 und 1973 aufgenommen. Sagen dir die Mariner- und Pioneer-Sonden etwas? Die haben diese Aufnahmen geschossen! Das ist doch sehr beeindruckend, oder?"

„Oh ja, das ist es." Ich nicke nur andächtig.

Dann umarme ich Tom. „Übrigens ist deine Wohnung keineswegs spartanisch eingerichtet! Eher minimalistisch! Aber so etwas schätzen wir Skandinavier sehr. Vom Wohnstil her könntest du glatt als Däne durchgehen!"

„Ich fühle mich auch sehr wohl hier", gibt Tom zu. „Die Möbel habe ich bei IKEA gekauft. Etwas Anderes hätte sich auch gar nicht gelohnt."

„Wieso?" Ich sehe Tom fragend an.

„Na ja, meine Post Doc-Stelle ist auf zwei Jahre befristet. Anderthalb Jahre sind schon vorbei. Die Zeit verfliegt!", antwortet Tom seufzend.

„Und was sind deine Pläne für die Zeit danach?", erkundige ich mich neugierig.

„Och, ich weiß nicht." Tom scheint kurz zu überlegen. „Theoretisch würde ich gerne in Dänemark bleiben. Ich könnte mir gut eine Stelle als Professor oder Seniorforscher vorstellen. Vor allem wenn es jetzt auch private Gründe gibt, die dafür sprechen, dass ich hier bleiben soll."

Dabei zwinkert er mir schelmisch zu.

Ich drücke Tom an mich.

„Ist dein Futonbett eigentlich hart?", frage ich ihn dann.

„Magst du es mal ausprobieren?"

Tom lässt meine Hand los und schubst mich zart, so dass ich auf das Bett falle, welches viel weicher als vermutet ist. Dann lässt er sich sofort neben mich plumpsen.

Er ist sehr erregt und – im Gegensatz zum Bett - weiter unten ziemlich hart.

Es ist höchste Zeit, dass wir endlich miteinander schlafen.

#Seifenblase #Tom-Fokussierung #3-Monats-Regel

Seitdem ich mit Tom zusammen bin, erscheint mir die Welt in einem völlig neuen Licht.

Natürlich weiß ich, dass man sein persönliches Glück nie von einer Partnerschaft abhängig machen darf. Das ist viel zu gefährlich, weil die rosa Seifenblase, in der man sich befindet, von einem Tag auf den nächsten zerplatzen kann. Zu oft habe ich es schon erlebt, dass ich mich in einer Beziehung gerade sicher fühlte und dann irgendeine Katastrophe hereindonnerte. Typischerweise zeigte sich spätestens nach drei Monaten, dass der Typ und ich doch nicht so zusammen passten, wie wir es im ersten Liebestaumel vermutet hatten.

Deshalb bin ich meine letzten Beziehungen stets mit einer Portion gesunder, rationaler Skepsis angegangen.

Bei Tom ist diesmal alles anders.

Ich war noch nie mit einem Mann so glücklich wie mit ihm.

Dieses Mal habe ich alle meine inneren Schranken fallen gelassen und mich emotional total geöffnet. Ich bin einfach nur hin und weg.

Tom ist verdammt klug, vielseitig begabt, sieht phänomenal aus und verfügt über einen phantastischen Humor. Wir haben viele gemeinsame Interessen und können die Nächte durchquatschen.

Auch die Tatsache, dass ihm aufgrund seines tollen Aussehens viele Mädchen auf der Straße hinterherschauen, lässt ihn unbeeindruckt. Jedenfalls lässt er es sich nicht anmerken, falls er überhaupt Notiz davon nimmt.

Ich hätte nie gedacht, dass ich mich einmal so sehr in einen Mann verlieben könnte. Und dass so ein toller Mann wie er mich jemals attraktiv finden würde.

Tom hat von Anfang an offen zu unserer Beziehung gestanden. Auch an unserem Arbeitsplatz, der Uni. Es fühlt sich alles so natürlich mit ihm an.

Der Sex ist ebenfalls phänomenal.

Wir sind das Traumpaar schlechthin.

* * *

Wenige Wochen später sitze ich mit Maria mittags in der Mensa.

„Katrine, hast du Lust, am Samstagabend mit mir tanzen zu gehen?", fragt meine beste Freundin.

„Jetzt am Samstag? Nee, das geht leider nicht. Tom und ich wollen uns im Kino den neuen Film mit Michael Douglas anschauen, der soll ganz toll sein", antworte ich schnell.

„Wie wäre es dann mit einem Mädels-Brunch am Sonntag?", schlägt Maria vor.

„Sonntag ist schlecht. Da wollen Tom und ich einen Ausflug nach Helsingør machen", sage ich Kopf schüttelnd. „Aber wie wäre es, wenn wir nächste Woche wieder zusammen in der Mensa Mittagessen gehen? So wie heute? Das ist doch so gemütlich!"

„Mensch, Katrine, jetzt reicht es mir aber wirklich!" Maria schlägt aufgebracht mit ihrer Hand auf den Tisch. „Seitdem du mit Tom zusammen bist, hast du nur noch für ein lausiges Mittagessen mit mir Zeit! Ihr seid jetzt seit über einem Monat ein Paar. Du kannst deine Freunde nicht ewig abblitzen lassen, nur weil auf einmal ein Typ in deinem Leben ist!"

„Aber bei dir und Javier war das damals doch genauso, als ihr frisch zusammen gekommen seid", entgegne ich kleinlaut.

„Ja, ich weiß", seufzt Maria, „und das war ein riesengroßer Fehler von mir, für den ich mich tausend Mal entschuldigt habe."

Nachdenklich sehe ich meine Freundin an. Schließlich hat sie recht. Obwohl Tom mich gar nicht darum gebeten hat, habe ich mein ganzes Leben seinem Rhythmus angepasst. Oder unserem gemeinsamen Rhythmus, sollte ich vielleicht besser sagen.

„Samstag und Sonntag stehen bereits fest, daran kann ich nichts rütteln. Aber wie wäre es, wenn wir zusammen in die Freitagsbar gehen und du danach bei mir übernachtest? Dann können wir endlich mal wieder ausführlich quatschen", schlage ich vor.

„Wirklich?" Maria sieht mich begeistert an, als ob ich ihr gerade einen Lottogewinn versprochen hätte.

„Aber klar doch! Ich bin mit Tom ja noch nicht verheiratet", erkläre ich scherzhaft.

„Genau, *noch* nicht!", erwidert Maria scherzhaft.

Es schwingt aber auch etwas Ernst in ihrer Stimme mit.

* * *

An diesem Freitag bin ich nervös wie kaum zuvor.

Ich möchte die Freitagsbar nutzen, damit Tom meine Freunde kennenlernt.

Seitdem wir ein Paar sind, habe ich jede Woche die Freitagsbar geschwänzt. Stattdessen sind Tom und ich nachmittags in die Innenstadt geradelt und haben den restlichen Freitag in einem gemütlichen Café verbracht.

Abends haben wir dann immer bei mir zu Hause gekocht. Es war *Hygge* in ihrer reinsten Form, die wir in trauter Zweisamkeit zelebriert haben. Jetzt wird es Zeit, dass wir uns wieder für die Außenwelt öffnen. Bis auf Maria kennt Tom noch gar nicht meinen internationalen Freundeskreis. Deswegen ist mir heute etwas mulmig zumute. Es ist immer ein komisches Gefühl, wenn mein neuer Freund zum ersten Mal meinen Freundeskreis trifft. Nur weil ich mich mit allen gut verstehe, heißt das ja noch lange nicht, dass Tom mit ihnen gut zurechtkommt.

„Hallo Katrine! Endlich bist du wieder da! Ich hätte fast schon eine Vermisstenanzeige aufgegeben!", ruft Javier scherzhaft aus, als er Tom und mich hereinkommen sieht.
Ich ziehe Tom zum Bartresen.
Javier umarmt mich zur Begrüßung. Er drückt mich so fest an sich, dass ich fast keine Luft mehr bekomme.
„Das musste jetzt mal sein. Ich habe dich so vermisst", sagt er lächelnd.
„Hi Javier! Das ist mein Freund, der Tom. Und Tom, das ist Javier", stelle ich die beiden Männer einander vor.
„Grüß dich, Javier", sagt Tom etwas distanziert.
„Interessant, dich kennenzulernen!", meint Javier.
„Interessant?" Tom sieht etwas überrascht aus.
„Na ja, du musst ja schon jemand Besonderes sein, wenn Katrine auf einmal wie vom Erdboden verschluckt ist!", erklärt Javier mit einem Augenzwinkern.
„Natürlich bin ich jemand Besonderes. Aber das ist Katrine ja wohl auch!", entgegnet Tom schlagfertig.
„Oh ja, das stimmt! Eins zu Null für dich! Katrine ist wirklich etwas Besonderes!", bestätigt Javier lachend.
„Ich bin übrigens Steffen, und das ist Andrew", mischt Steffen sich ein, „wir sind gemeinsam mit Javier heute das Bartender-Team."
„Freut mich, eure Bekanntschaft zu machen! Dann weiß ich ja, wo für alkoholischen Nachschub gesorgt wird", sagt Tom grinsend.

„Hey Tom! Weißt du noch, wer ich bin?" Maria kommt wie ein Wirbelwind angesaust.

„Aber natürlich weiß ich, wer du bist! Wie könnte ich das jemals vergessen, Maria?", fragt Tom mit gespielter Empörung. Er umarmt meine beste Freundin.

Zwischen den beiden stimmt die Chemie jedenfalls immer noch auf Anhieb.

In dem Moment gesellt sich Pawel zu unserer Gruppe.

„Ich bin Pawel aus Warschau, Professor im Bereich Elektrotechnik mit Schwerpunkt Spannungshaltung, seit einem Jahr wohnhaft in Kopenhagen", stellt er sich förmlich vor.

„Hallo, ich bin Tom, ursprünglich aus Darwin, Post Doc im Bereich Physik mit Schwerpunkt Quantenmechanik, seit 1,5 Jahren wohnhaft auf der Insel Amager", erwidert Tom, ohne eine Miene zu verziehen, und reicht Pawel die Hand.

Javier, Andrew, Maria und ich prusten los.

„Das war gut", japst Andrew, „das war wirklich gut!"

Es läuft wie geschmiert. Mit seinem trockenen Humor hat Tom meine Freunde im Nu für sich gewonnen. Das Eis ist definitiv gebrochen.

„Tom, spielst du eigentlich Schach?", fragt Pawel nach einer Weile.

„Na klar! Ich liebe Schach!" Toms Augen beginnen zu leuchten.

„Wir haben ein neues Schachbrett hier in der Freitagsbar. Wunderschön aus Holz gearbeitet. Magst du eine Runde gegen mich spielen?", erkundigt sich Pawel.

„Und ob ich das will! Lass uns sofort anfangen!" Tom ist gleich Feuer und Flamme.

„Ich muss dich aber warnen. Ich bin ein ausgesprochen talentierter Schachspieler", betont Pawel.

„Oha, das kann ja spannend werden!" Tom lacht. „Ich nämlich auch!"

Ehe wir uns versehen, verziehen sich Pawel und Tom in eine der hinteren Ecken der Freitagsbar.

„Ich gehe mal zu den beiden Männern. Vielleicht kann ich von denen etwas lernen!", meint Maria lächelnd.

Gerade als ich mich der Freundin anschließen möchte, steht plötzlich Mikkel vor mir.

An ihn habe ich seit Wochen nicht gedacht.

„Hej Katrine, sieht man dich auch mal wieder?", begrüßt er mich und drückt mir einen Kuss auf die linke Wange.

„Hej Mikkel! Schön, dich zu sehen! Wie geht es dir?", erkundige ich mich.

„Danke, sehr gut." Mikkel strahlt mich glücklich an. „Ich habe eine neue Freundin. Sie heißt Bodil."

„Ich weiß", antworte ich.

„Ach was! Woher denn das? Hast du uns irgendwo zusammen gesehen?", fragt Mikkel verdutzt.

„Nein, aber ich habe deinen geänderten Beziehungsstatus auf Facebook bemerkt", erwidere ich.

„Wow! Dass dir das aufgefallen ist!" Mikkel scheint regelrecht beeindruckt zu sein. „Bei mir gehen solche Updates von meinen Facebook-Freunden immer völlig unter. Aber ich habe inzwischen auch 938 Freunde, da ist es schwer, den Überblick zu behalten", fügt er fast entschuldigend hinzu.

„Wie lange seid ihr schon zusammen, diese Bodil und du?", möchte ich wissen.

„Seit anderthalb Monaten. Aber ich musste sehr lange um sie kämpfen. Meine Mühe hat sich zum Glück gelohnt. Es ist meine erste ernsthafte Beziehung seit vierzehn Jahren", erzählt Mikkel.

„Seit vierzehn Jahren?" Ich sehe ihn skeptisch an. „So alt bist du doch auch noch nicht!"

„Ich bin 26 Jahre alt. Meine letzte monogame Beziehung hatte ich, als ich zwölf war", erklärt Mikkel unverblümt.

„Ach so." Ich kratze mich am Arm.

„Normalerweise brauche ich ganz viel Auslauf. Die Liebe ist ja keine Primzahl, sondern wird immer größer, je mehr man sie teilt. Deswegen bin ich ein großer Fan von offenen Beziehungen. Nur mit Bodil ist alles anders." Mikkel schaut nachdenklich zu Boden.

„Anders? In wiefern?", frage ich neugierig.

„Nun ja, Bodil war erst überhaupt nicht interessiert an mir. Das war etwas völlig Neues für mich. Die

Tatsache, dass ich so viele Frauen hatte, fand sie äußerst unattraktiv. Sie hat mich ständig zurückgewiesen. Das war eine schreckliche Zeit für mich. Ich habe mich dann häufig mit Merrit im Bett getröstet. Das war phänomenaler Sex, sage ich dir! Aber dann habe ich Anfang Dezember an einem Meditationsseminar teilgenommen, um endlich zu mir selbst zu finden. Das Seminar lief ein ganzes Wochenende lang, von so einem indischen Guru hier in Kopenhagen. Da habe ich erst gemerkt, wie leer Sex ohne wahre Liebe ist." Mikkel nickt heftig, während er das sagt. „Ich habe mir danach ein Herz gefasst und Bodil gestanden, dass ich sie liebe, und ihr versprochen, dass ich notfalls auch treu sein werde, wenn das der Preis für eine Beziehung mit ihr ist. Und dann hat sie eingewilligt."

„Wow!", rufe ich schwer beeindruckt. „Wow! Mir fehlen die Worte! Es geschehen doch noch Zeichen und Wunder! Ich freue mich für dich, Mikkel!"

Mikkel nickt abermals und lächelt.

„Ja, ich bin sehr glücklich mit Bodil. Sie ist ein ganz gewöhnliches Mädchen, aber trotzdem etwas ganz Besonderes. Vielleicht gerade weil sie so normal ist."

Wieder schaut er andächtig zu Boden. Dann sieht er mich an. „Und wie läuft es bei dir, Katrine? Sind irgendwelche spannenden Männer am Horizont auf-getaucht?"

„Ja, ich habe einen festen Freund. Er heißt Tom", verkünde ich stolz, „er ist auch heute Abend hier in der Freitagsbar. Da drüben!"

Ich lasse meinen Blick in die hintere Ecke schweifen, in die sich Pawel und Tom zum Schach spielen verzogen haben. Pawel ist jedoch nicht mehr zu sehen. Dafür sitzt Maria Tom auf der anderen Seite des Schachbretts gegenüber. Die beiden scheinen sehr auf das Spiel konzentriert zu sein.

„Ach, das ist Tom, dein Freund? Der Typ, der mit der süßen Maria gerade am Schach spielen ist? Maria, so heißt sie doch, deine Freundin, oder? Sie ist wirklich sehr hübsch!", meint Mikkel.

„Ja, das ist sie", antworte ich knapp.

„Komisch", überlegt Mikkel laut, „mir ist noch gar kein Update deines Beziehungsstatus auf Facebook aufgefallen."

„Ich dachte, es fällt dir schwer, bei deinen 938 Facebook-Freunden den Überblick zu behalten", necke ich Mikkel.

„Nein, nein! Wenn *du* deinen Beziehungsstatus geändert hättest, wäre mir das sofort ins Auge gesprungen!", beharrt Mikkel. „Von dir entgehen mir keine Neuigkeiten! Laut Facebook bist du also immer noch Single, Katrine. Hab ich recht?"

„Ich habe überhaupt keinen Beziehungsstatus auf meiner Facebook-Seite angegeben", erwidere ich trocken, „also muss ich da auch nichts updaten."

„Katrine, jetzt sei doch nicht so naiv", belehrt mich Mikkel, „so lange ihr auf Facebook nicht in einer Beziehung seid, ist es so, als ob ihr beide Singles wärt! Wenn ihr euren Beziehungsstatus nicht öffentlich bekannt gebt, stehen euch im virtuellen Raum nach wie vor alle Flirtoptionen offen. Woher willst du denn wissen, welche Frauen deinen Tom im Netz anbaggern? So gut, wie er aussieht? Vor allem, wenn er als Forscher viel international unterwegs ist?"

„Du musst nicht von dir auf andere schließen! Außerdem sind Tom und ich erst seit kurzem zusammen", werfe ich ein.

„Na und?", fragt Mikkel empört. „Mit Bodil habe ich meinen Status sofort geändert, nachdem wir zusammen kamen. Weil ich es ausnahmsweise mit einer Frau mal ernst meine und das der ganzen Welt mitteilen möchte. Es ist ja nur ein weiser Rat von mir, Katrine. Denk drüber nach!"

Dann gibt Mikkel mir erneut einen Kuss auf die linke Wange und geht Richtung Toilette.

Ich stehe mit sperrangelweitem Mund da und weiß nicht, was ich von seinen Äußerungen halten soll. Die ganze Zeit über bin ich so stolz darauf gewesen, dass Tom offen zu unserer Beziehung in der Uni gestanden hat. In der *Real World*. Aber muss ich auch in der virtuellen Welt auf Facebook mit ihm zusammen sein, damit unsere Beziehung für alle ersichtlich ist?

„Na, Katrine, was ist los mit dir? Du siehst so nachdenklich aus!" Javier steht plötzlich neben mir und hat seinen Arm um mich gelegt. „Bist du traurig?"

„Nein, nein. Alles ist wunderbar." Ich zwinge mich zu einem Lächeln.

„Komm, lass uns mal zu Tom und Maria gehen!", fordert Javier mich auf. „Die beiden sind schon seit gefühlten Stunden in der Welt des Schachspiels versunken!"

Javier und ich begeben uns in die hintere Ecke der Freitagsbar, in der sich unsere besseren Hälften gerade gegenüber sitzen. Maria und Tom sind nach wie vor so konzentriert bei der Sache, dass sie uns gar nicht bemerken.

„Maria, Maria, wie sieht es aus? Bist du am Gewinnen?", fragt Javier zärtlich.

Ausnahmsweise legt er in der Öffentlichkeit sogar seinen Arm um sie.

Maria schaut ihn irritiert an.

„Jetzt hast du mich völlig aus dem Konzept gebracht, Javier! Das ist die erste Partie, die für mich gut läuft! Ich habe gerade Toms Dame geschlagen!", sagt sie missmutig.

„Ach, das passt schon! Wir können gerne eine Pause einlegen. Diese Partie hättest du gewonnen! Ganz bestimmt!", erklärt Tom.

„Das ist aber nicht das Gleiche, als ob wir sie fertig gespielt hätten", brummt Maria schlecht gelaunt.

„Wir holen das nach. Nächste Woche Freitag, versprochen!", meint Tom.

Marias Stimmung klettert sofort um etliche Grade in die Höhe.

„Wirklich? Das ist super! Dann kann ich gut damit leben, dass wir jetzt aufhören!", verkündet sie strahlend.

„Super!" Tom lächelt ebenfalls.

Dann greift er nach meiner Hand. „Na, Katrine! Wollen wir uns allmählich auf den Heimweg begeben?", erkundigt er sich mit säuselnder Stimme.

„Heute Abend übernachtet Maria bei mir, das hatte ich dir doch gesagt! Wir machen einen Mädelsabend!", erwidere ich.

„Ach, stimmt ja! Das hatte ich total vergessen!" Tom schlägt sich mit der Hand gegen die Stirn. „Mensch, Katrine! Wie soll ich bloß eine Nacht ohne dich aushalten?", fragt er mich scherzhaft. „Ich werde dich furchtbar vermissen!"

„Du wirst es schon überleben", antworte ich lachend.

Gleichzeitig habe ich ein dummes Gefühl dabei. Seitdem ich in einer Beziehung bin, habe ich den Eindruck, ständig zwischen allen Stühlen zu stehen.

„Ach, Katrine. Ich habe wohl keine andere Wahl, als einsam ohne dich nach Hause zu gehen", seufzt Tom, „aber wir sehen uns morgen Nachmittag. Und abends gehen wir dann ins Kino."

„Genau", bestätige ich.

„Maria und Javier, möchtet ihr morgen Abend vielleicht mitkommen?", bietet Tom freundlich an. „Katrine und ich wollen uns den neuen Film mit Michael Douglas anschauen. Der soll ganz toll sein!"

„Vielen Dank für das nette Angebot, aber nee, das geht leider nicht!", antwortet Javier schnell, woraufhin er von Maria einen überraschten Blick erntet. „Wir haben morgen Abend schon andere Pläne. Maria und ich sind zur Geburtstagsfeier von Antonio, einem Kumpel von mir, eingeladen."

„Ich dachte, du wolltest da alleine hingehen", merkt Maria mürrisch an.

„Nein, nein! Doch nicht allein! Natürlich kommst du mit! Ich habe bei Antonio extra nochmal nachgefragt, damit du dabei sein kannst", betont Javier.

Für einen kurzen Moment tritt Stille ein.

„Wollen wir uns auf den Weg nach Hause begeben, Maria?", frage ich die Freundin.

„Au ja! Sehr gerne! Ich hole nur noch schnell meine Sachen!", erwidert Maria lächelnd und steht auf.

Als ich mich von Tom an diesem Abend verabschiede, sieht er sehr traurig aus.

Seltsamerweise bin ich ganz froh darüber, nach mehreren Wochen endlich mal wieder etwas Abstand von ihm zu haben.

„Ach, es ist soooo schön, endlich mal wieder einen Abend bei dir alleine zu Hause zu verbringen, Katrine!", jauchzt Maria begeistert und lässt sich auf mein Sofa fallen. Sie trägt ihren rosa geblümten Schlafanzug und scheint sich sofort heimisch zu fühlen. Wie in guten alten Zeiten.

„Das stimmt, Maria, wir haben das viel zu lange nicht gemacht!", bestätige ich und nicke zufrieden. Es ist wirklich eine gute Entscheidung gewesen, dass wir uns von unseren Männern in der Freitagsbar losgeeist haben. Ich reiche der Freundin ein Cocktail-Glas herüber.

„Wow! Ist es das, was ich denke? White Russian?", fragt Maria lächelnd.

„Aber klar! Was denn sonst!", erwidere ich schmunzelnd.

„Du bist ein Schatz, Katrine! Ich bin so glücklich, dich als Freundin zu haben!", ruft Maria euphorisch aus und gibt mir spontan einen Kuss.

Während wir andächtig an unseren White Russian-Gläsern nippen, sehen wir uns an.

„Ich bin echt froh, dass wir mal wieder alleine reden können. Wie läuft es denn mit Javier?", erkundige ich mich.

„Och, na ja." Maria zögert kurz. „Eigentlich ist alles paletti."

„Als du vor einem Monat nach dem WG-Dinner spontan zu dir nach Hause aufgebrochen bist, war da alles in Ordnung?", frage ich nach. „Du weißt schon, das schräge Dinner, wo Pawels Affäre herauskam und Javier so komische Kommentare abgegeben hat..."

Mich plagt immer noch das schlechte Gewissen wegen des Geheimnisses, das ich mit mir herumtrage. Normalerweise verheimliche ich nie etwas vor meiner besten Freundin.

Es ist auch einfach zu blöd, dass Javier mir mal Avancen gemacht hat und dies des Öfteren subtil durchschimmern lässt. Dabei sollte Maria mit Abstand die wichtigste Frau in seinem Herzen sein.

„Ach, der Javier! An dem Abend hatte ich echt die Schnauze voll von ihm und seinen bescheuerten Kommentaren!", macht Maria ihrem Ärger Luft. „Er stellt mich ja schon irgendwie bloß damit, wenn er sich so über unsere Beziehung im Freundeskreis äußert. Zumal er ganz genau weiß, dass ich mir eigentlich etwas Anderes wünsche."

Erleichtert atme ich auf. Es ist an dem Abend also doch nur um Javier und nicht um seine eigenartigen Bemerkungen mir gegenüber gegangen.

„Javier ist manchmal wirklich komisch", murmele ich.

„Nun ja, irgendwie ist mir das alles so sehr gegen den Strich gegangen, dass ich beschlossen habe, mich öfter rar zu machen", fährt Maria fort, „ich übernachte jetzt wieder regelmäßig in meiner eigenen Wohnung. Mal ganz im Ernst, es lag ja auch an mir! Ich war sowas von bescheuert, Katrine! Seitdem Javier und ich ein Paar sind, habe ich nur noch in der Männer-WG geschlafen. Das war total verrückt von mir! Wie ein kleines Hündchen bin ich Javier hinterhergedackelt. Deshalb habe ich das jetzt geändert."

„Und wie reagiert Javier darauf?", frage ich neugierig.

„Och, eigentlich erstaunlich gut", antwortet Maria grinsend, „zunächst war er natürlich total entsetzt, dass ich nicht mehr auf Abruf bereit stand. Aber neuerdings legt er sich richtig ins Zeug. Manchmal umarmt er mich sogar in der Uni, stell dir mal vor!"

„Ja, das ist mir auch schon aufgefallen", schmunzele ich.

Maria lächelt mich an. Ihr Blick strahlt so viel Wärme und Aufrichtigkeit aus, dass ich nicht anders kann. Ich weiß nicht, ob es richtig oder falsch ist, aber ich muss ihr mein Geheimnis erzählen.

„Du, Maria, ich muss dir etwas sagen", beginne ich zögernd, „aber du musst mir versprechen, dass du mir ganz zuhörst, bis ich fertig bin, okay?"

„Na klar!" Maria nickt. „Dann schieß mal los, Katrine! Hat es etwas mit Javier zu tun?"

Ich schlucke schwer und nicke langsam.

„Also, ein paar Wochen, bevor ihr zusammen gekommen seid, hat Javier mir seine Gefühle gestanden.

Wir haben uns damals im Café getroffen und über alles geredet. Ich bin überhaupt nicht interessiert an ihm und habe ihm das auch deutlich gesagt. Es sollte unter uns bleiben, damit es nicht die ganze Clique durcheinanderwirbelt. Deshalb war ich so überrascht, als ihr plötzlich ein Paar wurdet. Mit mir und Javier, das ist alles kalter Kaffee. Daher wollte ich es dir erst gar nicht erzählen, damit es dich nicht unnötig belastet. Außerdem hat es überhaupt keine Bedeutung mehr. Aber du und ich, wir haben eigentlich keine Geheimnisse voreinander, und deswegen habe ich ständig ein schlechtes..."

Bevor ich den Satz beenden kann, nimmt Maria mich in den Arm.

„Das weiß ich doch alles, Katrine", sagt sie lachend.

„Im Ernst?" Verblüfft sehe ich sie an.

„Aber klar! Denkst du vielleicht, ich bin blind? Javier hat es mir sofort erzählt, nachdem wir ein Paar wurden. Ich habe ja auch mitbekommen, wie er dich immer endlos lange angestarrt hat!", erklärt Maria.

„Ach so." Ich bin regelrecht sprachlos.

„Es ist alles okay, Katrine! Wirklich!", versichert Maria. „Javier hat mir letzte Woche gestanden, dass er es nie für möglich gehalten hätte, aber allmählich dabei ist, Gefühle für mich zu entwickeln. Und dass er über dich hinweg ist. Es ist alles in bester Ordnung, glaub mir!"

„Oh, da bin ich aber froh!" Mir fällt regelrecht ein Stein vom Herzen. „Aber wieso hast du denn nicht gesagt, dass du Bescheid wusstest?"

„Och." Maria zuckt mit den Schultern. „Ich dachte, es wäre dir vielleicht unangenehm. Und ich hätte auch Verständnis gehabt, wenn du es nie erwähnt hättest. Du wärst deswegen ja nicht unehrlich mir gegenüber gewesen. Man muss nicht alles mitteilen. Aber über deine Offenheit freue ich mich umso mehr! Es ist für mich ein großer Vertrauensbeweis, dass du es mir erzählt hast!", meint Maria schließlich und gibt mir einen Kuss.

„Ach, Mensch! Ich wünsche euch beiden von ganzem Herzen, dass eure Beziehung doch noch richtig glücklich wird!", sage ich.

Maria zwirbelt an einer Haarsträhne.

„Katrine, ich muss dir auch etwas gestehen, wenn wir schon beim Thema Offenheit sind", setzt sie zögernd an.

„Ja, was denn?" Überrascht sehe ich auf.

„An dem Abend, als Tom und sein Freund Rasmus uns im Vega-Club angesprochen haben..."

„Ja?"

„Da fühlte ich mich auch sehr zu Tom hingezogen. Ich war fast ein bisschen enttäuscht, als er plötzlich mit dir zu einer anderen Bar abgedampft ist", beendet Maria ihren Satz.

„Mhm." Ich stutze kurz.

Maria lässt ihre Haarsträhne los.

„Ich finde deinen Tom wirklich toll!", sagt sie dann.

„Aber ich habe sofort gemerkt, dass er auf dich steht und nicht auf mich. Zwischen euch beiden hat es gleich gefunkt, da hätte ich niemals intervenieren wollen. Außerdem war ich zu dem Zeitpunkt schon ziemlich lange in Javier verliebt. Das habe ich dir vorher auch nie gesagt. Es war ein Glücksfall, als Javier plötzlich Interesse signalisierte."

Gedankenverloren spielt Maria mit ihrem Cocktailglas.

„Ja, ich glaube, dass Javier meine große Liebe ist", seufzt sie, „ich habe mich noch nie so glücklich in der Nähe eines Mannes gefühlt wie bei ihm. Trotz aller seiner Fehler und aller Komplikationen."

Sie setzt sich aufrecht hin und sieht mich ernsthaft an.

Ihr Blick wirkt müde und sehr traurig.

„Dass eure Beziehung zeitbegrenzt ist, nagt sehr an dir, oder?", frage ich die Freundin.

„Ach, Katrine, ja, das tut es. Und der Gedanke an das Ende tut furchtbar weh, weil die Zeit mit Javier so wunderschön ist", flüstert Maria und fängt an zu schluchzen. „Aber ich kann von keinem Mann verlangen, mich bedingungslos zu lieben, wenn er es nicht selbst will!"

Ich streichele Maria über den Kopf und drücke sie an mich.

Meine beste Freundin weint so sehr, dass ihr ganzer Körper bebt und ihre innere Verzweiflung zum Ausdruck bringt.

Maria kann gar nicht mehr aufhören zu weinen.

Und ich kann nichts Anderes tun, als sie zu halten und zu trösten, auch wenn ich am liebsten sofort zu Javier gehen und ihm eine scheuern würde.

Aber es stimmt, was Maria sagt. Man kann niemanden dazu zwingen, einen bedingungslos zu lieben.

Nach einer Viertelstunde ist mein Schlafanzug komplett durchtränkt von Marias Tränenmeer.

Langsam beruhigt sie sich und hört auf zu weinen.

„Oh Mann, ich bin so ein Trottel! Jetzt habe ich dich so vollgeheult, dass deine Schlafanzughose total nass ist!", ruft Maria beschämt aus.

„Ja, du hast gute Arbeit geleistet! Es sieht aus, als ob ich mir in die Hose gemacht hätte", erwidere ich scherzhaft.

Maria muss unter Tränen lachen.

„Weißt du, was echt schade ist, Katrine?"

„Was denn?"

„Dass wir nicht lesbisch sind! Ansonsten würden wir ein wundervolles Paar abgeben, findest du nicht?", fragt Maria lächelnd.

„Da sagst du was! Wir wären das perfekte Paar schlechthin! Zu blöd, dass wir immer auf diese komplizierten Männer stehen!", stimme ich ihr zu.

* * *

Eine Stunde später liegt Maria neben mir im Bett und schläft.

Im Takt ihres gleichmäßigen Atems bewegt sich die Bettdecke langsam auf und ab.

Obwohl ich eigentlich hundemüde bin, kann ich nicht einschlafen.

Zu sehr beschäftigt mich das Gespräch, das Maria und ich bis in die frühen Morgenstunden geführt haben.

Offenheit und Ehrlichkeit.

Alle Leute sagen immer, man soll ehrlich in Beziehungen und Freundschaften sein.

Doch wo hört die Ehrlichkeit auf, und wo fängt die übertriebene Offenheit an?

Beides ist höchst subjektiv.

War es zum Beispiel gut, dass Maria und ich uns heute Abend gegenseitig offenbart haben?

Bei unseren nächsten gemeinsamen Treffen werde ich ständig im Hinterkopf haben, dass Maria Tom attraktiv findet. Hätte sie mir das nicht erzählt, wäre ich wesentlich lockerer mit allem umgegangen und es würde mich nicht belasten. Aber wer weiß. Vielleicht habe ich es vorher bereits subtil wahrgenommen, und jetzt ist es lediglich ans Tageslicht gekommen.

Maria ist auf jeden Fall in Ordnung. So viel steht fest.

Sie würde so etwas niemals mit böser Absicht sagen.

Hätte sie Tom hinter meinem Rücken erobern wollen, wäre sie ja schön blöd, mir so offen von ihren Gefühlen zu erzählen.

Nicht umsonst ist Maria meine beste Freundin.

Von daher war unsere Offenheit heute Abend ein großer Vertrauensbeweis.

Bei diesem Gedanken werde ich wieder etwas ruhiger.

Ich greife zu meinem Smartphone, das neben mir auf meinem Nachttisch liegt.

Aha. Eine SMS von Tom ist in der Zwischenzeit eingegangen.

Hallo, meine Süße! Wollte dir gute Nacht wünschen! Ich freue mich schon riesig auf unseren morgigen Abend zu zweit! Ich vermisse dich bereits sehr! Love, Tom.

Zufrieden lächele ich und schreibe Tom eine kurze Antwort.

Das Gedankenkarussell in meinem Kopf hat zum Glück aufgehört. Ich kann endlich beruhigt einschlafen.

#VerpassteChancen?

Endlich ist es soweit. Die Tage werden wieder länger und heller.

Man merkt deutlich, dass wir mit großen Schritten auf den März zugehen.

In Kopenhagen ist der Schnee inzwischen geschmolzen. Nur am Straßenrand sind hier und da kleine Hügel vorzufinden, die früher einmal Schneematsch waren und nun aus hart gefrorenem Eis bestehen. Auch mit einer robusten Schaufel bekommt man diese Hügel beim besten Willen nicht klein. Da hilft es nur zu warten, bis es wieder wärmer wird.

Meinem Büronachbarn Niels ist all das komplett egal. Er ist die ganze Zeit schon sehr nervös, weil er seiner lang ersehnten PhD Defense entgegenfiebert. Bei der Disputation muss er seine Doktorarbeit vor drei Gutachtern verteidigen. Ein Gutachter, Professor Smith, kommt sogar extra aus Schottland eingeflogen. Die Defense findet im stilvollen Auditorium unserer Uni statt.

„Katrine, wie sehe ich aus?", fragt Niels mich vor seiner Defense und rückt dabei unsicher seine Brille zurecht.

„Blendend, Niels! Du siehst total super aus!", erwidere ich lächelnd.

„Wirklich?" Niels schaut immer noch etwas unsicher drein.

„Das heißt... warte mal..." Ich beuge mich vor und flüstere ihm ins Ohr: „Ich hab's gerade erst gesehen, aber der Reißverschluss deiner Hose ist auf. Den solltest du vielleicht lieber zu machen!"

„Ups! Auch das noch!", stöhnt Niels und verschwindet schnell Richtung Männertoilette.

Ich muss innerlich grinsen. Denn das war schon immer mein großer Albtraum. Einen Vortrag vor zig Leuten mit offenem Hosenstall zu halten.

Die Disputation selbst verläuft einmalig.

Natürlich ist Niels' Nervosität völlig umsonst gewesen.

Er liefert eine grandiose Präsentation seiner Forschungsergebnisse ab. Die kritischen Fragen der drei Gutachter pariert er souverän mit logisch durchdachten Antworten. Sogar sein strenger Doktorvater Bent ist völlig verzückt darüber, was für eine Performance Niels an den Tag legt.

Nach der PhD Defense gibt es einen Umtrunk mit einem kleinen Buffet, das aus unzähligen Varianten von Finger Food besteht. Sämtliche Mitarbeiter unseres Instituts sind dabei. Einige Kollegen, die vorher gar nicht bei der

Disputation anwesend gewesen sind, schneien später sogar nur zum Essen herein. Niels wird ständig beglückwünscht. Er strahlt über das ganze Gesicht und sieht sehr erleichtert aus.

„Na, Katrine, da muss man ja gleich zehn Häppchen auf einmal nehmen, um irgendwie satt zu werden", scherzt mein Doktorvater Johan, während er versucht, möglichst viel Essen auf seinem viel zu kleinen Teller zu stapeln.

„Ich glaube, es soll mehr etwas für das Auge und den Gaumen sein, als um davon satt zu werden", erwidere ich.

„Stimmt! Das ist ja das reinste Miniaturdesign", bestätigt Johan.

Neben mir steht Mads, der es mit einer ähnlichen Strategie probiert und eifrig Finger Food-Happen auf seinen Teller schaufelt.

„Lass noch etwas für die anderen übrig!", witzele ich.

„Haha! Sehr lustig!" Mads grinst mich schelmisch an.

Er mustert mich kurz von der Seite.

„Wie geht's dir eigentlich, Katrine? Niels hat mir erzählt, dass du einen neuen Freund hast!", meint er dann.

„Ja, das stimmt! Er heißt Tom und ist Post Doc in Physik. In Quantenmechanik", sage ich leise. Erst jetzt fällt mir auf, dass ich Mads bisher gar nichts von meiner Beziehung erzählt habe. Und das, obwohl wir uns mit großer Regelmäßigkeit in der Uni über den Weg laufen. Aber es wäre einfach nicht passend gewesen.

„Ach, Tom heißt dein Freund!" Mads zieht erstaunt die Augenbrauen hoch. „Ist das der Typ, wegen dem wir damals die Kollision auf der Tanzfläche hatten? Das war doch beim Julefrokost, als er dich auf einmal mitten beim Tanzen stehen gelassen hat!"

„Nun ja." Ich nicke zögernd. An Toms komische Aktion denke ich äußerst ungern zurück. „Ja, das war mein Freund, der Tom!"

Mads pfeift durch die Zähne. „Da hast du dir ja einen hübschen Bengel ausgesucht!", meint er lachend.

„Bei dem Julefrokost hat Tom sich blöd benommen, das weiß ich ja auch. Er hat sich nachher tausend Mal dafür entschuldigt", erkläre ich hastig, „aber weißt du, Mads, Tom ist unglaublich schüchtern, wenn er ein Mädchen toll findet. Er weiß dann überhaupt nicht, wie er sich verhalten soll."

„Ja, logisch, ich versteh' schon", antwortet Mads trocken.

So ganz scheint er mir das nicht abzunehmen.

„Außerdem waren Tom und ich da noch gar nicht zusammen. Als Freund ist er einfach wunderbar! Ich bin noch nie so glücklich mit einem Mann gewesen wie mit ihm!", füge ich mit Nachdruck hinzu.

„Ist doch klasse", erwidert Mads, „ich freue mich für dich, Katrine! Du bist eine tolle Frau! Du hast auch einen wunderbaren Mann verdient!"

Wieder mustert mich Mads von der Seite.

Für eine Sekunde überlege ich, ob ihm Tränen in den Augen stehen. Aber das kann nicht sein!

„So, ich gehe dann mal zu Niels. Wir können uns ja vielleicht später noch unterhalten", sagt Mads abrupt und dreht sich von mir weg.

Ehe ich mich versehe, hat er das Buffet verlassen und steuert direkt auf eine Gruppe von Kollegen zu, bei denen Niels steht. Zwischendurch schaut er immer wieder aus der Ferne zu mir rüber. Irgendwie sieht er etwas traurig aus. Aber wahrscheinlich bilde ich mir das nur ein.

An diesem Abend ergibt sich für uns keine Gelegenheit mehr, uns weiter zu unterhalten.

Als ich Mads später suche, hat er sich bereits aus dem Staub gemacht.

#NäheUndDistanz #In-A-Relationship-Status

Seitdem Tom in mein Leben getreten ist, hat eine weitere große Veränderung in meinem Alltag stattgefunden. Es ist mir eher beiläufig aufgefallen, obwohl diese Veränderung eigentlich revolutionär ist.

Ich habe mein morgendliches Kommunikationsritual abgeschafft.

Das hat nichts mit einer plötzlichen Aversion gegen LinkedIn, Twitter oder gar Facebook zu tun. Im Gegenteil. Ich vermisse es geradezu, frisch geduscht beim Frühstück an meinem Küchentisch zu sitzen und mich in der Welt der sozialen Medien herumzutreiben.

Meine morgendliche Social Media-Abstinenz hat rein praktische Ursachen.

Tom und ich verbringen momentan fast jede Nacht zusammen.

Morgens bleibt Tom möglichst lange im Bett liegen. Er ist ein ausgesprochener Morgenmuffel und möchte die Zeit in den Federn bis zur letzten Minute voll auskosten. Eigentlich bin ich das genaue Gegenteil von ihm.

Aber immer, wenn ich aufstehen will, zieht Tom mich ins Bett zurück und will mit mir kuscheln. Da ist es natürlich schwierig, nein zu sagen.

Nachdem wir drei Monate zusammen sind, finde ich, dass es an der Zeit ist, unseren Beziehungsstatus bei Facebook auf *In a relationship* zu ändern. Tom stellt eine so große Umwälzung in meinem Leben dar, dass wir gerne auch in der virtuellen Welt offiziell ein Paar sein können.

„Du, Tom", spreche ich ihn eines Abends darauf an, „du bist doch ziemlich aktiv auf Facebook, oder?"

„Wieso?" Tom blickt überrascht auf. „So aktiv bin ich eigentlich nicht! Zumindest nicht verglichen mit dem durchschnittlichen User, der dort täglich weitaus mehr Zeit verbringt. Ich poste nur des Öfteren Links zu spannenden TED Talks oder wissenschaftlichen Artikeln, die ich irgendwo gelesen habe. Und ich chatte viel über den Messenger mit meinen Freunden in Australien."

„Na ja, jedenfalls bist du bei Facebook jeden Tag online. Von einer gewissen Aktivität zeugt das ja schon", entgegne ich.

„Das stimmt. Wahrscheinlich könnten Algorithmen durch meine Klicks auf den Profilseiten anderer Leute ziemlich viel über meine Persönlichkeit ableiten", gibt Tom mir recht, „worauf willst du hinaus, Katrine?"

Ich hole tief Luft.

„Nun ja, wir sind jetzt seit drei Monaten zusammen. Ich dachte, wir könnten uns auch auf Facebook als Paar verlinken und unseren Status auf *In a Relationship* ändern."

Tom starrt mich ungläubig an.

„Auf deiner Profilseite steht immer noch, dass du Single bist. Im Gegensatz zu mir hast du deinen Familienstand auf Facebook angegeben", ergänze ich meine Ausführungen.

„Ja, und? Es stimmt doch auch, dass ich Single bin!" Tom kratzt sich verdutzt am rechten Ohr. „Ich habe in der Zwischenzeit ja nicht geheiratet oder so!"

„Aber du bist jetzt mit mir zusammen!", widerspreche ich heftig. „Von deinem Facebook-Profil her könnte man trotzdem immer noch denken, dass du auf der Suche nach einer Partnerin bist!"

„So ein Blödsinn! Warum sollte ich denn über Facebook eine Partnerin suchen? Ich habe doch dich!", erwidert Tom aufgebracht.

„Warum magst du dann nicht öffentlich im Netz dazu stehen, dass wir zusammen sind? An der Uni wissen es doch auch alle!", entgegne ich.

„Weil unsere Beziehung noch so frisch ist", erklärt Tom sachlich, „ich verändere meinen Facebook-Status immer erst, wenn ich mir sicher bin, dass die Beziehung von Dauer sein kann. Was meinst du, wie mich meine Freunde aus Australien sonst mit Fragen überfluten? So lange das alles noch in der Schwebe mit uns ist, sehe ich überhaupt keinen Sinn darin, etwas auf Facebook publik zu machen!"

Kaum, dass er diese Worte ausgesprochen hat, spüre ich, wie mir flau wird.

Peng!

Meine rosa Seifenblase, in der ich die letzten drei Monate geschwebt habe, ist mit einem Knall zerplatzt.

Tom dämmert anscheinend langsam, was er angerichtet hat.

„Mensch, Katrine, so habe ich das nicht gemeint! Natürlich ist mir unsere Beziehung ernst! Ich bin einfach nur ehrlich zu dir gewesen!", sagt er, um die Sache wieder gerade zu rücken.

„Ich verstehe", erwidere ich trocken.

„Mir ist dieser Beziehungsstatus nach außen einfach nicht so wichtig! Wichtig ist doch nur, dass wir zusammen sind!", behauptet Tom.

„Ich bin müde und gehe ins Bett", antworte ich knapp.

„Aber es ist doch erst neun Uhr! Katrine, ist alles in Ordnung bei dir?", fragt Tom und greift zärtlich nach meiner Hand.

„Ja, alles ist in Ordnung." Ich nicke nur.

Gegen meinen Willen kann ich nicht sprechen, denn ich spüre einen dicken Kloß im Hals.

Es geht dabei gar nicht um den blöden Beziehungsstatus auf Facebook, sondern um Toms Äußerung. Dass er sich nicht sicher ist, was uns betrifft.

Während ich die letzten drei Monate im Liebesrausch durch die Gegend gerannt bin und mir eingebildet habe, einen festen Freund an meiner Seite zu haben, ist Tom sich einfach nicht sicher!

Ich ziehe sofort daraus die Konsequenz. Ich werde wieder mehr mein Leben leben.

Am nächsten Morgen werde ich früh aufstehen und mir ausreichend Zeit zum Frühstücken nehmen. Auf mein morgendliches Kommunikationsritual werde ich für Tom nicht mehr verzichten. Soviel steht fest.

* * *

In den nächsten Tagen gibt Tom sich irre viel Mühe, seinen kleinen Faux pas wieder gut zu machen. Vielleicht ist er auch nur geschockt, dass ich morgens nicht mehr wie gewohnt bei ihm im Bett liegen bleibe.

„Mensch, Katrine, muss das denn sein? Wieso stehst du jetzt schon auf? Wir haben doch noch massig Zeit!", beklagt sich Tom am nächsten Tag, als ich um Viertel vor sieben aus dem Bett hüpfe, um mich fertig zu machen.

„Wieso soll ich bei dir im Bett liegen bleiben? Du kannst genauso gut mit mir gemeinsam aufstehen und frühstücken", gebe ich zurück. „Dann können wir auch

zusammen duschen", füge ich mit einem Augenzwinkern hinzu.

„Ach nee, das geht nicht", erwidert Tom gähnend, „ich
gehöre zu den B-Menschen. Für mich ist es wie ein
Jetlag, wenn ich früh aufstehen muss. Das ist biologisch
bedingt total schlecht für meine Gesundheit!"

„Und für mich ist es biologisch bedingt total schlecht,
wenn ich ohne Frühstück zur Arbeit gehe", gebe ich
bissig zurück.

Seit diesem Gespräch gibt es bei Tom und mir morgens
kein klares Ritual mehr.

An manchen Tagen steht er mit mir gemeinsam früh
auf, und wir frühstücken und duschen ausgiebig
zusammen. Manchmal haben wir auch spontanen Sex
auf meinem Schreibtisch, anstelle dabei unter der
Dusche zu stehen.

An anderen Tagen bleibe ich auf Toms Wunsch neben
ihm im Bett liegen. Zum ausgiebigen Kuscheln, was
meistens in Sex mündet. Und ohne Frühstück natürlich.

Obwohl dieser Kompromiss ohne klare Regel nicht
optimal ist, fühle ich mich dabei besser, als mich ständig
auf Biegen und Brechen Toms Gewohnheiten
anzupassen.

Irgendwie ist es schon sehr seltsam.

Seitdem ich wieder etwas mehr auf Distanz gehe, legt
Tom sich mehr ins Zeug, was die Ausgestaltung unserer
Freizeit betrifft. Er macht sich auffällig viele Gedanken
darüber, welche neuen Restaurants wir ausprobieren
sollten, welche Kinofilme mir gefallen könnten und
welche Museen gerade spannende Ausstellungen haben.

Es ist schon komisch, dass Beziehungen immer so ein
Spiel von Nähe und Distanz sind. Dabei möchte ich
eigentlich gar keine Spiele spielen, sondern einfach nur
ich selbst sein können.

* * *

Als ich mich einige Tage später morgens auf Facebook
herumtreibe, erlebe ich eine Überraschung.

Javier hat ein Foto von Maria ge*postet*, auf dem sie eine
große Schüssel Paella in ihren Händen hält und dabei

freudig in die Kamera strahlt. Die Paella sieht sehr schmackhaft aus, wie immer, wenn eine von Javiers und Marias Kochorgien stattfindet. Was mich umhaut, ist jedoch nicht das Bild sondern der Kommentar, den Javier zu diesem Foto ge*postet* hat.

My lovely girl-friend Maria with our homemade paella.

Dieser Kommentar hat sogleich zwanzig Likes erhalten. Allen voran von Pawel, Andrew und Steffen.
Mir bleibt fast die Spucke weg!
Javier nennt Maria auf Facebook öffentlich seine Freundin!
Und das, obwohl er monatelang alles getan hat, um die Beziehung geheim zu halten. Irgendetwas muss sich da geändert haben... Ich vergebe ebenfalls sofort ein Like und beschließe, meine beste Freundin zu fragen, was es damit auf sich hat.

* * *

„Ich weiß auch nicht, was zur Zeit mit Javier los ist", meint Maria kopfschüttelnd, als wir zwei Tage später in einem Café in Vesterbro sitzen. „Es ist mir völlig schleierhaft, was in den Jungen gefahren ist. Er ist auf einmal total vernarrt in mich und gibt sich richtig viel Mühe."
„Aber du freust dich doch darüber, oder?", frage ich Maria nachdenklich.
„Natürlich freue ich mich darüber", antwortet sie lächelnd, „Katrine, es fühlt sich einfach wunderbar an! Ich bin noch nie mit einem Mann so glücklich gewesen wie mit ihm!"
Spontan umarme ich die Freundin.
„Wann geht Javier eigentlich in die USA? Er wird doch jetzt im Sommer mit seinem Doktor fertig, oder?", erkundige ich mich.
Sofort ziehen Sorgenfalten auf Marias Stirn.
„Javier soll Ende Juli seine Dissertation abgeben und sie spätestens im Oktober verteidigen. Im November plant er dann für seinen Post Doc nach Kalifornien zu gehen,

wenn er die gewünschte Stelle in Berkeley bekommt", erklärt Maria.

„Na, da ist ja zum Glück noch etwas Zeit!", sage ich.

Maria zuckt mit den Achseln. „Ach, weißt du, die Monate verfliegen schneller, als man denkt! Und je netter Javier zu mir ist, umso schlimmer wird nachher der Abschied für mich."

„Aber vielleicht bleibt Javier ja doch hier, wenn es zwischen euch beiden so gut läuft", mache ich der Freundin Hoffnung.

Maria schüttelt den Kopf. „Eher werde ich von einem Kometen getroffen, als dass Javier wegen mir auf eine Stelle in Berkeley verzichtet!"

„Und wenn du mitgehst?", frage ich Maria.

„Weißt du, wie schwierig es ist, eine Stelle in Berkeley zu kriegen, Katrine?", erwidert meine Freundin irritiert.

„Aber du hast doch einen fantastischen Lebenslauf!", widerspreche ich heftig.

„Mal ganz unter uns, aber du darfst es wirklich niemandem weitersagen." Maria beugt sich zu mir vor. „Ich kenne einen Professor in Berkeley und habe dort bereits vorgefühlt, wie die Chancen für mich aussehen. Momentan ist das mit meiner Spezialisierung komplett hoffnungslos, obwohl sie mich irre gerne nehmen würden. Der Bereich, in dem ich arbeite, ist sehr speziell, weißt du."

„Mhm, ich verstehe. Das ist sehr schade", brumme ich.

„Außerdem kann ich ja unmöglich einem Mann hinterherlaufen, der mich am Ende gar nicht will! Das macht alles überhaupt keinen Sinn", überlegt Maria laut. Sie nimmt einen großen Schluck Kaffee. Dann schaut sie mich prüfend an.

„Wie sieht es eigentlich bei deinem Tom aus? Sein Post Doc läuft doch ebenfalls im Sommer aus, oder?"

„Ja, das stimmt." Jetzt bin ich diejenige, die laut seufzt.

„Aber immer, wenn ich Tom darauf anspreche, wiegelt er ab und sagt, er würde schon eine Lösung finden. Er ist die Ruhe selbst, während mich die Situation völlig kirre macht."

„Oh Mann! Das ist echt blöd! Dann wäre Tom, wenn es schiefläuft, ja nur noch für ein Vierteljahr hier", stellt

Maria verwundert fest, „wie kann er da noch so ruhig bleiben?"

„Keine Ahnung", antworte ich resigniert, „aber nach der Facebook-Status-Geschichte neulich bin ich mir sowieso nicht mehr sicher, ob Tom es überhaupt ernst mit mir meint."

„Was für ein Blödmann!", sagt Maria empört. „Da läuft ihm das netteste Mädchen aus ganz Kopenhagen über den Weg, und er eiert nur rum! Vielleicht ist er doch nur emotionaler Herpes, dein Tom! Nur in einer extrem attraktiven Verpackung."

Mir stehen Tränen in den Augen.

„Am Anfang unserer Beziehung habe ich alle Schutzmechanismen fallen gelassen, die ich sonst immer bei Männern habe", gestehe ich der Freundin, „ich habe mich emotional voll reingehängt. Tom ist zurzeit noch engagierter als vorher. Ständig hat er neue Ideen, was wir alles gemeinsam unternehmen können. Aber je netter er zu mir ist, umso schlimmer wird nachher der Abschied, wenn er plötzlich geht."

„Der Satz kommt mir irgendwie bekannt vor", murmelt Maria mitfühlend und ergreift meine Hand.

„Vielleicht stimmt meine Theorie ja doch", überlege ich laut.

„Welche Theorie denn?" Die Freundin sieht mich fragend an.

„Die Theorie, dass sich stets nach drei Monaten zeigt, ob eine Beziehung tragfähig ist oder nicht. Es sind die magischen drei Monate. Vorher sollte man nicht zu viele Gefühle investieren", erkläre ich nachdenklich.

Momentan fällt meine Prognose bei Tom nämlich ausgesprochen grenzwertig aus.

* * *

Es ist Wochenende. Tom und ich sitzen in unserem neuen Stammcafé in Christianshavn und halten Händchen. Es ist einer dieser Orte, die Tom in seinem Aktionseifer neu entdeckt hat. Im Hintergrund dudelt aus dem Lautsprecher fürchterliche Boy Band-Musik, auf die keiner von uns sonderlich steht. Für die grauenhafte Berieselung entschädigt dafür umso mehr der unübertroffen gute Geschmack der Sandwiches in diesem Café.

Eigentlich wirkt das Ambiente total abgefahren kitschig, aber es passt. Heute ist mein Liebster wieder mal so zärtlich zu mir, dass in meinem Kopf das reinste Gefühlschaos herrscht.

„Ich habe sehr viel über uns nachgedacht in den letzten Tagen", sagt Tom.

„Über uns?" Ich kann nicht vermeiden, dass mein Herz anfängt, wie wild zu klopfen. Es schlägt mir fast bis zum Hals.

„Ja, über uns", wiederholt Tom und streichelt meine Hand. „Katrine, ich liebe dich. Trotzdem musste ich darüber nachdenken, ob das mit unserer Beziehung überhaupt einen Sinn macht, wo mein Vertrag an der Uni doch in drei Monaten auslaufen sollte."

Tom hält kurz inne und sieht mich mit Tränen in den Augen an.

Ich befürchte das Schlimmste.

„Katrine, ich will ehrlich zu dir sein", sagt er dann, „momentan gibt es eigentlich nichts mehr, was mich nach Australien zurückzieht. Und jetzt, seitdem ich dich kennengelernt habe, noch viel weniger."

„Ist das wahr?"

Ich kann nicht vermeiden, dass mein Puls sich anfühlt, als ob ich soeben zehn Gläser Cola getrunken hätte. Ich fühle mich völlig erregt vor Aufregung und Glück.

„Ja", erwidert Tom ganz ruhig wie immer, „so ist es. Ich habe sogar schon mit meiner Mutter am Telefon darüber gesprochen. Ich habe ihr von dir erzählt, Katrine. Meine Mutter hat mich gleich gefragt, ob ich mir vorstellen könnte, für immer in Europa zu bleiben. Danach habe ich vor lauter Nachdenken die ganze Nacht kein Auge zugetan."

Komisch. Letzteres hatte ich gar nicht mitbekommen, obwohl Tom und ich in den letzten Tagen immer beieinander übernachtet haben. So kann es gehen.

„Wow, und was hast du deiner Mutter geantwortet?", frage ich und kann es vor Spannung kaum noch aushalten. Sogar meine Hände zittern unwillkürlich vor lauter Nervosität.

„Nun ja", sagt Tom nach einer kurzen Pause, „ich habe bisher noch nie ernsthaft darüber nachgedacht. Aber jetzt, wo wir beide zusammen sind, könnte ich mir das echt gut vorstellen. Also, für immer in Europa zu bleiben. Ich hoffe sehr, dass ich hier einen passenden Job finde. Die gute Neuigkeit ist außerdem, dass meine Post Doc-Stelle um ein halbes Jahr verlängert wurde. Ich kann auf jeden Fall bis Ende des Jahres in Dänemark bleiben."

Überrascht und voller Liebe sehe ich meinen Tom an.

Ich bin absolut sprachlos. Die ganze Zeit über habe ich es nicht mehr gewagt, dieses heikle Thema anzusprechen, und jetzt macht Tom das ganz von selbst. Und dazu noch mit dieser wundervollen Botschaft! Es ist fast zu gut, um wahr zu sein.

„Wow, das gibt es nicht!", flüstere ich heiser und lächele.

Gleichzeitig komme ich mir dabei wie die Hauptdarstellerin in einem Heimatfilm à la romantische Försterromanze vor. Nur dass es eben kein Heimatfilm ist, sondern mein reales Leben.

„Aber es ist so", beteuert Tom, „ich liebe dich, Katrine."

„Und ich liebe dich, Tom."

Wir küssen uns.

Immer und immer wieder.

„Natürlich kann es passieren, dass es mit einem langfristigen Job hier nicht klappt und ich wider Erwarten doch zurück muss", sagt Tom, immer noch mit Tränen der Rührung in den Augen, „aber ich hoffe sehr, dass dies nicht der Fall sein wird!"

„Oh nein, wir werden bestimmt eine Lösung finden. Wenn wir nur wollen, klappt das garantiert! Zusammen schaffen wir das!", sage ich voller Überzeugung und lächele.

Tom lächelt ebenfalls. Und nach wenigen Minuten ist auch die letzte seiner Tränen verschwunden.

Wir beide rühren verlegen mit unseren Löffeln in den großen Jumbo-Kaffee-Tassen herum, die vor uns auf dem Tisch stehen.

„Die Verlängerung meiner Post Doc-Stelle ist sogar ein doppelter Glücksfall!", bricht Tom nach einer Weile das Schweigen.

„Ach ja?" Verwundert sehe ich ihn an.

„Ich hatte mich ja bereits nach Jobs in Australien und in den USA umgesehen. Im akademischen Bereich natürlich. Aber es war völlig vergebens", erklärt Tom sachlich, „an der Universität in Melbourne sind in meinem Forschungsbereich momentan keine attraktiven Stellen frei. Und auch in den USA sah es schlecht aus. Ich muss in meinem spezifischen Forschungsbereich der Quantenmechanik etwas finden. Das ist unglaublich schwierig, Katrine! Da gibt es nur ganz wenige Institute auf der Welt, wo das überhaupt möglich ist."

Ich stutze kurz. Mit seiner letzten Bemerkung hat Tom dem Zauber, der gerade noch auf uns lag, irgendwie etwas genommen.

„Stell dir mal vor, Katrine! Wenn die Verlängerung meiner Post Doc-Stelle hier in Kopenhagen nicht geklappt hätte, wäre ich in drei Monaten arbeitslos geworden!", meint Tom und nickt heftig, um die Dramatik der Situation zu unterstreichen.

„Ich wusste gar nicht, dass du im Ausland nach Stellen gesucht hast", sage ich kleinlaut, „davon hast du mir überhaupt nichts erzählt, Tom! Ich dachte die ganze Zeit, du wolltest sowieso in Dänemark bleiben!"

„Natürlich habe ich mich im Ausland umgesehen. Das darfst du mir nicht übel nehmen! Schließlich sind wir erst seit drei Monaten zusammen. Da konnte ich doch nicht gleich meinen ganzen Lebensplan auf den Kopf stellen", erklärt Tom.

Er kratzt sich kurz am rechten Ohr. Beinahe wirkt er etwas unbeholfen.

„Ich war einfach nur total verwirrt", sagt er schließlich, „aber seitdem ich dich besser kenne, hat sich alles total geändert. Jetzt weiß ich, was ich will."

„Und was willst du?", frage ich unschlüssig.

„Ich möchte mit dir zusammen sein und kann mir gut vorstellen, dafür in Europa zu bleiben. Zumindest, bis du mit deinem Doktor fertig bist. Dann sehen wir weiter", antwortet Tom sehr bestimmt.

Nach dieser Aussage ist er plötzlich wieder da. Der Zauber, der Tom und mich umgibt.

Ich schlucke schwer. Vor lauter Glück kann ich kaum atmen.

„Katrine, ich liebe dich", säuselt Tom.

Mein Liebster beugt sich vor, um mich zu küssen.

Er hat sich nie zuvor so gut angefühlt, der Kuss von ihm.

„Ich liebe dich auch, Tom. Ich möchte mit dir gerne meine Zukunft gestalten", flüstere ich.

„Ich auch mit dir, Sweetie", murmelt Tom und fährt mit seiner linken Hand sanft durch mein Haar.

Dann küssen wir uns wieder. Immer und immer wieder.

An diesem Abend erlebe ich eine weitere Überraschung, als ich mich auf Facebook einlogge.

Ich habe eine Anfrage erhalten. Von Tom.

Er möchte gerne unseren Beziehungsstatus auf Facebook ändern. Diese Anfrage akzeptiere ich sofort.

In a relationship with Katrine, steht seitdem hübsch auf Toms Profilseite.

Und bei mir steht jetzt: *In a relationship with Tom*.

Dieses Status Update hat binnen kürzester Zeit unzählige Likes bekommen.

Aber am wichtigsten ist, dass für unsere Beziehung eine Zukunft am Horizont zu sehen ist.

Ich bin schon lange nicht mehr so glücklich gewesen. Die rosa Seifenblase hat mich definitiv wieder. Und Tom hat die Drei-Monats-Phase mit Bravour passiert.

#90ProzentAustralien #Ultimatum #FallVonWolkeSieben

In den nächsten Wochen befinde ich mich auf Wolke sieben. Tom und ich verbringen eine sehr glückliche Zeit miteinander.

Morgens haben wir fantastischen Sex gleich nach dem Aufwachen. Häufig frühstückt er sogar danach mit mir. Mittags treffen wir uns manchmal zum Essen in der

Mensa. Abends kochen wir gemeinsam zu Hause, spielen auf dem Klavier, sehen fern oder treffen uns mit Freunden.

Tom versteht sich ausgesprochen gut mit meinem internationalen Freundeskreis und ist inzwischen komplett integriert. Auch mit Javier und Maria hat es keine weiteren Spannungen gegeben.

An den Wochenenden entdecken Tom und ich neue Cafés und Clubs in Kopenhagen oder gehen ins Kino.

Es ist fast zu gut, um wahr zu sein.

Mein Büronachbar Niels witzelt, ich würde so viel Charme vor Glück versprühen, dass mir zurzeit kaum ein Mann widerstehen könnte. Und das will was heißen, wenn der sonst so nüchterne Niels so etwas sagt.

Aber ich bin ja auch unglaublich glücklich. Da gibt es einfach nichts dran zu rütteln.

* * *

Worauf ich besonders stolz bin, ist, dass ich es trotz Beziehung schaffe, eine gesunde Balance zu halten. Maria und ich haben immer noch regelmäßig unsere Mädels-Treffen.

So wie zum Beispiel heute. An einem milden Samstagnachmittag. Wir sitzen draußen vor einem Café inmitten der Kopenhagener Fußgängerzone und lassen die ersten warmen Sonnenstrahlen auf uns einwirken. Zufrieden starre ich auf das sehr schokoladige Stück Kuchen, welches die Kellnerin vor mir auf den Tisch stellt.

„Das sieht wirklich lecker aus, vielleicht hätte ich das auch lieber nehmen sollen", meint Maria.

Andächtig beiße ich in das Stück Kuchen hinein. Es ist wirklich eine Wucht!

Ich seufze tief. Was geht es mir doch gut!

Heute Abend fahre ich zu Tom, der gerade dabei ist, seine Wohnung gründlich sauber zu machen. Einen Frühjahrsputz, wie er es nennt.

On Top of the World.

Ich fühle mich wirklich wie auf dem Gipfel des Glücks.

Die Kellnerin kommt noch mal vorbei.

Sie stellt einen Teller mit einem riesigen Stück Birnenkuchen sehr abrupt vor Maria auf den Tisch. Man könnte es beinahe mit der Angst bekommen, die Kellnerin hätte die Absicht, Maria mit der Schlagsahne zu torpedieren, die fast bis über den Tellerrand quillt.

„Wow, das war ja ein tätlicher Angriff!", sage ich.

Maria und ich kichern.

Ach, was ist es doch schön, so einen richtigen Mädels-Nachmittag zu haben!

In dem Moment klingelt mein Smartphone. „Moment mal", sage ich.

Das Display meines Telefons verrät sogleich, wer es ist. Natürlich Tom.

Er fragt, ob es mir passen würde, so gegen sieben Uhr nach dem Café-Besuch bei ihm vorbeizukommen. Weil Maria und ich uns gerade so gut verstehen, schiebe ich die Verabredung auf halb acht hinaus. Er ist sofort einverstanden, bis dahin würde seine Wohnung noch blitz-blanker aussehen.

„Ui, wie süß, du bist ja knallrot!", meint Maria nach meinem kurzen Telefonat. „Dich hat's wirklich voll erwischt! Das wird ja immer schlimmer mit dir und Tom!"

„Wir lieben uns", erwidere ich kurz und knapp.

Verlegen lächele ich. Ja, es hat mich wirklich voll erwischt.

Meine Gefühle für Tom sind in den letzten Wochen noch stärker geworden, als sie es ohnehin schon waren.

Ich bin bis über beide Ohren in ihn verliebt, und es ist mir schon fast peinlich. Vor allem Maria gegenüber, wo ich ja weiß, auf welch unsicherem Fundament ihre Beziehung zu Javier gebaut ist. Maria leidet in letzter Zeit nämlich sehr darunter, dass das Verfallsdatum ihrer Beziehung unweigerlich näher rückt.

So etwas würde mir mit Tom nie passieren.

Was habe ich doch für ein Glück, so einen tollen Mann als Freund zu haben!

„Übrigens wollte ich dich fragen, ob du Lust hast, mit mir in den nächsten Monaten Bartender in der Freitagsbar zu sein", wechselt Maria plötzlich das Thema.

„Bartender in der Freitagsbar? Warum eigentlich nicht!", überlege ich laut.

„Javier befindet sich in der Endphase seines PhDs. Er hat dann nicht mehr so viel Zeit", erklärt Maria nachdenklich. „Und Steffen geht im Juli zurück nach Deutschland. Sein Forschungsaufenthalt in Dänemark ist dann vorbei."

„Oh je? Geht das jetzt so schnell?" Bestürzt halte ich die Hand vor meinen Mund.

Daran hatte ich noch gar nicht gedacht, dass Steffen uns bald verlässt.

„Pawel und Andrew würden auch gelegentlich als Bartender einspringen. Mit denen können wir uns ja absprechen", ergänzt Maria.

„Ich kann außerdem meinen Büronachbar Niels und natürlich Tom fragen. Vielleicht haben die beiden ja auch Interesse", biete ich an.

„Das habe ich gehofft." Maria lächelt. „Für Tom dürfte das ja ein Kinderspiel sein, zur Freitagsbar zu kommen. Vor allem, wenn er dann keinen weiten Heimweg mehr hat!"

„Moment mal. Wie meinst du das?" Verdutzt sehe ich Maria an.

„Na ja, wenn Tom bald im Gästehaus der Uni wohnt, ist es doch ein Klacks nach Hause für ihn! Die paar Schritte dürfte er auch im angetrunkenen Zustand schaffen", witzelt Maria.

Ich verstehe immer noch Bahnhof.

Langsam lasse ich meine Gabel mit dem schokoladigen Stück Kuchen sinken.

„Wie meinst du das?", frage ich die Freundin irritiert.

„Tom hat doch seine Wohnung auf Amager! Wie kommst du denn auf das Gästehaus?"

„Oh je." Marias Gesichtsausdruck verrät mir, dass sie glaubt, einen Fehler begangen zu haben. „Ich dachte natürlich, du wüsstest das", fügt sie schnell hinzu.

„Ich wüsste *was*?", hake ich nach.

Maria holt tief Luft.

„Also, ich habe mich gestern mit Tom in der Freitagsbar beim Schachspielen unterhalten. Na ja, und da hat er mir eben erzählt, dass er aus seinem Apartment auszieht und sein Kumpel Rasmus es übernehmen wird. Rasmus hat anscheinend monatelang nach einer neuen Wohnung gesucht, weil in seinem Schlafzimmer überall Schimmel ist. Er hat sich wohl wie ein kleiner Junge darüber gefreut, Toms Wohnung übernehmen zu können! Ja, und Tom wird dann im Gästehaus wohnen, bis er zurück nach Australien geht", klärt sie mich schließlich auf.

„Uff!" Mir wird komplett flau. „Uff!!!!!!!!!"

Maria sieht mich zutiefst besorgt an.

Ich bin gerade noch in der Lage, ein drittes „Uff!" herauszubringen.

Mehr kann ich nicht sagen, denn ich habe soeben das Gefühl, aus allen Wolken zu fallen. Einfach nur ganz tief zu fallen, wie in einen Brunnen, der bis ins Erdinnere geht.

Es ist manchmal wirklich faszinierend, wie sehr sich alles innerhalb von zwei Minuten ändern kann.

Du bist mit einem Mann zusammen.

Du bildest dir ein, super-glücklich mit ihm zu sein.

Du bildest dir ein, die Liebe fürs Leben gefunden zu haben, und bemitleidest deine Freundin wegen ihrer ach so asymmetrische Beziehung.

Und dann weiß diese Freundin plötzlich viel mehr über deinen Freund als du selbst!

Maria ahnt sofort, was in mir vorgeht. Sie streichelt meine Hand.

„Es ist bestimmt ein Missverständnis", meint sie tröstend zu mir, „natürlich hättest du es als Erste von Tom erfahren müssen! Gewiss hat er nur vergessen, es dir zu sagen."

„Vergessen?", frage ich zweifelnd. „Kann man so etwas Wichtiges denn vergessen?"

Mir fällt es schwer, meine Tränen zu unterdrücken. Dabei sollte ich viel lieber wütend als traurig sein.

„Nein, eigentlich kann man so etwas nicht vergessen, es ist einfach zu wichtig", gibt Maria mir recht. Sie streichelt immer noch mitfühlend meine Hand.

Der Schreck darüber, dass ich nicht Bescheid wusste, steht ihr ebenfalls ins Gesicht geschrieben.

„Ab wann will Tom denn ins Gästehaus ziehen? Und wann geht er nach Australien, hat er dir das in etwa auch schon gesagt?", erkundige ich mich.

„Er zieht im Juli ins Gästehaus. Wann er konkret nach Australien will, hat er mir nicht erzählt. Es hängt bestimmt davon ab, wann er einen Job gefunden hat", antwortet Maria.

Ich bin immer noch gebügelt.

„Seine Wohnung aufzugeben ist ein großer Schritt. Dann kann Tom eigentlich gar nicht ernsthaft versuchen, hier eine Arbeit zu finden. Und dann noch die Vertragsverlängerung seiner Post Doc-Stelle... irgendwie macht das alles keinen Sinn", überlege ich laut.

Ich blicke auf meine Uhr.

Es ist noch nicht mal sechs. Und trotzdem will ich nur eines: Eine Klärung dieser Situation. Eher kann ich nicht entspannen.

Ich weiß, dass die arme Maria nichts dafür kann und es unfair ist, unseren lustigen Mädels-Nachmittag frühzeitig zu beenden. Nur kann dieser Mädels-Nachmittag einfach gar nicht mehr lustig werden. Das mit Toms Überraschungsumzug ist einfach zu essentiell.

„Es tut mir ehrlich leid", stottere ich, „aber ich glaube, ich muss sofort zu Tom, mit ihm reden."

Maria nickt verständnisvoll.

„Das habe mich mir gedacht", sagt sie.

Ich bin dabei, meine Sachen zusammen zu packen und lege das Geld für Kaffee und Kuchen auf den Tisch.

„Ich mach' das schon mit der Rechnung. Ruf' mich später an, ihr werdet das bestimmt klären!", sagt Maria aufmunternd zum Abschied.

* * *

Zwanzig Minuten später stehe ich bei Tom vor der Wohnungstür und klingele Sturm.

Dank der Metro kann man sich in dieser Stadt unheimlich schnell von einem Ort zum anderen transportieren lassen. Vorausgesetzt, dass beide Orte dicht an der Metrolinie liegen und man sich nicht verläuft. Letzteres passiert mir öfter, da mein Orientierungssinn nicht gut ausgeprägt ist. Ich habe mich bereits unzählige Male auf dem Weg zu Toms Wohnung auf Amager verlaufen.

Ich klingele weiter.

Ungeduldig verlagere ich mein Gewicht von einem Bein aufs andere. In der Zwischenzeit ist meine Traurigkeit doch einer aufkommenden Wut gewichen.

Ein offensichtlich verdutzter Tom öffnet mir die Tür. Sein Kopf ist hochrot, und er hält den lärmenden Staubsauger in der Hand.

„Katrine, du?", fragt er. „Ich dachte, ich hätte noch viel mehr Zeit, um alles sauber zu machen. Ich bin noch nicht ganz fertig."

„Darf ich denn reinkommen?", frage ich.

„Klar", sagt er und macht mir Platz, so dass ich durch die Tür kommen kann.

Draußen hört man Donnergrummeln. Ein aufkommendes Gewitter.

Das Staubsaugergeräusch hört zum Glück auf. Tom folgt mir ins Wohnzimmer.

„So, *what's up, babe?*", fragt Tom ruhig wie immer. „Du siehst irgendwie angespannt aus."

„Angespannt? Ich? Nein überhaupt nicht!", widerspreche ich mit sehr erregter Stimme und lasse mich auf sein Sofa fallen. „Ich habe mich auf dem Weg von der Metro-Station zu deinem Apartment nur mal wieder verlaufen, weil die Straßenzüge hier so ähnlich aussehen", erkläre ich, um gleich fortzufahren: „Aber das mit dem Verlaufen dürfte in der Zukunft ja kein Problem mehr sein, sobald du im Gästehaus der Uni wohnst."

Diese Bemerkung hat gesessen.

Tom, der zuvor beiläufig in seinen Sachen herumgekrost hat, bleibt abrupt stehen.

„Woher weißt du das? Oh nein, natürlich, Maria!" Tom schlägt sich mit der rechten Hand gegen die Stirn. „Das hätte ich mir ja gleich denken können, dass sie dir davon erzählt!"

Seine Reaktion lässt mich immer wütender werden und vorübergehend meine Traurigkeit über die verlorene Beziehungsillusion verdrängen.

„Es ist ja nett, dass ich das überhaupt mal erfahre", entgegne ich zynisch.

„Es ist kein Geheimnis, sogar Pawel und Steffen wissen davon", belehrt mich Tom.

„Ach sogar Pawel und Steffen?" Ich lache hell auf. „Offenbar weiß die halbe Welt darüber Bescheid bis auf deine Freundin! Kannst du dir vorstellen, wie ich mich dabei vor Maria gefühlt habe?"

Irgendwie erkenne ich Tom kaum noch wieder. Die Lachgrübchen sind komplett aus seinem Gesicht verschwunden. Er sieht mich lange an.

„Ich weiß auch nicht, wie das passieren konnte! Ich habe es dir eigentlich längst sagen wollen, aber ich bin nur nicht dazugekommen. Ich wollte den richtigen Zeitpunkt abwarten. Hätte ich es vor dir verheimlichen wollen, hätte ich es bestimmt nicht deiner Freundin Maria erzählt!", meint Tom. „Es war gestern reiner Zufall, dass wir beim Schachspielen auf das Thema Wohnungsmarkt in Kopenhagen gekommen sind. Dabei habe ich mit Pawel und Steffen auch noch darüber gesprochen", fügt er erklärend hinzu.

„Na toll!", erwidere ich aufgebracht. „Informationsasymmetrie ist echt das Allerletzte, was ich in einer Beziehung gebrauchen kann! Ich bin einfach nur super-sauer und enttäuscht, dass du mir nichts davon erzählt hast!"

„Ich kann dich verstehen. Du hast auch jedes Recht darauf, super-sauer und enttäuscht zu sein. Es tut mir leid", antwortet Tom ganz ruhig.

Dass er auch in Konflikten so ruhig bleibt, als ob ihn überhaupt nichts jucken könnte, bringt mich noch mehr auf die Palme.

„Sag mal, Tom", meine ich schließlich, „ich dachte, du suchst hier nach 'ner langfristigen Stelle, damit wir zusammen bleiben können. Deine Absicht wirkt echt unglaubwürdig, wenn du jetzt schon deine Wohnung an deinen Kumpel Rasmus weitergibst! Dein Vertrag wurde doch bis Dezember verlängert! Und du wolltest danach eine Arbeit hier in Europa suchen, oder hast du mir nur Blödsinn erzählt?"

Auf einmal scheint selbst Tom emotional berührt zu sein.

„Ich habe Rasmus die Wohnung schon vor einigen Monaten versprochen. Das war lange, bevor es zwischen uns ernst wurde und bevor ich die Vertragsverlängerung an der Uni hatte!", erwidert er trotzig.

„Ja, aber wenn du sowieso in Dänemark bleiben wolltest, wieso gibst du dann so früh deine Wohnung auf?", frage ich ihn noch verwirrter als vorher.

„Ich habe es Rasmus versprochen, und Versprechen hält man, okay?! Außerdem ist das immer noch meine Sache", entgegnet Tom scharf.

Ich schlucke.

Es geht mir ja gar nicht um diese bescheuerte Wohnung. Oder darum, dass ich Tom irgendwo reinfunken will. Nein, es geht mir um etwas ganz Anderes. Merkt Tom denn gar nicht, wie komisch ich es finde, als Letzte von seinen Umzugsplänen zu hören? Wo wir so viel Zeit gemeinsam verbringen? Wo wir jede Nacht im gleichen Bett schlafen?

Aber Tom versteht das nicht. Es ist, als ob wir von zwei verschiedenen Planeten kämen mit zwei ganz unterschiedlichen Sprachen. Dabei sprechen wir beide astreines Englisch.

„Übrigens sind die Zimmer im Gästeheim sehr schön. Das Gästeheim liegt direkt neben der Uni. Es ist also ein sehr kurzer Arbeitsweg", sagt Tom beschwichtigend, „bis Ende Dezember kann ich dort wohnen, das ist völlig unproblematisch. Rasmus hat sich riesig gefreut, dass er meine Wohnung übernehmen kann. Weißt du, ich will gerne alles für den Absprung hier bereit haben, so dass ich ganz schnell nach Australien ziehen kann, wenn ich dort einen tollen Job gefunden habe..."

„Doch ganz sicher nach Australien?", frage ich verdutzt. „Aber..."

Ich bin nur noch völlig durcheinander.

Alles wirkt so widersprüchlich. Ich muss meine Gedanken neu sortieren.

„Im Übrigen", durchbricht Tom die eingekehrte Stille, „solltest du dich an den Gedanken gewöhnen, dass ich mit 90 prozentiger Wahrscheinlichkeit spätestens in einem halben Jahr in Australien sein werde. Wenn du mit mir zusammen sein willst, musst du das akzeptieren!"

Plötzlich kracht es gewaltig.

Als ob dies ein vorhersagbar schlecht inszenierter Spielfilm wäre, sieht man in genau diesem Moment den Blitz, fast zeitgleich begleitet von einem gewaltigen Donnergrummeln.

Ich stehe am Balkonfenster.

Die unmittelbare Nähe des Gewitters beeindruckt mich weitaus weniger als die soeben getätigte Aussage von Tom.

Ich schlucke tapfer meine Tränen herunter.

„Aber", stottere ich, „ich dachte, du bemühst dich um einen Job hier in Kopenhagen, bis ich mit meinem PhD fertig bin! Du hast doch selbst vor ein paar Wochen gesagt, dass dich nichts mehr nach Australien zurückzieht!"

„Ich will zurück zu meinem ursprünglichen Forschungs-schwerpunkt im Bereich der Quantenmechanik", erklärt Tom, „das ist alles, was zählt!"

Verwundert starre ich ihn an.

„Es geht nicht darum, hier irgendeinen Job zu finden, nur um bei dir in Dänemark zu bleiben, Katrine", fährt Tom fort, „du willst doch nicht etwa, dass ich Hot Dogs verkaufe oder im Supermarkt an der Kasse sitze, nur um bei dir zu sein!"

„Tom, du übertreibst!", widerspreche ich vehement. „Du bist exzellent in Mathematik, im Programmieren, in der experimentellen Physik – mit deinen Fähigkeiten gibt es hier so viele Institute, Unternehmungen und Unis, wo du es zumindest probieren kannst, dich zu bewerben! Und an deinem Institut suchen sie momentan geradezu händeringend nach Leuten!"

„Ja, aber nicht in dem spezifischen Forschungsbereich der Quantenphysik, zu dem ich gerne zurückkehren möchte", erwidert Tom sichtlich unbeeindruckt, „die letzten zwei Jahre war meine Forschung schon viel zu weit weg davon. Ich muss zu meinem Promotionsthema zurück. Katrine, ich bin jetzt Mitte dreißig. Wenn ich mich jetzt nicht in meinen Bereich zurückbegebe, werde ich mich immer weiter von ihm entfernen und dort vielleicht nie wieder hinkommen. Der Zug ist dann für immer abgefahren."

Dieses Argument ist schwer zu schlagen. Vor allem gegenüber jemandem, dem der spezifische Forschungsbereich so wichtig ist wie Tom. Nur wo bleibe ich im großen Schema von Toms logisch durchdachtem Quantenkosmos?

Ich nehme all meinen Mut zusammen. „Weißt du denn, was das für uns bedeutet?", frage ich ihn schließlich.

„Ja, es wird schwer. Außerdem muss ich in ein paar Jahren vielleicht in die Vereinigten Staaten oder nach Japan ziehen, um Professor zu werden", fügt Tom zu seiner vorherigen Erklärung hinzu. Gewissermaßen, um die Argumente nochmals zu untermauern.

Tom erscheint mir auf einmal eiskalt, wenn es um seine überwichtigen Forschungsinteressen und Karriereambitionen geht. Ich erkenne ihn gar nicht wieder. Nichts ist geblieben, so scheint es, von dem Tom, der mir vor fünf Wochen mit Tränen in den Augen im Café gegenüber saß. Jetzt ist er nur noch der kalkulierende *Karriere*-Tom.

„Mensch, Tom, wenn ich so argumentieren würde wie du, könnte ich ja auch nur hier in Europa bleiben und nie nach Australien ziehen! Weil ich mich auf europäische Regulierung spezialisiert habe", werfe ich ihm vor, „ dann könnten wir nie zusammen sein!"

„Das liegt bei dir. Ich werde meinen Traumjob in Europa jedenfalls kaum kriegen können", behauptet *Karriere*-Tom fest, „deswegen bin ich ja auch so ehrlich zu dir. Wir müssen jetzt nur entscheiden, wie es mit uns weitergeht."

Draußen hat es angefangen zu regnen.

Es regnet ganz stark und will gar nicht mehr aufhören.

Und ich heule ganz stark und will gar nicht mehr aufhören.

„*Oh, Sweetie, come here*", sagt Tom plötzlich unheimlich sanft und nimmt mich in den Arm.

„Ich will dich nicht verlieren", säuselt Tom.

Dass er auf einmal so sanft reagiert, lässt mich noch viel mehr heulen. Plötzlich ist der alte Tom wieder da. Er sagt, wie schrecklich abgefahren er die ganze Situation findet und dass er auch nicht weiß, was er tun soll, aber wir sind ja erst so kurz zusammen. Da kann er doch nicht seine ganze Karriereplanung umstellen, nur wegen einer Beziehung. Und außerdem muss er ja Professor werden, und das geht halt nur in Australien. Oder in den Vereinigten Staaten. Oder in Japan. Oder vielleicht China. Oder Kanada.

Aber er sagt auch, dass ich für ihn sehr wichtig bin und er mich nicht verlieren will, auf keinen Fall.

Tom und ich lassen uns gegenseitig eine halbe Stunde Zeit.

Eine halbe Stunde Zeit ohne Reden, wo wir einfach nur nachdenken, ob wir diesen Weg weitergehen wollen. Jeder denkt dabei für sich und für uns zusammen.

Ich spüre nur, ich will Tom nicht verlieren. Auf keinen Fall. Ich will den alten Tom zurück. Den Tom vom Café in Christianshavn, den ich liebe und der so verständnisvoll ist. Irgendwo muss der sich doch hinter dem *Karriere*-Tom versteckt haben, er kann sich ja nicht einfach in Luft aufgelöst haben!

Und ich will mich nie wieder so einsam wie erst vor ein paar Wochen fühlen, als ich Single und ganz alleine war.

* * *

Die halbe Stunde des Nachdenkens ist vorbei.

„Wir wollen die Beziehung trotzdem versuchen", kommen Tom und ich überein.

Vielleicht kriegt Tom hier ja doch den Traumjob, auch wenn die Chance in seinem spezifischen Forschungsbereich extrem klein ist. Mehr so im Mikro- oder Nano-Bereich der Wahrscheinlichkeiten. Und sonst werden wir es einfach zwei Jahre mit Fernbeziehung probieren, bis ich mit meinem Doktor komplett fertig bin.

Im Moment scheint mir das eh abstrakt und überhaupt nicht konkret, wo Tom gerade dicht im Bett neben mir liegt und wir einen Großteil unseres Alltags gemeinsam verbringen.

„Aber was sind schon zwei Jahre Fernbeziehung, wenn man dafür den Rest des Lebens glücklich zusammen sein kann!", meint Tom. Und damit hat er schließlich recht.

#KomplizierteUmstände≠GroßeLiebe? #KarriereUndLiebe

In letzter Zeit frage ich mich immer öfter, ob Beziehungen wirklich an den Umständen scheitern. Oder ob es in Wahrheit dann einfach nicht die große Liebe ist.
Natürlich ist die Situation total abgefahren.
Tom und ich kennen uns noch nicht sehr lange. Wir sind gerade mal seit einem halben Jahr zusammen. Für Tom ist es enorm wichtig, mit Mitte dreißig seine wissenschaftliche Karriere voranzutreiben. Zumal er unbedingt Professor an einer renommierten Uni werden will.
Aus rationaler Sicht ist seine Entscheidung völlig nachvollziehbar. Aber Liebe ist nun einmal nicht rational. Und irgendwo hat es auch mit Prioritätensetzung zu tun.
Karriere vor Liebe.
Tom meint, ich solle das alles lockerer nehmen. Schließlich würde er nicht in den Krieg ziehen, sondern nur nach Australien gehen. Oder eben in die USA. Je nachdem, wo es ein attraktiveres Angebot gibt. Unsere Beziehung bliebe mir ja trotzdem erhalten.
Nichtsdestotrotz hat mein Vertrauen in unsere gemeinsame Zukunft einen gewaltigen Kratzer bekommen. Meinen Unmut darüber kriegt Tom zunehmend zu spüren. Ich sage es ihm nicht direkt, aber ich beginne mich von ihm zu distanzieren. Ich brauche des Öfteren Abende für mich alleine oder treffe mich mit der Clique, ohne ihn mitzunehmen.

Auch mein Büronachbar Niels hat inzwischen gemerkt, dass bei mir der Himmel nicht mehr voller rosa Liebesgeigen hängt. Die Katrine, die aus allen Poren unwiderstehlichen Charme versprüht, ist einem äußerst nachdenklichen Mädchen gewichen.

Eines Nachmittags komme ich nicht umhin, Niels zu erzählen, was mich gerade so bedrückt. Wir kennen uns einfach viel zu gut, als dass ich es länger vor ihm verheimlichen könnte.

„Oh Mann! Das ist vielleicht blöd!", meint Niels, nachdem ich meine Ausführungen beendet habe. „Und was unternimmst du jetzt, Katrine? Machst du mit Tom Schluss?"

Entgeistert starre ich Niels an.

„Ich kann in dieser Situation unmöglich mit Tom Schluss machen! Dafür liebe ich ihn viel zu sehr! Er hat ja auch nichts Schlimmes angestellt. Er ist einfach nur ehrlich. Es sind alles diese blöden Umstände!", mache ich meinem Ärger Luft. „Deshalb ist die Beziehung so furchtbar kompliziert!"

„Es sind Umstände, die Tom selbst kreiert hat", korrigiert mich Niels, „wenn er ein bisschen flexibler wäre, könnte er in Europa bleiben, bis du mit deinem Doktor fertig bist!"

„Das stimmt", seufze ich, „aber hier klappt es wahrscheinlich nicht mit seinem spezifischen Forschungsschwerpunkt."

„Und was ist mit *deiner* Karriere? Und *deinem* Forschungsschwerpunkt, Katrine?", fragt Niels, während er umständlich seine Brille zurechtrückt.

„Deinem Forschungsschwerpunkt kannst du in Australien oder in den USA auch nicht nachgehen! So viele Lehrstühle, die sich mit europäischer Regulierung beschäftigen, gibt es dort nicht!"

Als er das sagt, stehen mir Tränen in den Augen. Wie viel zu oft in letzter Zeit.

Neulich habe ich mich erst bei Maria ausgeweint. Dabei finde ich es selbst total bescheuert, dass ich dermaßen zur Heulsuse mutiert bin. Diese Beziehung bringt mich einfach an meine Grenzen.

„Außerdem ist es eine Sauerei, dass dein Freund dir so ein Ultimatum stellt", fügt Niels nach einer Weile hinzu.

„Du tust so, als ob seine Pläne in Stein gemeißelt wären, ohne irgendeine Alternative! Aber das ist nicht so! Wenn Tom dich wirklich lieben würde, wäre es für ihn wichtig, dass *du* glücklich bist! Dann würde er dich zur Abwechslung auch mal fragen, was *du* willst!"

„Tom hat ja gemerkt, dass ich traurig bin", erkläre ich resigniert, „im Alltag gibt er sich wahnsinnig viel Mühe, nett zu mir zu sein. Ständig plant er irgendwelche tollen Unternehmungen. Nur bin ich momentan diejenige, die zwischen uns eine Distanz aufbaut. Irgendwie kann ich zurzeit nicht anders."

„Das ist ja auch kein Wunder!", stellt Niels fest.

Er räuspert sich kurz. „Katrine, ich stelle dir nur eine kritische Frage: Hat sich Tom jemals erkundigt, was *deine* Idee einer gemeinsamen Zukunft ist?"

Ich zucke mit den Schultern. „Nein, natürlich nicht! Er hat nur von der Realisierung seiner Karrierepläne gesprochen. Schließlich muss er ja Professor werden. Wenn ich in einer Beziehung mit ihm sein möchte, habe ich das zu akzeptieren. Der Tom, das ist ein Vollblutforscher! Seine Quantenphysik geht über alles für ihn!"

Niels zeigt sich von meiner Aussage nicht sonderlich beeindruckt. Im Gegenteil. Er schüttelt vehement den Kopf.

„Es ist sehr hart, was ich jetzt sage, Katrine, aber ich tue es trotzdem", kündigt er mit hoch erhobenem Zeigefinger an.

„Was denn?" Gespannt wie ein Flitzebogen schaue ich zu Niels.

Mein Büronachbar scheint heute so weise wie ein buddhistischer Mönch zu sein. Ein kluger Spruch jagt den nächsten in unserem Gespräch.

Wieder räuspert sich Niels.

„Ohne die Gestaltung einer gemeinsamen Zukunft ist es nicht die große Liebe!", sagt er dann betont langsam.

„Und eine gemeinsame Zukunft bedeutet eine Vision, die *beide* Partner glücklich macht."

„Wow!" Zutiefst beeindruckt sehe ich Niels an. „Willst du damit sagen, dass es zwischen Tom und mir nicht die große Liebe ist?"

„Katrine, mal ehrlich, du bist doch kein Kühlschrank!", erwidert Niels mit einem äußerst ernsthaften Gesichtsausdruck.

„Wie meinst du das denn?", frage ich verwirrt. „Und wie kommst du jetzt auf Kühlschrank?",.

„Nun ja, du bist doch kein Objekt, das man bei jedem Umzug einfach mitnehmen kann! Heute zieht Tom nach Australien, morgen vielleicht in die USA und übermorgen nach China. Immer, wo der nächste Ruf für die große Karriere ihn gerade hinführt. Und jedes Mal darfst du mitgehen, als ob du ein Einrichtungsgegenstand aus seiner Wohnung wärst!", veranschaulicht Niels mir seine Metapher. „So ein altmodisches Rollenmodel passt überhaupt nicht zu dir! Ich sehe doch, wie sehr du darunter leidest. Außerdem gibt es genug andere nette Jungen hier an der Uni, die gerne mit dir ausgehen würden!"

„Das mag ja alles sein! Aber ich habe noch nie einen Mann so sehr geliebt, wie ich den Tom liebe", flüstere ich, „woher will ich wissen, ob ich jemals wieder so einen tollen Mann treffe, der solche Gefühle in mir entfacht?"

„Da kann dir keiner helfen", meint Niels resignierend, „es gibt kein Patentrezept. Hauptsache ist, dass ihr eine Lösung findet, die euch beide glücklich macht! Wenn du für den Rest deines Lebens die Begleitung eines angesehenen Professors sein möchtest und darin deine Berufung findest, ist das völlig in Ordnung." Die Ironie ist seiner Stimme deutlich anzuhören.

„Ach, Niels, du weißt doch genau, dass das nicht so ist! Ich sehe ja alles genauso wie du! Ich hänge emotional nur zu tief drinnen!", stoße ich trotzig hervor.

„Ich weiß", sagt Niels, „ich weiß."

Wieder stehen mir Tränen in den Augen. Ich muss aufpassen, dass ich nicht gleich anfange loszuheulen. So aussichtslos erscheint mir gerade alles.

Niels steht auf und nimmt mich in den Arm.

„Ich verstehe dich, Katrine! Es ist echt eine beschissene Situation, in der du gerade steckst", murmelt er leise.

Und ich frage mich in dem Moment, warum sogar der sonst so nüchterne Niels heute so viel Verständnis für mich zeigt.

Der Einzige, der mich anscheinend nicht versteht, ist mein Freund Tom.

* * *

Ein paar Tage später nimmt Niels mich abends zu einem Rock-Konzert nach Christiania mit. Originaler Punk Rock von irgendeiner Independent Band, versteht sich.

Die Musikrichtung passt genau zu meiner gegenwärtigen Stimmung. Inzwischen ist meine Verzweiflung über Toms Ultimatum nämlich aufkeimender Wut gewichen.

Der Club ist gut gefüllt.

Mit Mühe und Not ergattern Niels und ich einen der wenigen Tische mit Sitzgelegenheit am Rande des Clubraums. „Obwohl man bei Punk Rock ja eher stehen und tanzen sollte", meint Niels, der heute ausnahmsweise Kontaktlinsen anstatt seiner Brille trägt.

Die Musik ist in der Tat extrem energiegeladen.

Nach wenigen Minuten bebt bereits der ganze Laden.

Niels und ich springen von unseren Stühlen auf und tanzen ausgelassen mit.

Überall hopsen und stoßen die Leute gegeneinander. Kein Wunder, dass Niels vorsichtshalber auf seine Brille verzichtet hat.

Ich bin völlig mitgerissen von der einmaligen Stimmung.

Es fühlt sich an, als ob ich beim Tanzen meiner ganzen Verzweiflung und Empörung über Toms Verhalten Ausdruck geben kann. Ich tanze meine Gefühle einfach aus mir heraus.

In der Pause lassen Niels und ich uns erschöpft auf unsere Stühle plumpsen. In dem Moment fällt mein Pullover, den ich zuvor über meinen Stuhl gehängt habe, zu Boden.

„Tschuldigung, ist nicht mit Absicht geschehen!" Mads steht urplötzlich neben uns und bückt sich sofort, um meinen Pulli aufzuheben.

„Mensch, Mads, rote Socke! Ich wusste gar nicht, dass du heute Abend hier bist! Hätte ich mir ja eigentlich denken können!", ruft Niels freudig aus. „Magst du dich zu uns gesellen?"

„Ach nee, lass mal!" Mads sieht irgendwie sehr komisch aus. „Es war ein riesiger Fehler, dass ich heute Abend zu diesem Konzert gekommen bin! Ich haue auch gleich wieder ab. Eigentlich wollte ich tanzen und ein bisschen abschalten. Ich konnte ja nicht ahnen, dass sie ausgerechnet hier aufkreuzen und ihn auch noch mitbringen würde! Ich dachte immer, Investment-Banker stehen nicht auf Punk!"

„Hä? Was meinst du damit?" Verwirrt schaue ich Mads an. „Ist alles okay bei dir?"

In seinen Augen glaube ich eine Mischung aus Verärgerung und Traurigkeit zu erkennen.

„Katrine, wenn du es genau wissen willst, mir geht es total schlecht, okay! Ich könnte kotzen. Und ich habe einfach keinen Bock auf diese beschissene Fete hier. Alles klar?!", erwidert Mads gereizt und zieht von dannen.

Mit offenem Mund starre ich ihm hinterher. So habe ich Mads noch nie erlebt. Niels sitzt ebenfalls mit hochgezogenen Augenbrauen da.

„Was ist denn heute nur mit Mads los?", frage ich zutiefst verwundert.

„Oha! Ich glaube, es hat etwas damit zu tun!", antwortet Niels.

Er deutet in die Ferne auf ein Pärchen, das sich heftig am Küssen ist. Nur ist es in dem Club so dunkel, dass man dieses Paar bestenfalls schemenhaft erkennen kann. Ich habe jedenfalls keine Ahnung, warum Mads sich daran stören sollte, wenn zwei junge Leute sich in der Öffentlichkeit ausgiebig küssen. Ein Kind von Traurigkeit ist er mit seiner Sidse sonst ja auch nicht.

„Wer ist das denn?", frage ich also achselzuckend. „Ich kann in der Dunkelheit überhaupt nichts erkennen!"

„Schau mal genau hin! Das ist Sidse mit ihrem neuen Freund", klärt Niels mich auf.

„Was, Sidse? Du meinst Mads' Verlobte?" Ich stutze. Verdutzt sehe ich Niels an.

„Ich dachte, die beiden wollten im Herbst heiraten!"

„Ja, genau das dachte Mads auch", bestätigt Niels, „und dann hat Sidse ihn vor ein paar Wochen abserviert, einfach so. Weil sie sich aus heiterem Himmel auf irgendeiner Party in so einen Investmentbanker verlieben musste, stell' dir mal vor! So ein aalglatter Business-Typ. Das hat Mads gleich doppelt getroffen."

„Ist das wahr? Das klingt ja unglaublich! Der arme Mads!" Selbst ich muss diese Neuigkeit erstmal verdauen.

Bis vor fünf Minuten war es für mich in Stein gemeißelt, dass Mads und Sidse für immer und ewig ein glückliches Liebespaar sein werden. Das Traumpaar schlechthin.

So kann man sich irren. Es gibt auf nichts mehr eine Garantie.

„Und was geschieht jetzt mit ihrer Hochzeit?", frage ich überflüssigerweise.

„Die ist natürlich abgeblasen, was sonst!" Niels schnaubt verächtlich. „Zum Glück hatten sie nicht vorzeitig Einladungskarten verschickt, weil sie es ja ohnehin ganz unkompliziert und alternativ gestalten wollten."

Aus der Ferne sehe ich Mads, wie er sich wie ein einsamer Wolf langsam von der Party entfernt. Er blickt noch ein paarmal zu dem sich küssenden Paar zurück. Trotzdem strahlt er irgendwie Stolz und Würde aus, als er dann endgültig den Clubraum verlässt.

Es ist wirklich zum verrückt werden!

Vor kurzem war Mads noch der glückliche Verlobte, jetzt steht er vor einem Scherbenhaufen, was seine private Zukunft anbelangt.

„Das war aber echt ein doofer Zufall, dass Sidse diesen neuen Typen kennenlernen musste! Sonst wären Mads und sie für immer glücklich gewesen!", mache ich meinem Unmut Luft.

„Nein!" Niels schüttelt weise den Kopf. „Wenn es wirklich die große Liebe zwischen den beiden gewesen wäre, hätte so etwas nicht passieren können. Bei der wahren Liebe gibt es keine komplizierten Umstände, Katrine!"

„Ach, stimmt ja! Das hatte ich fast schon wieder vergessen", erwidere ich und muss endlich einmal wieder lachen.

#GemeinsamEinsam #Umzug #NäheUndDistanz

In einer Beziehung ist nichts schlimmer, als gemeinsam einsam zu sein. Du teilst mit deinem Partner das Bett. Du stehst mit deinem Partner gemeinsam unter der Dusche. Du kochst mit deinem Partner die leckersten Gerichte, ihr macht gemeinsam die lustigsten Witze und unternehmt am Wochenende die schönsten Ausflugstouren. Und trotzdem hast du das Gefühl, dass eine unsichtbare Wand zwischen euch steht.

So geht es jedenfalls mir.

Lediglich der Sex läuft ausgesprochen gut zwischen Tom und mir.

Aber sobald es ans Kuscheln geht, rücke ich von ihm ab. Ganz unmerklich und subtil, aber ich kann mich auf diese körperliche und emotionale Nähe nicht mehr voll einlassen. Noch komischer ist es, wenn Tom dann herumsäuselt, wie sehr er mich liebt und was für ein Glückspilz er doch ist, so eine tolle Frau wie mich in seinem Leben zu haben.

Es ist geradezu verrückt. Je mehr ich auf Distanz gehe, umso näher rückt Tom an mich heran.

* * *

Eines Morgens während des Frühstücks sprechen wir über Toms anstehenden Umzug ins Gästeheim.

„Ich werde mir ein Auto mieten, um die ganzen Sachen aus der Wohnung ins Gästeheim zu transportieren. Das ist die praktischste Lösung", meint Tom.

„Das klingt logisch", erwidere ich, während ich meinen Blick krampfhaft auf meinen Laptop gerichtet halte.

„Katrine, würdest du mir dabei behilflich sein und das Auto fahren? Ich zahle auch die Mietgebühr für den Wagen und alles! Ich bin es nur nicht gewohnt, auf den Straßen rechts zu fahren. In Australien haben wir ja Linksverkehr", erklärt Tom.

Dabei lächelt er so süß, dass seine hübschen Grübchen überall im Gesicht zu sehen sind.

„Klar, kann ich machen!", antworte ich.

„Super, das ist große Klasse, Katrine! Du bist ein Schatz!", sagt Tom begeistert und gibt mir einen Kuss.

Er hält kurz inne.

„Du bist in letzter Zeit so distanziert zu mir", merkt er plötzlich an, „das verunsichert mich total."

Ich sehe von meinem Laptop auf. „Wundert dich das?"

„Katrine, du weißt doch, wie sehr ich dich liebe! Ich habe mir die blöden Umstände ja nicht ausgesucht! Es ist einfach total blödes Timing mit unserer Beziehung!"

Tom schaut mich verzweifelt wie ein kleiner Schuljunge an, als ob er der Situation völlig hilflos ausgeliefert wäre.

„Man hat immer eine Wahl. Es hat etwas mit Prioritäten zu tun", erwidere ich trocken.

„Katrine, ich habe nie gesagt, dass ich nicht versuche, in Europa zu bleiben! Natürlich schaue ich mich hier nach Stellen um, auf die ich mich potenziell bewerben kann", beteuert Tom, „wenn da etwas bei ist, wäre das super! Nur liegt die Wahrscheinlichkeit eben im einstelligen Prozentbereich, dass ich hier etwas Passendes finde."

„Klar!", antworte ich knapp. „Tom, es ist halb neun. Lass uns lieber zur Uni fahren!"

Tom schaut mich lange an.

Für einen kurzen Moment sieht es aus, als würde er gleich anfangen zu heulen. Und ich frage mich zum ersten Mal, ob ich ihm vielleicht Unrecht getan habe.

„Katrine, ich liebe dich!", erklärt Tom. „Mein größter Wunsch ist es, bei dir zu bleiben, auch wenn ich dabei natürlich meine Karriere verfolgen muss!"

Betont gleichgültig spüle ich meine Kaffeetasse ab und stelle sie ins Regal zurück. Ich bin nicht eiskalt. Aber diese Tränen-Nummer nehme ich Tom einfach nicht mehr ab.

„Du bist meine große Liebe, Katrine", säuselt Tom.

Mit diesen Worten erwischt er mich emotional auf kaltem Fuß.

Ich spüre, wie sehr ich ihn immer noch liebe, und muss schwer schlucken.

„Mein größter Wunsch ist es doch auch, dass du bleibst, Tom", flüstere ich, „ich liebe dich wirklich sehr!"

„Vielleicht haben wir ja Glück, und es ergibt sich doch noch etwas in Europa", murmelt Tom.

Mit Tränen in den Augen sehen wir uns an. Ganz lange.

Dann geht Tom auf mich zu und umarmt mich.

Er umarmt mich ganz fest, als ob er mich nie wieder loslassen will.

Die Situation ist irgendwie schön und schrecklich zugleich.

Wie gerne würde ich Tom und mir eine Chance geben! Es wäre mein größter Wunsch, dass sich bald alles einrenkt und wir eine gemeinsame Lösung finden, die uns beide glücklich macht. Denn dieses Wechselbad der Gefühle halte ich nicht mehr lange aus.

* * *

Drei Tage später, an einem Samstag, ist es soweit.

Tom und ich bringen seinen Umzug über die Bühne.

„So viele Sachen hast du ja gar nicht. Ich habe gedacht, dass es viel mehr wäre!", sage ich verblüfft.

Tom streichelt mir liebevoll über den Rücken.

„Viele Besitztümer habe ich ohnehin nicht angehäuft. Außerdem habe ich bereits drei Umzugskisten nach Australien verschiffen lassen. Zu meiner Schwester. Mein Kumpel Rasmus hat die Kisten gestern abgeholt und gleich zur Post gebracht. Das war unglaublich nett von ihm!", erklärt Tom fröhlich. „So hast du auch nicht ganz so viel Arbeit mit dem Umzug, Katrine!"

„Ach, das ist ja nett", erwidere ich hölzern. „Wieso verschiffst du denn schon einen Teil deiner Sachen nach Übersee?"

Tom hebt gerade mit voller Kraft eine schwere Umzugskiste in den Kofferraum unseres Mietwagens, bevor er mir antworten kann.

„Ist doch klar!", sagt er, während er stöhnend seinen Rücken reibt. „Damit ich gleich einen Teil meiner Sachen vor Ort habe, wenn eine gute Joboption in Australien winkt. Es könnte ja sein, dass ich schon vor Dezember etwas finde und Dänemark eher verlassen muss."

„Mensch, Tom, ich verstehe dich wirklich nicht mehr!", rufe ich verzweifelt. „Immer dieses ewige Hin und Her! Vor drei Tagen hast du noch gesagt, du bewirbst dich auch hier in Europa!"

Ich bemühe mich, Ruhe zu bewahren, denn mir ist gerade so richtig nach Ausrasten zumute. Am liebsten würde ich meine Handtasche nehmen und Tom mit seinem Sack und Pack alleine stehen lassen. Aber da hilft alles nichts. Wir müssen den Umzug jetzt gemeinsam über die Bühne bringen.

„Tom, hast du überhaupt eine Ahnung, wie ich mich fühle?", fahre ich ihn an. „Ich helfe dir mit dem Umzug und allem! Immerzu hoffe ich, dass wir eine gemeinsame Lösung für die Zukunft finden! Gestern habe ich dir extra ein paar Stellenanzeigen per E-Mail geschickt, die ich im Internet für dich entdeckt habe! Alles im Bereich der Quantenphysik an europäischen Unis und Forschungsinstituten! Sogar dein Institut in Kopenhagen schreibt gerade mehrere Stellen aus!"

Tom schüttelt langsam den Kopf und bleibt ganz ruhig. „Das war sehr nett von dir, Katrine! Ich habe mich riesig darüber gefreut, ehrlich! Da war aber leider nichts bei, was zu mir gepasst hätte. Mein Forschungsschwerpunkt ist nämlich sehr..."

„... spezifisch, ich weiß", beende ich den Satz.

„Genau." Tom nickt.

Dann macht er sich daran, die letzten Umzugskisten in den Kofferraum zu wuchten.

In der Zwischenzeit gehe ich zurück in seine Wohnung und mache weiter sauber.

Schließlich möchte Tom die Wohnung in tadellosem Zustand an Rasmus übergeben.

Außerdem ist körperliche Betätigung gerade genau das Richtige für mich, um meine Emotionen zu verarbeiten.

Ich spüre nämlich, wie die Woge der Ohnmacht und

Verzweiflung schon wieder in mir hochschwappt. Auch wenn es in letzter Zeit miserabel zwischen uns läuft, ich will Tom doch nicht verlieren!

Nur kann ich allmählich seine Vorgehensweise für die Zukunft überhaupt nicht mehr einschätzen. An einem Tag hat er Tränen in den Augen und erklärt, wie sehr er mich liebt. Drei Tage später ist er wieder der eiskalte *Karriere*-Tom.

Da soll bitte mal jemand draus schlau werden!

Aber vielleicht weiß Tom noch nicht mal selbst, was er eigentlich will.

„Hej Katrine!", reißt mich plötzlich eine männliche Stimme aus meinen Gedanken.

Ich drehe mich um.

Toms Kumpel Rasmus steht vor der offenen Wohnungstür.

Ich erkenne ihn sofort wieder, obwohl ich ihn nur einmal im Vega-Club getroffen habe. Damals, als er sich an Maria herangemacht hat, die dann zu alt für ihn war. An dem Abend, als zwischen Tom und mir alles angefangen hat.

„Hej Rasmus! Schön, dich zu sehen!", begrüße ich ihn und streiche mir eine Haarsträhne aus der Stirn.

„Wow! Das sieht ja alles blitzblank aus!" Rasmus pfeift anerkennend durch seine Zähne.

„Ja, ich bin seit früh morgens am Schrubben, während Tom seine restlichen Sachen eingepackt und ins Auto verladen hat", erkläre ich lächelnd.

Hinter seinem Rücken zaubert Rasmus einen großen Strauß bunter Blumen hervor.

„Hier, der ist für dich, Katrine! Als Dankeschön für deine Hilfe!", sagt er.

„Oh, das ist nett! Die Blumen sind wunderschön", antworte ich erfreut, „damit habe ich überhaupt nicht gerechnet! Vielen Dank dafür!"

„Das ist ja wohl das Mindeste, was ich dir geben kann! Bei deinem Einsatz, Donnerwetter! Wenn ich hier eingezogen bin, müsst ihr mich unbedingt mal zum Essen besuchen! Ich koche dann für euch!" Zufrieden sieht Rasmus sich in der Wohnung um.

„Tom ist wirklich verrückt, die Wohnung so schnell aufzugeben!", meint er dann. „Die Miete dieser Wohnung ist so günstig, weil sie zu einer Pensionskasse gehört. Im Gästeheim wird Tom deutlich mehr zahlen müssen. Für ein wesentlich kleineres Zimmer. Ich hätte notfalls auch noch ein paar Wochen mit dem Einzug warten können. Aber mehr als Anbieten kann ich das nicht. Tom bestand darauf, sein Versprechen rechtzeitig einzulösen."

„Das ist ja krass!", rutscht es mir heraus.

Ich verstehe Toms Entscheidung immer weniger.

Rasmus scheint meine zusätzliche Irritation zum Glück nicht zu bemerken. Er ist viel zu sehr mit dem Inspizieren der Wohnung beschäftigt.

„Die Möbel sind echt klasse!", sagt er begeistert, während er mit seiner Hand andächtig über Toms gläsernen Wohnzimmertisch streicht. „Einen Teil meiner alten Möbel werde ich gar nicht erst mitnehmen, sondern sofort ausrangieren. Tom hat wirklich einen guten Geschmack, was die Einrichtung betrifft! Das Geld für den Abstand habe ich ihm bereits überwiesen."

„Klar", antworte ich trocken. Dabei schaue ich aus dem Wohnzimmerfenster.

Mir ist auf einmal ganz schlecht und zum Heulen zumute. Schon wieder.

Irgendwie verstehe ich selbst nicht, was in letzter Zeit mit mir los ist. Ich bekomme fast den Eindruck, dass mich diese Beziehung an den Rand einer Depression treibt. Ich bin richtig entscheidungsunfreudig geworden. Früher hätte ich zu diesem Zeitpunkt längst mit einem Typen Schluss gemacht.

* * *

Nachdem wir Rasmus die Wohnung übergeben haben, machen Tom und ich uns auf den Weg zum Gästeheim der Uni. Tom hat den Schlüssel für sein neues Zimmer bereits gestern abgeholt.

Da heute Samstag ist, befinden sich auf dem Uni-Parkplatz kaum Autos, und wir können ganz dicht an das Gebäude heranfahren. Gemeinsam entladen Tom und ich den süßen Mietwagen und schleppen die ganzen Umzugskisten und Taschen in sein neues Zimmer.

Wir sind gerade dabei, eine schwere Bücherkiste gemeinsam über den Parkplatz zu tragen, als ich plötzlich jemanden rufen höre: „Hej Katrine, was machst du denn hier?"

Tom und ich stellen kurz die Kiste ab.

Mein Doktorvater Johan kommt lächelnd auf uns zu.

„Das ist ja eine Überraschung!", meint er.

„Hallo Johan, wenn ich vorstellen darf – das ist mein Freund, der Tom. Er arbeitet als Post Doc in Quantenphysik. Und Tom, das ist Johan, mein Doktorvater", sage ich schnell.

„Hallo, Johan, es freut mich sehr, dich kennenzulernen." Tom reicht ihm die Hand.

Johan starrt verwundert auf die große Bücherkiste, die zwischen Tom und mir steht.

„Was macht ihr denn da? Zieht irgendjemand um?", fragt er neugierig.

„Ja, ich ziehe ins Gästeheim. Mein Vertrag an der Uni läuft nur noch für ein halbes Jahr. Als Übergang habe ich bis zu meinem Abschied im Gästeheim ein Zimmer gebucht", erklärt Tom.

„Ach so." Die Überraschung steht Johan deutlich ins Gesicht geschrieben. „Die Zimmer im Gästeheim sind aber nicht sehr groß! Ein halbes Jahr in so einem kleinen Zimmer kann eine sehr lange Zeit sein!"

„Vielleicht ziehe ich ja auch schon eher weg, je nachdem, wann es mit einem neuen Job klappt", meint Tom.

„Na ja, dann! Ich wünsche euch noch viel Erfolg beim Umzug!", erwidert Johan augenzwinkernd. „Und dir natürlich bei der Jobsuche, Tom!"

„Vielen Dank, das kann ich gut gebrauchen", antwortet Tom lächelnd.

Nachdem wir alle seine Habseligkeiten in seiner neuen Bleibe verstaut haben, reibt Tom sich begeistert die Hände.

„Tausend Dank für deine Hilfe, Katrine! Das hat wirklich wunderbar geklappt!", sagt er strahlend.

Etwas betreten sehe ich mich um.

Toms neues Zuhause ist knappe zwölf Quadratmeter groß und sehr spartanisch eingerichtet. Dagegen war die Wohnung auf Amager das reinste Luxusapartment.

„Es ist schon etwas karg hier drinnen", murmele ich skeptisch.

„Ach, ich werde es mir schon irgendwie gemütlich einrichten", entgegnet Tom äußerst optimistisch, „komm, Katrine, ich muss raus, etwas Anderes sehen! Schließlich haben wir den ganzen Tag nur mit Umziehen verbracht! Lass uns jetzt erst einmal schön essen gehen!"

„Okay." Ich nicke nur.

Tom lädt mich in ein piekfeines Restaurant in Kopenhagen ein.

Mit phantastischem Essen. Zu piekfeinen Preisen.

Tom lächelt mich an, muntert mich auf und macht jede Menge Witze.

Er gibt sich irre viel Mühe dabei.

Trotzdem will mein blödes Gefühl der Traurigkeit einfach nicht verschwinden.

Auch wenn ich nach Außen hin so tue, als ob alles ganz normal wäre, nagt Toms Umzug ganz schön an mir. Diese Nacht verbringe ich allein. Tom soll sich in seiner neuen Bleibe erstmal einleben.

#LoveRules #AllesLiebe

Ein paar Tage später stürmt und windet es. Abends wird es sogar noch schlimmer.

Ein richtiges Sommergewitter steht kurz vor dem Ausbruch.

Ich liege in meiner Wohnung alleine im Bett und wälze mich unruhig von einer Seite zur anderen hin und her. Tom legt heute an der Uni eine Nachtschicht ein, weil er einen Konferenzartikel fertig schreiben muss. Gerade als ich überlege, ob ich nochmal aufstehen soll, klingelt mein Smartphone. Im Dunkeln greife ich herüber zu meinem Nachttisch. Garantiert ist Tom am Apparat, um mir von den Fortschritten bei seiner Arbeit zu berichten. Wer sollte mich auch sonst um diese Uhrzeit anrufen?

Umso überraschter bin ich, als Marias Name auf dem Display erscheint.

„Ja, Katrine?" Es klingt mehr wie eine Frage, als ich mich melde.

„Hi Katrine, hier ist Maria", höre ich die Stimme der besten Freundin, „entschuldige die späte Störung, aber ich muss dir unbedingt etwas erzählen! Weißt du was? Javier wird nicht nach Kanada gehen! Stell dir vor! Er hat sich entschlossen, hier an der Uni zu bleiben! Heute hat er seinen Vertrag als Post Doc unterschrieben und mich damit überrascht! Die Stelle in Kanada hat er ausgeschlagen! Trotz eines wirklich attraktiven Angebots! Ich habe vor Freude fast geheult!"

Mit einem Schlag bin ich hellwach.

Und da will noch jemand behaupten, dass es heutzutage keine Wunder mehr gibt!

„Super, Maria, das ist ja klasse! Herzlichen Glückwunsch! Das freut mich wirklich sehr für euch beide!", jubele ich.

„Ach, Katrine, ich bin so erleichtert! Javier schläft schon, deswegen muss ich so leise sprechen", flüstert Maria ins Telefon, „in den letzten Wochen waren wir so furchtbar traurig wegen unserer bevorstehenden Trennung. Und dann noch eine Fernbeziehung quer über den Atlantik... das hätte keiner von uns lange ausgehalten! Dafür lieben wir uns einfach viel zu sehr! Es ist also doch mehr als eine Affäre zwischen Javier und mir! Ich glaube, es könnte die große Liebe sein!"

„Ich freu' mich riesig für euch! Es ist bestimmt die richtige Entscheidung", sage ich begeistert.

„Und Katrine, weißt du was?", meint Maria. „Wenn Javier und ich das geschafft haben, dann klappt das bei Tom und dir auch! Du musst nur fest dran glauben, ganz bestimmt!"

„Ich glaube ja dran", erwidere ich, „es wird sich schon alles fügen."

So sehr ich mir auch Mühe gebe, es klingt nicht sehr überzeugt.

* * *

Wenige Tage später erzähle ich Tom, dass Javier in Dänemark bleibt.

Wegen seiner Liebe zu Maria.

„Oh, wie schön!", meint Tom lächelnd. „Das sind ja phantastische Neuigkeiten!"

„Findest du?"

Erwartungsvoll sehe ich meinen Freund an. Tom strahlt über beide Backen, dass all seine Grübchen zu sehen sind.

„Natürlich sind das super Neuigkeiten! Es überrascht mich allerdings nicht", fügt er nach einer kurzen Pause hinzu, „so sehr wie die beiden ineinander verliebt sind!"

Nervös kratze ich mich am Arm.

„Aber Tom, das sind wir doch auch, oder?", frage ich ihn zögernd.

„Was sind wir?", will Tom wissen.

„Na ja, so verliebt ineinander wie Javier und Maria."

„Ja, doch, ich denke schon", antwortet Tom.

Es entsteht abermals eine kurze Pause.

„Natürlich sind wir das", sagt Tom schließlich und nimmt mich in den Arm.

Er drückt mich ganz fest an sich und lässt mich gar nicht mehr los, um auch noch die letzten Zweifel auszuräumen. Allerdings werden meine Zweifel dadurch keinesfalls geringer. Im Gegenteil, sie nagen immer mehr an mir.

#Herbst #EmotionaleU-Boote #KatrinesKarriereoption

Es wird zunehmend windiger und dunkler. Außerdem regnet es immer mehr.

Wenn der Regen monoton gegen die Fensterscheiben meines Wohnzimmers prasselt, fühlt es sich drinnen ganz warm und gemütlich an. Richtig *hyggelig* eben.

Ich stelle ein paar hübsche Kerzen in den Fensterrahmen, die man von draußen sehen kann, wenn sie angezündet sind.

Tom und ich treffen uns immer öfter abends mit Freunden, um zu kochen. Denn inzwischen ist es viel zu frisch, um lange draußen zu sitzen oder an den Strand zu gehen. Ja, es besteht gar kein Zweifel, der Herbst ist da!

Es hat sich vieles verändert in der letzten Zeit.
Maria und Javier wirken verliebt wie nie zuvor. Neuerdings sind sie sogar auf Facebook offiziell ein Paar. Auch im realen Leben hat sich ihre Beziehung positiv weiterentwickelt. Javier hat seine Nørrebroer Männer-WG verlassen und ist mit Sack und Pack bei Maria in Valby eingezogen.
Auf Javiers Facebook-Seite wimmelt es von Fotos, die ihn beim Umzug zeigen. Inklusive seiner ganzen Umzugshelfer, zu denen natürlich auch ich gehöre.
„Was für eine wundervolle Wohnung, mein neues Zuhause bei meiner lieben Freundin Maria! Ich schwimme im Glück!", hat Javier sehr romantisch geschrieben und dazu Bilder von Marias hübscher Wohnung hochgeladen.
„Ich bin so glücklich, dass du in Dänemark bleibst!", hat Maria kommentiert und dahinter ein süßes Herzchen ge*postet*.
Diesen Eintrag habe ich sofort geliked. Denn ich freue mich wirklich riesig für die beiden.
Ich habe Maria noch nie zuvor so glücklich gesehen. Sie wirkt noch glücklicher, als sie es ohnehin schon am Anfang der Beziehung mit Javier war.

Zu den weniger schönen Aspekten zählt, dass Steffen inzwischen zurück nach Deutschland gezogen ist, um dort seine Doktorarbeit fertigzuschreiben. Insbesondere Pawel hat an Steffens Abschied sehr zu knabbern, weil die beiden Männer eng befreundet gewesen sind.
„Du kannst mir sagen, was du willst, Katrine", meint Pawel, „aber einen Abend bei einem kühlen Bier in der Freitagsbar kann selbst der beste Facebook-Chat niemals ersetzen. Steffen fehlt mir unheimlich."
Dem kann ich uneingeschränkt zustimmen.
Denn auch ich habe trotz Facebook innerhalb kürzester Zeit den intensiven Kontakt zu Steffen verloren. Aber er ist ja auch sehr busy mit der Beendigung seiner Dissertation.

In der Zwischenzeit habe ich mich selbst ebenfalls zu einem Arbeitstier entwickelt. Niels macht nur noch große Augen, wie viele Stunden ich neuerdings im Büro verbringe. Seitdem der Herbst begonnen hat, habe ich nicht mehr das Gefühl, draußen viel zu verpassen.

Dafür hat meine Dissertation immense Fortschritte gemacht. Ich habe meinen ersten Artikel von einem wissenschaftlichen Journal zurückbekommen, den ich jetzt eifrig nachbessern darf. Außerdem arbeite ich an einem mathematischen Modell für meinen zweiten Artikel, der Bestandteil meiner Doktorarbeit werden soll.

So ist es immer bei mir. Wenn privat Land unter ist, vergrabe ich mich in meiner Arbeit.

Tom kann das nur recht sein.

Ich glaube, es fällt ihm noch nicht einmal sonderlich auf. In seinen letzten Monaten an der Uni möchte er möglichst viele wissenschaftliche Publikationen auf den Weg bringen. Wir beide fuchsen uns völlig in unsere Forschung rein. Manchmal unterhalten wir uns abends sogar über die Themen, mit denen wir uns gerade wissenschaftlich beschäftigen. Tom scheint das äußerst inspirierend zu finden.

Ansonsten ist in unserer Beziehung fast wieder Alltag eingekehrt.

Natürlich hängt Toms Wegzug immer noch wie ein Damoklesschwert ständig über uns. Aber diese Gedanken drücke ich inzwischen im Alltag erfolgreich zur Seite. Eine Lösung ist das natürlich nicht. Aber andernfalls würde ich nur verrückt werden, und wir könnten die verbleibenden Monate gar nicht mehr zusammen genießen.

* * *

„Katrine, bist du gerade beschäftigt, oder hast du einen Moment für mich Zeit?" Mein Doktorvater Johan steckt seinen Kopf in Niels' und mein Büro.

„Natürlich habe ich Zeit", antworte ich sofort und stehe auf.

„Dann komm' mal mit in mein Büro!" Johan gibt mir ein Zeichen, ihm zu folgen.

„Setz dich", sagt er und deutet auf einen der vier Stühle, die in seinem Büro rund um einen Tisch stehen, der mit einer bunten Marimekko-Decke bezogen ist.

Unaufgefordert schenkt Johan mir etwas Kaffee in eine IKEA-Tasse ein.

„Warum ich dich gerne sprechen möchte, ist relativ einfach, Katrine", fängt er an.

„Ja?" Leicht verunsichert blicke ich zu Johan.

„Es gibt keinen Grund, nervös zu sein", beruhigt er mich sofort, „ganz im Gegenteil! Ich bin ausgesprochen zufrieden mit deiner Arbeit! Es ist nur so - wir sind gerade dabei, einen Antrag für ein großes Forschungsprojekt zu schreiben, das in knapp zwei Jahren losgehen soll. Zeitlich passt das perfekt mit dem Ende deines PhDs!"

Grinsend sieht Johan mich an. „Falls du Interesse hast, nach deiner Promotion hier am Institut zu bleiben, kannst du dich am Projektantrag beteiligen. Dann könnten wir das bereits jetzt berücksichtigen."

„Ist das wahr? Das wäre natürlich total super!", rutscht es mir spontan heraus.

Ich strahle vor Begeisterung.

Johan räuspert sich kurz.

„Ich wollte mich nur vorher bei dir erkundigen, ob du überhaupt Interesse hast, nach deinem Doktor hier zu bleiben. Ich weiß ja nicht, wie deine privaten Pläne für die Zeit nach der Promotion aussehen", fährt er dann fort, „vor ein paar Wochen hattest du mir ja deinen australischen Freund vorgestellt. Tom heißt er, oder?"

„Ja, genau, Tom", nicke ich.

„Also, wenn du planst, nach deinem PhD zu ihm nach Australien zu ziehen, steht dir das natürlich völlig frei. Aber falls nicht, hätten wir hier eine Option für dich. Ich müsste nur grob wissen, wie deine Pläne aussehen", erklärt Johan gespannt.

Ich überlege kurz.

„Ich bitte dich, mein Privatleben vertraulich zu behandeln", sage ich zu Johan, „es sollte eigentlich gar nicht Gegenstand unseres Gespräches sein."

„Klar, es bleibt alles hier im Raum. Das verspreche ich dir, Katrine", beteuert Johan.

Mit gütigen Augen sieht er mich an.

„Also, um ganz ehrlich zu sein, steht es momentan wirklich in den Sternen, wie sich die Beziehung zwischen Tom und mir entwickelt", antworte ich schließlich, „wenn es nach mir ginge, würde ich gerne in Dänemark bleiben."

Letzteres ist ja noch nicht einmal gelogen.

„Genau das wollte ich hören!", seufzt Johan erleichtert auf. Dann beugt er sich zu mir vor. „Ganz unter uns gesprochen: Im Zweifel ist es immer besser zu dem Projektantrag ja zu sagen, damit du dir keine Chancen hier verbaust. Erstmal müssen wir das Projekt ja überhaupt bewilligt bekommen. Wenn es sich mit Tom und dir doch noch positiv entwickelt und du zu ihm nach Australien willst, ist das okay. Aber behalte das lieber erstmal für dich! Es ist auf jeden Fall gut, deinen Namen in einem Antrag stehen zu haben!"

„Ja, klar, in Ordnung."

Verdattert sehe ich meinen Doktorvater an. Auch wenn wir ein sehr gutes Verhältnis zueinander haben, so viel Einfühlungsvermögen hätte ich ihm gar nicht zugetraut. Ich habe ihn immer für einen total rationalen Ökonomen gehalten, was berufliche Entscheidungen betrifft. So kann man sich irren. Er verfügt über ein hohes Maß an Empathie, was mein Liebesleben anbelangt.

„Weißt du, Katrine, ich habe mal in einer ganz ähnlichen Situation gesteckt wie du", sagt Johan nach einer Weile.

„Echt? Und dann?", frage ich gespannt.

Kaum, dass mir die Worte entwichen sind, würde ich mir am liebsten auf die Zunge beißen. Wie kann ich nur so indiskret sein? Das ist sonst gar nicht meine Art!

Aber Johan scheint sich nicht weiter daran zu stören. Im Gegenteil. Offensichtlich findet er meine Neugierde ganz normal.

„Nun ja", seufzt er, „ich habe damals eine Joboption der Liebe wegen ausgeschlagen. Es war eine Japanerin, die ich als Doktorand auf einer Forschungskonferenz kennengelernt habe. Akemi hieß sie. Das bedeutet hell und schön. So war sie auch. Leider ist die Beziehung am Ende über die Distanz zerbrochen. Wir haben uns einfach entfremdet. Nach meiner Promotion hatte ich dann gar nichts mehr, weder Job noch Freundin."

„Oh!", rufe ich erschrocken aus.

Johan nickt bestätigend. „Genau! Deswegen gebe ich dir den Ratschlag, lieber auf Nummer sicher zu gehen. Wenn es mit der Beziehung klappt, kannst du dich jobtechnisch immer noch umorientieren."

Zutiefst gerührt schaue ich meinen Doktorvater an.

„Aber auch das bleibt natürlich hier im Raum", fügt er schnell hinzu.

„Klar! Selbstverständlich!" Langsam stehe ich auf.

Johans Blick auf seine Armbanduhr verrät mir, dass er gleich Vorlesung halten muss.

„Vielen Dank, Johan! Unser Gespräch hat mir sehr geholfen!", sage ich, als ich vor seiner Bürotür stehe, die nach wie vor geschlossen ist, um die Privatsphäre unseres Gesprächs zu wahren.

„Keine Ursache, Katrine! Du wirst sehen, wenn eine Tür sich schließt, öffnet sich immer eine neue für dich!", meint Johan schmunzelnd.

Ich muss ebenfalls lachen.

„Das ist ja fast schon eine Metapher", erwidere ich grinsend und öffne seine Bürotür, um hinauszugehen.

Eines steht fest. Mit dem heutigen Gespräch hat sich eine neue Karriere-Tür für mich geöffnet. Und ich befinde mich nicht länger in völliger Abhängigkeit von Tom. Das Projekt, das Johan da aufsetzen möchte, entspricht nämlich exakt *meinem* Forschungs-schwerpunkt.

* * *

Ich habe es den ganzen Abend hinausgezögert.

Denn ich wusste, dass es kein leichtes Gespräch sein würde. Ich wusste, dass es unser ganzes Beziehungs-drama erneut entfachen könnte.

Das ist echt blöd, nachdem Tom und ich in den letzten Wochen unter der Ausblendung aller Probleme eine relativ schöne Zeit miteinander verbracht haben.

Aber als Tom nach dem Sex abends neben mir im Bett liegt, kann ich nicht anders.

Ich muss ihm erzählen, dass es an der Uni möglicherweise eine Joboption für mich gibt. Für die Zeit nach der Promotion.

„Mhm. Mhm. Mhm", macht Tom, nachdem ich mit meinen Ausführungen geendet habe.

„Dann willst du also an diesem Forschungsprojekt mitarbeiten?"

„Ja, *falls* der Antrag durchgeht", betone ich, „es muss ja erstmal alles klappen! Aber Johan hat auf jeden Fall Interesse, mich nach meiner Promotion an der Uni zu behalten. Das Projekt könnte eine Post Doc-Stelle mitfinanzieren. Es wäre mein absolutes Traumthema zum Forschen. Ist das nicht toll?"

Tom sieht mich mit seinen grünen Augen staunend an. Es ist ein Gesichtsausdruck, den ich so noch nie an ihm gesehen habe und überhaupt nicht zu interpretieren weiß. Er kratzt sich am linken Ohr, wie er es immer tut, wenn er gerade überlegt.

„Ich dachte, du wolltest, dass wir zusammen bleiben und mit mir nach Australien gehen?", fragt Tom leise.

„Ja, oder nach Japan. Oder in die USA. Oder nach Kanada. Oder nach China. Je nachdem, wo es dich gerade hinverschlägt!", entgegne ich. „Mensch, Tom, ich habe bei deinen Karriereambitionen keinen blassen Schimmer, wo du in zwei Jahren sein wirst! Ich muss doch auch irgendwie meine Zukunft planen!"

Tom schaut mich fast beleidigt an.

„Ich kann wirklich nichts dafür, dass ich noch nicht weiß, wo ich in zwei Jahren sein werde! Mit Stellenanzeigen sieht es in Europa gerade sehr schlecht aus. Mein Forschungsbereich ist sehr spezifisch, das weißt du doch", erklärt er eingeschnappt, „wahrscheinlich werde ich erstmal zurück nach Australien gehen und mich dann weiterbewerben. Die Uni in Melbourne hat mir ein Angebot gemacht."

„Was? Und davon erzählst du mir erst jetzt?", erkundige ich mich aufgebracht.

„Das Angebot habe ich vor fünf Tagen bekommen. Es ist also noch relativ neu", antwortet Tom ruhig.

„Na super! Da hättest du mir ja auch mal etwas sagen können! Und ich erzähle dir jeden Pups, der meine Karriere betrifft!", schnaube ich empört.

Mit einem Schlag ist sie wieder da. Diese Missstimmung in unserer Beziehung, die wir in den letzten Wochen mit viel Ignoranz zu übertünchen versucht haben.

Obwohl Tom im Bett direkt neben mir liegt, habe ich das Gefühl, dass unzählige Galaxien zwischen uns stehen. Wer weiß, vielleicht sind es sogar ganze Universen, die uns trennen. Es ist, als kämen er und ich aus verschiedenen Dimensionen.

„Wenn du in Dänemark bleibst, können wir nicht zusammen sein", konstatiert Tom.

„Es ist ein Notfallplan. Ein Sicherheitsnetz. Und wie gesagt, ich habe doch keine Ahnung, ob der Antrag überhaupt durchgeht", betone ich.

„Australien ist bei mir übrigens auch nur ein Notfallplan", meint Tom in dem Moment.

„Ach ja?" Überrascht sehe ich ihn an.

Tom nickt.

„Die coolste Stelle, die ich entdeckt habe, ist an einem Institut in Kalifornien. Die würde perfekt zu mir passen! Aber die Chancen stehen sehr schlecht. Das Institut gehört weltweit zu den Top Ten im Bereich der Quantenmechanik. Deswegen werde ich wahrscheinlich lieber erstmal in Melbourne zusagen und es von dort aus weiterprobieren", sagt Tom, als ob es das Selbstverständlichste auf der Welt wäre.

„Und warum gehst du dann erst nach Melbourne zurück? Kannst du es nicht weiter von Europa aus probieren?", frage ich ratlos.

Allmählich blicke ich bei Toms Logik echt nicht mehr durch.

„In Melbourne komme ich immerhin zu meinem alten Forschungsschwerpunkt zurück", antwortet Tom, „mein Forschungsschwerpunkt ist nämlich sehr..."

„... spezifisch, ich weiß", beende ich seinen Satz. Wieder mal.

Wir drehen uns einfach nur im Kreis.

„Gute Nacht, Sweetie!", raunt Tom in mein Ohr.

Er möchte sich an mich schmiegen. Ich spüre seinen warmen Körper. Und wie gut er riecht.

Schnell schalte ich das Licht aus.

Obwohl ich es gar nicht will, rücke ich im Dunkeln immer weiter von Tom weg. Bis ich meine Bettkante erreicht habe.

Unsere Probleme werden wir heute Nacht nicht lösen.

Nur frage ich mich, ob wir sie jemals lösen können.

Es ist verrückt. Im Alltag passen Tom und ich perfekt zusammen. Wir blödeln herum, haben intellektuell stimulierende Diskussionen und fantastischen Sex. Nur wenn die leidige Frage einer gemeinsamen Zukunft auftaucht, kommen wir nach wie vor zu keinem Ergebnis.

Die Zukunftsfrage ist wie ein U-Boot, das immer unten versteckt im Wasser lungert.

So lange es unten ist, wirkt alles wunderschön.

Aber sobald es wieder auftaucht, bricht sofort der Konflikt aus.

#Gedankenschleifen

Der Dezember nähert sich unweigerlich mit großen Schritten. Und irgendwie schaffe ich es nicht länger, den bevorstehenden Abschied zu verdrängen.

Meine Verdrängungsstrategie hat sich alles Andere als nachhaltig erwiesen.

Es ist wirklich furchtbar.

Meine Gedanken kreisen nur so um die Zukunft. Hin und her, in endlosen Bahnen.

Sie kreisen einfach unermüdlich, wie ein Elektron um den Kern eines stabilen Atoms.

Das sagt zumindest Tom.

Eine Lösung für unsere Probleme hat er aber auch nicht parat. Also kreisen meine Gedanken munter weiter.

Entgegen meiner tollen Vorsätze kann ich Toms bevorstehenden Abschied nicht länger verdrängen. Nach Toms und meinem letzten Krisengespräch muss ich immerzu daran denken.

Es kommt mir wie eine Liebe mit einem Verfallsdatum vor.

Die zukünftige Entwicklung unserer Beziehung ist völlig ungewiss, wenn jetzt schon eine Krise die nächste jagt. Wie sollen wir da jemals Klärung finden?

Diese Situation macht mich unendlich traurig.

Bei Tom sieht das Ganze etwas anders aus. Natürlich ist er geknickt, Kopenhagen und mich bald verlassen zu müssen. Gleichzeitig freut er sich aber riesig auf Australien. Denn dort erwarten ihn spannende Abenteuer in fremden Galaxien der Wissenschaft mit dem Teilchenbeschleuniger des Forschungsinstituts, wo er demnächst arbeiten wird.

Manchmal kommt mir Toms und meine Beziehung regelrecht paradox vor. Mir wird jetzt schon ganz schlecht bei dem Gedanken, meine Eltern und Freunde künftig in Europa zurücklassen zu müssen, wenn ich nach meinem PhD zu Tom ziehen soll. Erst anderthalb Jahre Fernbeziehung, um im Anschluss daran alles aufzugeben, was einem lieb und wert ist. Das ist eigentlich ein ziemlich bescheuerter Deal.

Soll ich mich wirklich darauf einlassen? Und ist es das wert, diese Fernbeziehung überhaupt einzugehen? Inklusive aller Entbehrungen, die sie für mich bedeutet?

Vor allem gibt es aber keine Garantie dafür, dass Tom mich jemals so interessant wie seine Atome, Leptonen, Quarks, Bosonen und den Teilchenbeschleuniger finden wird. Denn mal ehrlich. Mit einem Gerät, das geladene Teilchen auf eine Geschwindigkeit von 30.000 Kilometer pro Sekunde zu beschleunigen vermag, kann ich als gewöhnliche Frau nicht mithalten. An so eine Geschwindigkeit kommst du als normaler Mensch einfach nicht ran. Aber ich weiß, so darf ich überhaupt nicht denken, wenn ich unserer Beziehung eine Chance geben will.

Liebe ist irrational.

Und Tom ist meine große Liebe.

Genauso, wie ich seine große Liebe bin.

Zumindest gibt es immer noch diesen romantischen Teil in mir, der Angst hat, es für immer zu bereuen, wenn ich mein Glück mit Tom nicht zumindest versuche. Allen Widerständen zum Trotz.

* * *

Abgesehen von meiner Traurigkeit erlaubt es uns die knappe verbliebene Zeit kaum, Stunden in fröhlicher Zweisamkeit zu verbringen. Toms letzte Tage in Kopenhagen sind dermaßen mit Aktivitäten überflutet, dass er kaum zum Luft holen kommt. Für die Kopenhagener Uni möchte Tom zwei wissenschaftliche Artikel fertig schreiben, die er vor seinem Weggang bei angesehenen Journals einreichen will.

Ansonsten verbringen Tom und ich einen Teil unserer gemeinsamen Freizeit mit seinem Umzug.

Diesmal ist es der finale Umzug nach Australien.

„Umschiffung" könnte man fast schon sagen. Denn schließlich muss sein Hab und Gut nach Australien zurückverschifft werden. Das ist billiger, als die riesigen Kisten über den Luftweg zu verschicken. Zum Glück hat Tom wieder einen süßen Leihwagen organisiert. So können wir problemlos seine Umzugskisten zwischen Baumarkt, Gästeheim und Postamt hin- und hertransportieren. Jedesmal sitze ich am Steuer.

Irgendwie habe ich dennoch ein schales Gefühl dabei.

* * *

An unserem letzten gemeinsamen Abend laufen Tom und ich durch Kopenhagen.

Es ist ein Samstag.

Draußen ist es kalt, feucht und dunkel. Typisch dänischer Winter eben.

Das Wetter passt ausgezeichnet zu meiner depressiven Abschiedsstimmung. Am liebsten würde ich sofort das nächste Café aufsuchen, mich nur noch eng an meinen

Tom schmiegen und lange reden. Vielleicht könnten wir uns sogar ausgiebig küssen.

Aber das scheint derzeit unmöglich. Tom geht der Abschied nämlich auch sehr nahe. Nur wird er damit auf völlig andere Weise fertig als ich.

Tom sagt, dass er Kopenhagen als Stadt schrecklich vermissen wird. Deswegen möchte er seine Lieblingsecken unbedingt ein letztes Mal fotografieren. Mitten in der Dunkelheit an diesem letzten Abend. Also sehen wir uns alle seine Lieblingsplätze noch einmal an.

Kongens Nytorv.

Nyhavn.

Langelinje.

Wir gehen sogar bis zur kleinen Meerjungfrau.

Während Tom umständlich die Einstellungen an seiner Kamera justiert, schließe ich meinen Winteranorak bis ganz oben hin zu. Ich friere. Und irgendwie fühle ich mich unglaublich einsam. Dabei steht mein Freund keine zehn Meter von mir entfernt. Tom ist mit so großem Eifer dabei, alle möglichen touristischen Objekte abzulichten, dass er anscheinend alles Andere um sich herum vergessen hat.

Auf einmal durchfährt mich ein schrecklicher Verdacht.

Womöglich werde ich niemals die Nummer Eins in Toms Leben sein. Egal, ob Teilchenbeschleuniger oder Kamera, bei Tom werde ich immer gegen irgendwelche Wunder der Technik konkurrieren müssen. Wenn es nicht gerade seine Forschung ist, wird es garantiert etwas Anderes sein. Im Gegensatz zu mir ruht Tom nämlich so sehr in sich selbst, dass er überhaupt nicht auf die Gesellschaft anderer angewiesen ist, um glücklich zu sein.

In genau diesem Moment spüre ich Toms Hand auf meiner Schulter.

„Katrine, es ist kalt. Wollen wir nicht in ein nettes Café gehen?", schlägt er lächelnd vor.

Sein Lächeln ist warm und voller Zuneigung.

Es ist so, als wäre der alte Tom wieder da. Der Tom mit den schönen Grübchen, wenn er lächelt, den ich über alles liebe.

Dankbar nicke ich.

Wir begeben uns zurück zum Amager Torv und steuern dort sofort das nächste Café an. Tom hält mir die Tür auf, so dass ich hineingehen kann. Drinnen ist es warm, hell und geborgen.

Es wird schon alles gut werden. Ich muss nur fest genug dran glauben.

* * *

Genau zwölf Stunden später stehen Tom und ich vor der Sicherheitskontrolle in Kastrup, dem Kopenhagener Flughafen.

Heute ist der von mir seit Monaten gefürchtete Tag.

Der große Abschied oder *the big goodbye*, wie es im Englischen so schön heißt. Obwohl. Schön ist daran eigentlich nichts. Denn Tom und ich wissen, sobald er diese Treppe Richtung Sicherheitskontrolle hochgeht, werden wir uns für eine Weile nicht sehen. Das Einzige, was uns dann zusammen hält, ist eine transkontinentale Fernbeziehung. Irgendwie will ich es noch nicht so richtig wahrhaben. Mir kommt das Ganze im Moment ausgesprochen surreal vor.

„Wir werden das schon schaffen, Katrine", meint Tom aufmunternd, „es gibt Skype, es gibt E-Mail, es gibt Facebook, es gibt Twitter, WhatsApp, LinkedIn... und notfalls auch das gute, alte Telefon. Australien und Europa – das ist im Cyberspace praktisch gar keine Entfernung mehr."

„Klar, du hast recht", antworte ich nur und nicke zustimmend.

Was soll ich auch schon groß darauf erwidern? Dass in der Realität zwischen Australien und Dänemark über 16.000 Kilometer Entfernung liegen, weiß Tom ja selbst.

„Tja, dann geht es wohl ans Abschied nehmen", sage ich und zwinge mich zu einem gequälten Lächeln.

„Ja, so ist es wohl", erwidert Tom und drückt mich fest an sich.

Tom und ich blicken uns tief in die Augen.

Komischerweise muss ich mich ausgerechnet in diesem Moment fragen, wie so ein Fernbeziehungsabschied normalerweise denn bitteschön aussehen soll. Ich habe nämlich null Ahnung, welche Reaktion bei *the big goodbye* angebracht wäre. Soll ich jetzt vor lauter Traurigkeit herzzerreißend zu schluchzen beginnen und meinen Emotionen freie Bahn lassen, wie in einem tragisch inszenierten Liebesfilm?

Oder soll ich mich betont cool geben, so nach dem Motto:

Australien – Dänemark. 16.000 Kilometer Luftlinie.

Peanuts. Ist total easy, das Ganze mit dieser Fernbeziehung.

Wir haben doch Skype.

Das wäre wohl eher die Tom-Variante.

Unser Abschied befindet sich irgendwo zwischen diesen beiden Extremen, liegt aber definitiv eher auf der rationalen Seite des Abschiedsspektrums.

„Ich rufe dich an, sobald ich angekommen bin", sagt Tom zu guter Letzt.

„Ja, mach' das."

Ich blicke Tom hinterher, wie er die Rolltreppe zum Sicherheits-Check-In hochfährt. Bevor er ganz oben ist, dreht er sich kurz um und winkt mir noch mal zu. Dann geht er weiter seinen Weg Richtung Sicherheitskontrolle. Ich bleibe zurück und schaue ihm hinterher, bis er aus meinem Blickfeld endgültig verschwunden ist.

Mhm.

Irgendwie habe ich mir das Ganze wesentlich schlimmer vorgestellt.

Und vor allem viel dramatischer.

Aber bis jetzt hat die Abschiedsprozedur erstaunlich gut geklappt. Ich bin selbst überrascht, wie gut ich Toms Abreise einfach so wegstecke. Spontan beschließe ich, mit der Metro in die Innenstadt zu fahren und ein wenig bummeln zu gehen, damit die gefürchtete Welle der Traurigkeit gar nicht erst in mir hochkommen kann.

* * *

Mit meiner höchst optimistischen Selbsteinschätzung liege ich leider völlig falsch.

Der richtige Abschiedsschock überwältigt mich mit voller Wucht, kaum dass ich in der Metro Platz genommen habe. Denn erst jetzt, wo ich hier auf einmal so alleine sitze, wird mir klar, welche Tragweite Toms Umzug nach Australien hat.

Auch wenn es mir mega-peinlich vor den anderen Fahrgästen ist, kann ich nicht verhindern, dass mir ein paar Tränen über die rechte Wange kullern.

Nein, nein, nein. Das darf nicht sein. Schließlich habe ich mein Schicksal ja selbst so doof gewählt. Also bitte bloß keine Tränen.

Angestrengt starre ich aus dem Fenster. Nur nicht heulen, nur nicht heulen...

Kastrup. Femøren. Amager Strand.

Die verschiedenen Haltestellen rasseln nur so an mir vorbei.

Ich schaue auf mein Smartphone. Weil es relativ früh am Sonntagmorgen ist, gibt es noch nicht mal spannende News von meinen inzwischen 599 Facebook-Freunden, die mich ein wenig ablenken könnten.

Lediglich Tom hat etwas ge*postet.*

„Bye, Bye, Denmark", hat er geschrieben und dazu ein Foto hochgeladen, das ich von ihm im Sommer am Amager Strand geschossen habe.

Nein, auf keinen Fall darf ich jetzt weinen... Die Metro fährt unbeeindruckt weiter.

Øresund. Lergravsparken. Amagerbro.

Nur nicht heulen, ich darf jetzt bitte wirklich nicht heulen...

„Hej du, was für ein Zufall! Ist der Platz neben dir noch frei?", sagt da auf einmal eine sehr bekannt klingende männliche Stimme. Erschrocken zucke ich zusammen.

Unter Tränen schaue ich langsam auf.

Na so was. Der alternative Mads steht vor mir!

Der hat mir jetzt gerade noch gefehlt.

In Blitzeseile wische ich meine Tränen weg und versuche, ein wenig zu lächeln.

„Hej Mads, klar, setz' dich einfach." Ich nehme meine Handtasche auf meinen Schoß und mache ihm Platz.

Prüfend sieht Mads mich von der Seite an.

„Warum weinst du? Ist was Schlimmes passiert?", will er wissen. Aus seiner Hosentasche kramt er ein sauberes Taschentuch hervor, das er mir sogleich herüberreicht. Unsere Hände berühren sich dabei ganz kurz.

Verlegen sehe ich Mads an. Es ist mir wirklich peinlich, dass ausgerechnet er mich in diesem Zustand in der Metro antreffen muss. Da wird er auf der Arbeit demnächst ja tolle Sprüche klopfen können.

Ich reiße mich also zusammen. „Nee, eigentlich ist nichts Schlimmes passiert", erkläre ich ihm widerwillig, „mein Freund Tom ist heute lediglich nach Australien geflogen. Ich habe ihn gerade nach Kastrup begleitet."

„Ach so, über die Weihnachtsferien. Ist ja toll." Mads scheint beruhigt. „Und wann kommt er zurück?"

Kein Wunder, dass Mads fragt. Aus unerfindlichen Gründen versuche ich immer, wenn wir uns begegnen, um das Gesprächsthema Beziehung einen großen Bogen zu machen. Was mir bisher auch gut gelungen ist. Bis auf heute.

„Tom kommt nie mehr zurück", erwidere ich, „in zwei Jahren soll ich dann zu ihm nach Australien ziehen. Oder in die USA. Oder nach China. Oder nach Japan. Oder nach Kanada. Weil er angeblich nur dort Professor werden kann."

„Niels hatte schon angedeutet, dass deine Beziehung zu Tom etwas kompliziert ist. Ist ja 'ne schöne Scheiße, in die dich dein Freund da reingerudert hat", findet Mads. Und damit hat er wahrscheinlich recht.

#Fernbeziehung #SymboleUndTaten #DivergierendeKontaktbedürfnisse

Seit Toms Weggang aus Dänemark hat in meinem Leben ein seltsamer Wandel stattgefunden.

So lange Tom noch in Kopenhagen war, habe ich relativ wenig Zeit in sozialen Netzwerken verbracht. Jedenfalls für meine Verhältnisse.

Aber jetzt ist die digitale Welt wieder zu einem integralen Bestandteil meines Alltags geworden. Denn schließlich ist sie mein Draht zu Tom.

Gleich nach seiner Ankunft in Australien hat sich Tom bei mir telefonisch gemeldet.

Es tat unglaublich gut, klar und deutlich seine Stimme zu hören. Trotz all der Kilometer, die jetzt zwischen uns liegen.

Zunächst ist Tom nach Darwin geflogen, um dort mit seiner Familie Weihnachten zu feiern. Nach den Feiertagen geht es weiter nach Melbourne, wo er die neue Stelle an seinem alten Institut antreten wird.

Ich verbringe die Feiertage wie jedes Jahr zu Hause bei meinen Eltern in Ringkøbing.

Um mir Weihnachten zu versüßen, hat Tom zwei Geschenkpäckchen für mich dagelassen.

Das Eine ist mittelgroß, das Andere hingegen ausgesprochen klein.

„Ich bin schon sehr gespannt, was dein Freund Schönes für dich ausgesucht hat!", meint meine Mutter, während sie neugierig auf die beiden Päckchen unter dem Tannenbaum starrt. Sie scheint das Ganze fast aufregender zu finden als ich.

Als endlich Bescherung ist, packe ich zunächst das größere Geschenk aus. Es ist ausgesprochen leicht.

Zu meiner unbändigen Freude befindet sich in dem Karton ein Kuscheltier. Eine richtig süße Katze aus Plüsch, die beinahe echt aussieht. Ich schließe sie sofort in mein Herz.

Meinem Bruder Per fallen fast die Augen aus dem Kopf, als er das Plüschtier erblickt.

„Wow! Fehlt nur noch, dass die gleich zu miauen beginnt! Die sieht ja unheimlich echt aus!", meint er anerkennend.

Dazu hat Tom eine Karte gelegt.

Liebe Katrine,
ein Geschenk für dich, damit du

    a)   nicht so alleine bist und ein wenig Gesellschaft hast,
    b)   dich an unser erstes schönes Gespräch in der Freitagsbar erinnern kannst, wo ich dich über das Gedankenexperiment von Schrödingers Katze aus

dem Jahre 1935 aufgeklärt habe, um dich tiefer in die Welt der Physik einzuführen.

Love ya bunches, Tom.

Ich muss schwer schlucken, als ich diese Zeilen lese. Manchmal kann Tom richtig süß und romantisch sein. Meinem Bruder ist mein plötzlicher Gefühlsanflug natürlich nicht entgangen.

„Zeig mal her, Katrine!", fordert er mich auf und deutet auf die Karte.

„Per, die Karte ist nur für Katrine bestimmt! Lass ihr doch ein bisschen Privatsphäre!", fährt mein Vater dazwischen.

„Ach, ist schon okay! Per kann sie ruhig lesen!" Ich schüttele den Kopf und reiche Per die Karte herüber.

Der macht große Augen, als er den Text liest.

„Schrödingers Katze – wie merkwürdig! Auf so etwas muss man erstmal kommen!", meint er verblüfft. „Dein Freund, das ist ja ein totaler Nerd! Kein Wunder, dass bei ihm die Physik immer an erster Stelle steht!"

„Vielleicht." Ich zucke mit den Achseln. Denn ich bin bereits voller Eifer dabei, das zweite Geschenk von Tom zu öffnen. Diesmal ist das kleine Päckchen an der Reihe.

Zu meiner Überraschung kommt ein dunkelblaues Kästchen zum Vorschein.

Als ich es öffne, bleibt mir fast die Spucke weg.

Denn in dem Kästchen befindet sich ein Ring. Aus echtem Silber.

Dazu hat Tom ebenfalls eine kleine Karte gelegt.

Damit ich immer in deiner Nähe bin, auch wenn der Ozean uns trennt.
In Liebe, dein Tom.

Meine Eltern und Per sehen mich erstaunt an.

„Ist uns da in etwa eine Verlobung entgangen?", fragt mein Vater scherzhaft.

„Nein, nein, natürlich nicht! Ich weiß auch nicht, was das soll!", stammele ich, während ich mit einer seltsamen Mischung aus Entgeisterung und Freude auf den Ring starre.

Schließlich probiere ich ihn an.

Er lässt sich leicht über meinen Ringfinger streifen.

„Der sieht aber schön aus! Wirklich sehr apart!", findet meine Mutter.

„Ich hätte es noch schöner gefunden, wenn Tom eine Lösung für die Zukunft gefunden hätte, die unsere Katrine glücklich macht. Das zählt viel mehr als diese materiellen Gesten", meint mein Vater nachdenklich. Ihm ist natürlich nicht entgangen, wie verwirrt und traurig ich in den letzten Wochen gewesen bin.

„Da sagst du was!", stimmt meine Mutter ihm zu. „Das wäre in der Tat noch viel, viel schöner gewesen! Ich wünsche Katrine nichts mehr als einen tollen Freund, der sie liebt!"

Ich sage gar nichts dazu.

Unschlüssig betrachte ich den Ring an meinem Finger.

Irgendwie fühlt sich der Ring total komisch an. Wie ein Fremdkörper, der einfach nicht zu mir gehört. Und schließlich stimmt es, was meine Eltern sagen. Tom hätte mich mit einer gemeinsamen Zukunftsvision wesentlich glücklicher gemacht als mit dem schönsten Schmuckstück auf diesem Planeten.

Ich behalte den Ring trotzdem an. Abnehmen kann ich ihn ja immer noch.

Vielleicht ist es auch die sentimentale Stimmung an Heiligabend. Aber ich vermisse Tom.

* * *

Ungeduldig fahre ich meinen Laptop hoch.

Darwin liegt im Northern Territory. Das bedeutet, dass der Zeitunterschied im Winter nach Europa 8,5 Stunden beträgt. Das sind ganze 8,5 Stunden, die Tom mir zeitlich voraus ist.

Ich blicke auf den Funkwecker, der vor mir auf dem Schreibtisch steht.

Es ist 03:11 Uhr morgens.

Meine Eltern, mein Bruder Per und ich sind an Heiligabend ganz schön lange wach geblieben. Bis gerade eben haben wir uns unterhalten und lustige Gesellschaftsspiele gespielt. Ich habe schon lange nicht mehr so viel gelacht und mich so geborgen gefühlt.

Um ein Uhr morgens habe ich versucht, Tom anzurufen, um ihm frohe Weihnachten zu wünschen und mich bei ihm für die schönen Geschenke zu bedanken.

Es war aber ergebnislos.

Danach habe ich es im halbstündlichen Takt weiter probiert. Wieder ging aber nur die Mailbox dran.

Jetzt ist es in Australien beinahe Mittag.

Nachdenklich greife ich zu meinem Smartphone und lasse es auf einen weiteren Versuch ankommen.

Tuuut. Tuuut. Tuuut.

Es hebt niemand ab.

Also gut, dann ist das nächste Kommunikationsmedium an der Reihe.

Ich logge mich umgehend bei Facebook ein. Aha!

Neben Toms Namen befindet sich ein grüner Punkt. Er ist also gerade online.

„Hi Tom! Bist du da? ☺ Ich wünsche dir frohe Weihnachten!", beginne ich einen Chat.

In dem Moment ist Tom plötzlich nicht mehr online.

Anstelle des grünen Punktes erscheint als Symbol ein Handy.

Ich seufze. Was ist da nur los?

„Vielen Dank für die schönen Geschenke! Ich liebe und vermisse dich! Deine Katrine", schreibe ich die Nachricht fertig, die er hoffentlich lesen wird, sobald er wieder im Chat ist.

Danach versuche ich mein Glück auf Skype.

Da ist Toms Status zwar online, aber auf abwesend gestellt.

Zuletzt gebe ich Google Hangouts eine Chance. Aber auch hier glänzt Tom durch eine Abwesenheitsnotiz.

Frustriert klappe ich meinen Laptop zu.

Unsere Fernbeziehung fängt ja toll an.

* * *

In dieser Nacht habe ich wirre Träume.

Ich stehe am Bahnsteig im Kopenhagener Hauptbahnhof.

Dann fange ich an, aufgeregt hin und her zu rennen.

Auf den Gleisen links und rechts neben mir werden gleich zwei Züge eintreffen. Der eine Zug fährt nach Ringkøbing zu meinen Eltern, der andere nach Australien zu Tom.

Ich würde so gerne beide Züge gleichzeitig nehmen. Aber es geht nicht, denn sie gehen in komplett verschiedene Richtungen.

Auf einmal wird es wahnsinnig laut. Die beiden InterCityLyn-Züge kommen gleichzeitig auf mich zu, aus zwei entgegengesetzten Richtungen. Sie halten nicht, sondern fahren mit irre hoher Geschwindigkeit weiter. Sie sind sozusagen nicht zu stoppen.

Jetzt liegt es nur an mir, auf welchen Zug ich schnell aufspringen werde.

Ich warte und warte und kann mich einfach nicht entscheiden.

Die Zeit drängt.

Die beiden Züge kommen unentwegt weiter auf mich zu. Der Bahnsteig wird immer schmaler. Gleich werde ich zermalmt und bin für immer erledigt...

Ich erwache schweißgebadet und mit klopfendem Herzen.

* * *

Meine instinktive Reaktion nach dem Erwachen ist es, sofort meinen Laptop aufzuklappen.

Schritt für Schritt gehe ich alle sozialen Medien durch.

In der Hoffnung auf eine Nachricht von Tom.

Wieder werde ich enttäuscht. Er hat sich immer noch nicht persönlich bei mir gemeldet.

Lediglich seine Facebook-Seite hat Tom mit zwei neuen Einträgen versehen.

Zunächst hat er einen Artikel ge*postet*, der sich populärwissenschaftlich mit Louis de Broglies

Forschung zur Wellennatur des Elektrons auseinandersetzt.

Dieser Eintrag hat gleich mehrere Likes und Kommentare erhalten.

„Das ist so cool, Tom! Endlich verstehe ich, wie die Theorie der Materiewellen gemeint ist! Und das, obwohl ich gar keine Physikerin bin!", schreibt eine Allison begeistert.

„Sehr cool! Merry X-Mas!", wünscht ein Paul.

„Tom!!! Du bist vielleicht ein Nerd, die Theorie musst du mir näher erklären! Frohe Weihnachten!", kommentiert eine Mary.

Für Marys Anmerkung hat Tom ebenfalls ein Like vergeben.

„Sehr gerne, Mary, jederzeit ☺", erwidert Tom.

Sein zweiter Eintrag besteht aus einem Foto, auf dem er mit Sonnenbrille und lediglich in Shorts bekleidet am Grill steht. Toms Waschbrettbauch und die vielen Sommersprossen, die ihm ein geradezu jugendliches Aussehen verleihen, sind auf dem Bild deutlich erkennbar. Strahlend blickt er in die Kamera, so dass die Grübchen in seinem Gesicht um die Wette tanzen. Da merke ich wieder, wie sehr ich mich sexuell zu ihm hingezogen fühle.

Tom ist ein echter Hingucker, eine wahre Zuckerschnitte auf zwei Beinen!

„Leckeres Barbecue mit coolen Drinks! Merry Christmas from Darwin to all of you!", hat er als Beschreibung hinzugefügt.

Das Foto hat prompt 49 Likes geerntet.

Darunter stehen so viele Kommentare von seinen Facebook-Freunden, dass ich mit dem Lesen kaum noch hinterherkomme.

Die meisten Freunde wünschen Tom frohe Weihnachten.

Es geht aber noch weiter.

„Was, Tom!! Du bist hier in Darwin??? Wir müssen uns unbedingt treffen!", schlägt eine Melissa vor. Dahinter hat sie drei süße Herzchen ge*postet*.

Tom hat diesen Kommentar bereits geliked.

„Hey Tom! Merry Christmas! Lass uns auf ein Bier treffen!", schreibt wieder dieser Paul.

„Hast du Lust, mit an die Cullen Bay zu fahren? Etwas Nähe zum Wasser tut bei diesen heißen Temperaturen sehr gut!", folgt von einer Suzanne ein weiteres Freizeitangebot.

„Sehr gerne. Lass uns dann auch noch Melissa und Paul mitnehmen! Ich rufe dich gleich mal an. Wie wär's heute am frühen Abend?", fragt Tom zurück.

Suzanne hat daraufhin einen Smiley ge*postet* und Toms Vorschlag ebenfalls geliked.

Ich schaue auf meinen Wecker.

Es ist jetzt zehn Uhr nach mitteleuropäischer Zeit.

Dann ist es bei Tom bereits halb sieben, also früher Abend. Wenn er sich mit seinen Freunden nach Cullen Bay aufmachen will, sieht unser Timing für ein ausführliches Telefonat heute ausgesprochen schlecht aus. Ich verstehe Tom wirklich nicht. Schließlich habe ich ihm auch ein paar Geschenke mitgegeben, die er inzwischen ausgepackt haben sollte. Darunter waren ein ebook-Reader und eine CD mit seinen dänischen Lieblingsliedern, die ich eigens für ihn erstellt habe. Liegt ihm denn überhaupt nichts daran, mit mir zu sprechen?

In meiner aufkeimenden Verzweiflung ergreife ich mein Smartphone und wähle Toms australische Nummer.

Tuuut. Tuut.

„Hallo, hier ist Tom!", meldet sich mein Freund am Apparat.

Endlich!

Erleichtert atme ich auf.

„Hi Tom! Hier ist Katrine! Frohe Weihnachten!", sprudelt es nur so aus mir heraus.

„Ich wünsche dir auch ein frohes Fest, Sweetie!", sagt Tom mit vergnügter Stimme.

Ein Strom der Freude durchrieselt mich. Ach, was ist es doch schön, endlich mit meinem Freund persönlich zu sprechen!

„Wie geht es dir? Hast du Weihnachten schön mit deiner Familie gefeiert?", versuche ich ein Gespräch in Gang zu bringen.

273

„Ja, Melissa, ich bin gleich soweit!", brüllt Tom plötzlich in den Hörer.

Erschrocken halte ich mein Smartphone schnell von meinem Ohr weg.

Warum muss Tom auf einmal so schreien?

„Sorry, Katrine", meint er, als könne er über die Entfernung meine Gedanken lesen, „ich bin mit zwei Freundinnen an der Cullen Bay. Der Handy-Empfang ist total schlecht hier! Wir stehen an der Uferpromenade und machen uns fertig zum Wasserskifahren. Es ist so fürchterlich heiß hier, dass man es kaum aushalten kann! Lass uns morgen telefonieren, okay! Ich wünsche dir ein phantastisches Weihnachtsfest! Tausend Küsse! Love ya bunches!"

„Ja, ich habe dich auch sehr lieb", ist das Letzte, was ich gerade noch sagen kann, bevor das Besetztzeichen ertönt, weil Tom aufgelegt hat.

Frustriert schmeiße ich mein Handy auf den Schreibtisch.

* * *

„Schmeckt dir der Schweineschmorbraten nicht?", fragt meine Mutter nachdenklich, als ich abends unlustig in meinem Essen herumstochere.

Ich sehe kurz auf.

„Oh nein, ganz im Gegenteil! Er schmeckt wirklich wunderbar! Es ist alles unglaublich lecker!", sage ich schnell.

„Ist alles in Ordnung bei dir, Katrine?", erkundigt sich mein Vater.

„Ja, ja, es ist alles super!", behaupte ich und zwinge mich, ein Lächeln aufzusetzen.

„Ganz sicher?" Mein Vater schaut mich prüfend von der Seite an. Er wirkt sehr nachdenklich. Es ist auch zu blöd! Vor meinen Eltern kann ich nichts verheimlichen. Dafür kennen sie mich einfach viel zu gut.

„Hast du heute schon mit Tom gesprochen?", möchte meine Mutter wissen. „So eine Fernbeziehung ist anfangs sicherlich sehr hart, kann ich mir vorstellen!"

Mitfühlend lächelt sie mich an und reicht mir etwas Rotkraut herüber.

„Danke sehr. Ja, Tom und ich haben heute schon miteinander gesprochen. Natürlich haben wir das! So etwas gehört sich ja, wenn man ein Paar ist", antworte ich langsam.

„Er vermisst dich sicherlich auch sehr", sagt meine Mutter und streicht mir aufmunternd über den Arm.

„Klar, tut er das!", behaupte ich, obwohl ich mir da gar nicht mehr so sicher bin.

Während ich hier zu Hause wie eine Primel vor Kummer eingehe, hängt Tom vergnügt mit seinen Freundinnen an der Cullen Bay ab.

„Und was macht dein Tom den lieben langen Tag so in Darwin?", will mein Bruder Per wissen.

„Och, heute war er mit Freunden Wasserski fahren. Es ist zu Weihnachten furchtbar heiß in Darwin, wisst ihr", gebe ich Auskunft.

„Na klar, Darwin befindet sich ja auch im Northern Territory. Katrine, weißt du was? Lasst uns heute einen Abendspaziergang durch den Schnee unternehmen", schlägt mein Vater vor.

„Und danach können wir eine Runde Siedler, dein Lieblingsspiel, spielen. Dann kommst du garantiert auf andere Gedanken!", fügt meine Mutter ergänzend hinzu.

„Sehr gerne." Mir stehen fast Tränen in den Augen.

Wieder einmal scheinen mich alle Menschen besser zu verstehen als mein Freund, der Tom.

Aber ich kann ihm vor meiner Familie unmöglich in den Rücken fallen und sagen, wie einsam und verlassen ich mich gerade fühle.

Nein, nein! Ich darf kein schlechtes Wort über meinen Freund hier am Essenstisch verlieren!

Sonst versteht keiner mehr, warum ich diese Beziehung freiwillig auf mich nehme. Mir kommen ja selbst zunehmend Zweifel. Aber das muss ich erst einmal mit mir alleine ausmachen. Und vielleicht sind es ja auch nur die Anfangswehen, bis sich zwischen Tom und mir alles eingependelt hat.

„Lasst uns gerne den Abendspaziergang machen! Das ist eine klasse Idee!", durchbreche ich das plötzlich eingekehrte Schweigen beim Abendessen.

Ich sage es mit lauter Stimme, die betont lustig klingen soll.
Meine Eltern und Per sehen mich trotzdem mitleidig an.

#ScheinUndSein #GesellschaftlicheErwartungen

Ein paar Tage später streife ich ziellos durch den Ringkøbinger Supermarkt.
Zu sehr bin ich in meiner eigenen Gedankenwelt versunken.

Tom hat sich inzwischen zum Glück gemeldet.
Aber für mehr als ein halbstündiges Skype-Telefonat hatte er leider keine Zeit.
In Darwin scheint Tom ausgesprochen busy zu sein.
Familienbesuche, Wiedersehen mit Freunden, jede Menge Wassersport sowie diverse Grillabende. Seitdem er weg ist, scheint bei ihm eine coole Freizeit-veranstaltung nur so die nächste zu jagen.
„Ich war so lange nicht hier, Katrine! Da wirst du wohl verstehen, dass mich alle wiedersehen wollen! Ich kann wegen *eines* Anrufs nach Europa doch nicht meinen ganzen Tagesablauf umstellen! Man muss im *Real Life* leben! Das solltest du übrigens auch tun", riet Tom mir eindringlich bei diesem Skype-Telefonat.
Danach habe ich erst einmal ziemlich geplättet aufgelegt und mich auf den Weg zum Supermarkt gemacht, um mich ein wenig abzulenken.
Geplättet bin ich immer noch.
Schon wieder kreisen meine Gedanken wie Elektronen um den Kern eines stabilen Atoms.
So würde jedenfalls Tom diesen Gemütszustand be-schreiben.
Wahllos stöbere ich in der Käsetheke herum.
Aber auch die intensive Begutachtung der großen Käse-Auswahl des Supermarkts kann meine Gedankenkreise nicht durchbrechen.
„Hej Katrine, das gibt es ja nicht! Alle Jahre wieder!"
Unvermittelt steht meine ehemalige Mathematiklehrerin

vor mir. Dabei handelt es sich um Gitte, die mich letztes Jahr fälschlicherweise für lesbisch hielt.

„Hej Gitte, schön dich zu treffen!", erwidere ich und strecke ihr meine Hand entgegen.

„Wie geht es dir denn, meine Liebe? Aber nein, das gibt es nicht! Was soll ich sagen? Was soll ich sagen!", ruft Gitte begeistert aus, als sie mir die Hand reichen will.

„Da steckt ja ein Ring an deinem Finger!", bemerkt sie völlig verzückt. „Der ist aber hübsch!"

Prüfend sieht sie mich an. „Katrine, bist du in etwa verlobt?"

„Nein, aber der Ring ist von meinem Freund, dem Tom!", sage ich selbstbewusst.

Irgendwie gefällt es mir, dieses alberne Beziehungsgetue mitzumachen. Da sieht man mal, wie weit Schein und Sein auseinanderklaffen.

„Oh, Tom heißt dein Freund! Das ist aber ein schöner Name! Was macht er denn so, dein Tom?", erkundigt sich Gitte neugierig.

„Er ist Forscher in Quantenphysik. Wir haben uns in Kopenhagen kennengelernt, aber er ist jetzt für seine neue Stelle nach Australien gezogen", erkläre ich.

„Oh, dann ist er also Australier, dein Tom?", fragt Gitte.

„Ja", nicke ich.

„Sehr schön! Sehr schön!", meint sie begeistert. „Das ist wirklich ein Traumland! Dann wirst du ihm sicher nachziehen, sobald du mit deinem Doktor fertig bist, oder?"

„Das ist der Plan", erwidere ich trocken.

„Ach, wie schön! Ich freu' mich so! Ich wusste ja schon immer, dass du doch nicht lesbisch bist! Katrine, es ist so wunderbar, dass du endlich einen Mann an deiner Seite hast! Du hast es wirklich verdient, in deinem Leben ausgefüllt und glücklich zu sein!"

Gitte verabschiedet sich überschwänglich von mir und setzt gut gelaunt ihren Einkauf fort.

Innerlich muss ich grinsen. Welch eine Ironie!

Gitte denkt, dass ich endlich ausgefüllt und glücklich bin, nur weil ich einen Freund habe.

Dabei war ich vor genau einem Jahr wesentlich glücklicher, als ich als selbstbewusste Single-Frau durch das Leben gegangen bin.

* * *

Draußen ziehen lauter schneebedeckte Baumwipfel und Wiesen nur so an mir vorbei.

Ich sitze im InterCityLyn-Zug und befinde mich auf dem Weg nach Kopenhagen.

Mein Weihnachtsurlaub ist viel zu schnell verflogen.

Gedankenverloren starre ich aus dem Fenster meines Abteils.

Die Winterlandschaft strahlt eine unglaubliche Ruhe aus. Meine ganzen Beziehungsprobleme mit Tom wirken unendlich weit weg, während ich hier gemütlich im Zug sitze, der sich kontinuierlich fortbewegt.

Zwischendurch nehme ich mein Smartphone aus der Tasche.

Wie immer gehe ich auf Facebook, um zu schauen, was sich dort Spannendes ereignet hat.

Da! Tom hat ein neues Foto ge*postet*. Darauf sind er und zwei bildhübsche Mädchen vor einer bezaubernden Wasserkulisse zu sehen. Das muss die Cullen Bay sein.

Tom hat wieder mal nur seine Boxershorts an und die beiden Mädels zwei knapp gehaltene Bikinis. Die drei schauen glücklich strahlend in die Kamera.

„Vielen Dank für einen wundervollen Tag, Melissa und Suzanne!", hat Tom zu dem Foto geschrieben.

„Zu schade, dass du bald nach Melbourne ziehst! Wir werden dich sehr vermissen!", hat Suzanne auf diesen Kommentar geantwortet, was Tom natürlich sofort geliked hat.

Irgendwie finde ich es kurios, dass seine Facebook-Seite mich mittlerweile besser darüber informiert, was mein Freund so gerade anstellt, als er es persönlich für nötig hält.

Ich schaue auf meine linke Hand.

Der silberne Ring ist unübersehbar. Er glänzt regelrecht an meinem linken Ringfinger, dass er sofort die geballte Aufmerksamkeit eines jeden Betrachters auf sich zieht.

Kurz entschlossen lege ich den Ring ab.

Ich lege den Ring ab und verstaue ihn sicher im Seitenfach meiner Handtasche.

Er hat sich ohnehin nur wie ein Fremdkörper angefühlt.

Da muss ich ihn erst gar nicht in Kopenhagen auf der Arbeit tragen und womöglich den falschen Eindruck vermitteln, dass ich mich in einer glücklichen Beziehung befinde. Nachher denken alle noch, ich hätte mich über Weihnachten verlobt!

Wenig später nehme ich wieder mein Handy zur Hand.

Ich rufe meine E-Mails ab. Aha. Maria und Javier haben mir geschrieben.

Außerdem ist eine E-Mail von Tom gekommen. Ich traue meinen Augen nicht. Er meldet sich also doch noch!

Liebe Katrine,

ich sende dir viele sonnige Grüße aus Darwin!

Gerade bin ich dabei, meine Koffer für Melbourne zu packen. Morgen nehme ich den Flieger dorthin. Mein Kumpel John hat mir geschrieben, dass bei ihm in der WG noch ein Zimmer frei ist, so dass ich erst einmal dort unterkommen kann. Das ist total super! So bin ich zumindest nicht obdachlos ☺.

Ich hoffe, du hattest ein wundervolles Weihnachtsfest bei deiner Familie in Ringkøbing!

Bestimmt war es schön, dass ihr intensiv viel Zeit miteinander verbringen konntet.

Meine Tage in Darwin waren sehr ausgefüllt. Meine Eltern und meine Schwester Lindsay haben viele Ausflüge mit mir gemacht. Sie waren so froh, dass ich wieder da war. Außerdem haben wir meine Tante Ruby im Altersheim besucht.

Ansonsten habe ich viele Schulfreunde getroffen. Besonders schön war es, Paul, Melissa und Suzanne wiederzusehen. Wir haben viel gemeinsam unternommen. Melissa ist inzwischen mit Andy, einem weiteren Schulfreund, verlobt. Das war sehr überraschend, weil Melissa mit mir in Melbourne studiert hatte und jetzt der Liebe wegen wieder nach Darwin zurückgekehrt ist. Und Suzanne hat sich als lesbisch geoutet. Ihre neue Partnerin kenne ich ebenfalls noch aus der Schulzeit. Sie heißt Allison und ist ebenfalls sehr an

Quantenphysik interessiert, obwohl sie in Biologie promoviert. Sehr cool. Was für eine kleine Welt!

Nun ja, eigentlich schreibe ich ohne besonderen rationalen Grund.

Ich vermisse dich unheimlich und wünschte, du wärst hier bei mir! Ich kann es kaum erwarten, bis wir endlich wieder zusammen sind. Jeden Abend vor dem Einschlafen muss ich an dich denken. Es tut mir leid, dass ich mich mit dem Kontakt halten in den letzten Tagen so bescheuert angestellt habe. Ich wusste nur nicht, was ich machen sollte.

Ich habe dich so vermisst, dass ich Angst hatte, wenn wir regelmäßig reden, würde der Trennungsschmerz noch größer werden. Daher habe ich emotional alles abgeblockt. Das war total dumm von mir. Denn der Schmerz über unsere Trennung ist natürlich trotzdem da.

Ich liebe dich über alles, Katrine! Love ya bunches, Sweetie!

Kisses, Tom :-*

Ein Lächeln huscht über mein Gesicht, als ich diese lieben Zeilen lese.

Gleichzeitig bin ich wieder total verwirrt.

Wie kann Tom an einem Tag beim Skypen so eiskalt sein und dann wieder so eine unglaublich gefühlvolle und warmherzige E-Mail schreiben?

Ich weiß überhaupt nicht, wo ich bei ihm dran bin.

Dieses ewige Wechselbad der Gefühle macht mich noch kaputt.

Nein, nein. Den Ring werde ich vorerst nicht wieder anstecken, sondern erst einmal schauen, wie sich das Ganze in den nächsten Wochen weiter entwickelt.

#PhysischeTrennung #ArbeitAlsFlucht #LiebesKontraste

Es ist sehr komisch, wieder in Kopenhagen zu sein.

In den ersten Wochen nach einer Trennung gibt es diesen seltsamen Effekt, dass man vieles im Alltag mit seinem Partner assoziiert, auch wenn diese Verbindung nur ganz entfernt besteht.

Jedes Mal, wenn Toms Lieblingslied im Radio ertönt, steigt in mir eine Welle der Sehnsucht auf. Ich ertappe mich dabei, unsere früheren Lieblingscafés zu meiden,

wenn ich nach einem Einkaufsbummel eine Pause einlegen will. Zu groß wäre der Schmerz, dort alleine ein Stück Kuchen zu bestellen. Nach der Freitagsbar ist es immer ein komisches Gefühl, alleine den Heimweg anzutreten, während Maria und Javier lachend zusammen nach Hause radeln.
Ich könnte die Liste endlos fortsetzen. Denn es gibt unzählige Anlässe, die mir ständig in Erinnerung rufen, dass Tom nicht mehr in Kopenhagen ist.

Die Distanz relativiert vieles.
Auf einmal muss ich auch an viele schöne Erlebnisse mit ihm denken.
Wie wir uns letzten Winter im Café am Halmtorv getroffen haben und stundenlang durch den Tivoli gelaufen sind... Wie Tom mich zum ersten Mal in seine Wohnung geführt hat und dabei schüchtern gewesen ist, bis ich endlich sein Futon-Bett testen wollte. Total süß eben... Wie Tom und ich die Nächte durchdiskutiert haben, um danach grandiosen Sex zu genießen... Wie Toms Gesicht von zahlreichen Grübchen bedeckt ist, wenn er sich wie ein kleiner Junge über etwas freut...
Sobald diese Erinnerungen in mir hochkommen, werde ich ganz wehmütig.
Wie aus dem Nichts tauchen diese Erinnerungsfetzen urplötzlich auf. Einfach so. Dann wird mir wieder klar, wie sehr ich Tom vermisse. Denn trotz aller Höhen und Tiefen haben Tom und ich viele wundervolle Stunden miteinander geteilt.

Irgendwie fühlt es sich trotzdem an, als ob wir Schluss gemacht hätten. Ein kleines bisschen jedenfalls. Dabei sind wir genauso in einer festen Beziehung wie vorher.
Nur eben in einer transkontinentalen Fernbeziehung.
Seitdem er in Melbourne ist, gibt Tom sich mit dem Kontakt halten deutlich mehr Mühe.
Wir skypen jeden zweiten bis dritten Tag.
Zwischendurch chatten wir manchmal über Facebook oder schicken uns Fotos über WhatsApp.
Trotzdem fühlt es sich nicht wie eine richtige Beziehung an. Denn mal ehrlich. Ein zweidimensionales Abbild

von Tom über Skype ersetzt nun mal keinen drei-
dimensionalen Mann, den ich leidenschaftlich küssen
kann.

Mein Alltag gestaltet sich wie zu Single-Zeiten. Ich bin
komplett auf mich alleingestellt. Der einzige Unter-
schied zum Single-Dasein ist, dass ich keinen spontanen
Sex haben kann und keine Chance besteht, jemand
Neues kennenzulernen.
Denn ich halte mit aller Kraft den Glauben an meine
bestehende Beziehung aufrecht.
In der vagen Hoffnung auf eine glückliche Zukunft mit
Tom.

* * *

„Du hast dich verändert." Meine Freundin Maria sieht
mich ernsthaft an. Es ist früher Abend, und ich bin in
ihrer hübschen Wohnung in Valby zu Besuch.
Frauenabend.
„Nee, jetzt rede doch nicht so 'nen Quatsch!", winke ich
entschieden ab. „Wie meinst du das überhaupt?"
„Weiß nicht. Irgendwie erscheinst du mir nicht mehr so
unbeschwert und glücklich wie früher", erklärt Maria,
während sie an einer Haarsträhne zwirbelt. „Du wirkst
so verschlossen, als ob du ständig am Nachdenken
wärst. Außerdem unternimmst du nichts mehr
zusammen mit uns, so wie früher! Pawel, Javier und
Andrew vermissen dich schon! Wir sehen dich nur noch
in der Freitagsbar. Ansonsten bist du wie vom Erdboden
verschluckt und hast nie Zeit!"
Ich stutze kurz. Bis jetzt ist mir das gar nicht
aufgefallen, aber es stimmt!
In den letzten sieben Wochen, seitdem ich wieder in
Kopenhagen bin, habe ich mich Hals über Kopf in
meine Arbeit gestürzt. Private Verabredungen habe ich
kaum noch wahrgenommen. So leer und traurig, wie ich
mich zurzeit fühle, habe ich einfach nicht die Energie,
mich mit Freunden zu treffen. Außerdem bekomme ich
es momentan selbst beim besten Willen nicht hin,
besonders ausgelassen und lustig zu sein! Da bleibe ich

lieber länger im Büro und arbeite, bevor ich andere mit meiner depressiven Grundstimmung belaste.

Aber natürlich wollte ich damit niemanden verprellen. Schon gar nicht Maria!

„Oh je! Ist es wirklich so schlimm?", erkundige ich mich vorsichtig.

Maria nickt langsam.

„Ich kenne dich ja sehr gut, da merke ich die Veränderung vielleicht eher als Außenstehende."

Ich seufze. „Das tut mir sehr leid, ehrlich! Ich werde versuchen, mich zu bessern! In letzter Zeit habe ich sehr viel an meiner Diss gearbeitet. Ich weiß auch nicht, was mir fehlt. Aber irgendwie fühle ich mich immer so leer und traurig."

„Ist es wegen Tom?", fragt Maria.

Da kann ich nicht mehr anders.

Ich fange an zu heulen. Ich heule und heule und will gar nicht mehr aufhören, so dass ich mit meiner Heulerei jedem Schlosshund Konkurrenz machen könnte.

„Ach, Maria, ich weiß gar nicht, was ich tun soll", jammere ich, „ich bin so zerrissen! Ich liebe Tom sehr, aber ich weiß nicht, ob ich alles für ihn aufgeben soll. Ich würde meine Eltern, Freunde und Europa so furchtbar vermissen! Außerdem weiß ich nicht, ob ich überhaupt so eine monatelange Fernbeziehung möchte. Das wird mir irgendwie immer klarer."

Maria streichelt mir hilflos über den Kopf.

„Es ist wirklich eine schwierige Situation", meint sie.

Ich wische mir eine Träne aus dem Gesicht.

„Vor allem weiß ich nicht, ob ich später meinen Job für Tom aufgeben soll, wenn er es umgekehrt nicht für mich tun würde. Johan, mein Doktorvater, würde mich gerne nach meinem PhD an der Uni behalten."

„Und das sagt dein Doktorvater dir jetzt schon? Aber das ist doch phantastisch! Dann muss er wirklich von dir begeistert sein!", merkt Maria lächelnd an.

Ich nicke traurig.

„Aber für Tom ist Europa überhaupt keine Option. Er jagt nur seiner Karriere nach. Ist das nicht voll das Ungleichgewicht? Ich habe die ganze Zeit über so

Gedankenschleifen und suche nach einer Lösung, aber es gibt keine!", erkläre ich verzweifelt.

Maria ist wie immer sehr nett.

Sie macht uns in ihrer Küche einen warmen Kakao und schafft ein paar leckere Plätzchen herbei. Eine Lösung finden wir an diesem Abend natürlich nicht, aber es tut unheimlich gut, endlich jemandem mein Herz auszuschütten und nicht mehr die glückliche Freundin von Tom zu spielen. Letzteres habe ich in den vergangenen Wochen nämlich viel zu oft getan.

Nach einer Weile sprechen wir über andere Themen. Mein ganzes Leben kann ja schließlich nicht nur um Tom kreisen.

Maria will nächstes Jahr heiraten und fragt, ob ich ihre Trauzeugin sein mag. Javier hat ihr einen Antrag gemacht.

Ihre Beziehung läuft über alle Maßen gut, und die beiden passen wunderbar zusammen.

In der Zwischenzeit hat Javier sogar ein weiteres verlockendes Job-Angebot aus den USA ausgeschlagen. Der Liebe wegen. Ich freue mich riesig auf die Hochzeit von den beiden.

Die Beziehung von Javier und Maria steht in starkem Kontrast zu Toms und meinem Verhältnis. Wer hätte das gedacht! Vor einem Jahr sah es genau umgekehrt aus.

#DieWahrheit #Einmischung #Liebesgeständnis?

Es ist fünf vor zwölf. Also ziemlich spät abends. Oder besser gesagt nachts.

Entsetzt starre ich auf die Uhr, die an der Wand in meinem Büro hängt.

Ich bin so sehr in die Berechnungen meines Modells vertieft gewesen, dass ich gar nicht gemerkt habe, wie schnell die Zeit verflogen ist! So passiert es momentan öfter. Um meinen Kummer über die Beziehung zu betäuben, bin ich zum totalen Workaholic mutiert.

Bei Tom ist es übrigens nicht viel anders. Er arbeitet auch extrem viel, um möglichst gute Artikel zu publizieren. In seinem speziellen Forschungsbereich. Dafür ist er schließlich nach Australien zurückgekehrt.

Plötzlich muss ich gähnen. Es ist wirklich spät. Ich sollte dringend nach Hause radeln und ins Bett gehen, um zumindest eine Mütze Schlaf abzubekommen.

Mühsam packe ich meine Sachen zusammen und verlasse das Büro.

Langsam gehe ich die Treppe hinab. Wie immer komme ich auf dem Weg nach unten an der mathematischen Fakultät vorbei.

Plötzlich ertönt eine wohlklingende männliche Stimme hinter mir.

„Wie? Katrine, du bist auch noch hier?"

Erschrocken drehe ich mich um.

Wer treibt sich um diese Zeit noch auf den einsamen Gängen der Uni herum?

Zu meiner Überraschung erblicke Mads, der cirka fünf Meter hinter mir geht.

Er beschleunigt seinen Schritt, um mich einzuholen.

„Was machst du denn so spät noch in der Uni?", fängt er ein Gespräch mit mir an.

„Die aggregierte Wohlfahrt meiner mikroökonomischen Gesellschaft berechnen", erwidere ich.

„Ach so! Es gibt ja auch nichts Schöneres, womit man seine Abende verbringen kann!", witzelt Mads.

Ich muss kurz lachen.

„Und was ist mit dir?", kontere ich.

„Ich hatte eine Deadline für einen Projektantrag. Ansonsten würde ich hier nie so lange bleiben! Das ist echt verrückt, Katrine!"

Auf einmal wird Mads ernst.

„Du solltest nicht so hart arbeiten! Ganz ehrlich. Du siehst ziemlich blass aus! Denk' daran, was mit Niels damals passiert ist!"

Er sieht sehr besorgt aus, als er das sagt.

„Ach ja, woher willst du das denn wissen? Vielleicht möchte ich momentan einfach viel arbeiten!", erwidere ich trotzig.

Irgendwie nervt Mads mich heute Abend total. Was weiß er denn schon von meinen Problemen?!

Aber er lässt nicht locker.

„Niels hat mir neulich erzählt, dass du ziemlich gestresst bist", fängt er erneut mit dem leidigen Thema an, „mit der Fernbeziehung, dem PhD und so. Er war richtig besorgt um dich!"

„Ach, was weiß der Niels schon! Der soll lieber mal die Klappe halten!", entgegne ich gereizt.

Mads schaut mir lange in die Augen. Er geht jetzt direkt neben mir.

Wir verlangsamen unseren Schritt.

Zu meiner Verwunderung bemerke ich erneut, dass Mads wunderschöne, ausdrucksstarke blaue Augen hat, die in starkem Kontrast zu seinen braunen Haaren stehen. Letztere sind inzwischen wieder fast schulterlang.

Mads sieht mich immer noch an.

Schnell schaue ich zur Seite.

Ich habe das Gefühl, dass er unbedingt etwas loswerden will.

„Es geht mich ja nichts an", beginnt er schließlich, „aber Tom könnte genauso gut dir zuliebe nach Dänemark zurückkommen, wenn dich das mit Australien so unglücklich macht! Wenn er dich wirklich lieben würde, hätte er auf dich gewartet, bis du mit deinem Doktor fertig bist." Mads hält kurz inne. Er räuspert sich. „Katrine, du bist so eine tolle Frau! Wenn du meine Freundin wärst, würde ich alles tun, um dich glücklich zu machen! Du bist es allemal wert, glaub' mir!"

Ich verlangsame noch mehr meinen Schritt.

Alles hätte Mads sagen können, wirklich alles, nur das nicht!

Mit seiner Bemerkung trifft er nämlich genau ins Schwarze.

Tief in meinem Inneren ist mir total bewusst, dass Mads recht hat. Aber so etwas will ich gar nicht hören! An so etwas will ich noch nicht einmal *denken*, wo ich jeden Tag so hart darum kämpfe, mich selbst von dem Sinn meiner Liebesbeziehung zu überzeugen!

Meine Wut auf Tom überträgt sich ungerechterweise auf Mads. Weil er seinen Finger so tief in die Wunde legen musste.

Wie kommt Mads auch dazu, so oberklug daherzureden?

Es steht ihm überhaupt nicht zu, über meine Liebesbeziehung in dieser Weise zu urteilen!

Irgendwie werde ich immer gereizter.

Ich bleibe auf der letzten Treppenstufe stehen und hole tief Luft.

„Mads, jetzt hör' mir mal gut zu, damit dies ein für alle Mal klar ist!", sage ich bestimmt. „Tom und ich sind sehr glücklich zusammen. Und ich lasse mir von so einem Typen wie dir nichts anderes einreden, okay! Ich ziehe völlig freiwillig nach Australien und werde dort mit Tom eine Familie gründen! Wir werden extrem glücklich zusammen sein! Extrem glücklich, hast du gehört?!"

Beinahe klingt mein Monolog so, als ob ich mich selbst erst davon überzeugen müsste.

Mads sieht mich mit großen Augen an.

Er scheint sehr betroffen zu sein.

Für einen kurzen Moment herrscht absolute Stille im Treppenhaus.

„Ist schon in Ordnung, Katrine, reg' dich ab", erwidert er schließlich, „wenn du das willst, ist ja alles in Ordnung! Nur siehst du nicht gerade extrem glücklich aus!"

Ich schnappe nach Luft. So direkt ins Gesicht hat mir das noch nie jemand gesagt. Noch nicht mal Maria!

„Das ist ja wohl meine Privatsache! Das geht dich überhaupt nichts an, Mads! Kümmere du dich lieber um deine eigenen Liebesprobleme!", stoße ich trotzig hervor.

Mads holt tief Luft. Irgendwie sieht er plötzlich sehr traurig aus.

„Katrine, hast du eigentlich jemals gemerkt, dass ich dich mag?" Seine Stimme zittert, als er das sagt. „Aber so kann man sich irren. Ich wollte mich bestimmt nicht in dein Privatleben einmischen, so etwas wird nie wieder vorkommen. Das verspreche ich dir!"

Dann steuert er schnellen Schrittes auf den Ausgang zu. Er geht so schnell, dass ich überhaupt nicht hinterherkomme.

#Beziehungsillusion #Fixeldee #Verliebt?

Ich wische mir eine Träne aus dem Gesicht, als ich wenige Minuten später alleine das Uni-Gebäude verlasse. Von Mads fehlt jede Spur.
Er hat sich auf und davon gemacht. Für immer.
Draußen ist es total kalt, so dass ich meine Mütze tief über die Stirn ziehe, bevor ich durch den verbliebenen Schnee zur Metro-Station stapfe.
Wie so oft in letzter Zeit spüre ich, dass ich kurz vor dem Heulen stehe.
Nur ist es dieses Mal anders.
Mads' Worte haben mich im Innersten getroffen.
Zum ersten Mal fällt mir wie Schuppen von den Augen, dass es sich bei Tom und mir nicht um die *große Liebe* handelt. *No Big Love.*
Plötzlich sehe ich alles glasklar.
Die ganze mysteriöse Dramatik um die Fernbeziehung hat mich emotional so aufgerührt, dass ich völlig durch den Wind war. Meine Sinne waren wie benebelt, weil die Umstände so wahnsinnig kompliziert und verwirrend erschienen. Auf eine bizarre Weise fand ich das manchmal sogar hochromantisch. Eine Liebe allen Widerständen zum Trotz. *Love against all odds.* Nicht umsonst wurden diesem Thema viele sentimentale Lieder gewidmet.
Am Ende wusste ich nicht mehr, was ich tat, um Tom zu gefallen, und was ich eigentlich selbst wollte. Es war wie eine romantische Verblendung.
Dabei ist in Wirklichkeit alles so einfach. Ich bin nur eine Meisterin in der Verdrängung gewesen.

Im Eifer des Gefechts habe ich überhaupt nicht mehr gemerkt, dass die Beziehung zwischen Tom und mir nicht die große Liebe ist, sondern wir nur noch einer fixen Idee hinterherlaufen. Der fixen Idee, eine Familie zu gründen und in einer festen Beziehung zu leben.

Diese Vorstellung hat uns die ganze Zeit begleitet.

Nur macht diese Vorstellung überhaupt keinen Sinn, wenn sie nicht von echter Liebe getragen wird. Würde Tom mich wirklich lieben, hätte er ganz anders gehandelt. Egal, wie viele Quarks, Leptonen und Higgs-Bosonen ihm bei seiner Forschung über den Weg laufen. Er hätte gewollt, dass *wir beide* glücklich sind. Mit einer Zukunft, die wir uns *zusammen* vorstellen können.

Meine starken Gefühle für Tom waren ständig begleitet von Unsicherheit. Wenn ich ehrlich bin, von Anfang an.

Seit unserer allerersten Begegnung.

Der Unsicherheit, ob er sich meldet.

Der Unsicherheit, ob er mit mir zusammen sein will.

Der Unsicherheit, wie er sich in der Zukunft entscheidet.

Der Unsicherheit, ob er mich jemals so spannend wie seine Forschung finden wird.

Der Unsicherheit, ob er mich wirklich liebt.

Jedes Mal gab es mir einen Kick, wenn Tom plötzlich Nähe aufkommen ließ. Es war wie ein ständiges Wechselbad der Gefühle.

Es ist nicht Toms Schuld, falls dieses Wort hier überhaupt passend ist. Nein. Die Verantwortung an der ganzen Misere trifft genauso mich.

Meine aufkeimenden Zweifel habe ich stets unterdrückt, weil ich so sehr meinem großen Traum hinterhergejagt bin. Dem Traum, mit Tom endlich den Mann fürs Leben gefunden zu haben, mit dem ich eine Familie gründen kann.

Diese Zukunftsvision ist jetzt ausgeträumt. Ich muss mit Tom Schluss machen.

* * *

Endlich erreiche ich die Metro-Station.

Sie ist gut beleuchtet in dieser tiefschwarzen Kopenhagener Winternacht.

Ich nehme die Rolltreppe nach unten.

Zwischendurch atme ich tief durch.

Es ist ziemlich unglaublich, welche revolutionären Beschlüsse ich heute gefasst habe, während ich die paar hundert Meter vom Uni-Gebäude bis hierher gegangen bin! Ich bin selbst verwundert, dass ich mir meiner Sache auf einmal so sicher bin. Aber eigentlich ist diese Ent-scheidung bereits über Monate in mir gereift, ohne dass ich es wirklich zugeben wollte. Noch nicht einmal vor mir selbst.

Als ich unten auf dem Bahnsteig ankomme, schaue ich mich um.

Insgeheim hatte ich gehofft, hier vielleicht Mads zu treffen. Aber er hat sich so schnell aus dem Staub gemacht, dass natürlich keine Chance mehr bestand.

Mads... wenn ich an ihn denke, bekomme ich ein ganz kribbeliges Gefühl im Bauch.

Irgendwie finde ich meine Begegnungen mit Mads immer sehr verwirrend.

Wieso werde ich so häufig rot, wenn ich ihn sehe?

Warum verspüre ich jedes Mal so ein Kitzeln, wenn sich unsere Hände zufällig berühren? Weshalb bin ich manchmal so ruppig zu ihm, wenn es um Gefühle geht, um ja keine Nähe aufkommen zu lassen?

Und warum nimmt mich unser Streit heute so mit, dass ich Angst habe, ihn für immer zu verlieren?

Obwohl es in der Metro-Station ziemlich kalt ist, wird mir ganz warm, wenn ich an Mads denke.

Schon seit unserer ersten Begegnung fand ich ihn irgendwie toll.

Meine Gedanken an ihn habe ich jedoch stets zur Seite geschoben. Auch hier habe ich meine Gefühle schön verdrängt, da immer einer von uns in einer festen Beziehung war.

Zugegeben. Ich bin damals ziemlich enttäuscht gewesen, als er für kurze Zeit mit Sidse verlobt war. Und ein kleines bisschen habe ich mich über ihre Trennung gefreut, obwohl ich fest mit Tom liiert war und Mads die Heirat aufrichtig gewünscht habe.

Verwirrt rücke ich meine Mütze zurecht.

Wenn ich ehrlich bin, habe ich Mads die ganze Zeit auf besondere Weise gemocht und wollte es mir nur nie eingestehen.

Als die Metro nach Vanløse endlich einfährt, schießt mir spontan ein Gedanke durch den Kopf: *Könnte es sein, dass ich in Mads verliebt bin?*

Dieser Gedanke lässt mich die ganze Nacht nicht mehr los.
Er beschäftigt mich fast mehr als die Frage, wie ich mit Tom am besten Schluss machen soll.

#UnverhofftKommtOft #VirtuellesSchlussMachen

Es ist sieben Uhr morgens. Ein Freitag.
Gleich werden Tom und ich über Skype telefonieren. Ein Video Call.
Es sind genau drei Tage vergangen, seitdem ich das intensive Gespräch mit Mads hatte.
Mit Tom Schluss zu machen, fällt mir trotzdem schwer. Ich habe es bis jetzt noch nicht übers Herz gebracht. Auch wenn für mich die Entscheidung feststeht, möchte ich meinen Freund nicht unnötig verletzen.
In den letzten Tagen ist Tom sehr busy gewesen, da die Deadline für die Revision eines sehr wichtigen Artikels anstand. Tom hatte überhaupt keine Zeit zum Telefonieren und war mit seinen Gedanken ganz woanders. Da wäre es äußerst unfair gewesen, einfach so ohne Vorwarnung die schlechte Nachricht platzen zu lassen. Aber jetzt, wo das Wochenende naht und Tom seinen Artikel eingereicht hat, besteht *die* Gelegenheit dazu.
Ich *muss* es jetzt tun. Ich kann es nicht länger hinauszögern.
Natürlich bin ich kein Fan davon, nach einjähriger Beziehung per Video Call Schluss zu machen. Ein persönliches Gespräch ist für mich das Mindeste. Aber dafür müsste ich mir ein teures Flugticket nach Australien besorgen. Und den ganzen, weiten Weg zu

fliegen, nur um anzukommen und zu sagen: „Hi Tom, es tut mir furchtbar leid, aber wir passen nicht zusammen", ist für keine der beteiligten Seiten optimal. Außerdem würde ich dann womöglich wieder schwach werden und gegen meinen Willen doch mit Tom zusammen bleiben. Nein, nein. Das muss jetzt so gehen.

Mit zittrigen Händen klicke ich auf Toms Kontaktsymbol. Der Skype-Anruf kann beginnen.

Aha. Tom ist schon online. Er nimmt meinen Anruf sofort entgegen.

Trotz aller Rationalität fühle ich mich irgendwie unwohl dabei.

„Hi Katrine! Hast du gut geschlafen?"

Tom lächelt in die Kamera, so dass alle seine Grübchen wunderschön zu sehen sind. Die Sonne strahlt durch sein Büro-Fenster, während es hier in Kopenhagen noch zappenduster ist. In Melbourne ist es gerade später Nachmittag. Irgendwie wirkt Tom so lieb und unschuldig, wie er da sitzt und spitzbübisch grinst.

„Hi Tom!" Ich muss schwer schlucken.

Wie soll ich das Ganze jetzt einfädeln, wo Tom so fröhlich und nichtsahnend in die Kamera guckt? Er scheint in einer völlig anderen Stimmung zu sein.

„Katrine, ich bin so froh, dass wir heute skypen! Ich habe Super-Neuigkeiten für uns!", verkündet er verheißungsvoll.

„Ach, wirklich? Was gibt es bei dir Neues?", frage ich leicht verunsichert.

„Mhm, mhm... das ist alles sehr komplex. Wo soll ich am besten anfangen?"

Tom windet sich wie ein kleines Mädchen beim Aufsagen eines Weihnachtsgedichtes, um die Spannung noch mehr zu erhöhen.

„Es ist eine fantastische Neuigkeit, die dich regelrecht umhauen wird!", sagt er strahlend.

Ich merke, wie ich innerlich immer aufgeregter werde. Auf einmal plant Tom doch noch, nach Europa zurückzukehren, und ich hätte mich in allem geirrt. Ich wüsste dann gar nicht, wie ich reagieren sollte...

„Also", setzt Tom erneut an, „ich habe eine tolle Neuigkeit für dich, die ich dir sofort mitteilen wollte! Katrine, ich habe ein Jobangebot bekommen!"

Zaghaft lächelnd schaue ich in die Webcam.

„Es ist eine Tenure-Professur, also eine feste, permanente Stelle, die uns finanzielle Sicherheit bietet", fährt Tom fort.

Das ist natürlich wirklich gut. Für die Familienplanung.

„An einer Uni in Peking", sagt Tom.

Ich stutze. Das klingt jetzt aber gar nicht mehr nach einer tollen Neuigkeit für mich. Peking! China! Und dann noch eine feste Stelle! Mein Freund weiß doch genau, dass ich mir ein Leben in China nur schwer vorstellen kann! Wie immer falle ich aus allen Wolken, obwohl ich sowieso mit ihm Schluss machen will. Es ist wie ein alter Reflex. Nur weiß ich diesmal nicht, ob ich empört oder erleichtert darüber sein soll, dass Tom mich mit so einer Aktion überrascht...

„Tom, du bist gerade mal seit zwei Monaten in Australien! Wieso willst du jetzt auf einmal nach China?", frage ich verdutzt. Die Entgeisterung steht mir deutlich ins Gesicht geschrieben.

Tom erklärt es mir: „Katrine, stell dir vor, vor zwei Wochen hatten wir eine Konferenz hier in Melbourne! Ich habe einen Vortrag gehalten. Der Professor von einer Uni in Peking war total begeistert. Er saß als Zuhörer im Publikum. Mein Profil passt perfekt zu deren vakanter Stelle, so ein Zufall! Es ist genau mein Forschungsschwerpunkt! Na ja, und da haben die eben gleich vor Ort ein Bewerbungsgespräch mit mir geführt. Einfach mal so. Und es hat super-gut geklappt!"

Das stimmt.

Es hat wirklich super-gut geklappt. Für Tom.

Der sieht jedenfalls sehr glücklich und zufrieden aus.

„Außer dir weiß es noch keiner", fährt Tom wichtigtuerisch fort, „noch nicht mal meine Eltern! Ich habe die Rückmeldung erst gestern bekommen und wollte, dass du es als Erste von allen erfährst! In einem halben Jahr ziehe ich nach Peking!"

Aha. Er ist wieder da. Der rational logisch veranlagte *Karriere*-Tom.

Präsentiert mir einfach mal so seine berufliche Entscheidung, die anscheinend schon in Stein gemeißelt ist, ohne dass er das Ganze überhaupt mit mir diskutieren möchte. Ich wusste ja noch nicht mal etwas von diesem Bewerbungsgespräch.

„Es ist phantastisch", schwärmt *Karriere*-Tom, „die Stelle ermöglicht es mir, sehr viel Zeit in die Forschung zu investieren und nicht allzu viel lehren zu müssen."

„Aha", sage ich nur noch, „aha."

„Wenn ich unterrichte, ist es auf Englisch, also ganz easy", erzählt Tom weiter, „und sie bieten mir kostenlos einen Chinesischkurs an. Privatunterricht."

„Aha." Ich bleibe konsequent bei meinem Aha.

„Und was dich betrifft", so fährt Tom fort, „wird uns die Uni helfen, eine Aufenthaltsgenehmigung zu bekommen. Das ist relativ unproblematisch, wenn wir erstmal verheiratet sind. Und einen Chinesischkurs bekommst du gratis noch dazu!"

Tom sieht mich erwartungsvoll an.

Ich finde das Ganze aber gar nicht toll. Das kann auch der Gratis-Chinesischkurs nicht retten.

„Und was ist, wenn ich vielleicht gar nicht nach China will?", frage ich Tom erregt. „Wie kannst du hinter meinem Rücken irgendwelche Bewerbungsgespräche führen und mich dann vor vollendete Tatsachen stellen?"

Irritiert sieht Tom mich - oder besser gesagt seine Webcam - an.

„Katrine, ich bitte dich", appelliert *Karriere*-Tom an meine Vernunft und hat dabei absolut die Ruhe weg, „das ist für mich eine einmalige Chance! Im Bereich der Quantenphysik ist es extrem schwierig, so eine Stelle zu bekommen. Es ist eine *once-in-a-lifetime*-Chance!"

Immer noch gucke ich Tom wütend durch meine Webcam an.

„Es ist eine Investition in meine Zukunft", erklärt Tom mir ruhig, „in *unsere* Zukunft. Nach ein paar Jahren bekomme ich dann vielleicht einen Ruf an eine Uni in den USA. Oder in Kanada. Oder in Japan. Ich tue das für *uns* beide, nicht nur für mich!"

Ich werde immer wütender.

Wenn Tom das wirklich für uns beide täte, sollte ich jetzt vor Glück regelrecht beschwipst sein und mich nicht so hintergangen fühlen. Letzteres tue ich aber doch!

Mads hatte einfach recht!

Das Gefühl der Ohnmacht staut sich regelrecht in mir auf. Und dann bricht plötzlich alles aus mir heraus, wie bei einem Vulkan, der zu viele Monate unter Hochdruck gestanden hat. Mit einem Schlag werden meine ganzen Emotionen freigesetzt, die ich in den letzten Monaten mit viel Mühe zu unterdrücken versucht habe.

„Tom, es reicht! Wir passen nicht zusammen! Ich habe keine Lust mehr, für immer ein Accessoires in deinem perfekt abgerundeten Leben zu sein!", sprudelt es unkontrolliert aus mir heraus. „Gegen deine blöden Teilchenbeschleuniger komme ich nie an! Ich kann nicht mit deiner faszinierenden Forschung konkurrieren! Ich werde doch immer nur die zweite Geige in deinem phantastischen Forscherleben spielen! Und dafür soll ich alles aufgeben?!"

„Du hast Angst, Europa zu verlassen", stellt Tom psychologisch fachmännisch fest, „aber das brauchst du nicht. Ich bin ja für dich da."

„Wie kannst du hinter meinem Rücken deine Karriere vorantreiben und mir noch nicht mal von diesem Bewerbungsgespräch erzählen?", rufe ich hysterisch.

Gleichzeitig bin ich wütend auf mich selbst. Ich kann mich selbst nicht ausstehen, wenn ich in diese hysterische Opferrolle falle, anstatt cool und rational zu sein. Das coole Schlussmachen scheint mir heute überhaupt nicht zu gelingen...

„Ich wusste es", seufzt Tom nur noch. Sogar er wirkt jetzt betroffen.

„Deswegen hatte ich dir anfangs auch nichts von meinem Bewerbungsgespräch erzählt", fügt er hinzu.

„Wie bitte?", frage ich ironisch. „Ich glaub', ich spinne!"

An meiner Stimme kann man deutlich hören, dass ich sehr aufgebracht bin.

„Katrine, sei bitte vernünftig! Ich mag keinen Streit in unserer Beziehung. Du bist gerade so negativ geladen wie ein Elektron!", konstatiert Tom.

Er guckt immer noch in die Webcam. Auf einmal sieht er gar nicht mehr wütend aus, sondern eher lieb. Lieb und verzweifelt. Anscheinend hat er nicht kapiert, dass ich gerade erfolglos versuche, mit ihm Schluss zu machen. Ich muss das irgendwie deutlicher formulieren. Aber mein Hals ist wie zugeschnürt.

„Hätte ich dir von dem Jobinterview erzählt und es wäre nichts draus geworden, hättest du dich völlig umsonst verrückt gemacht! Ich wollte dich nicht beunruhigen", sagt Tom ganz sanft und verständnisvoll.

Verdutzt starre ich auf meinen Bildschirm.

Tom ist wirklich wie ein Chamäleon. Mal der eiskalte *Karriere*-Tom und dann wieder so lieb und einfühlsam.

„Das wird schon, Katrine. Alles wird sich finden, glaub' mir. Du kennst China doch gar nicht", säuselt er zuckersüß weiter, „bestimmt wird es dir dort prima gefallen! Wir zwei werden dort sehr glücklich sein. Und falls es mit 'nem Job für dich nicht gleich klappt, kriegst du eben erstmal Kinder. Ich verdiene genug für uns beide."

Ich reiße mich zusammen.

„Es geht nicht um China und Kinder kriegen. Es geht mir einfach ums Prinzip, wie wenig ich in unserer Beziehung mitreden kann", entgegne ich kühl, „wie du weißt, habe ich in Dänemark ja auch gute Karrierechancen, die ich aufgeben müsste!"

Tom schweigt.

„Steht deine Entscheidung denn fest?", frage ich ihn.

„Ich habe den Vertrag heute unterschrieben und ihn bereits per Einschreiben nach China geschickt! Ach, Sweetie, alles wird gut werden, ich bin doch immer für dich da! Ich will dich auf keinen Fall verlieren", säuselt jetzt der *ganz, ganz liebe* Tom.

Mit treuem Hundeblick schaut er lächelnd in die Webcam.

Aber mir reicht es. Ein für allemal.

Diese Säuselei hätte er sich wirklich sparen können!

Denn mit einem Schlag ist sie zurück. Meine Wut.

Meine Wut darüber, dass Tom mich immerzu vor vollendete Tatsache stellt und dann so tut, als wäre er wahnsinnig einfühlsam. Diese zuckersüße Masche zieht bei mir sowas von gar nicht mehr!

Ich spüre, wie die Rationalität langsam wieder die Oberhand gewinnt.

Ich bin dieses ewige Wechselbad der Gefühle einfach nur noch satt!

Eigentlich kann ich Tom fast dankbar sein. Denn mit dieser China-Aktion hat er regelrecht den Vogel abgeschossen. Eindeutiger hätte es gar nicht sein können!

Ich *muss* Schluss machen.

Ich muss es jetzt tun. Ich muss es jetzt unbedingt sagen...

„Tom", setze ich an, „ich kann das nicht mehr! Ich mache Schluss!"

Toms treuer Hundeblick erstarrt. Völlig verdutzt sieht er mich an. Und sagt gar nichts mehr.

Er ist wie vom Blitz und Donner getroffen.

Pause.

Es ist eine sehr lange Pause.

Dann beginnt Tom laut zu weinen.

Er weint ganz laut und will gar nicht mehr aufhören. So wie ich es sonst in unserer Beziehung getan habe. Das ist furchtbar. Am liebsten würde ich ihn trösten. Aber das geht nicht, denn ich bin ja schließlich die Ursache dafür, dass er weint.

„Es tut mir aufrichtig leid, Tom. Aber gestern Abend ist mir klar geworden, dass wir nicht zusammen passen. Unsere Lebenspläne sind zu verschieden. Und nach China würde ich sowieso nicht mitkommen", murmele ich.

„Katrine, du bist sowas von egoistisch! Du kannst doch nicht einfach zwischen Tür und Angel mit mir Schluss machen!", bringt Tom langsam unter Tränen hervor.

„So eine große Entscheidung kannst du nicht alleine treffen, ohne sie vorher mit mir zu besprechen! Du machst unsere gemeinsame Zukunft kaputt!"

Ich schlucke schwer.

„Doch, so eine Entscheidung kann ich treffen! Nicht nur dir sind solche Alleingänge erlaubt", sage ich kühl und rational.

Ich muss jetzt hart bleiben. Denn wenn ich jetzt einknicke, wird alles so weiterlaufen wie bisher. Ohne jegliche Veränderung.

Für zehn schleppende Minuten geht das Gespräch zwischen Tom und mir hin und her.

Aber was heißt schon Gespräch.

Es ist vielmehr ein Schweigen und ein Schluchzen von Tom vor der Webcam.

Einfach nur schrecklich traurig. Irgendwie tut er mir leid.

Durch den schluchzenden, lieben Tom, der auf einmal wieder da ist, weine ich auch.

Ich überlege kurz, ob ich zu hart reagiert habe.

Aber ich kann nicht anders.

„Du hast dich in einen Anderen verliebt", sagt Tom.

„Nein", erwidere ich. Obwohl ich natürlich nicht ausschließen kann, dass meine Gefühle für Mads mit ein Auslöser sind.

„Dann verstehe ich deine Entscheidung nicht. Sie ist absolut irrational. Ich will nie wieder etwas von dir hören, Katrine", erklärt Tom mit heiserer Stimme und legt auf.

* * *

Wenige Minuten später sitze ich wie in Schockstarre vor meinem Laptop.

Toms Kontaktsymbol erscheint als offline auf meinem Bildschirm.

Ich fühle mich traurig und erleichtert zugleich.

Das ist es jetzt also gewesen. Einfach so.

Das Liebespaar Tom und Katrine.

Aus und vorbei. Für immer.

Nach einem intensiven gemeinsamen Jahr erfolgt nun der ultimative Kontaktabbruch über alle sozialen Medien. Bei dem Gedanken wird mir doch etwas schwindlig.

Ich spüre, wie ich meine Tränen nicht länger zurückhalten kann.

Kurzentschlossen rufe ich in der Uni an und teile unserer Sekretärin mit, dass ich heute von zu Hause aus arbeite. Wahrscheinlich werde ich mich sowieso auf nichts konzentrieren können.

#Sonnenbrillen #SchokoladenHerzen

Als ich am Montag auf der Arbeit erscheine, trage ich eine Sonnenbrille.

„Ui, wie siehst du denn aus?", fragt Niels überrascht, als er mich erblickt. „So viel Sonne gibt es im März doch gar nicht!"

Ich nehme die Brille ab. Meine vom Heulen verquollenen Augen treten zum Vorschein.

„Oh, da sahst du mit Brille aber besser aus!", bemerkt Niels.

Unwillkürlich muss ich lachen.

„Hast du mit Tom Schluss gemacht?", fragt er.

Ich nicke.

„Zum Glück! Das war aber auch höchste Zeit!", meint Niels.

Sogar er sieht richtig erleichtert aus.

„Ich wollte mich ja nicht einmischen, aber ich habe mich schon seit einem halben Jahr gefragt, warum du mit dieser Pappnase zusammen bist! Eure Zukunftspläne gingen doch himmelweit auseinander!", fügt mein Büronachbar erklärend hinzu.

„Das stimmt", sage ich kleinlaut.

Niels rückt seine Brille zurecht. „Und? Wie fühlt es sich an, Katrine? Geht es dir jetzt besser?"

„Ach, ich weiß nicht. Eigentlich schon." Ich zucke mit den Schultern.

„Du vermisst Tom und bist deswegen sehr traurig, oder?", spekuliert Niels.

„Nee, ich habe nicht nur wegen Tom geweint", antworte ich zögernd.

„Ja, weswegen denn dann?", erkundigt sich Niels überrascht.

Für ein paar Sekunden hülle ich mich in eisiges Schweigen.

Ich überlege schnell hin und her.

Soll ich Niels von meinen Gefühlen für Mads erzählen, auch wenn es sich um seinen besten Kumpel handelt? Andererseits kennt niemand Mads so gut wie Niels.

Er kann die Lage bestimmt viel besser einschätzen als ich.

„Niels, ich glaube, ich habe mich in jemand Anderen verliebt! Eigentlich fand ich ihn die ganze Zeit über toll, wollte mir das aber nur nie eingestehen", sage ich schließlich.

„Nee jetzt! Im Ernst?" Mit großen Augen schaut Niels mich an. „Hast du deswegen schon wieder neuen Liebeskummer? In wen bist du denn verknallt, Katrine?"

„In Mads!"

„Was? In Mads?", vergewissert sich Niels. „Das gibt's doch nicht! Gut, dass ich sitze!" Meinen Büronachbarn scheint fast der Schlag zu treffen. Sicherheitshalber hält er sich an seinem Stuhl fest.

„Es ist alles nur total blöd zwischen uns gelaufen. Ich habe letzte Woche totalen Mist gebaut und mir damit womöglich alle Chancen verpatzt!", sage ich verzweifelt.

„Ach, du meinst euer Gespräch um Mitternacht im Treppenhaus?", fragt Niels.

„Du weißt davon?" Überrascht ziehe ich die Augenbrauen hoch.

Mein Büronachbar ist anscheinend bestens informiert. Und ich dachte immer, Männer reden nicht über ihre Gefühle!

„Mads hat mir davon erzählt", bestätigt Niels. „Mann oh Mann! Da hast du es ihm aber ganz schön gegeben! Danach war er sich zumindest sicher, dass du nie im Leben etwas von ihm willst!"

„Im Ernst?" Ich spüre, wie meine Knie weich werden. „Dann ist es also aussichtslos?"

„Nun ja. Keine Ahnung." Niels trinkt einen Schluck Kaffee. „Das müsst ihr unter euch klären. Red' doch mal mit Mads! Reden hilft immer", meint er weise.

„Du hast recht! Ich werde nachher mal bei ihm im Büro vorbeischauen", überlege ich laut.

„Katrine, ich will mich ja nicht einmischen. Aber du hast gerade erst mit Tom Schluss gemacht! Bist du dir sicher, dass du schon für etwas Neues bereit bist?", gibt Niels mir zu bedenken. Eine Sorgenfalte verläuft quer über seine Stirn.

„Ach, mit Tom, das war Schluss machen auf Raten", winke ich entschieden ab, „eigentlich ist die Beziehung schon seit über einem halben Jahr am Auslaufen gewesen."

Nervös kaue ich auf einer Haarsträhne herum, wie es sonst Marias Gewohnheit ist, wenn sie intensiv über etwas nachdenkt.

„Ich weiß auch nicht, was das mit Mads ist", sage ich schließlich, „es ist nur so ein gutes Gefühl! Außerdem müssen wir ja nicht gleich ein Paar werden. Wir können uns ja erstmal näher kennenlernen."

„Das klingt vernünftig", findet Niels. Seine Stimme klingt jetzt weniger skeptisch.

„Als Erstes muss ich diese blöde Sache von letzter Woche wieder einrenken", füge ich hinzu, „bevor es zu spät ist. Mir ist das dermaßen peinlich, wie ich Mads gegenüber reagiert habe."

„Mit Mads wirst du heute nur nicht sprechen können", merkt Niels an, „sogar die ganze Woche nicht!"

„Wieso?" Panik macht sich in mir breit.

Hat Mads womöglich zu Niels gesagt, dass er nichts mehr mit mir zu tun haben will?

„Mads ist auf einer Konferenz in den Staaten. Er kommt erst am Sonntag zurück", erklärt Niels.

„Ach so!" Erleichtert huscht mir ein Lächeln über das Gesicht. „Ich habe überhaupt kein Problem damit, ein wenig auf Mads zu warten."

„Dann ist ja gut!" Niels nickt lächelnd.

Er nimmt einen tiefen Schluck aus seiner Kaffeetasse und wendet sich wieder seiner Programmierung zu.

* * *

Manchmal fügt sich alles im Leben auf höchst faszinierende Weise. In solchen Momenten kommt es mir vor, als wäre ich die Hauptdarstellerin in einem logisch durchdachten Film. Oder die Protagonistin in einem Schnulzenroman, in dem die Autorin am Ende alle Handlungsstränge sorgfältig zusammenführt.

Manchmal kommt es im Leben aber auch ganz anders.

So wie zum Beispiel heute. Es ist Montag. Mein Gespräch mit Niels liegt inzwischen genau eine Woche zurück. Eigentlich wollte ich Mads heute einen Besuch in seinem Büro abstatten, um mich zu entschuldigen und alles klarzustellen. Das war der Plan.

Das ganze Wochenende habe ich diesem Tag entgegengefiebert.

Vor lauter Aufregung konnte ich fast nicht schlafen.

Nur kann ich meinen Plan nicht in die Tat umsetzen.

Denn ich habe Halsweh und Fieber bekommen. Also, reales Fieber und kein Lampenfieber!

Das ist wirklich ärgerlich. Anstelle auf der Arbeit zu sein, liege ich gut eingehüllt in einer flauschigen Decke auf der Couch in meinem Wohnzimmer.

Am Nachmittag nehme ich meinen Laptop auf den Schoß, um ein bisschen Abwechslung zu haben.

Ich logge mich bei Facebook ein.

Tom hat mich inzwischen *unfriended*.

Direkt nachdem er unseren Beziehungsstatus auf seiner Profilseite gelöscht hat. Es gibt also kein Zurück mehr. Jetzt sind wir auch in der virtuellen Welt offiziell getrennte Leute.

Eine Woge der Traurigkeit und Erleichterung steigt in mir auf, als ich darüber nachdenke, dass Tom jetzt nicht länger Bestandteil meines Lebens ist. Weder virtuell noch real. Aber ich habe mich so viele Monate durch diese Beziehung gekämpft, dass das Gefühl der Erleichterung dennoch deutlich überwiegt. Das wurde mir in den vergangenen Tagen immer klarer.

Neugierig schaue ich mich weiter auf Facebook um.

Das Symbol einer kleinen Eins verrät mir, dass ich eine neue Privatnachricht in meiner Inbox habe. Ich staune nicht schlecht, als ich sie öffne. Denn die Nachricht stammt von Mikkel.

Hejsa Katrine,

an deinem neuen Beziehungsstatus habe ich gerade gesehen, dass es zwischen Tom und dir aus ist. Das tut mir aufrichtig leid! Versuche bitte trotzdem, deine innere Balance zu halten! Zwischen Bodil und mir läuft es übrigens auch nicht gut!

Ich habe ihr ja von Anfang an gesagt, dass ich die Monogamie nur notgedrungen als Beziehungsform akzeptieren kann. Lange wird das nicht mehr halten, denn ich spüre, dass ich mich immer noch zu anderen Frauen hingezogen fühle. Wie zum Beispiel zu dir, meine Liebe!!! ☺ ☺ ☺

Also, gib gerne Bescheid, wenn du für neue Abenteuer offen bist! ;-)

Ich benutze auch keine App mehr, die meinen Kalorienverbrauch beim Sex kontrolliert. Versprochen!

Alles Liebe, Mikkel.

PS: Extra für dich :-*

Na sowas.

Manchmal ist Facebook wirklich praktisch.

Dass es zwischen Tom und mir auseinander gegangen ist, muss ich kaum noch jemandem erzählen. Durch Toms schnelle Änderung unseres Beziehungsstatus haben die meisten es bereits online erfahren, bevor ich ihnen persönlich davon berichten konnte. Bis auf Maria und meine Eltern natürlich. Die habe ich gleich am Wochenende direkt nach dem Schluss machen angerufen.

An Sex mit Mikkel habe ich trotzdem kein Interesse.

Nachdenklich stehe ich auf und begebe mich in die Küche, um mir einen Tee zu machen.

In dem Moment klingelt es an der Haustür.

Erstaunt schalte ich den Wasserkocher wieder aus.

Ich werfe mir einen Bademantel über und gehe in den Flur, um auf den Türöffner für den Hauseingang zu drücken.

„Wer ist da?", rufe ich mit einer kratzigen Stimme ins Treppenhaus.

„Die Post! Eine Bestellung für Katrine Hjertegaard Olsson", antwortet ein junger Mann in einer Tonlage, die äußerst wohlklingend ist und mir sehr bekannt vorkommt.

Ehe ich mich versehe, steht Mads vor der Tür.

In seiner linken Hand hält er eine große Packung Pralinen von einem der besten Chocolatiers der Stadt.

„Hej Katrine! Niels hat mir gesagt, dass du krank bist! Ich wollte nur mal schauen, wie es dir so geht!", erklärt Mads zur Begrüßung.

„Hej Mads! Was für eine tolle Überraschung! Komm' doch rein!", antworte ich erfreut.

Eigentlich ist es mehr ein Hauchen.

Die Mischung aus Erkältung und Freude macht mich ganz heiser.

Mads umarmt mich zur Begrüßung. Er riecht wirklich unheimlich gut. Ich spüre, dass mir das Herz bis zum Hals schlägt.

„Pass auf, dass du dich nicht ansteckst!", warne ich ihn trocken.

Wie immer, wenn ich jemanden wahnsinnig toll finde, werde ich sehr rational.

Mads lässt sich jedoch nicht beirren.

„Ach Quatsch!", winkt er ab. „Mein Immunsystem ist sehr stabil! Aber wie geht es dir?"

„Nicht so gut! Ich habe Erkältung und Fieber! Du siehst mich heute nicht gerade in meinem attraktivsten Zustand", murmele ich.

„So ein Blödsinn!" Mads lächelt mich an.

Wieder fallen mir seine ausdrucksstarken blauen Augen auf, die in schönem Kontrast zu seinem braunen Haar stehen.

„Magst du die Pralinenschachtel nicht aufmachen?", erkundigt Mads sich neugierig.

Dabei grinst er mich spitzbübisch an.

„Sehr gerne!" Als ich den Deckel hochhebe, kommen lauter braune und schwarze Pralinenherzen aus Schokolade zum Vorschein.

Schweigend sehe ich Mads an.

„Eigentlich stehe ich ja nicht auf Herzen und so. Aber manchmal eben doch! Außerdem schmeckt die Schokolade total gut!", erklärt er lächelnd.

Während er das sagt, wird er ganz rot im Gesicht. So verlegen habe ich ihn noch nie gesehen.

Mir geht es nicht viel besser.

Ich spüre, wie meine Gesichtsfarbe ebenfalls langsam in den Rot-Ton eines Feuermelders übergeht. So, wie es mir schon unzählige Male passiert ist, wenn ich Mads zufällig in der Uni begegnet bin.

„Vielen Dank für die vielen Schokoladenherzen, Mads", flüstere ich, „das ist das schönste Geschenk, das du mir machen konntest!"

Mads lächelt.

Wir sehen uns an.

Da merke ich es. Das Gefühl ist wieder da. Mir wird ganz kribbelig im Bauch. Es fühlt sich wie ein warmer Sommerregen an. Ein wohliges Gefühl, das meinen ganzen Körper durchrieselt.

Es steht außer Zweifel.

Ich bin wieder verliebt. In Mads.

Nur habe ich das Gefühl, dass dieses Mal wirklich etwas daraus werden kann.

Ich fühle mich nicht mehr verloren im Liebeslabyrinth.

:-*

Über die Autorin

Linda Jule Johansson, 35 Jahre alt und ursprünglich aus der Nähe von Darmstadt, lebt in der pulsierenden Metropole Berlin, deren Mischung aus Kreativität und Wandel sie stets aufs Neue inspiriert. Ihre zweite Heimat ist Dänemark, zu der sie sich immer noch sehr verbunden fühlt – vor allem zu Kopenhagen. Deswegen ist dieser Roman mit einer Prise nordischer Exotik abgeschmeckt. Linda schreibt in ihrer Freizeit Geschichten, seitdem sie in der Grundschule war. Ansonsten geht Linda unter ihrem bürgerlichen Namen dem geregelten Berufsalltag nach, den sie als sehr bereichernd empfindet. Da sie im Beruf eher logisch und analytisch arbeitet, stellt das kreative Schreiben im Urlaub die perfekte Ergänzung für sie dar.

#Dankeschön an
* meine Familie & FreundInnen
- und bei diesem Roman insbesondere an:

* U. als meine engagierte Erstleserin für kritische & wertvolle Kommentare zu diesem Roman.

* R. dafür, dass er mich davon überzeugt hat, nicht zu viele Herzen auf das Titelbild zu nehmen.

* S. für ein sehr inspirierendes Julefrokost-Gespräch zum Thema Belletristik, bei dem er und ich die Scherz-Wette abgeschlossen haben, ob ich einen Liebesroman schreiben kann (das Produkt dieser Wette liegt hiermit vor ;-).

* A. für ein lustiges Gespräch in Berlin, bei dem sie zufällig den tollen Ausdruck „emotionaler Herpes" verwendet hat, der wiederum eine Schreibblockade löste.

* die Katze N., die aber nicht Schrödingers Katze ist.

#PlatzFürNotizen #PlatzFürEmoticons

:-*